中国民話と日本

アジアの物語の原郷を求めて

飯倉照平［著］……IIKURA Shohei

勉誠出版

はじめに

現代のわたしたちは、毎日のテレビ画面で、日本列島に向かって、アジア大陸を横切って東進し、あるいは南海の島々の周辺から北上する、さまざまな気流の動きを見なれている。そのような構図で、もし時間の軸を数百年として、日本列島に向かって渡りつづけた、いろいろな地域の人々の動きを可視化して、早まわしをして見ることができたら、どんな光景が現われるだろうか。

たとえば、本州の北端から九州にかけて、日本の各地に渡来の伝承を残した「徐福」について見るだけでも、いかに多くの「徐福」を信奉する人たちが、列島の周辺を往来したかを想像することができる。中国の史書では、すでに紀元前から東海に船出した「徐福」の名が記されているとしても、それが「日本国またの名を倭国」に渡っていたと明記されるのは十世紀以後のことであり、その日本渡来の伝承も、おそらくそのころから広まったものであろう。

近代になって、彼我の民間に伝わって記録には片鱗を見せるだけであったさまざまな昔話の伝承が、採集者たちの努力によって、しだいに全体の姿を現わしはじめた時、その物語の相似た姿が、多くの人々の驚きをさそった。まだあまり研究の進んでいなかった日中戦争のさなかに、柳田国男はすでにつぎのような指摘をしている。

「これらの各地の民間の採集はまだ一向に進んでいないのに、謂わゆる東亜の地だけでも、もうこれだけの説話の一致があった。人類が普通の歴史以上に、古来ひそかなる交渉に生きていたのでなかったら、説明は出来ないのである。もしこれが運ばれて来たものだとすれば、いつ誰がどうして携えて歩いたか。少くとも記録の伝えぬ文化の交流が、はるか昔の世に行なわれていたことだけは推察がつく。そしてこれをたぐって行けば、まだその筋道を確かめて見るだけの途は残されていた。」

（『アジア問題講座』第一巻、巻頭言「アジアに寄する言葉」、一九三九年一月、創元社）

戦火がおさまって、新しい中国の文化工作者たちが、西南地方の少数民族地区に入りこんで、中国語（漢語）に翻訳して紹介しはじめた口頭伝承の世界は、さらに驚くべき内容を備えていた。それについては、かつて益田勝実が、つぎのように語っている。

「もうひとつ、いまわたしが、近世の昔話をめぐって突きとめたいと烈しく思いながら、攻め込む手がかりをどこにも見出せないで、七転八倒していることがある。それは、近世から近代へかけて、わが国で採集された昔話で、同型のものもしくは類似のものが中世以前の説話文学にまだ見つかっていないものに、中国、とりわけ華南の苗族、傜族等の少数民族の口承昔話とよく似ているものが、実に多いらしい、ということの真の理由である。」

（『日本の説話』五・近世、「昔話における近世」、一九七五年六月、東京美術）

益田は、その文章の末尾を「ひょっとかすると、ひょっとして、意外に近い頃に、笑話集の輸入などとは規模の違う、大交渉があったのかもしれない。昔話における近世前夜が、大問題のように思われて仕方がないのである」と結んでいる。

わたしたちが中国の昔話に関心を持ちはじめたころ、突きつけられていたのは、以上のような問いかけであった。それから数十年が経過し、彼我の資料は、さらに多く刊行され、類話の研究も、数多く蓄積されている。しかし、それらの問いかけは解決されず、ほとんどそのまま残されているように思う。どのように迂回していけば、柳田のさきの引用のつづきにある「常民の心の最も奥にひそむものを、これによって突き合わせて見るという」世界に達することができるのか。ここに集めたさまざまな文章は、その試行錯誤のたどたどしい足跡にすぎない。

本書の刊行を提案し、みずから解説を書いてくださった石井正己さん、および前著『南方熊楠の説話学』につづき、出版の労をとってくださった勉誠出版の吉田祐輔さんに深い感謝をささげます。

二〇一九年の春近き日に

飯倉照平

目次

Ⅲ　中国民話の世界

Ⅳ　中国の「現代民話」

V　研究回想

I　孟姜女民話の生成

孟姜女について
——ある中国民話の変遷

はじめに

中国の国歌「義勇軍行進曲」（田漢作詞）は、その冒頭に「起て、奴隷となるを願わぬ人々よ、われらの血肉もて、われらの新しい長城を築こう」と呼びかけている。そこには万里の長城が、専制君主による漢民族統一の象徴だったと同時に、その支配のもとに歴代民衆の受けたはかりしれない犠牲の象徴だったという二つの意義が踏まえられている。

孟姜女《もうきょうじょ》は、その万里の長城を築く労役のために夫を失った女性として、一千年（あるいはそれ以上）もの長い間、あの広大な中国の漢民族居住地のほとんど全域にわたって、民謡、伝説、語り物、演劇などの民間伝承に生きてきた。

とくに清朝末期から民国初年にかけては、その名は「孟姜女十二月歌」という、月ごとの景物や行事から主題を歌い起す形式の民謡で知られた。なかでも浙江から上海あたりを中心として歌いはじめられた「十二月花名」はもっとも流行したものとして、多くの語り物にもとり入れられ、わが国への紹介にもよく引用さ

れている。それは、

正月梅花是新春、家家戸戸点紅灯、別家丈夫団円聚、我家丈夫造長城。

（梅の花の咲く正月が来れば、どこでもみな紅い灯籠をともす。よそでは夫をかこんでむつまじいのに、わたしの夫は長城を造りにいっている。）……

四月薔薇養蚕忙、姑嫂双双去採桑、桑籃掛上桑枝上、揩把眼涙勒把桑。

（バラの花の咲く四月は養蚕にいそがしく、女たちはそろって桑摘みに。籠は桑の木の枝にかけ、涙をぬぐいながら桑を摘む。）

五月石榴是黄梅、黄梅発水涙盈腮、家家田中黄秧栽、孟姜田中草成堆。

（ザクロの花の咲く五月は梅雨時で、梅雨の雨のように涙が頬をつたう。どこの田にも苗が植えてあるのに、孟姜の田には草が茂っている。）

六月荷花熱難当、蚊虫飛来断寸腸、寧可吃奴千滴血、莫叮奴夫万喜良。

（蓮の花の咲く六月はひどい暑さで、蚊がとんで来てやりきれない。わたしの血を吸うのはかまわないけれど、夫の万喜良を刺さないで。）……

十一月裏雪花飛、孟姜万里送寒衣、前面烏鴉来領路、哭倒長城好慘悽。

（十一月には雪が舞い、孟姜は寒衣をとどけるために万里の道をゆく。カラスが先導して道案内をし、なんと哭《な》いて長城を倒してしまったのだ。）

というように、季節ごとの行事や農作業のなかに、夫のいない孟姜女の姿を歌いこんだところが多い。
これらの民謡から、たどることのできる孟姜女民話の構成は、

（1）孟姜女の夫は万里の長城の労役にいったこと、
（2）孟姜女がその夫に寒衣（=冬着）を送りとどけたこと、
（3）（ところが夫はすでにこの世の人ではなく）その屍を埋めた長城の一角を哭き崩したこと、

という単純なものだ。

このような構成をそなえたものとしてさかのぼることのできるのは、唐代から宋代初期にかけて敦煌の石窟に残された、語り物と民謡の写本までだ。しかし、その写本で「孟姜女」と名づけられた「杞梁《きりょう》の妻」の原拠は古く『春秋左氏伝』に記された紀元前五世紀の事蹟にさかのぼる。その意味で「孟姜女故事は二千五百年の昔から流伝した」（顧頡剛）とするのもまったく誤りとはいえない。しかし、わたしはその崩した城が「長城」となって現われる六朝末期から唐代にかけての時期を孟姜女民話の成立期と考え、それ以前の時期を、それを生み出す基盤となった「杞梁の妻」の流布した時代とした上で、その変遷をあとづけていってみたい。

一　基盤としての「杞梁の妻」

『春秋左氏伝』で、斉の荘公からその軍将として戦死した夫への弔いを郊外で受けて、わたしにもあばらやがありますからこんな所では、と拒んだ「杞梁の妻」は、「礼を知り」(『礼記』)、「よくその夫を哭して国俗をあらためた」(『孟子』)婦人とされていた。

そののち漢代には、『古詩十九首』の「西北有高楼」に「……音響一に何ぞ悲しき、誰かよくこの曲をなす、すなわち杞梁が妻なるなからんや」とあるように、夫を痛哭した琴曲の作者または主人公として登場してくる。

ところで前漢末の劉向《りゅうきょう》(BC七七~BC六)の編にかかる『列女伝』貞順編では、『春秋左氏伝』と同じ記述の後に、「その夫の屍を城下に横たえて哭し、……そのために十日で城が崩れた。ついに淄水《しすい》に赴いて死んだ」とあって、ここではじめて城を崩したことが現われる。

それ以後、後漢から六朝にかけて、「鄒衍《すうえん》のような匹夫、杞氏のような匹婦でも、なお城を崩したり霜を降らせたりする異変があるのだ」(『後漢書』)というように、天の感応した異聞として広く流布されるようになる。その時期の文献に、その城を「杞城」と言い(王充『論衡』、崔豹『古今注』)、「莒城《きょじょう》」と言い(『水経注』)、また城ではなく「梁山を崩した」と言う(曹植「黄初六年令」など。なお同人の「求通親親表」には「崩城」とする)などの混乱が見られることは、「崩城」説話の生まれた状況にある暗示を与えている。

それに加え、晋代の建業(後の南京)に流行した民謡「懊悩歌」の「寡婦城を哭して崩す」、宋の呉邁遠《ごまいえん》「杞梁妻」、梁の劉孝威「公無渡河」の「城を崩して孀《やもめ》の袂《たもと》を掩《おお》う」などの詩句によって、五~六世紀の江南で、「城を崩した寡婦」としての「杞梁の妻」に強い関心が寄せられていたことをうかがうことができるが、これらが孟姜女民話の欠くことのできない基盤となった。

二　「長城」が現われる『同賢記』

その民話としてのもっとも素朴な原型を伝える二つの文献が、「六朝時代末期の選録」とされる『琱玉《ちょうぎょく》集』感応篇の「杞良妻泣崩城」に、『春秋左氏伝』とともに引かれた『同賢記』の記載と、唐代中期以後に成立した『文選集注』の曹植「求通親親表」の注だ。

偶然にも『琱玉集』は尾張真福寺に、『文選集注』は金沢文庫にと、ともにその写本（残巻）がわが国にだけ残っている。『琱玉集』写本には「天平十九年（唐の天宝六載＝七四七年）写」とあって、「その記載事項などより推して、……『世説新語』の亜流と目すべく、唐の『蒙求《もうぎゅう》』の先蹤をなすものなりと推せらる」（山田孝雄、古典保存会刊本解説）とされ、『同賢記』そのものの成立は不明だ。『文選集注』は「李善注」（六五八年）「五臣注」（七一八年）を引用する平安朝の写本で、「疑ふらくは我国先賢の修述する所か」（京大景印本解説）ともいう。（このほか、わが国の『令集解』の注記にも、関連する記述のあることは、本書の「孟姜女民話の原型」を参照。）

その『同賢記』の内容は、

杞良は燕（のちの河北省）の人で、秦の始皇帝の時、長城を築く労役の苦しさに堪えきれないで逃走し、孟超の後園の樹にかくれていた。超の娘仲姿は池で水浴をしていて杞良を見つけ、何者かとたずね、

（逃夫と知りながら）どうか私を妻にしてくださいと言った。杞良は、あなたは長者の生まれ、なんでわたしのようなものをと辞退するが、仲姿は「女の体は（夫の）ほかの人には見せられないのです」と頼んで、ついに父からも許しを得た。夫婦の礼を終わってから杞良は仕事場へもどった。主典はその逃走を怒り、殺して城に築きこんだ。孟超はその身代りにと奴僕を遣わして、はじめてその死を知った。それを聞いて悲しみにくれた仲姿は、往って城に向かって哭き叫んだ。すると、城の真向《まむか》いがにわかに崩れ落ちた。仲姿はあたりに入り乱れた白骨の上に、「もし杞良の骨ならば血がしみこむのだ」と、指を刺して血をしたたらせた。ついに良の骸骨をさがし出し、持ち帰ってこれを葬った。（要約）

というもので、『文選集注』も、いくつかの点を除いて、大きな差異はない。

この『同賢記』説話は、杞良（良と梁は同音）や、崩城のことでは「杞梁の妻」の明らかな継承でありながら、その城が「長城」となることや、血をしたたらせて骨を識別することで孟姜女民話の原型を示し、また杞良が長城から逃走したために長城に埋められること、その妻が長者の娘として現われ、池で裸身を見られて結婚するくだりのあることで、のち宋・元あたりからおもに南方（長江以南）の語り物にとり入れられた民話の源流をなすものと考えられる。だが、いまわたしはこの二書の説話の性質を明らかにする確かな手がかりを持たない。そこでその周辺を遠廻りにさぐってみるほかはない。

三　周辺にあった説話の姿

『琱玉集』に収められた「感応」説話のなかには、当代民衆の切実な心情を反映したものが多い。たとえば、おなじ『同賢記』から引かれた「斉人落日再中」は、

昔、斉が衛を伐とうとして魯陽山上に兵を集めるのに、「日中に到らざるものは斬る」と命令した。ところが斉人たちは父母妻子と別れて、赴くものが少なかった。そこで、ことごとくこれを斬って殺そうとした。人々は天を仰いで日に哭し、「今より以後父母妻子眷恋《けんれん》すべからず」と祈った。天はこれに感じて、日が再びあがったという。

とあって、その戦争（労役）を忌避し、厭悪する態度には通い合うものがあろう。そして、斬り殺されるのを免れたとしても斉人に救いはなく、城が崩れたとしても杞良が生き返りはしないという、いわば閉ざされた結末を所詮打ち破りがたい壁として意識しながらも、なお奇蹟的な天の感応を得たという表現によって、その心情を受けとめてくれるものの存在をかたく信じ、期待していたと見ることもできよう。

さらに、同じ感応説話として「崩城隕霜」とならべて扱われることの多かった鄒衍のこと（『論衡』『後漢書』「求通親親表」など）の『文選集注』での改変は注目される。そこでは（写本の破損のため判然としない部分が多いけれども）、

鄒衍は燕の恵王に事《つか》えて忠を尽したのに左右の者がこれをそしり、獄に繋《つな》がれた。鄒衍は天を仰いで哭した。すると真夏だというのに、天はそれに感じて霜を降らせた。

という『淮南子《えなんじ》』の出典を引いたのちに、一説として、

衍は家が貧しく、……牛羊を牧していた。……衍がその縦跡を当たると、実は衍の牛が食べたのではなかった。地主は無実の罪をきせてこれを打った……。衍が天を仰いで怨みを告げると、六月だというのに、天はこの地に霜を降らせた。

と記している。『琱玉集』感応篇では『淮南子』を引くだけだった「鄒衍盛夏霜垂」の、このような改変は「杞梁の妻」から孟姜女民話の生み出された過程に重要な傍証を与えている。言ってみれば、地主と農民の対立を主題として持ちこむことで古い感応説話がきわめて現実的な訴えを表現していること――それは『同賢記』で長城の「逃夫」が登場することとともに、変革期の混乱した社会情勢のなかから、民衆が自己表現の一歩をかち得たことを示しているのではなかろうか。

そこではまた、六朝時代に「鬼神志怪の書」が多く現われること、その背景となった仏教や道教の浸透の影響のことなど、あらためて検討される必要があろう。のちに、いくつかの地方で孟姜女の古蹟と結びついて語られた「望夫石」の伝説が、

武昌陽新県の北山の上に望夫石があって、その形は人が立っているようであった。伝えていう。むかし貞婦があって、その夫が兵役について遠く国難に赴いた。婦は幼子を連れてこの山上に見送り、立ち望んだまま化して石となった、と。

（『列異伝』など）

という形で、おなじような主題をあつかった「擣《とう》衣《い》石《せき》」（衣を擣つ石＝きぬた）の伝説とともに語りはじめられたのもこの時代だった。また「滴血認骨」も、六朝時代に親族の血統を弁別する方法として信じられていたことを示す文献があるが、それを夫婦間にも適用しようとしたものと考えられる。

四　築城の卒の一人として

「杞梁の妻」が「長城」を崩したと伝えるものは、二書の外には唐代も末期の詩人たちの作品を待たねばならない。禅月大師として知られる貫休（八三二～九一二）は「杞梁妻」に、

秦之無道兮四海枯　　秦の無道にして四海枯れ、
築長城兮遮北胡　　長城を築きて北胡を遮《さえぎ》る。
築人築土一万里　　人を築き土を築くこと一万里、
杞梁貞婦啼嗚嗚　　杞梁の貞婦啼きて嗚《お》々《お》たり。
上無父兮中無夫　　上に父無く、中に夫無く、

下無子兮孤復孤　　下に子無くして、孤また孤なり。
一号城崩塞色苦　　一たび号《さけ》べば城崩れて塞色苦しく、
再号杞梁骨出土　　再び号べば杞梁の骨、土を出づ。
疲魂飢魄相逐帰　　疲魂と飢魄と相逐《お》いて帰る、
陌上少年莫相非　　陌《はく》上の少年、相非《あいそし》るなかれ。

と歌い、清代の考証学者顧炎武に「貫休は杞梁を秦時築城の人としたが、『左氏伝』や『孟子』さえ読んでいないようだ」と言わせたのだった。（晩唐の詩人で直接長城を崩したことに言及したものとして、ほかに汪遵の「杞梁墓」の「一たび叫べば長城万仞摧《ばんじんくだ》け、杞梁の遺骨、妻を逐いて回《かえ》る」や、周朴の「塞上」の「巷に千家の月あれど、人に万里の心無し。長城哭きて崩れし後、寂寞として今のごときに至る」などがある。）

だが孟姜女民話が長城を軸として形成されるには、六朝から唐代にかけての社会が重要な役割を果たした。長城は、北魏や北斉の修築に続いて、隋代には文帝が十余万、煬帝《ようだい》が百余万の人民を徴発し、その半ばが死んだという大がかりな工事をおこない、この時期にほぼ現在の長城線ができ上がった。北魏の酈《れき》道元（?～五二七）の『水経注《すいけいちゅう》』に、

楊泉の「物理論」にいわく、秦の始皇帝は蒙恬《もうてん》をして長城を築かせ、死者相属《しょく》す。民歌にいう、「男を生むも慎しんで挙ぐるなかれ。女を生まば哺《はぐ》くむに餔《ほ》（食物）を用いよ。見ずや長城の下、尸骸相支拄《しちゅう》するを」と。その冤痛かくのごとし。

と引いたのも、そのような現実を踏まえていたのだ。

唐代になってからも、

回来飲馬長城窟　回り来《かえ》たりて馬に飲《みずかわ》す長城の窟、
長城道傍多白骨　長城、道の傍らに白骨多し。
問之耆老何代人　これを耆老《きろう》に問う、何代の人ぞ、
云是秦王築城卒　云う、これ秦王築城の卒。

（王翰「飲馬長城窟行」）

のように、人々は当代の支配者への抗訴を秦の築城に仮託して歌った。

秦築長城在　秦の長城を築けるあり。……
世世征人往　世々征人往きて、
年年戦骨深　年々戦骨深し。
遼天望郷者　遼天望郷する者、
迴首尽霑襟　首《こうべ》をめぐらして、ことごとく襟をうるおす。

（周朴「塞上曲」、部分）

というのも、「長城、門を出づれば生死を知らず」（元稹「夫遠征」）という運命におかれた人たちには当然の姿だった。

村南村北哭声哀　村南村北哭声哀し。
児別爺娘夫別妻　児は爺娘《ちちはは》に別れ、夫は妻に別る。
皆云前後征蛮者　皆云う、前後征蛮の者、
千万人行無一回　千万人行くとも一の回《かえ》るなし、と。
（白居易「新豊折臂翁」、部分）

村々には、

河湟戍卒去　河湟《かこう》戍卒去りて、
一半多不回　一半多くはかえらず。……
処処魯人髽　処々魯人の髽《ざ》（婦人が喪中の髪型を結うこと）し、
家家杞婦哀　家々杞婦哀しめり。
（皮日休「卒妻怨」、部分）

といった情景が到るところに見られ、「杞婦」はその寡婦の代名詞となった。だから、

塞雲随陣落　塞《とりで》の雲は陣に随いて落ち、
寒日傍城没　寒日は城の傍らに没す。
城下有寡妻　城下に寡妻ありて、
哀哀哭枯骨　哀々枯骨を哭す。
（常建「塞上曲」）

は、そのまま「杞梁の妻」の姿だった。そして、

築城去　城を築きにいく、
千人万人斉抱杵　千人も万人もみな杵《きね》を抱えて。
重重土堅試行錐　積みあげた土の堅さを錐《きり》でたしかめ、
軍吏執鞭催作遅　軍吏は鞭を執って作りが遅いと催《せか》せる。
来時一年深磧裏　来た時から一年、深い磧《すなやま》のなか、
尽著短衣渇無水　短衣はぼろぼろになり、のどが渇いても水は無い。
力尽不得休杵声　力が尽きても杵うつ声を休《や》めるわけにはいかず、
杵声未尽人皆死　杵うつ声のさなかに人々は皆死んでいく。
家家養男当門戸　家々ではうちのためにと男を育てたのに、
今日作君城下土　今日はおまえも城下の土となってしまった。

（張籍「築城曲」）

は、そのまま杞梁の姿といってよかったのだ。

五　「送寒衣」の現われる敦煌写本

このように普遍的な姿となった「杞梁の妻」が、「孟姜女」と名づけられるのが、敦煌の石窟で発見され

た「変文」と「曲」の写本からだ。「変文」は（おそらく唐の中期ごろから）仏教宣伝のために寺院で「俗講僧」が散文と韻文とを混ぜたものを「講唱」（語り唱う）した、いわば「説教節」で、その内容は単に経文にとどまらず、民間説話をもとりあげた。

「孟姜女変文」は、前後を欠き不明の部分もあるが、

（姜女は）寒衣を送っていったのに……（杞梁は）槌杵《ついしょ》の禍に遇って、命尽き城に築かれたという。……姜女は大哭して長城を倒し、指の血をしたたらせて杞梁の骨をさがした。……あたりの髑髏にたずねれば、「わたしたちはみな名家の子なのに、秦によって築城の卒につかわされ、辛苦にたえられず死んだのだ」という。姜女は杞梁の祭をとりおこなってから、その骨をまとめて背負って……。

という内容だ。それは、当時の民間で歌われたと思われる「擣練子」（曲調名、「練《ねりぎぬ》を擣《う》つ」歌）の、

孟姜女、杞梁妻　　孟姜女は杞梁の妻、
一去燕山更不帰　　（夫は）燕山へ去《い》ったきり帰らない。
造得寒衣無人送　　寒衣（冬着）を作ったのに送りとどける人がなく、
不免自家送征衣　　仕方なく自分で征衣を送るのだ。

と補いあって、「寒衣を送る」孟姜女の姿をうかがわせる。

「寒衣」は六朝のころから「擣（寒）衣」のように婦人の（多くは異郷にある）夫への情を托すものとして歌われたが、唐代になると、その用法がしだいに戍役のため辺地にある夫に寄せるものと限定されていった。そして、

明朝駅使発　　明日の朝は駅使が立つという、
一夜絮征袍　　その夜、わたしは冬着に綿を入れる。
素手抽針冷　　かじかんだ手で針を使えば、
那堪把剪刀　　なんという鋏の冷たさだ。
裁縫寄遠道　　こうして仕上げて送るのだが、
幾日到臨洮　　臨洮《りんとう》にとどくのはいつの日になるのだろう。

（李白「子夜呉歌」の一）

と心をこめたその寒衣を駅使に托して送った。ときには「辺使を見ずして、空しく寒衣を寄するを待つ」（張籍「望行人」）こともあり、「黄河氷《こおり》すでに合せしに、なお未だ征衣を送らず」（貫休「塞下曲」）ということもあった。そして、

去秋送衣渡黄河　　去年の秋は冬着を送って黄河を渡り、
今秋送衣上朧坂　　この秋は冬着を送って朧坂《ろうはん》を登ります。
婦人不知道徑処　　女の身で道すじもよくはわかりませんが、

但聞新移軍近遠　移った先をあれこれと尋ねてまいるのです。……
絮時厚厚綿纂纂　ふっくらと綿を入れた、この冬着が、
貴欲征人身上暖　あなたの体を暖めますようにと、
願郎莫着裹屍帰　どうか屍《なきがら》を包んで帰ったりすることのないようにと、
願妾不死長送衣　生きている限りいつまでもお送りします。

（王建「送衣曲」、部分）

とみずから送ることもあったのだろうか。

だが、「夜は戦う桑乾の雪、秦兵半ば帰らず、朝に郷信の有りて、なおみずから寒衣を寄す、と」（許渾「塞下曲」）という悲しい情景が婦人たちを待っていることもあったのだ。「白骨はすでに草原に散らばってしまったのに、家人はなおみずから寒衣をとどける」（沈彬「寄辺人」）のが、またそのまま、孟姜女に託された姿だった。

このような「送寒衣」を伴った孟姜女がいつごろから流布したものかは、直ちには断定しがたい。製作年代の推定される敦煌曲（八十三）のうち、盛唐（五十四）、中唐（十一）、晩唐（十）、五代（八）の割合で（任二北『敦煌曲初探』）、さきに引いた貫休らの詩と年代的に重なりあっていることも考えられる。だが、それを『同賢記』の説話とひきくらべる時、この「送寒衣」は築城（または戍役）のため辺地にいる夫を予想するので、当然そこから逃走して池で遇うくだりは相容れない要素となる。

だが、唐代におけるこの改変は、一方が他方を消し去っていくという形では進行しなかった。結果的には、『同賢記』系の「逃夫」説話は南方で、敦煌写本系の「送寒衣」説話は北方でといった大まかな分流が、

宋・元以後の孟姜女民話には見られることになる。

六　范郎から范杞良まで

『同賢記』から敦煌写本にいたる改変は、唐代の民衆がたえず自分たちの現実的な課題を孟姜女に仮託していくことによって、孟姜女を身近かな位置に引き寄せていった過程だった。前者で孟仲姿、『文選集注』で孟姿とされた女主人公が、後者で孟姜女とされた理由は明らかではない。だが『詩経』に「咲いたむくげの華の様《よ》な、可愛い娘と合乗りで、ゆけばゆらゆら、玉かざり、あの美しい孟姜さん、ほんにきれいでみやびてる」（鄭風「有女同車」、目加田誠『詩経』による）と美女の代表的な名詞として歌われた孟姜——その古代民謡以来の伝承がそれにかかわっていたことは疑いない。「姜（姓）の姉娘」といった本来の意義は忘れられて、明代あたりから「許（＝姓）孟姜（＝名）」とも名づけられるなどの混乱を生じたことは、かえって孟姜が普遍化した呼び名だったことを示すものだろう。「孟姜女は杞梁の妻」という敦煌曲の説明的な一句は、まさにその過渡的な姿を語っていたともいえる。

一方、前者での杞良は、『文選集注』では犯梁と書かれ、さらに敦煌曲では（三本の巻子でそれぞれ）杞梁妻、犯梁妻、犯梁清となっている。一見単純な誤写かと思われる「犯」は、宋代から現われる「范郎」の由来を明らかにする貴重な手がかりとなる可能性がある（耳を通じての伝承だけでなく、文書による説話の伝承もあったことの傍証でもある）。

南宋の周煇《しゅうせん》『北轅録』（一一七七年刊）に、

雍丘県に至り、次いで范郎廟を過ぎた。その地名は孟荘。廟には孟姜女が塑してあり、配享者として座していたのは蒙恬将軍だった。

とあるのがその最初の記載だが、それ以後、明・清に至るまで地方志などに記された素朴な伝承には范郎を用いるものが多い。孟（仲）姿が人々の耳になれ親しんでいた孟姜に代えられたように、犯梁が音を転じて通俗化したのが范郎なのだろうと推定される。

宋・元にわたって孟姜女を題材とした民間文芸のほとんどは、題名を残すだけでその内容を知ることはできないが――そこにも范郎の広汎な流布を裏づける事実がある。宋代の都市の盛り場で語られたらしい公案に「姜女尋夫」、金代の院本に「孟姜女」、元代の雑劇（元曲）に「孟姜女送寒衣――范杞良一命亡沙塞、孟江女千里送寒衣」（鄭廷玉作）、宋・元の戯文に「孟姜女（千里）送寒衣」と見てくると、「范杞良」が元曲あたりから現われることがわかる。

この「范（＝姓）杞良（＝名）」は范郎の流布を背景にして、それが「杞（＝本来の姓）良」と重ねられてできたものと思われる。ここから范杞梁、范杞郎、范紀良、范希郎、范士郎、范四郎、范喜郎、范喜良、范西郎、万喜良、万紀良など類似音の名が派生して用いられるようになった。

唐代以後に孟姜女民話が急速に拡まったことは、五代後唐の『中華古今注』が西晋の『古今注』の「杞梁妻歌」をほとんどそのまま流用しながら杞都城を長城と改めたり、北宋の『孟子疏』が杞梁の妻を孟姜としていることなどからも、また、もっとも古い孟姜女廟の記録が、河北省徐水県（一〇一〇年ごろ）、陝西省同官県（一〇六〇年ごろ重修）、河南省杞県（一一七七年）と残されていることからも裏づけられる。范郎の名もおそらく敦煌写本系の説話とともにその時期に民間に浸透していったのだろうが、それも元曲の引用に「送寒衣」というものが多いことなどからさかのぼって推定されるだけだ。

七　南方系の語り物で

このように元曲が寒衣を送ったことを多く引用するのはおそらく当時の北方民話の反映なのだろうが、これに対して南宋のころから南方で発達した演劇の脚本「戯文」の残曲には『同賢記』系の、脱走や蓮池での水浴を扱った場面が現われる。それ以後、明・清にかけて「社会にもっともゆき渡った唱本（講唱する語り物のテキスト）は、孟姜女尋夫と梁山伯祝英台だ」（胡懐琛『中国民歌研究』）とされるような流行の主流を占めたのは、この南方系の語り物だった。

その系列のもっとも古く整ったものは、明代の正徳年間（一五〇六～一五二一）ごろから盛行しはじめた「宝巻」に現われる。「宝巻」は宋代初期の異教弾圧と時を同じくして禁止された「変文」の後を継ぐ「説経節」系統の講唱文学で、そこからのちの「宣巻」（伴奏は主に胡弓）が生まれてくる。それ以後、清代にかけて、南方（主に江蘇、浙江一帯）の「弾詞」（伴奏は主に琵琶）などの語り物では池でのくだりを基本構成の一つとして話が展開する。それに対し、北方の「鼓詞」（伴奏に太鼓を用いる）などでは、敦煌写本系の単純な筋立てのものが多い。

しかし、明代以後の語り物では、南方系といっても夫の名に范郎と「范十喜良など」とをともに用いているし、また「送寒衣」もことばの上ではほとんどにとり入れられている。そのためには当然前にのべた矛盾を何かの形でとりつくろわなければならなかった。

南方系の語り物には『同賢記』で夫の死を知らせた奴僕の伝承された姿と考えられる孟興が現われるものが多いが、その孟興は「その死を長城で確かめて来たのに、家へ帰ると病気だったとうそをつき、また長城へ届けてくれという金などを預かると（前の旅のおりにいい仲となった娼家の女のところへ）そのままずらかってしまう。ところが、孟姜はある夜不吉な（または夫の死を知らせる）夢を見て、『一は寒衣を送るため、二は吉凶を見とどけに』と長城への旅にのぼる」といった宙に迷った役割で登場する。それは「送寒衣」が民間に無視できない流布を示した時期に、聴衆をそらすまいとした苦心の演出だったのだ。

そしてまた、おなじ南方系といいながらも、孟姜女の夫が長城から逃走したとするものは、さきの戯文に片鱗を見せただけで、それ以後の記録からは姿を消し、民国初年（一九一八年以降）に集められた唱本や地方伝説——それも、福建、広東、広西、四川などのなかに再び現われるのをまたなければならない。それらは、『同賢記』系唐代民話の改変されない姿がこれらの比較的文化の中心から隔離された地城に保存されていたものとして注目される。

たとえば、広西省桂林の唱本『花旛記』の「長城を倒してから夫の屍をさがして衣に包み、三尺の白羅で花旛を作って亡魂を導いて帰途につく」ことは、貫休の詩の「疲魂と飢魄と相逐いて帰る」姿とつながりがあるらしい（人が死ぬと魂は天に昇り、魄は形骸について降るという）。江南民歌の「帆を立てて櫓をやり、おまえの船を追っていく、おまえの船は孟姜女、おいらの船は范杞良」も、そこから来たのではなかろうか。そして、北方の陝西省西安刻本の「宣講」にも「孟姜女は（屍を包んで背負い）長城を離れて大声で哭き、范郎の霊魂を導いて南行した」とあって、ある時期には広い交流があったことを示している。

このような地方民話や、それに密着した語り物にひきかえ、明代の講唱文学の場でなされた改変は、孟姜女伝承の本質に触れるような規模でなされた。たとえば、池のくだりののちに夫が役人に捕えられていく――これは『同賢記』では明瞭ではなかったが、南方の語り物では共通した構成だ――という形だけは残しながらも、捕える理由そのものには、あとで見るようにかなり違った性質の変化が起こってくる。そして、その改変の特徴は、先行する民話あるいは語り物の基本構成を形の上だけでは残しながら、そこに改変者たちそれぞれの立場による考え方を入れ替えていくという方法だった。したがって、孟姜女民話に反映されたその形成期の社会的様相が、その聴衆の現実から理解しにくいものとなるにつれ、語り物はますます多くの説明と解釈を付加するようになった。

たとえば「六月六日の厄除けに蓮塘《はすいけ》で水浴しようと着物を脱いだところを（逃夫の范四郎に）のぞかれた」（広西省象県伝説）といった素朴な語り口は、「孟姜は范郎を樹からおろして池にはいらせ、夫婦になろうといった。范郎がいうことをきかないので、孟姜は『そうしなければ役人につき出すよ』とおどしつけた」（『花廂記』）あたりを境に、不自然な説明が加えられていく。――蝶を追って池に落とした扇子を拾おうとして裸になったところを見させたり、烈風で池にはまった孟姜を樹蔭から現われた喜良に救わせたり、というように。そして、私の裸を見た人とは必ず結婚すると、あらかじめお堂で誓いを立てさせることはすでに明代から現われるが、清末には落ちた扇子を取ろうと伸ばして露われた腕を見られたから、といった変わり方さえしている。「逃夫」という前提が変えられていったのもそれと同様な経過なのだろうが、いずれにせよ、そのような方向からは物語りとしての発展を期待することはできなかった。

八　明代の陝西民話の姿

一方、おなじ明代でありながら、すでに『大明一統志』（一四六一年）に、

孟姜女はもと同官の人。秦の時、夫が長城に死んだので、みずから遺骨を背負って県北三里ばかりに葬り、石穴の中で死んだ。

と記された陝西省同官県を中心とする地方の民話では、敦煌写本系の姿をもっと強く推し進めるような情勢が展開していた。

劉向『（古）列女伝』とそれに付載された『続列女伝』の後継を意図した明代（刊年不明）の『新続列女伝』が、「秦の杞良の妻」と新しく項目を立て、

秦の孟姜は富人の娘で、范杞良を入り婿とした。三日で夫は長城の役に赴き、久しく帰らなかった。そこで寒衣を製して送った。長城に至り、たずねて夫のすでに死んだことを知り、天に叫び、足を頓《くじ》き……（崩城、滴血して夫の骨を背負い）潼関に至って筋骨すでに竭《つ》き、家に還れないのを知って、骸を巌下に置き、かたわらに坐って死んだ。潼関の人はその節義を重んじ、像を立ててこれを祀った。

と記した内容は陝西省西安の「宣講」に残された姿と通いあい、また当時の各処の地方志の記載とも共通の

構成を持っている。
その「宣講」に残された「孟姜女哭長城」のあらすじを見よう。

范杞良、父はすでになく母との二人暮し。孟姜と結婚して三日目に築城に徴発された。それから三年、泣きあかした范の母は孟姜の看護のかいもなく、ついに亡くなる。孟姜はねんごろに葬いを済ませ、夫への（寒）衣を持って、近隣の女たちのさかんな見送りを受けて旅立つ。途中で「塞翁」という老人の茅屋に泊めてもらい、もし死んでいたなら「およそ忠臣義士の骨は赤紅ではなく黄金色だ。孝子節婦は骨がまっ白だ」から（白い骨に）滴血して確かめなさいと教わる。やがて長城に着いて一日目はとうとう見つからず、あくる日「……夫は北に、妻は南にいて、家を出る時単衣《ひとえ》を着ていた夫にと、冬衣《ふゆぎ》を作ってなん枚か、辺塞の夫への防寒に、渡った山川《やまかわ》や路《みち》幾千……、せめて夫の骨だけでも……もしお天道さまが助けてくれないならば、頭を長城にぶつけて死のう」と哭いて、頭を城壁に撞《つ》きあてた。城は崩れ、夫の骨を包んで背負って……潼関にたどりついた時は「両眼に血は淋々」、落雁崖に坐りこんでもう一歩も動けなくなった。その哭き声に「男や女、数千人が山に上って来て聴き、一人としてそのために傷心して涙を流さないものはなかった」。そのまま三日、ついに息絶えて、潼関の人は夫妻のために祠を立てて、これを哀傷した。

母子二人暮らしのことは宋・元の戯文にも見え、また前に引いた魂を導くことなどから南方の影響も考えられる。これとほとんどおなじ内容で、「范杞良は河南省霊宝県の人」とする湖北省漢口刻本の「宣講適用送寒衣」があることから、漢江から丹江を経て陝西にいたる水路との関連を見ることもできよう。

ところで、その西安の「宣講」の城を崩したくだりのあとで、「長城を撞《つ》き倒したからには、もし朝廷の人が来て査《しら》べたら、わたしは連れていかれて罪を問われ、夫の骸はおろかわたしさえ故郷へ帰れなくなるのではないか」と屍の包みを背負って急いで帰途についた――あとへ続くものとして、

……夫長がその事を白《もう》す。主将は命じてこれを追はしむ。女は宜君山同官の界所に到り、山に登る。渇甚し。痛哭す。地が甘泉を湧かす。今その地は名づけて哭泉と曰ふ。時に女は倦《つか》ること甚し。奔《はし》る能はず。而して追ふものまさに及ばんとす。忽として山峯転移し、径《みち》なきが如く然り。追ふ者すなはち返る。

（明・馬理「姜女詩」序、平岡武夫訳、顧頡剛『ある歴史家の生い立ち（古史辨自序）』岩波文庫、による）


の表現は注目される（馬理は同官に近い三原の人で『孟姜女集』を編したが、今に伝わらない）。嘉靖三十六年（一五五七）の『耀州志』によると、その山は女廻山、哭泉の名はその水の湧く音が嗚咽することに由来し、また烈泉ともいう、という。その十年ほどのちの『安粛県志』に「また同官県には、始皇の卒が追って秦地に至り、雲霧がこれを遮蔽したとの説がある」と記されたのも、その同系民話と考えられる。

孟姜女民話の大きな広がりのなかでも、これほど激しく権力と対立した姿はほかには見られない。『耀州志』の編者が「これは大いに謬《あやま》っている。女廻山は東にあるのだから（そんなことは起りえない）」と訂正したような状況を超えて、人々の孟姜女に寄せた同情の心が山となって秦兵をさえぎったのだ。

明代の中期にあらためて盛んとなった長城の修築が、嘉靖年間（一五二二～六六）から隆慶年間（一五六七～

七二）にかけて現在に残る長城を完成させたことと何のかかわりもなしには、これらの民話の本質を見抜くことはできないだろう。

そして、徐水県の北を流れる泡河の源が内長城線に突き当たるあたりを太行山脈の東端とすると、その北端に当る渾源州の竜角山上に孟姜女廟があり、山脈を南下して潞安の姜女祠、西して汾水《ふんすい》から分流した澮水《わいすい》にのぞむ曲沃県には、孟姜女祠と、むかし孟姜女が寒衣を送って河に来た時、水が漲って渡れないので手で岸を打って哭いたら水が引いたというその手の跡と、その濡れた着物を乾かしたという羅衫坡とがあり、その汾水を下って黄河と合する対岸の韓城県には、孟姜女が城を崩したというところがあり、やはり手の跡と廟とを残し、そこからさらに西して汾水を渡ると同官県にたどりつく――という長城に接した地域の古蹟群がその何よりの裏づけともなっている。

明代の江南地方で記された民謡が、

築城池、築城池　　城池《しろ》を築き、城池を築く。
可憐黎庶受孤栖　　憐れなおいらがつらい目にあう。
東村築死張家子　　東の村では張さんの息子が築きこまれて死んだ。
西村囚殺李家妻　　西の村では李さんの妻《かかあ》が囚《つか》まって殺された。
場中多少飢寒死　　世の中ではたくさんの人が飢え寒《こご》えて死んだ。
牆辺尽是哭啼啼　　牆《しろ》のあたりは哭き叫ぶ声でいっぱいだ。
寧為太平狗、莫作産秦人　　秦人みたいになるのなら、いっそ太平の世の狗《いぬ》になるのがましだ。

妻子望得肝腸断　妻子は考えるだけで肝腸《はらわた》がちぎれ、
想起家中転痛悲　うちのことを思えば悲しみがつのる。
幾時能夠転回帰　いつになったら郷《くに》へ帰れるのか。（くり返し）

築城牆、築城牆　城牆《しろ》を築き、城牆を築く。
可憐黎庶受災殃　憐れなおいらが災難にあう。
家下撇下妻和子　家には妻と子を捨ておいて、
堂上別了老爹娘　父や母とも別れてきた。
也有夫死城牆裡　城牆《しろ》で死ぬ夫がいるかと思えば、
也有妻子没長江　長江に身を投げる妻もいる。
受苦如山無数処　山ほどの苦しみを訴えられず、
可憐築死范杞良　憐れにも築きこまれて死んだ范杞良。
杞良有個賢妻子　杞良には賢い妻がいた。
可憐千里送衣裳　憐れにも冬着をとどけて千里の道を行き、
尋夫不見牆哭倒　夫に見《あ》えないで牆《しろ》を哭き倒した。
誰人憐念范杞良　范杞良のことをみんなが思う。
幾時能夠転回帰　いつになったら郷《くに》へ帰れるのか。（くり返し）

（『劉漢卿白蛇記』にある山歌「築城牆」、万暦間金陵刻本）

と歌ったのも、あらためて孟姜女と范杞良とに強い共感を傾けないではいられなかった人々の出現を語っていたのだ。

九　明・清にかけての改変

孟姜女廟として最古の記録を持つ河北省徐水県（旧名安粛県）で、宋代の（大中）祥符（一〇〇八～一〇一六）の年号を記した碣石《けっせき》が、県北を流れる泡河で水災の踏勘にいった役人の手で発掘されたのが明の隆慶年間（一五六七～七二）、そして同県の、孟姜女が住んでいて衣を洗ったと伝える「濯（または浣）衣塘」にほど近い祠址に、「政暇つねに古蹟を捜剔しようとしていた」（『安粛県志』）役人によって廟が再建されたのが、それに先がける正徳十四年（一五一九）だった。

それと時期を同じくして嘉靖年間（一五二二～六六）には、洞庭湖に西から注ぐ澧水《れいすい》に望む澧県で廟が増修され、さらに、万暦二十二年（一五九四）には、陝西省同官県で廟の重修がなされ、また同年に山海関外にも廟が建てられた。明代中期以後に相次いでなされたこのような廟の修建は、徐水県の例が象徴的に示すように、唐代から宋代初期にいったん流布して定着し、民衆の口碑に生きつづけていた（と考えられる）伝承が、政治的な地位を持つ人々によって大がかりに取り上げられた過程であった。

それらの地方には――湖南省澧州では、東南にある嘉山が「孟姜山」とされ、山上に姜女廟があり、その前の峰が「望夫山」といい、そこには孟姜女が針仕事をしながら夫を想って針で手当りしだいに裂いたために葉が細くなったと伝える「刺（または繍）竹」が茂り、山麓には孟姜の故居、澧水のほとり「孟姜浣《かん》」に

「孟姜の鏡石」がある（なお南方では、ほかに浙江省平湖県にその故居と「孟姜の搗衣石」、上海には孟姜が通ったと伝える場所がある）。山海関外（綏中県）の廟は「望夫山」に建てられ、そこから望む海中に突き出た岩が「姜女墳」とされている――といった古蹟が残されている。そして、それらの古蹟にちなんで語られた伝説もきわめて単純なものだったろうが、「俗に言う、杞梁は貌《かお》醜く小さく、役を倦《なま》け、始皇の督役の者に土中に築きこまれたのだ」（『安粛県志』）というように、ほかには見られない描写を残す地方志もある。

ところが、その古蹟に取材した語り物には、四川唱本の「城官は千里も夫を尋ねた孝に感じて上奏した。秦王は彼女を一品の貞節夫人に封じ、澧州にその坊を作らせ、人馬や轎《かご》で家へ送らせた……。姜女は九十九歳まで生きた」という結末、または清代の鼓詞で秦の始皇から「玉帯を賜わった」り、皇帝の手で山海関に祠を建ててもらったりする結末のようなものが多い。

明代の嘉靖刻本の『諸家選極五宝訓解啓蒙故事』には、「姜女は、（始皇に向かって）私はただ夫が帝王より三十年早くか、三十年遅く生まれさえすれば、この災難を受けなかっただろうにと怨むばかりで、天生の子である帝王を何で怨みましょう、と言った。帝は涙を流して自分の過ちだったと言い、金帯を解いてこれに贈った」とあって、その起りが明代にあったことがわかる。

おなじ明代の崇禎刻本の『人物演義』には、

范杞良は湖南の人。読書人でありながら築城の卒となり、苦しみに堪えられず一月とたたないうちに死んだ……。孟姜女が（長城を倒した時）丁夫たちが「築城怨」という歌を作ってうたった。「築城の苦、築城の苦。城上の丁夫は城下に死す。長号一声、天ために怒る。長城忽ち崩れてまた土となる。長城を崩せし婦よ、哭くを休《や》めよ。丁夫往日、寸を築くにも労せしを。」（この詩、一五〇四年の『西涯楽府』に見える。）孟姜女は長城のあたりの山なす白骨から、夫の骸を見分けがたくさまよっていた。そして、この歌声を聴くと、いよいよかなしくなって、河辺に行って投水した。

というように、絶望的な状態におかれた孟姜女が完全な敗北の姿でうしろ向きにとらえられている。それにくらべれば、これも明・清の語り物に多く語られた、

夫の屍を背負って帰ろうとした孟姜は、捕えられて始皇の前にいく。始皇がその美貌に眼をつけ、妃にならないかと言うと、孟姜はその代償に夫を鄭重に葬るなどの条件を要求し、それが果されるのを見とどけると、みずから投水した。

というくだりは、なお前向きの姿勢を保持しているともいえよう。

南方系語り物の池の場面にいたる前提の改変は、一は、

築城の卒として行った范郎は、蒙恬に「おまえは秀才だから役を免じてもらってやる」と始皇の前へ連れていかれる。ところが始皇は蒙恬の今までの役を范郎に代わらせた。くさった蒙恬は一計をたくらみ、そそのかして范郎を家の親に会いにいかせ、逃亡したと上奏する。帰途、孟姜の庭に迷いこんだ范郎は……逃夫として役人に捕えられる。

というように、一は、

長城を築くのに「一人よく万民に抵《あた》る」万喜良を人柱にするために捕えようというお触れで家から逃げだした喜良が、孟姜の庭にはいりこんだ……。

というように展開する。

前者には「范郎は結婚するとすぐ重病になり、三日後に役人に連れていかれるまで孟姜と夫婦としての交渉はなかった」としているくだりがあるが、それは「三日にして別れた」という当時の民話の枠を残しながら、二人が関係を持たなかったことによって孟姜女の貞婦としての価値を高めようという意図から設定されたものと思われる。このような非人間的な観念による歪曲は、蒙恬との交渉を作り出したことと同様に、本来の姿を骨抜きにすることだった。

後者ではそれにひきかえ、喜良の姿と民衆との関係は明瞭にされている。明の嘉靖三十二年（一五五三）に築かれたとされる上海城の城脚から、胸に「万杞梁」と彫った三尺ばかりの石像が発掘された（一九一〇年）事実は、その人柱説話の流布した状態を有力に語っているが、当時の都市に生活していた人々にとっては、万杞梁は自分と並列に置いて共感しあうよりは、それを別格の位置に持ってきてはじめて理解し得る存在だったにちがいない。「彼を埋めると、ふしぎなことに数日にして城は完成した」（清代、上海唱本）という、陝西民話の抵抗する姿などとはかなりかけはなれた結びを期待したのもそのような人々だったのだろう。

それは、陝西の「宣講」が、

女はこのことを聴いて心にさとり、みな孟姜女の孝義烈勇を学ぼうと願い、男はこの事を聞いて自警しなければ、高帽を戴き、長衫を穿《き》ても、裙釵《くんさい》（婦人のこと）にもおよばないのだ。もし孟姜女が長城に命を捨てなければ、なんで雁門関を南北に通ることができただろうか。

と、孟姜女を中心として結んだことと対比して、当時の都市においておこなわれた語り物の焦点がどこにあったかを示している。

十　十月一日と「送寒衣」

前項で「婚して三日」を固執した例としてあげた宝巻は、その原作は明代と推定されるものだが、そのなかに孟姜が捕えられていく夫に「十月一日になったら寒衣をきっととどけます」と誓い、またそれに次ぐ清代の宝巻は「寒衣をとどけた孟姜が、夫の屍をさがしだしたのが十月一日だった」としている。

そして、ここに明代の北京の年中行事について記した『帝京景物略』（劉侗、一五九二〜一六三五）の記事がある。

十月朔日《ついたち》に、紙肆《かみや》は五色の紙を剪《き》って、男女の衣を作る。其長一尺有余である。これを寒衣という。また疏印があり、これには死者の姓名行輩等を識《しる》し、あたかも家からの手紙を送るようである。家々では夜の祭奠を行い、それを門口で焚く。これを送寒衣という。

（『燕京歳時記』に引く、小野勝年訳『北京年中行事記』による）

くわしく引く余裕はないが、清代の地方志などによると、十月一日の「送寒衣」は河北、山東、陝西、河南あたりに広くおこなわれた民俗行事で、墓前で紙銭とともに焼く地方もあることが分かる。

南方では「十月の朔日、俗に十月朔という。人貧富なく、みなその先祖を祭る。多く冥衣の属を焼く。これを『焼衣節』という」（『呉中歳時雑記』）という。その起源は明らかではないが、人の死に際しての焼衣の風は元代に盛行した文献があるが、その後それが墓詣りをする日として行事化して、南方で「焼衣節」、北方で「送寒衣」となったものと思われる。

その「送寒衣」と名づけられる過程に、孟姜女民話はどのようなかかわりを持ったのだろうか。ただ「十月裏来十月一、家家戸戸送寒衣、寒衣送到長城裏、哭倒長城十万里」（陝西、寧夏一帯の民謡）のように、孟姜女の送寒衣と年中行事のそれとを同一視した例はかなり多い。河北省の鼓詞にも「到了長城十月一……、哭々啼々焚了寒衣」といった形で歌われ、さらに河南省衛輝民謡の「十月裏十月一、孟姜女送寒衣、一送送到墓頭上、一哭哭倒日平西」にいたっては、夫の墓に「送寒衣」をして日の沈むまで哭きくずおれている女の姿となって、民俗行事の影響がかなり大きく持ちこまれている。その関係はまだ明確にできないけれども、このような民俗行事との交流そのものが孟姜女民話の持つ場の特質を指し示しているものといえよう。

十一　民謡のなかでの姿

明代の地方志に「秦より今千余年を歴て、澧人《れいじん》の称誦衰えずして、往々これを形どりて歌を詠む」（『澧県志』李如圭）とか、「余稺年《ちねん》の間、閭里庸俗の人、このことを歌謳す」（『宜君県志』馬理）という。その民謡の片影はわずかに前に引用した「築城牆」などにうかがえるだけだが、民衆の中に生きた孟姜女をもっともよく伝えるものは、むしろそのような消えた記録のなかにあったに相違ない。

はじめに引用した「十二月歌」は、孟姜女民謡のもっとも流布した形式だが、この形式の起源は六朝の南方民謡にまでさかのぼり、敦煌曲には征夫を想う心を歌った「十二月歌」の残曲もあって、民衆の中に古い根を育ててきたことが分かる。

前に引いた「十二月歌」は南方のものだったが、陝西・甘粛地方のそれには、さらに労働の姿を歌いこんだものが見られる。

五月裏来五端陽、家家戸戸収麦忙、人家麦子斉上場、孟姜女麦子満山黄。
（五月には端午節がくる、どこの家でも麦刈りに忙しい。よその麦刈りはみな片づいたのに、孟姜女の麦畑は黄いろのままだ。）
六月裏来熱難当、深溝裏担水好悽惶、身穿衣衫汗盈盈、丟下水担哭一場。
（六月の暑さはやりきれない、深い溝《ほり》から水を担《かつ》ぐのはつらい、汗で着物もべっとりとなる、水を放り出して哭きだしたい。）

水を放り出して泣きたいのは、夫のいない孟姜女だが、同時にそのつらい仕事にどうにか耐えている歌い手の女たちの心でもあろう。それらの民謡での孟姜女は、女たちの分身としてきわめて普遍的な姿をもって現われる。

十一月裏冷悽悽、（一句欠）人家有児聴児哭、姜女無児聴鶏啼。

（十一月には寒くなる。……よその家には子どもがいて子どもの泣くのを聴く。姜女には子どもがいないから鶏の鳴くのを聴く。）

十二月裏雪飛天、上鋪錦被下鋪氈、層層錦被都不暖、不比単被共夫眠。

（十二月には雪が舞う。上には錦を、下には氈（もうせん）を、重ねて寝ても暖まらない、二人の時が想われて。）

（広西象県民謡）

さらに「お父《とう》や母《かか》のことを哭くのではない。ただわたしの范杞良を哭くばかり」（甘粛民謡）だから、「九月九日は重陽節、菊の花は道ばたにいっぱい……ただひと枝を范郎に」（同上）折ってやるのだと、一途な心を歌いこんでいく。

そこには築城の歎きとともに流布した孟姜女が、その寡婦としての姿を通して、女たちの哀歓を託する一般的な性格をその身に体現してきている。それは河南に残された、

お天道さまはこの世の人を殺させようとして、始皇帝をこの世によこしたのだ。その人殺しの方法が戦

争をやることと長城を築くことだった。お天道さまはまた、十二の太陽をぐるぐる廻らせて夜が来ないようにさせた。こうして人々を疲れさせて皆殺しにしようとしたのだ。この時、一人の娘がその人々に同情してたくさんの歌を作った。人々はそれを歌って疲れを忘れながら仕事をしたので、死をまぬかれたのだ。

（尚鉞、要約）

という「民謡の起源」を語る民話に反映したような、孟姜女民話の新しい改変された姿ともいえよう。

（付記）　これらの整理に当たっては、民国初年、北京大学の歌謡研究会（一九二〇年～）で顧頡剛らを中心としてなされた採集の結集『孟姜女故事研究集』（一九二八年）と、中華人民共和国になってからの「民間文学資料叢書」の一冊『孟姜女万里尋夫集』（路工編、一九五五年）とに、そのほとんどを負っている。

孟姜女民話の原型

一　folk memory として

天地開闢《かいびゃく》以来、人間は日一日と悪くなるばかりであった。秦の始皇帝の時代には、それはもうこの上なしというところへ来てしまった。そこで、腹を立てた老天爺《ラオティエンイエ》（お天道さま）は、始皇帝をこの世によこし、人間をみな殺しにしてしまおうとした。始皇帝は、人間を殺すために、戦争をおこしただけでは足りなくて、万里の長城を築く工事にとりかかった。老天爺もこの始皇帝に加勢して、十二の太陽をこしらえて空をぐるぐると廻らせた。こうして、この世から夜を奪いとってしまい、人々をこき使って死に追いやろうとした。この時、ある綉楼にいたひとりのなさけ深い少女が、疲れ果てて倒れていく人々のありさまに心を痛めて、たくさんの歌をつくりだした。人々はその歌をうたいだすことによって、疲れを忘れて仕事にとりかかった。そして、死をまぬがれることができたのだという。

これは、一九二五年、尚鉞《しょうえつ》が顧頡剛《こけつごう》にあてた手紙のなかで、自分の生まれた河南省羅山県に伝わる、

「歌謡の起源」を語る民話として紹介しているものである。(1) この要約がもとの語り口にどこまで忠実なのかはわからないが、さりげない言葉でつづられたこの民話のなかにも、苦しみをかいくぐってきた民衆の姿をうかがうことができる。

そこで、人々の頭上にたえずギラギラと輝き、夜の休息をも奪い去ろうとしている「十二の太陽」は、いうまでもなく、堯帝《ぎょうてい》の世に地を灼き草木を枯らした「十の太陽」の再現であろう。しかし、あの古代説話のなかで、弓をひきしぼって「九つの太陽」を射落とした羿《げい》は、どこへいったのであろうか。たくさんの太陽が空にあって人々を苦しめるとき、英雄が現われてこれを射落とすというモチーフは、南中国の苗族や台湾の高山族の説話などにもみられる。苗族の説話には「十二の太陽」という異伝もあることで、この河南民話の「十二の太陽」が意外に深い伝承を踏まえているのではないかということも想像される。没することのない太陽のために、人々が疲れ果てて働く元気をも失った、というだけなら、はるか南のオーストラリアの民話にもあるというように、いずこでも考えだされやすい発想であった。それを、「人を殺す」政治の表象としてとらえたところに、この河南民話が古代説話のモチーフを借りながら、なお近代にいたるまで語り継がれなければならなかった契機がかくされていたのであろう。

そして、英雄・羿の失踪もまた、そのような状況と無縁ではなかった。一世紀に生をうけた王充は、すでに言っている。まことに「人が弓を射たところで、矢は百歩の先にもとどかないで、力が尽きてしまう。……天とのへだたりはといえば、万里をもってはかるほどである」。たとい堯帝の世に天地が百歩の間にあったとしても、矢をもっては「地にある炬火《たいまつ》さえも、消すことができないではないか」(『論衡』感虚篇)。

この王充の恣意的な比喩は、たまたま始皇帝の治世下にあって、人々のおかれていたある状況を想起させる。秦代に長城を築くために使役された人の数はおよそ五十万人といわれるが、そのなかには「不正をおこなった獄吏」や、焚書の令にしたがわないために「いれずみをして城旦《じょうたん》の刑に処せられた」者もいたという。城旦とは、『漢書』注で応劭《おうしょう》が言うように、朝早く起きて城を築くことから出た用語なのだろうが、『史記集解』では「昼は寇虜の攻めてくるのをふせぎ、日が暮れると長城を築く」のだとしている。後者は、『水経注』の「昼は警備につき、夜は作業をして」長城を築いたという記述とつながる。城旦の刑名は、漢代においても、強制労働刑の一つとして原義と一致しない空名のまま残されていた。したがって、それらが秦代の実際の刑の状態を伝えているかどうかはよくわからない。

しかし、凍てつく寒夜にもなお夜明けを待つごとくに鳴きやまぬために「寒號虫」と名づけられるコウモリの一類が、漢代の函谷関以東の地で、城旦と呼びならわされていた（『揚子方言』）という一事にも、彼らの痛ましい姿は記しとどめられている。そのような夜業が行われていたとすれば、たとい敵の奇襲をおそれたにしても、彼らの足もとを照らしだすほどには、おそらく炬火が、暗闇を切りさいてともされていたであろう。この「地上の炬火」こそが、人々にとっては「十二の太陽」の表われにほかならなかったのである。

この「十二の太陽」の背後にあるものを、始皇帝をも支配するような絶対的な権威として描きだしたのは、この「地上の炬火」からのがれることに絶望した人々であったのかもしれない。そして、その人々をからくも死からまぬがれしめたものこそが、「綉楼の少女」によってつくりだされたたくさんの「歌」であった。楼上にいる少女といえば、征役にある夫を歎く女性の姿として、唐詩においてすでに定型化されていた「高楼の思婦」が連想される。そしてそれはまた、あの悲しげなリフレインをもって歌われるバラッドの、女主人公の姿へとつながる。

（歌謡の起源について）秦の始皇帝が長城を築いた時、というのは、おそらく孟姜女の歌がたいへん古くから、たいへん広く、たいへん多くはやっていたせいなのであろう。人々は、歌謡といえば、すぐに孟姜女や、長城や、秦の始皇帝のことを連想するので、歌謡は長城を築いたときにできたというのであろう。

（朱自清『中国歌謡』[2]）

孟姜女とは、秦の始皇帝のとき長城を築く労役で夫を失ったとされている女性の名前である。そして、「始皇帝＝万里の長城」というイメージが長く「人間を殺す」政治の象徴とされてきたという時、そのひとつの核となって語り継がれてきた名前である。一九三三年に書かれた『中国の運命』（*Distiny of China*）の最終章に、アメリカのジャーナリストであるアグネス・スメドレーは、広東生まれの少女が、物心のつき始めたころから知っているというその歌をうたってくれたと記し、つづけてこう書きとめている。

それはバラッドであるだけではなかった。それは folk memory というべきものであった。

山海関から八達嶺をよぎって西へつづく現在の長城は、もちろん秦代のそれではなく、歴代の築造をへて、明代の大規模な工事で完成したものである。明代の為政者がその工事に当たって、あらためて「辺牆」と名づけたのは、「長城を築く」という言葉に託された「暴政」の集中的表現を忌みきらったからだとさえ言われている。

そのような状況の背後に巨大な姿を横たえている「民衆の共有する記憶」である民間文芸、なかでも「伝統民話」(3)といわれるものの全体像は、なお茫洋としてとらえがたい。いまだ見ぬ国の山かげや川のほとりで、人々がどのようなまなざしで孟姜女の名を口ずさんだかを、わたしは知らない。ただ「文字を書くことができた」人々の記録の行間から、そのおぼろげな姿を読みとることができるにすぎない。

二 「逃夫」民話の形成

孟姜女民話の原拠とされるのは、『春秋左氏伝』にみられる「杞梁《きりょう》の妻」の説話であるが、それは漢代には「戦いのために夫を失った妻が、その死を痛哭して城を崩した」という事績によって、天人感応の説話として広く流布されていた。しかし、六朝末期から初唐にかけて成立したと推定される孟姜女民話では、枠組みとして「杞梁」という固有名詞や、「城を崩した」という異常な行為が借りられているものの、『左伝』では戦国時代の斉の軍将であった杞梁が、ここでは、秦の始皇帝の時代の、しかも長城を築く労役からの「逃夫」となって現われる。そして、話は「逃夫」と「長者の娘」のこととして展開する。

その姿は『琱玉集《ちょうぎょくしゅう》』巻一二感応篇「杞良の妻泣いて城を崩す」項に、「『春秋』に出づ」という『左伝』の説話とならべて、「二説同じからず、いずれが是《ぜ》なるかを知らず」として記された「『同賢記』に出づ」という記載のなかに残されている。それは、つぎのように読みとることができる。

杞良《きりょう》は、秦の始皇帝のとき、北の地方で長城を築いていた。仕事の苦しみをのがれて逃走し、孟超の後園に入りこみ、樹の上にかくれた。超［以下、写本は「超」を「起」に作る］の娘の仲姿は、池で水浴をして、見あげると杞良がいたので、あなたは何者で、どうしてここにいるのかとたずねた。男は、わたしは、姓は杞、名を良といい、燕《えん》の地方の者で、労役《ろうえき》について長城を築いていたが、辛苦にたえられず、ここに逃げてきたのだ、と答えた。仲姿は、わたしをあなたの妻にしてください、と頼んだ。杞良が、あなたは長者の家に生まれ、深宮にいて美しい方なのに、どうして役夫《えきふ》のつれあいとなることができましょう、と言うと、仲姿は、女の人の体というものは夫となる男の人にしか見せられないのです、どうかそんなことをおっしゃらないで、と言った。そして、このことを父に話して許しを得た。夫婦の礼をおわってから、杞良は仕事場へもどった。主典はその逃走を怒ってうち殺し、城のなかに築きこんでしまった。その死んだのを知らなかった孟超は、身代りにしようとして下僕をやり、そこではじめて杞良が城に築きこまれたことを知った。これを聞いて悲しみにくれた仲姿は、往って城にむかって哭《な》きさけんだ。すると、城の真向《まむか》いがにわかに崩れ落ちた。死人の白骨は入り乱れて散らばり、どれが誰のかわからない。そこで仲姿は、指を刺して血を白骨の上にしたたらせた。もし杞良の骨ならば血がしみこんでいくのだ、と血をそそぎ、ついに杞良の骸骨をさがしだし、持ち帰って、これを葬った。(4)

ところで、この『同賢記』の名は中国のどのような書目にもなく、ただ佚文が、『琱玉集』残巻から三条、敦煌写本のS二〇七二から七条、おなじくS三六四五「前漢劉家太子伝」の末尾から一条と、あわせて十一条がさがしだされているだけである。(5)そして、これを引く『琱玉集』自身もまた、北宋の『崇文総目』と南宋の『通志』芸文略に名をとどめて中国では佚書となり、海を越えた日本にわずか二巻の写本が残されているにすぎない。

尾張の真福寺に所蔵される『琱玉集』写本の巻末に「天平十九年（七四七）歳在丁亥三月写」とあることから、川口久雄氏は「成立後まもなく憶良あたりによって舶載されたか」と言っており、引用の態度などからみて「民間通俗もしくは童蒙教化のための庶民的な書であった」のではないかとしている。(6)なお、西野貞治氏は、さきの敦煌写本のS二〇七二を『琱玉集』残巻と擬定し、それが六七六年に完成した『後漢書』章懐太子注を引用していることなどや、一方、日本で『琱玉集』の説話が大伴旅人（七三一年没）の「讃酒歌」の一首の出典となったという見解をふまえて、その成立を七世紀末から八世紀初頭と考えてよかろう、としている。記載された説話の内容から、六朝末期の撰録とされていた(7)『琱玉集』は、これによれば、『冥報記』や『法苑珠林』などの仏教説話集の大成がなされ、すでに『遊仙窟』が書かれようとしていた、初唐の後半のある時期に成立したことになる。

そしてまた、この『同賢記』の記載を裏づける、もう一つの同時代の文献も、『琱玉集』とおなじ運命をたどって残されたらしい。日本の金沢文庫に所蔵される『文選集注(8)』残巻・巻七三、曹植「求通親親表」の注に、「鈔曰……列女□（不明、「列女伝」か）云」として、以下に引用された記載は、虫損のため判然としない部分があるが、話の構成は『同賢記』とおなじである。『文選集注』は、隋・唐の芸文志にも、また『日本国見在書目』にも（『琱玉集』の名はこれには見える）記されず、あるいはわが国の王朝の時の人の編するところかとも言われている。(9)その引用は、李善注（六五八年）、鈔、音決、五臣注（七一八年）、陸善経注、編者案語の順序でなされており、鈔・音決はともに撰者が明らかでない。もし、この引注の配列が引用書の成立年次を考慮しているとすれば、「文選鈔」もまた、ほぼ『琱玉集』とおなじ時期の成立と推定されよう。ただし、「文選鈔」の引く「列女□」の性格については、『同賢記』とおなじく、中唐以前の成立ということのほかには手がかりがない。

「文選鈔」に引くところは全文一六三字（京大影印本でうち虫損二九字）で、『同賢記』の二四二字とくらべ、話の展開に簡略なところがあるばかりでなく、いくつかの注意される相違点をもふくんでいる。「文選鈔」では杞梁（写本では、右は「巳」、左は「扌」となっている。なお「良」と「梁」は同音）が燕人であることがないかわりに、「孟姿」が長城の近くに住んでいたとし、その父のことは出てこない。『同賢記』の「孟仲姿」から「文選鈔」の「孟姿」への変化を、顧頡剛は、のちに現われる「孟姜」への接近と解しているが、(10) どちらの説話が古い形をとどめているかを、記載する文献の成立年代からにわかに断定することは危険であろう。

たとえば、杞梁が長城へもどってから妻がたずねていくまでの経緯では、両書は微妙な相違をみせている。『同賢記』では、

「夫婦礼畢、良往作所、主典怒其逃走、乃打殺之、并築城内、起不知死、遣僕欲往代之、聞良已死、并築城中、仲姿既知、悲哽而往、向城啼哭、其城当面一時崩倒」

とあって、傍点の部分の示す事実はよくはわからないが、杞良は夫婦となってからその仕事場へもどり、のちに父親の孟超（起）が下僕をやって身代りにしようとして、はじめてその死を知ったということらしい。

「文選鈔」では、

「遂与之交（六字虫損）饋食後聞其死、遂将□（左旁不明、「酒」か）食、往収其骸骨、至城下問尸首、乃見

城人之築在城中、遂向所築之城哭、城遂為之崩」

となっていて、父親や下僕のことはみえない。

明清の南方に伝わる孟姜女の語り物の一系列には、この『同賢記』説話の下僕の伝承を思わせる孟興という名の男が現われて、長城へ杞梁の様子を見にやらされることになっている。もっともそれらの語り物では、晩唐以後に現われる孟姜女の新しい形象――辺境に（生きて！）いるはずの夫に寒衣（冬着）を送り届ける姿もまた取り入れられているために、孟興は家にもどって杞梁の死を知らせてはならないという宙に迷った役割をになっている。[11]そしてさらに、杞梁を「人柱」と改変した語り物では、その死は当然予期されてしかるべきなのに、なおその安否をたずねる孟興がうろうろしているのは、その下僕がおそらく古くからの登場人物であったためと思われる。

一方、「文選鈔」の「饋食」が遠くにいる人へ食物を送りとどける意味で使われているとすれば、これは、内モンゴルのウラト前旗で最近記録された「孟姜女の夫は辺牆を修築していて疲れて死に、城のなかへ築きこまれてしまった。孟姜女は食物を送りとどけて夫をさがしたが、見つからないので大声をあげて哭いた……」[12]という民話とおなじ行為をいうのだろうか。もっとも、食物をとどけたのは、「文選鈔」では孟姜女自身であったかどうかは分からない。しかし、この内モンゴル民話のような例は、ほかにはほとんど見当たらないし、そのように孟姜女民話を読み変える条件は事実としてもあったらしいことを考えると、これは偶然の一致であろう。

また、『同賢記』のさきの引用につづく末尾の「死人白骨交横、莫知孰是、仲姿乃刺指血滴白骨去、若是杞良骨者、血可流入、即瀝血、果至良骸、血径流入、便将帰葬之也」というくだりは、以後の孟姜女民話では欠くことのできない一要素となっている。ところが、「文選鈔」では、おなじくさきの引用をうけて「城中骨乱不可識之、乃涙点之変成血」で結末となっている。

このように「血を滴らせて骨を識別する」例としては、三国の時の謝承の『会稽先賢伝』にみえる陳業（『太平広記』一六）をはじめとし、宋の孫法宗（浙江の人）、梁の予章王綜（山東の人）、唐の王少元（山東の人）などがよく引かれるように、六朝期には親子兄弟などの親族の間における反応として信じられていたのである。したがって、清代の『洗冤録詳義』が、夫婦の間にはその験はあり得ないと断じ、「孟姜」の例はでたらめで信じることができないとしているのは、当然であろう。

もっとも、本来、親族の間においては血脈が相通じあうという信仰にもとづいて流伝した俗信であろうから、いくら詮議立てをしてみても絶対的な決め手があるわけではない。それに、隋末の戦乱で殺された父の骨を、その遺腹に生まれた王少元が、十歳のとき野末に散乱する白骨のなかから旬日をへてさがしだす話（『唐書』）のように、父子という設定さえ変えれば、『同賢記』説話と結びつきやすい条件をそなえた話が知られていたのも、ほぼおなじ時期のことである。夫婦の間には成立しないという「滴血認骨」を、その意義をもわきまえずにとり入れたとしても、それを受け入れやすい素地がまったくなかったわけではないことが、この例からもうなづけよう。そして、「文選鈔」の「涙が血となった」という表現が『同賢記』のそれに先行していて、「滴血認骨」の要素を誘致したという想定は、逆に「文選鈔」の表現が「滴血認骨」の誤伝であったとするよりは自然に思えるが、まだ証拠立てることはできない。(13)

いずれにしても、『同賢記』説話がきわめて通俗的な見解をささえとして、「滴血認骨」の要素をとり入れていることは認められる。西野貞治氏が、『同賢記』の記す説話について、「正統の書に見えぬ俗伝か、又は見えたにしても、それを下手に書き直した程度のものである」と言われた事情は、この一事においても裏書きされている。他方、『同賢記』説話が、後世の、とくに南方系語り物の原型としてはかなり形をととのえているのにくらべ、形成過程での前後関係はともかくとして、「文選鈔」説話がさらに素朴な伝承を反映していることも疑いない。

このような「文選鈔」の性格について、一例をあげるならば、おなじ「求通親親表」で、燕の恵王に仕えた鄒衍《すうえん》が無実の罪で下獄したために「夏に霜がおりた」という語句に、地主が貧しい牧童である衍にあらぬ嫌疑をかけたから六月に霜がおりたのだという「一説」が注として書き加えられている。「夏に霜がおりた」説話では、『琱玉集』の感応篇もただ『淮南子』の鄒衍のことを引くにとどまったことから考えると、「文選鈔」のこの「一説」はかなり零細な俗伝であったことが想像される。

また、のちに孝子説話を研究している黒田彰氏によって、この説話のもう一つの記載が、平安時代の『令集解《りょうのしゅうげ》』の注釈部分に見られることが報告された(14)。これは養老律令の注釈書で、官撰の『令義解《りょうのぎげ》』の出たあとで、貞観年間(八五九〜七六)に惟宗直本が撰述して私撰で出されたものであるという。

その巻十三、賦役令のなかで、課役を免除される場合についてのべたなかで、孝行の行為のあった者のあとに、「精誠通感」(その真心が天に通じて感応されるような行為)のあった者には別に「優賞」を加えるとある。その実例として挙げられたのが、孟宗が亡母を弔うために供えたいと歎くと冬に筍が生えたという話と、杞梁の妻が夫の死を悼んで哭すると城が崩れたという話の二つである。

『令集解』の注釈では、「杞梁の妻」については、漢の劉向『列女伝』にある春秋時代の記述を引いたあとに、「また曰く」として、つぎのような物語を記している。

長城を築いていた杞梁が、「仕事の休みの時に」班孟超の家をたずね、こっそり「花の樹」に登っていた。超の娘は貞女であったが、杞梁のいることを知らず、その樹下にある池で沐浴をした。杞梁に気づいて見上げ、自分のやったことを恥じた。そして杞梁に向かい、婦人の姿は夫でない人には見せられないのです、こうなったからには、あなたにはほかの選択はありません、と言った。（結婚したという記述はなく）幸せな時間を持つこともなく、杞梁は「圧死」した。超（杞梁の誤記か）の妻が屍を求めて啼くと、天が感じて城を崩した。（要約）

班孟超という父親の名は『同賢記』の孟超に「班」が付いていて、ほかの文献には見られない表記で、この記載は、さらに変異のある別の孟姜女伝説が存在したことを示唆している。ただし、妻の名前もなく、物語としては不完全な記述らしく、なにかの説話集に拠ったというよりも、個人の記憶にたよって注釈を記したのかもしれない。とすれば、たまたま日本に渡来していた中国人の二人が、それぞれ『同賢記』とはちがった伝承を記憶していたということになるのであろうか。

このようにして『同賢記』と「文選鈔」、さらに『令集解』の注釈という三つの説話の差違をたどっていくと、それらはもはや文献的な操作をへての改変の限界をこえる性質のものであって、むしろその背後にあって説話を流動的たらしめていた状況、いわば「民話の世界」ともいうべきものの存在が予想される。

もっとも、『同賢記』説話にかぎっていえば、その「長者の後園」という語句が、唐代の『法苑珠林』（六六八年成書）に見える「樹提伽長者の後園」（巻五六）とか「閻魔王宮の後園」（巻五二）とかいう用例を連想させることや、さきに下僕についてみたような後世の南方系の語り物や劇本との密着した構成などから、すでになんらかの民衆芸能のテキストとして定着されていたものが背後にあることも考えられないことではない(15)。だが、そのことは今しばらくさしおいて、これらの背後にあるものを、晩唐以後に出現する「送寒衣」民話と対比するために、かりに「逃夫」民話と名づけてみたい。六朝から唐・宋代にかけての志怪・伝奇の盛行は、後世に多くの説話集を伝えたが、孟姜女民話が、それらにはなんの記載をもとどめずに、かえってこのような通俗的な書物の片すみや異国の書物の注釈にだけ残されたことは象徴的である。

三　池辺での邂逅について

おなじ「逃夫」民話を反映しながらも、『同賢記』と「文選鈔」とでは、中段から結末にかけてやや違った展開が見られることは、すでにふれた通りである。しかし、「逃夫」と娘とが結ばれる前段においては、両者がほぼおなじ経過をたどっていることは、「逃夫」民話の形成にあたって、その池辺での邂逅譚が、それ自体に完結性をそなえた要素としてとり入れられた可能性のあることを暗示する。後半部に見られる異同は、前段の邂逅譚が、「城を崩す」行為と結合したのちに、説話としての筋立てをととのえていく過渡的な姿を示しているのではないか（やがて、この後半部が定型化していくところからは、あらたに「送寒衣」民話が形成されはじめるのだが）。

この「逃夫」民話の導入として重要な意味を持つ池辺の邂逅譚は、どのように語られているか。

『同賢記』説話は、

「杞良、秦始皇時、北築長城、避苦逃走、因入孟超後園樹上、起女仲姿、浴於池中、仰見杞良而喚之、問曰、君是何人、因何在比、対曰、吾姓杞名良、是燕人也、但以従役、而築長城、不堪辛苦、遂逃於此、仲姿曰、請為君妻、良曰、娘子生於長者、処在深宮、容貌艶麗、焉為役人之匹、仲姿曰……君勿辞也、遂以状陳父、而父許之、夫婦礼畢」

とはじまっていて、前節の引用へとつながる。

「文選鈔」では、さらに素朴である。それは、

「孟姿□□未嫁、居近長城、杞（七字虫損）避役此孟姿後園池、□（上？）樹水（木？）間蔵、姿在下遊戯、於水中見人影、反上見之、乃曰、請為夫妻、梁曰、見苑役為卒、避役於此、不敢望貴人相采也、姿曰……遂与之交」

とはじまって、おなじく前節の引用へとつながる。

この傍点の語句にみられるようなふたりの対話は、たとえば、清朝末期の語り物のテキストのなかでも比較的古い面貌を伝える広西省（現、チワン族自治区）桂林の『花旛記』で——女に「もしそうしなければ、長安からの『逃夫』だといって役人に知らせてしまうよ」とおどかされて、ためらっていた男がついに柳の木

かげで女の言うとおりになった、というあたりにまで残されているように、「逃夫」民話系の共通した語り口である。そこにみられる女の側からの呼びかけと男のためらいとは、当時すでに厳しかった良賤通婚の禁を犯す行為だからというようなことだけでは、説明しきれまい。

漢代以後孝子譚として流伝した董永説話は、父に孝養をつくす董永を助けるために、天女（または天の織女）が降って求婚したことで、もっとも古い神婚譚の一つとされている。二十巻本『捜神記』（巻一）では、父親の葬式の費用のために身を売った董永が、三年の喪をおえて、奴隷となるために主人のところへいく途中で、一人の女に出会う。女が「どうかあなたの妻にしてください」と言うので、ふたりは連れ立っていく。女はそこで、十日で百疋《ぴき》の絹を織りあげてから、「わたしは天の織女です。天帝があなたを手伝って借金を返してあげるように命じたのです」と言って、空へ舞いあがってしまう。さらに、『太平御覧』に引く『孝子図』や、敦煌写本の『孝子伝』と句道興本『捜神記』では、女の願いをうけた董永は、「こんなにも貧しく、ひとの奴隷にまでなったわたしが、なんであなたと」（焉敢屈娘子＝『孝子伝』）と言って一旦は断るが、女が重ねて「心さえ通いあうならば」と言うので、連れ立っていくといういきさつが挿入されている。

このような天女との交渉を、さらに畏怖として描いたものに、『幽明録』にみえる徐郎の話（『太平広記』二九二）がある。いつも川べりで流れてくるたきぎを拾っている徐郎のところへ、ある日、川を埋めるばかりに船をつらねて天女が現われ、使いをよこして、「天女が徐郎の妻になります」と言う。家の隅に隠れて出てこない徐郎を、家人が無理強いに引っぱりだす。沐浴してさずかった着物までつけたのに、徐郎はただ恐縮するばかりで、ついにベッドのはしに膝をそろえて坐ったまま夜を明かしてしまう。天女が去ってしまったあと、家人にどなり散らされた徐郎は懊悩のうちに死ぬ。

このような態度がやがて、天女だけではなく地上の貴女へも向けられるさまは、二十巻本『捜神記』の辛道度の話（巻一六）にみられる。遊学の途にある書生辛道度は、ある日立派な邸をたずねあてて食事をめぐんでもらう。食べ終ったあと、道度は、秦の閔王《びんおう》の娘で死んでから二十三年になるという女主人に「どうか夫婦になってください」といわれる。そして、死者と生者とがながく交わると災いがあるからという女主人の言葉によって、三日三晩ののちに道度はそこを去る。この説話でも、八巻本『捜神記』（巻一）になると、道度は「あなたは貴い生まれの方、どうしてそんなことができましょう」とはじめは断わるが、女につめよられてついに夫婦になった、と記されている。

こうして、「願為夫妻」とか「願為君妻」という女からの発語ののち、男との応答をへて、ふたりが結ばれていく過程が、ある特定の意義をともなった表現形式として展開していったさまをうかがうことができる。それは二十巻本『捜神記』の成立した六朝期から、男との応答を挿入した諸書の流布していた唐・宋の間にかけての、説話の世界においてなされたのであった。そして、それらが天女という選ばれた身分の女と貧しい男との婚姻譚において語られているということだけではなく、いずれも避けることのできない訣別を宿命として負わせられているということによっても、「逃夫」民話との結合の契機に注意すべき示唆を投げかけている。

中国の神婚譚において、「漢魏の時代を通じ、神女と言えば、ただちに天子の後宮や王侯貴族の深閨にある美人たちのような、男性の理想とする美貌や艶めかしさをそなえた女性が連想されるようになったと考えてもよさそうである」（前野直彬氏(16)）といわれる傾向があったとすれば、その「神女」が、辛道度の話の「王侯の娘」とか、または「逃夫」民話の「貴人」や「深宮にいる長者の娘」に擬せられていたとしてもふしぎではなかろう。

　このような、いわゆる「女人先だちて言う」形式は、広くは南中国からインドシナにかけて流布する婚姻譚にみられ、わが国の神話でも、イザナギ・イザナミの出会いにおいて「女人先立ちて言うはふさわず」とされているあたりにも投影しているといわれる。(17) 後世の民話で、貧しい男のもとへ押しかけ女房となってきて富をもたらす女の姿も、それらと無縁ではあるまい。中国の神婚譚をそのような広い伝承とのつながりにおいてみるためには、いまはわたしには用意が足りない。しかし、「逃夫」民話の池辺での邂逅を神婚譚という視点から見直すと、ほかにもなおおぼろげな手がかりがみとめられる。

　たとえば、発端の「樹上にいる男の影が、水に映っているのを見て、女が求婚する」というあたりは、わが国の神話で、火遠里命《ほおりのみこと》が井戸のかたわらの木にいて豊玉姫と結ばれるおりのそれを思わせる。水辺における男女の邂逅は、説話の伝播をもって説くまでもなく諸民族に共通のものであるが、とくにインドネシアからメラネシアにかけては、豊玉姫のそれと同じ語り口が広く見られるという。(18) 台湾には、天から降ったボトンリナマイ神が井戸のかたわらで水汲みに来た少女と結ばれる話があり、(19) また朝鮮には、地下国の大賊に奪われた長者の娘を救いにいった武士が、井戸のかたわらの柳の木に隠れていて、水汲みに来た娘のかめに葉を落として話をかわし、その案内で賊を平らげたのち、その娘と結ばれるという話がある。(20) もちろん豊玉姫型説話そのものは、さまざまな要素をそなえた複雑な説話なので、一概にいうことは危険であろうが、その説話群が「曾つてアジア大陸の太平洋沿岸に南北に分布し、アメリカまでにも及んでいた」(21) ことは、考慮に入れておいてもよかろう。

　さらに、長江中流の南側に広がる湖南省では、唐代伝説の構成を受け継いだ物語が民間芸能のなかに生き残っている。とくに「池塘洗澡（池での水浴）」「姜女下池（孟姜女、池に入る）」などと呼ばれる池のほとりでの出会いの場面が、子どもの十二歳の成年儀礼でかならず上演される演目となっているなど、注目すべき役割をになっている。

これらの物語では、娘の水浴する場所は、囲われた屋敷のなかではなく、湖南に多い蓮池あるいは川となっていることが多い。水浴をする動機は、野良帰りや暑さしのぎとする例もないわけではないが、暑い盛りの六月六日（農暦＝陰暦）に、害虫の毒を洗い流すために身のまわりのものを洗い、みずからも水浴する厄除け行事のさいのこととするのが、いちばんもっともらしい語り口だったらしい。

そのような歌劇の一つでは、蓮の葉かげで一糸まとわぬ姿で水浴している娘が、水面に映る影で樹の上にいる男に気づく場面は、つぎのように唱われている。

そよ風がさっと吹くと、蓮の葉がひるがえって娘の姿があらわれた。
風に吹かれて浮き草が散ると、一人の姿と二人の影が見えてきた――。
この影はわたしだけど、その影は誰なのだろう。
天の神が下界にくだったのか、地下の幽霊が天にのぼったのか。
誰かがそこにかくれているのか、池のなかに化け物がいるのか。
まさか家畜泥棒ではないだろう、悪事をはたらいた奴ではないだろう。
それともご先祖様のお告げなら、家に帰って線香をあげようか。
それとも九天の司命神なら、家に帰って灯明をともそうか。

もしも誰かがいるのなら声を出して、もしも幽霊なら光を出して。

樹の上の男は万里長城からの逃夫だと身の上をあかすが、それでも娘はわたしの体のすべてを見たあなたの妻になると言い、男のためらいを押しのける。そして池のほとりにあるクスノキとヤナギを媒酌の夫妻とし、蓮の葉の杯に泉の水を酒のかわりとして注ぎ、二人は契りをかわす。そのような娘の積極的な物言いは、『古事記』で、山幸彦を見た豊玉姫の「見感《みめ》でて、目合《まぐわい》した」という描写に限りなく近づいている。(22)

このように見てくると、池辺の邂逅譚でのもう一つの特異な語句は、先の引用では点線で省略した部分ということになる。それは、『同賢記』では、「仲姿曰、女人之体、不得再見丈夫、君勿辞也」とし、「文選鈔」では、「姿曰、婦人不再見、今君見妾(六字虫損)更□乎、遂与之交」としている。裸形を見られたら、女はその男と結ばれるほかはないから、男のためらいは許せないとするらしいこの表現は、やや唐突な感じでそこに据えられている。明・清以後の南方系の語り物や劇本などのなかで、女にお堂で焼香をさせて「柳の木かげで着物を脱ぐところを見た人と結婚する」と誓わせたり、さらに、「着物を脱いだのは池に落とした扇を拾おうとしたからだ」というような、なくもがなの説明があれこれと付け加えられていったことからも、「逃夫」民話のその情景がなんとか取りつくろわれなければならないものとして扱われていたことがわかる。(23)

池で水浴をしていた天女と貧しい男とが結ばれる「天人女房」説話は、当時の中国の書物にも「牛郎織女」や「田崑崙」のこととして記されているが、そこでは「天女の衣をかくす」ことがつねに重要な契機として語られる。いうまでもなく衣は、天女が天へ帰るためになくてはならないものであるが、それが裸形を覆う役割を持っていることも見のがすことはできない。句道興『捜神記』にみえる田崑崙の話では、天衣をかくされた天女が、崑崙の着物を借りてはじめて池から出たとされていることも思い合わされる。

また、これらとおなじく、女が浴身を見られたことを語りながらも、そこにちがった意義を托している一系列の説話もある。水浴のときに、妻が或る動物の姿に変わるために見てはならないとする説話では、その禁制を破った夫は、たちまちに妻を失わねばならない。この「水浴」を「出産」とするのが、さきの豊玉姫説話であって、これらはトーテム信仰に由来する説話であるとされている。

このような見取図が、池辺での情景をときあかすために妥当であるかどうかはまだ分からない。たとえば、河北省で記しとどめられたかなり複雑な構成の民話のなかには、地下の洞穴に入りこんだ男が、高殿のかたわらの池で水浴をしていた少女と結ばれるが、その裸形の女に着物をつけさせると、たちまち紅の大蛇に変身したというくだりがある。(24) そこでは、地下の世界への訪問という設定が、先の朝鮮の例にもあったように、豊玉姫説話の山野型とされている特徴(25)に符合するだけでなく、蛇体への変身もまた注目される。これらの説話群と「逃夫」民話との脈絡をただすことは、さらに後日の精細な考察をまつほかはないとしても、そこに、先の特異な表現となんらかのつながりがあるのではないかという仮定だけは出しておきたい。

もっとも、本来の意義はともかくとして、たとえば二十巻本『捜神記』などに見える馬娘婚姻譚を、わが国の民話では、娘が馬にかくしどころを見せたから魅入られたのだと語っているものがあるように、「逃夫」民話においても、それを日常的な禁忌として解釈している例がないわけではない。中国も南、広西の象県に伝わる孟姜女の民話は、「……六月六日は厄除けだといって、男も女も蓮池で体を洗いきよめるならわしだ。それで、孟姜女も屋敷のなかの蓮池で厄除けをしようとして、着物を脱ぎかけたところ、向かいの土手から一人の男が首をのばしてのぞいていた（それが逃夫の范四郎であった）。女はかくしどころを見られてしまったら、その男の妻になるか、それとも死ぬかしかない。そこで、ふたりは夫婦になった……」とはじまっている。

この六月六日に「災難晦気《かいき》を祓除《ふつじょ》する」といった厄除けの風習はいつごろからあったのか。明朝末期の馮夢龍の『古今譚概』には「俗にいう、三月三日は浴仏日、六月六日は浴猫狗日」とし、「ある客が三月三日に楊南峰をたずねたら、入浴しているからとことわった。ところが、楊がその客を六月六日にたずねて、逆にことわられた」という話をのせている。明代以後には六月六日の行事の記載は多く、しらみ除けだと犬や猫を川で洗うだけでなく、曬書《さいしょ》や翻経などという虫干しもされたらしい。だが、曬書を七月七日に行うことは、すでに後漢の『四民月令』にも記されており、『野獲編』が「六月六日はもと令節にあらず」としているところをみると、かなり通俗的な民間の行事だったのではなかろうか。道書がこの日を「清暑日」としているように、盛夏の厄除けとして、古くは人もまた池や川で水浴をするならわしがあったのかもしれない。さきの楊南峰の話は『清嘉録』にもみえるが（引『山堂外記』）、そこでは四月八日と六月六日としているので、三月三日の浴仏は誤りかもしれない。だが、禊祓《けいふつ》の日を並べたというのなら、『古今譚概』の方がもっともらしいともいえる。三月の三日または上巳《じょうし》の禊祓が、水辺における男女の季節的な集会とつながりのあったことはしばしば論じられている。六月六日の「祓除」という時にも、そのような行事にかかわるなにかがその背景にあったのではなかろうか。少なくとも、神婚譚の形式をかりて語られた「逃夫」と娘との直情的な行為には、そのような行事に付会されやすい側面もまたあったことはたしかである。

「逃夫」民話そのものが限られた資料によってしか伝えられていないからには、その原型をあまりにも細かく砕いていっても仕方がないかもしれない。しかし、いまみてきたところからも、「逃夫」民話の発端には、土俗的ともいえる伝承の匂いが強くまつわりついていることは否定できないであろう。おなじく神女との結婚という形をとりながらも、この「逃夫」民話が当時のいわゆる神仙譚とは必ずしも同一の説話層で形成されたといいえないということの、一つの手がかりをわたしはそこに見たいのである。

四 「後園」という場で

池辺での邂逅譚は、このように、さまざまな伝承を踏まえて構成されたと考えられるが、その主体として登場する「逃夫」と、舞台となる「後園」とは、またその時代のきわめて必然的な要請を示していた。神女によってえらびとられるのが、ただの貧賤な男ではなく、「逃夫」でなければならなかった一つの——おそらくもっとも切実な誘因が、南北朝から隋代にかけてなされた長城の修築にあったことは疑いない。

長城は、秦代ののち、漢の武帝のときに玉門関にいたる延長がなされたが、王昭君が匈奴に嫁した前漢末ごろから守備線としての役割は認められなくなっていた。だが南北朝になると、北魏が四二〇年代に築いたのち、さらに六世紀中葉から数十年にわたって、大規模な工事がなされた。北斉・後周が、現在の内長城に当る重城と、東は渝関《ゆかん》（山海関）にいたる部分を築き、隋の文帝・煬帝《ようだい》がそれらの修築とオルドス南縁を限る部分を築くというように、その数十年の間に、いまに残る長城線の原型がほぼできあがってしまったのである。そのさまを『隋書』にうかがえば、煬帝のとき、「丁男《ていだん》百余万を発して長城を築き……一旬にして罷《や》む。死する者十のうち五、六」といい、また「燕代縁辺の諸郡旱《ひでり》す。時に卒百余万長城を築き……百姓失業して道に餓死す」という。その末年には、「天下大いに旱す。時に郡県郷邑悉く築城に遣わし、男女を発して少長なく、みな役に就く」とも記されている。

『同賢記』には杞良が燕の人といい、「文選鈔」には孟姿が長城の近くに住んでいたという。ときに、その河北から山西にわたる燕・代の山野を埋めていたのは、おびただしい流民の群ではなかったか。死者のおり重なった道路には、蜂起した農民の集団がひっきりなしにつづき、血なまぐさい殺戮がそれを追いかけた。土地を失った農民は、流民となり、奴隷となって、豪族の手中に落ちこんでいった。南北朝から唐朝初期にかけて、しだいに普遍化する荘園制の背景がそこにあった。それは、「後園に逃げこむ」という表現につながる一つの、見のがすことのできない事実であった。

したがって、「後園」は、ただの「家のうしろの庭」であったのではない。その初出の例として引かれるのは『漢書』の曹参伝である。名相蕭何のあとを継いで恵帝に仕えた曹参は、なにごとも先人のやっていたしきたりに従うだけで、みずからはなんの手も加えないで、ただ日々飲酒にふけっていた。丞相である曹参の邸の後園は、府吏の宿舎に近く、彼らがいつも酒を飲んで騒ぐのでたいへんうるさかった。従者が曹参を後園に連れ出して叱ってもらおうとしたところ、それどころか、曹参自身もまたそこに酒を取り寄せて、しまいには大歌して府吏たちと和するという始末であった。この話は、漢初における老子の教えへの傾倒を示す例として知られている。

このような「後園」の語は、魏・晋以後は皇帝の宴遊のところとして大規模に築造された庭園を指して用いられ、とくに三月三日の曲水宴がそこで行われたことは六朝人の詩に数多く見られる。晋の王嘉の『拾遺記』に、後漢の霊帝が西園でくり拡げたきらびやかな宴遊が回顧されているのも、そのような時代のゆえであろうか。裸遊館のきざはしの下をめぐる流れには、舟がうかべられ、南国から献ぜられた蓮の花が開く。十四にて上仕し十八には下るという宮人たちは、粉黛で粧った身体に下着を着けているだけ、ときには水浴も共にしたという。さらに、西域渡来の香が入れられた湯に入浴し、夜を明かして飲食にふけったのだから、「万年もこうしていたら神仙になれるのに」と霊帝が嘆じたというのもふしぎではない。時代にややへだたりはあるが、隋末の戦乱を収拾した李淵は、長安に上る途中で、すべての隋の離宮や庭園を廃止させ、宮女を解き放って家に帰らせて、人心をつかもうとしたというが、そこにもこれらの「後園」に向けられていた民衆のきびしい視線を読みとることができよう。

このような宏壮な庭園が、漢代にすでに豪族によっても造られていたらしいことは、茂陵の富人袁広漢が北邙《ほくぼう》山下に東西四里、南北五里の築園をした話（『西京雑記』）などでもわかる。こうした皇帝や豪族などの遊楽の地あるいは別荘としての「園」が、そこに付属する耕作地を拡大していく過程から「荘園」が形成される。したがって、「後園」の語にはそのような「荘園」のある形態をさす概念もふくまれていたとしていいだろう。現代の北方語において、菜園を作る土地が後園と呼ばれることのあるというのも、ここに起源があるのだろうか。

だが、さらに貴族や豪商の世界につらなる後園は、やや限定された概念を形成していったように思われる。すでに晋代の江陵地方（湖北）の歌謡には、後園にいて花の咲くのを見、つがいの鳥のとぶのを見るにつけ、あなたのことが思われるという、商人の妻の閨怨の情をのべたらしい一首がある（西曲歌・江陵楽）。時代は下るが、唐の『瀟湘録』にみえる「孟氏」の話（『太平広記』三四六）もおなじ発想から出ている。揚州の大商人万貞の妻孟氏は、ある日ひとり家園に遊んで夫の不在をなげく詩を吟じた。すると、不意に美しい若者が垣根を越えて現われる。ふたりは詩を吟じあったのちついに結ばれ、しばし歓楽の日を送る。やがて夫の帰る日となって憂い泣く孟氏に、いずれ長いこととは思っていませんでしたと言い残して、若者は消え去る。

あの若者はなんの化け物だったのであろうかと話は結ばれるが、ここには、のちの「李翁十種曲」の『風箏誤』や語り物『風箏記』(『湖南唱本提要』)へとつながる構想さえみられる。朝鮮の民話「名官治獄」で、書塾に通う少年が毎朝井戸へ水を汲みにくる長者の娘となじみになり、ある夜後園の垣根を越えて娘の部屋へ忍び入るくだりなども思い合わされる。(26)さらに概括的にいうならば、それは宋・元以後の民間芸能で、後園が男女歓会の場としてしきりに現われてくることの端緒をなす一例だとすることもできる。「孟氏」の話をこの視点からみると、「逃夫」民話から男女関係だけをとりだして卑俗化した外観をそなえていることになる。

このようにたどってくると、「後園」のイメージには、王侯の華麗な遊楽の場から流民の庇護者としての外見を備えた荘園へ、さらに閨怨を叙して密会を誘う場というさまざまな広がりがみられる。「逃夫」民話の用例がそのどこをとらえたかは敢えて擬定するまでもなかろう。いずれにしても、それらが「逃夫」のような身分にとっては、あずかり知らぬ「囲いのなかの世界」であったことに変りはない。「十中五、六」という死にさらされていた役夫の、おのれの状況を脱出する願望が、はるかな海山のかなたにではなく、眼前に実在しながらなお未知でしかなかった「後園」にくり展げられたのは、当然のなりゆきであったかもしれない。

それは、一たびは通り抜けて目印をつけておきながら、たちまち道のありかもわからなくなったという、あの桃源境のようなかなたにあったのではなかった。さまざまな外見にもかかわらず、「逃夫」の願望を恍惚と現出させた「後園」から、彼らが一瞬ののちに現実へ引きもどされなければならなかったのも、その故であろう。もちろん、それが神女との邂逅に擬せられたとき、ふたりの歓喜にはすでに不可避の別離が隣り合って構成されていたはずではある。だが、杞梁が仕事場にもどる経緯は、『同賢記』と「文選鈔」の記述に関する限りまったくわからない。後世の「逃夫」民話系の語り物では、杞梁は結婚したのも束の間で、あるいは「未得円房」のまま役人に捕えられていくことになっているが、そのような気配はまだそこには記されていない。それは、杞梁が「逃夫」でありながら、仕事場へもどれば殺されるということが、必ずしも自明のこととして扱われていないことにも示されている。

唐代以後のさまざまな伝承のなかで、杞梁を、「逃夫」ではなくて辺境にいる役夫とし、怠けたから殺されたとか過労で死んだとかしたり、また人柱として長城に埋められたとするような改変がなされていったことは、もちろん「逃夫」の現実性が変化していった結果であろうが、一方では、原型となった「逃夫」民話にそれらの改変を誘致するような構成上のあいまいさがあったことも否めない。通俗的な民間伝承にそのような合理性を要求することは無意味だといえば、それまでである。だが、そのあいまいさには、あるいは「逃夫」民話の形成期において、なおそれが許容されるような状況のあったことが反映されていることも、考えられないことではない。

たとえば、北斉の文宣帝の天保六年（五五五）には、「この年、百八十万人の夫を発して長城を築く」という大工事が行なわれているが、『北史』によれば、その三月に「寡婦を発し、もって軍士の長城を築くに配す」という。兵士に寡婦や受刑者の妻を配したという記載なら、まだほかにも散見する。さらに労役のために婦女子を徴発したことは、隋の運河開鑿のときにもあったというが、まえに引いたように「男女を発して」長城を築いた例も絶無とは思えない。それに加え、役夫は時として衣服や食料までも自弁しなければならなかったらしいことなどを思い合わせると、いまの河北・山西・陝西の辺地へ向かったのは、ひとり夫の骨を拾いにいく孟姜女だけではなく、さまざまな運命を背負った女たちのあったことが想像される。したがって、杞梁のような役夫が女と結ばれるなりゆきを、現実と空想とをないまぜて描きだすとすれば、そこにはさまざまな可能性があったことになる。黎明の空にはりめぐらされたクモの巣のようなそのかすかな映像から、もしただ一本の糸をとりだしてみるだけならば、脱走した役夫が現場にもどって残酷な処罰をまぬがれうる可能性はゼロにひとしい。そのあとを追ってはるばるとたずねていった女が、長城をも崩すほどに痛哭するという設定は、露にぬれたクモの巣がいっせいに朝日を返して光る、あの幻覚のなかからはじめて生み出される。現実におけるさまざまな可能性の糸を重ねあわせ、ないあわせてとらえることによって、「逃夫」民話ははじめて成立することができたのではないか。

五　始皇帝の「暴政」に仮託して

こうして「逃夫」民話に現われた長城が、なぜ「秦の始皇帝の時」のこととされたか。始皇帝以前にも「長城」と呼ばれる築造物がなかったわけではないが、それがはじめての統一国家によって造られた大規模なものであることで、記憶されるにあたいしたことは確かである。しかし、それがのちに「暴政」の象徴とされるにいたった経過には、いくつかの要素がからみあっているように思われる。

建安七子の一人である魏の陳琳（?〜二一七）の楽府《がふ》に「飲馬長城窟行」があるが、そこで、長城を築く役夫が家郷にある妻へ「私を待ってなぞいないで、新しいおしゅうとさんにつきなさい。そして、時には前夫のことも想い出してください」と言いやるあたりには、彼らの運命がすでにあざやかに語られている。ところで、その楽府に現われる「男を生むも慎んで挙ぐるなかれ、女を生まば哺《はぐく》むに脯《ほ》（干し肉）を用いよ。君独り見ずや長城の下、死人骸骨の相撐拄《とうちゅう》するを」の四句は、晋の楊泉の『物理論』(『水経注』に引く)では、まえの二句はほぼそのままで、後半が「見ずや長城の下、尸骸相支拄《しちゅう》するを」となって、「秦代の民謡」であるとされている。唐代になると、それは杜甫の「兵車行」に「まことに知る、男を生むは悪しく、反って女を生むは好しと。女を生めばなお比隣に嫁するを得るも、男を生めば埋没して百草にしたがう。君見ずや青海のほとり、古来白骨人の収むるなく……」と歌われたように、当代の兵役の苦しみを訴えるため借りられている。

楊泉が陳琳の楽府に拠ったかどうかは別としても、それが果して古くからの伝承であったかどうかは疑わしい。たとえば、漢の武帝のとき、衛子夫がその后となり、弟衛青が威勢を天下に震わしたおりに歌われたという、「男を生むも喜ぶなかれ、女を生むも悲しむなかれ。独り見ずやかの衛子夫の天下に覇たるを」(『史記』)は、陳琳などのそれにかなり近い発想といえよう。後者とおなじ用法は、唐の『長恨伝』(また宋の『楊太真外伝』)にも引き継がれていく。

この両者の関係はまだ明らかにできないが、そのような秦の始皇帝への関心を触発するような動きがいくつかあったことは、つぎの話からもわかる。始皇帝が、焚書坑儒ののち孔子の墓から経伝を取り出そうとしたとき、その壁には、「横暴な始皇帝は、おれの戸を開け、おれの衣食をかすめとったが、砂丘のあたりで亡びるだろう」という意の謡言が記されてあった。その後、始皇帝は砂丘を遠ざけていたのに、たまたま子供たちが砂山を造っているところを通りかかって、たずねてみたところ「砂丘だ」と言われ、ついに病を得て死んだという。この説話は、宋の劉義慶の『異苑』にみえるが、おなじ記載は梁の殷芸《いんうん》の『小説』にもあって、後者では文章に手が入れられ、また末尾に、それは孔子の遺言であったという一説をも書き加えている。これは、あきらかに儒者によって作り出された説話であろう。

陶淵明が『桃花源記』で、「先人が秦の時の乱を避けてここへ来た」と記したのも、そのような動向と無縁とはいえないかもしれない。しかし、『述異記』にみえる武陵源の話（『太平広記』四一〇）には、『桃花源記』とおなじ記述ののちに、「桃李の実を食べたものは、みな仙人になった」とあって、神仙譚を語る立場からの秦代への関心が認められる。唐の陸広微の『呉地記』にも、海塩県に近い秦柱山にはむかし五百人の童女が始皇帝の難を避け、みな仙人になったと記されている。このような「秦を避ける」説話に先行して語られていたと考えられるのは、秦の滅亡に当たって、仕えていた宮人が山中に逃れて仙人となり、漢代になって猟師に見つけられたという話である（『太平広記』五九に『列仙伝』『抱朴子』を引く）。始皇帝や蒙恬が夢枕に立って、さまざまな予言をするという説話もこの系列に属するものであろう（『太平広記』三三四「趙佐」、同三一〇「王綺」）。

秦代に仙人となっていた者のことを語ることによって、神仙譚の実証（！）を試みようとした語り手たちは、まず始皇帝に仕えていた宮人を連れ出し、つぎにはその暴政を逃れた人々のことに言及せざるをえなかった。そこには、さきのような儒者による動きもからんでいよう。しかし、さらに長城の役夫たちが登場することによって、神仙譚の世界をも衝き動かすようななにものかが胎動していたことを知ることができる。唐の開元中のこと、雁門山に入った僧侶は、蒙恬に従って長城を築いていたという一人の婦人に会う（『太平広記』六二引『広異記』）。それが「婦人」であることも、『列仙伝』などにみえる宮人をにわか作りで変装させた結果とすれば、致し方のないことであったろう。

やや下って唐の大中のはじめのころ、陶太白・尹子虚の二老人が、嵩山《すうざん》・華山に遊んだときには、すでに役夫と宮人は二人連れに分身して現われる。そこでは役夫は、始皇帝のあらゆる罪業の受難者とされている。その経歴は、不死の薬を求めた男童、焚書坑儒にあった儒生、長城を築いた板築夫、驪山《りざん》造営の工匠といったところで、いずれも「奇計」をもって脱出したという。これにつきそう宮人は、驪山からいっしょに駆け落ちしたらしいが、「毛女」というからには、なお『列仙伝』などにみえたそれの影法師にちがいない（『太平広記』四〇「陶尹二君」）。やがて、この二人の末裔は、何百年ののちには人里に現われて集団で泥棒を働くまでに堕落してしまった。その「毛人」たちを追い払うには、人々は大声で「長城を築け、長城を築け」と言いさえすればよかったといい、その声を聞くや、ふだんは乱暴の限りをつくす彼らも、あわてふためいて山中に逃げこんだという（清『新斉諧』）。

このような神仙譚の変貌にさしはさまれる時期にあって、「避秦」の語は、「乱を避ける」という普遍的な意義を托されるまでに、用いられるようになる。初唐の詩人の記した「知らず今漢の有りしを、唯言う昔秦を避くと。琴を伴とす前庭の月、酒を勧む後園の春」（王績一作王勃「田家三首」）といったような語句は、王維の「桃源行」あたりにかけて、しばしばみられる。やがて、前にふれた「飲馬長城窟行」が、六朝から隋・唐にかけての数多い擬作をへて、はじめて秦の始皇帝への非難を歌いあげるのも、初唐末から盛唐に生きた王翰（六八七？〜七二六？）や、中唐の王建（七六八〜八三〇？）の作品からであった。「築怨興徭九千里、秦王築城何ぞ太だ愚かなる、天実に秦を亡ぼす、北胡にあらず」（王翰）としたのも、しかしいまや長城を「変じて望郷堆」（王建）とし、さらに遥かな砂磧の地へ駆り立てられていく兵士たちの「長城、道の傍らに白骨多し。これを耆老《きろう》に問う。何れの代の人ぞ、いう是れ秦王築城の卒」（王翰）というとらえ方においてであった。当然のことながら、始皇帝に名を仮託して訴えられたのは、当代の支配者への抗訴にほかならなかった。

のちの時代の兵士の物語までが、始皇帝の名を借りて語られるようになっていく経過は、つぎのような説話の改変のなかにも見ることができる。

現存の二十巻本『捜神記』は、明代に出現したものでテキストの伝来に疑問が持たれているが、その巻一五に並べられた「王道平」と「河間の男女」との両説話は、おなじモチーフを扱いながら、前者は秦の始皇帝の代のこととし、後者は晋代のこととしている。この説話の共通した構成は、こうである。夫婦になる約束をかわしていた二人の男女がいたが、男は兵役に徴発されてしまう。女は両親から強いられてほかの男にとつぐが、ちぎった男のことを想いつめて悶死してしまう。やがて兵役をおえた男が帰って来て、女の墓をたずねて慟哭し、心おさえがたく墓を掘り棺を開いてみると、女は生き返る。このことを聞いた前夫が妻を返せと訴え出るが、お上では、二人のまごころをめでて、棺を開いた男のもとに女をやると判決をくだす。この説話をしるす文献は、史書などにみえる「梁国の女子」という類話をも加えて、三つの系列に分けてみることができる。

〔A〕「河間の男女」系 (1)『法苑珠林』(引『捜神記』) (2)『太平広記』感応(引『法苑珠林』) (3)『太平御覧』(引『捜神記』) (4)『太平広記』再生(引『捜神記』) (5)二十巻本『捜神記』

〔B〕「梁国の女子」系 (1)『宋書』五行志(梁・沈約撰) (2)『晋書』五行志(初唐・房喬等撰、『太平御覧』にも引く) (3)『続博物志』(南宋・李石)

〔C〕「王道平」系 (1)八巻本『捜神記』 (2)二十巻本『捜神記』 (3)敦煌・句道興本『捜神記』

A・B両系ではいずれも男女の名は記されていないが、C系では、男は「王道平」（句道興本の王道憑は同音の転か）とある。この名が、B系で、役所が生き返った女の帰属を決しかねたときに、それに裁きをつけるものとして現われる「王導」から出たことは、すでに内田道夫氏が『続博物志』の例を引いて論じておられるとおりであろう。(27)だからC系がB系を踏まえていることはたしかであるが、A・B両系の前後関係は必ずしも明らかではない。

B系に共通してみられる王導（二七六～三三九）は、晋の元帝の名臣として実在の人物であった。ところがB系とおなじくこの話を晋代のこととするA系では、二十巻本『捜神記』にだけ「廷尉に罪をはかるに、秘書郎の王導が奏上した」という錯綜した形でその名がみえ、ほかの四例の引用には、ただ「廷尉」のことしか記されていない。しかも、A系ではいずれも晋の武帝（在位二六六～二九〇）のときのこととしているので、史実の上からは秘書郎の王導をかりてくるのにはやや無理がある。そのこと自体は説話の常套的な方法として看過するにしても、B系になって、おなじ晋代とはいいながら、『宋書』が恵帝（在位二九〇～三〇六）とし、さらにあとから編集された『晋書』が元康年間（二九一～二九九）とし、王導をかりてくるのにふさわしく、その史実にあわせていこうとしているらしいのは注意される（元康中とする『続博物志』は、『晋書』とつながりがあるものと思われる）。A系にみえる河間郡は北魏の初めに設置されたこと、また刑罰を掌る「廷尉」の官名は、南北朝では「大理」または「廷尉」としてなお用いられたが、北斉以後「大理寺」となることなどは、少なくとも『法苑珠林』に引く『捜神記』の記載の定着された時期を考える手がかりにはなる。

このA・B両系をC系との関係からみると、たとえばその地名では、A系がいまの河北省にある河間郡とするのに、B系ではいまの陝西省南部いわゆる関中に当たる梁国となり、男が役に就いたのは長安だという（A系にはこの地名はない）。さらにC系では、王道平自身が長安の人となり、南国へ征役にいったとされている。句道興本『捜神記』では、長安の北にある九嵕県という地名まで現われて、説話がしだいに長安に視点を近づけていったさまを暗示するかのようである。しかも、征戍の兵を集めた長安から、はるか南征の軍を送る長安への推移は、六朝から隋・唐へのそれに対応する。また、A系では前夫の訴えをうけたのは「郡県」となっているのに、C系では「州県」と改められていることは、隋代に郡の廃止がなされて（その後、煬帝のときや唐代に一時州を郡に改めたこともあるが）、州県の体制がとられていったことの反映であろう。

八巻本『捜神記』が、唐・宋の間における民衆的なテキストであった句道興本『捜神記』と近い系統のものであって、比較的原初的な姿を伝える二十巻本『捜神記』とはちがった系統のものであることは、すでにいくつかの角度から論じられている。(28) A系の「河間の男女」がもとの『捜神記』にあったことは他書の引用からもわかるが、秦の始皇帝の時のこととする王道平説話は、おそらく八巻本『捜神記』の系統に記されていたもので、それが後世の整理のさいに二十巻本『捜神記』に混入されたのではないだろうか。両書の記載がこまかな字の異同のほかは、まったく同じであることも思い合わされる。

幽明のさかいを通じて感応しうる愛の奇蹟をとく王道平説話では、当時の説話集におびただしく記される冥婚譚に蘇生のことをとり入れて、「幸福な結末」が導き出されている。「河間の男女」説話から王道平説話への改変が、とくに女の蘇生のくだりに加えられていることは、この説話の宿命的な末路を予想させる。しかもその改変では、男が墓前で慟哭していると女の魂が出て来て語りあうところが二十巻本『捜神記』や『録異伝』にみえる呉王夫差の娘の話とおなじく、また女がいま棺を開けば生き返ると教えるところが、『幽明録』にみえる徐玄方の娘の話とおなじであるというように、きわめて常套的な手法が借りられているにすぎない。

だが、おなじ幽明界の思惟を手さぐりしながらも、王道平のそれとはちがった結末をつかみとった説話がなかったわけではない。東晋の代のこととされる「梁山伯と祝英台」や、劉宋の代のこととされる「華山畿」では、女を、現世で結ばれることのできなかった男の棺のなかに躍りこませることによって、死後の世界においてのみ果たされる悲劇的な結合がうたい上げられている。「梁山伯と祝英台」が、のちに長い沈潜を経て「伝統民話」のひとつとして開花するとき、孟姜女民話の結末にも点ぜられる、哀しみ極まる死については、いまはふれない。

志怪説話として枯れ朽ちようとしたこのような説話に、たといいっときにせよ、再生の手が加えられたことは、そこになお人々をとらえうる何かがあったことを意味する。それはおそらく「兵役についた男とその許嫁」という設定であろう。「武昌陽新県北山の上に望夫石があって、その形は人が立っているようであった。伝えていう。むかし貞婦があって、その夫が兵役について遠く国難に赴いた。婦は幼子をつれてこの山上に見送り、立ち望んだまま化して石となった、と。」(『幽明録』、『列異伝』など)——それは「十五にして軍征にしたがい、八十にしてはじめて帰るを得る」(「紫騮馬歌辞」漢魏間の民謡か)人を待つものがたどるべき運命をしずかに語って、山上に立ちつくしていた。

時代は唐の元宝の末のことだというが、漳浦(福建)の勤自励は、健児に充てられて安南や吐蕃を攻め十年も帰らなかった。妻の林氏は父母に強いられて県内の陳氏にとつぐことになった。だがその婚礼の夜に、自励が帰ったのである。怒りたけった自励は、剣をたずさえて林氏のもとへ走った。途中雷雨にふりこめられて大樹の穴にはいった自励は、そこに虎の子三匹がいたので、これを殺してしまう。やがて、大虎が来て、うめき声をあげる女を投げこんでいった。介抱してたずねてみれば、それは、とついだ夜に、自励に添いとげられないことを歎き、裏の桑林で自縊したところを虎にさらわれてきた林氏その人であった（『太平広記』四二八に引く『広異記』）。

この王道平さながらの「勤自励」を待っていたものが、だが、つねに「林氏」であり得なかったことはいうまでもない。夫が戦争にいったあと、盲いの老母に豚の糞を食べさせた嫁が、雷にうたれて死んだという話（『敦煌変文集』所収『孝子伝』三七）や、また、従軍十年にして帰った北海（山東）の任诩《じんく》という男が、妻といい仲になっていた男に謀殺されかかるが、占師の予言を守って危ないところを助かった話（『異苑』）なども記されている。後者は、二十巻本『捜神記』で、王旻《おうびん》という商人が西川（四川）にいた術者の費孝先に注意をうける話とまったくおなじ構成であって、おそらくこのたぐいの話が兵役についた男のこととして作り変えられたのであろう。

「杞梁の妻」説話が、六朝期の江南において「城を崩した寡婦」として通俗化していたことは、晋代の建業（南京）に流行した「懊悩歌（歎きの歌）」に、

寡婦哭城頽　　残された妻が哭いて城が崩れた、
此情非虚仮　　この切なさはいつわりではない。
相楽不相得　　この世での楽しみを奪われて、
抱恨黄泉下　　あの世でもまだ恨みがつのる。

と歌われ、さらに庾信《ゆしん》の「哀江南賦（江南を悲しむ賦）」に、

城崩杞婦之哭　杞梁の妻が夫を失って哭くと城が崩れ、
竹染湘妃之涙　舜の死を悼む湘妃《しょうひ》の涙で竹笹に縞模様が残った。

の句のみえることからも知られる。それが「逃夫民話」と結びつく契機については、さらに広く、漢代のいわゆる感応説話の流布が、六朝以後の民話の形成にどうかかわっていたかという側面からの把握が必要と思われる。しかし、この「城を崩す寡婦」を変身せしめた力源が、当時の下層民衆のなかから引き出されたことは、いままでたどってきた周辺の事情からも察せられる。六朝末から唐初にかけての時期に（おそらくは、流民のもっとも深い溜め池であった南方の地において）、「秦の長城」に仮託して、孟姜女民話の原型は形成されたのであろう。

直接には「長城からの逃夫」という限定された対象をとらえていた「逃夫」民話が、後世の伝承からうかがわれるような、かなり大きな広がりを持つことができたのは、それが滔々たる流れのただなかに生い立っていたからであった。王道平説話においてはかられた再生も、また、あの「天人女房」の田崑崙までが、天女との間に一子をもうけながら、「徴発されて西へ行ったきり、ついに帰らなかった」と語られなければならなかったのも、その流れのただならぬ激しさを伝えている。

六朝の楽府においては、異郷にある者への婦女の情を叙する媒介物であった「擣衣」や「寒衣」などの語句が、しだいに対象をせばめて、征戍のために辺境にある者への訴えを託されるに至ったのも、唐代におい

てであった。晩唐の詩人たちの楽府や、敦煌写本の「杞婦」または「孟姜女」が、もはや「逃夫」と結ばれた「神女」ではなく、辺境に夫を失った寡婦として、または、その夫にはるばると「寒衣」を送りとどけようとしたけなげな妻として立ち現われるのも、孟姜女民話がその奔流をかいくぐっていた姿勢の必然的な結果といえよう。

そして、この「送寒衣」民話の流布は、「逃夫」民話のそれよりも、さらに大きな広がりをみせることになる。したがって、以上はただ、その「逃夫」民話が生みだされた日の、ささやかな周辺のスケッチにすぎない。

注

（1）『北京大学研究所国学門週刊』一巻七期「歌謡的原始的伝説」（一九二五年十一月二十五日）。原文の二つの伝説を参照して、再構成してある。なお、尚鉞については、本書の「柳田国男・周作人・谷万川」中の記事を参照。

（2）朱自清『中国歌謡』（一九五七年、作家出版社）。

（3）北京師範大学中文系55級学生集体編写『中国民間文学史』（一九五九年）で、独立項目で扱われているのは、「伝統故事」の章で、梁山伯祝英台、牛郎織女、花木蘭、独立した章で、孟姜女、「伝統戯劇」の章で、岳飛、楊家将、白蛇伝などである。その選択はともかくとしても、わたしはこれらのたぐいを、かりに「伝統民話」として扱ってみたい。

（4）古典保存会影印本（一九三三年）による。なお、古逸叢書にも収められている。のちに柳瀬喜代志・矢作武『琱玉集注釈』（一九八五年、汲古書院）が刊行された。

（5）西野貞治「琱玉集と敦煌石室の類書」『人文研究』八巻七号（一九五七年、大阪市立大学）。

（6）川口久雄『平安朝日本漢文学史の研究』上（一九五九年、明治書院）。

（7）山田孝雄、前出古典保存会本解説。なお、同氏には『芸文』一五巻七号、一六巻六号に「琱玉集と本邦文学」がある。

（8）京都帝国大学文学部景印旧鈔本第四集による。『文選集注』は、近年の陳翀《ちんちゅう》氏の研究によると、平安大学寮の博士である大江匡衡《おおえのまさひら》（九五二〜一〇一二）が一条天皇のために編纂した可能性があるという（「『集注文選』の成立過程について」『中国文学論集』三八号、二〇〇九年、九州大学）。なお、「鈔に曰く」の「鈔」を、陳翀氏や金少華氏は『日本国見在書目録』に見える公孫羅撰『文選鈔』六十九（巻）とする。『唐書』曹憲伝によると、公孫羅は、『文選』の注釈で有名な李善と同じく揚州・江都の出身で、その注釈には呉地に関する記載の多いことが指摘されている（金少華『古抄本《文選集注》研究』二〇一五年、浙江大学出版社）。

（9）斯波六郎『文選索引』第一冊「文選諸本の研究」（一九五七年、京都大学人文科学研究所）。

（10）顧頡剛『孟姜女故事研究集』（民俗学会叢書、一九二八年、中山大学語言歴史学研究所）。以下特に出所を記さない孟姜女関係の資料は、本書と路工編『孟姜女万里尋夫集』（一九五五年、上海出版公司）とによる。

（11）明清以後、「送寒衣」や「送飯」の語句は、死者を弔う行事の呼称として用いられた。その由来はまだよく分からないし、孟姜女民話とのつながりからも解明すべき余地を残しているが、少なくとも唐代の「送寒衣」は、唐詩に扱われている限りでは、「生きているはずの」人を対象としている。

（12）『中国民間故事選』（一九五九年、人民文学出版社）所収、「天心橋一簇花」、一九五四年採集。

（13）インドネシア民話「蚊の由来」（『民話』一一号、池田嘉苗訳、未来社）や、オーストラリアの神話にみえる、夫の血を滴らせて妻を生き返らせるモチーフは、ひとつの示唆を与える。

（14）黒田彰『孝子伝の研究』（仏教大学鷹陵文化叢書、二〇〇一年、思文閣出版）。

（15）『同賢記』系の説話につながる民衆芸能のテキストは、いずれも南方に残されているが、そのなかには、安徽省貴池県に伝わる儺戯のように仮面をつけて演ずる宗教的色彩の強い地方劇の脚本などもあって、淵源の遠いことを考えさせる。なお、『同賢記』と直接にはつながらないが、敦煌写本にみえる孟姜女の小曲は、任二北『敦煌曲初探』や任半塘『唐戯弄』などで、演劇との関係が注意されているし、おなじく孟姜女の変文の残存は、それが俗講の場でも語られていたことを示している。
(16)『文学における彼岸表象の研究』(一九五九年、中央公論社)所収、前野直彬「神女との結婚」。のち『中国小説史考』(一九七五年、秋山書店)に収める。
(17)松本信広『日本の神話』(一九五六年、至文堂)。
(18)松村武雄『日本神話の研究』第三巻(一九五五年、培風館)。
(19)佐山融吉・大西吉寿『生蕃伝説集』(一九二三年、台北・杉田重蔵書店)。
(20)孫晋泰『朝鮮の民話』(一九五六年、岩崎書店)。のちに増尾伸一郎氏の解説を付して、『朝鮮民譚集』(二〇〇九年、勉誠出版)として刊行されている。
(21)(18)に同じ。
(22)歌謡の部分は「姜女下池」(中国民間文芸研究会上海分会編『孟姜女資料選集』第一集・歌謡、一九八五年)によった。なお湖南省の伝承については、巫瑞書『孟姜女伝説与湖湘文化』(二〇〇一年、湖南大学出版社)のほか、王蔭槐主編『嘉山孟姜女伝説研究』上・下二巻(二〇一二年、湖南師範大学出版社)に多くの関連資料が再録されている。
(23)アイヌに伝わる天人女房譚(白鳥処女伝説)で、オイナカムイ(オキクルミ)が沐浴している天神の神女の裸形を見て恋い、その脱衣を隠すというくだりのあることにふれて、金田一京助氏は、つぎのように語っている。「白鳥処女伝説で、もっと問題となるべきことは、むしろ裸形を見せてしまった女神が、なぜ是非とも、その男、しかも下賤の男子であるにも係らず、その男のものと成らねばならぬかという事ではあるまいか。たとえば男が暴行を加えたという話にも成らず、また女が極力反抗したり、争ったり、殺されたりはせずに、ほとんど例外なしに皆すなおに妻となるのである。ここは意味のある所で、おそらく古い古い土俗の反映がこの物語の上に投影しているのではなかろうか。」(表記を改めた。「求婚伝説より羽衣・三輪山伝説へ」『民族』一巻二号、一九二六年)
(24)谷万川『大黒狼的故事』(一九二九年)。伊藤貴麿訳『錦の中の仙女』(一九五六年、岩波少年文庫)所収、「心臓をぬきとって難を避けさせる」。
(25)(18)に同じ。

(26)（20）に同じ。

(27) 内田道夫「捜神記の世界」（『文化』一五巻三号、一九五一年、東北大学）。なお、養徳社刊『捜神記』（一九五九年）の同氏の解題にもふれられている。干宝撰『捜神記』の復元を試みた李剣国輯校『新輯捜神記』（二〇〇七年、中華書局）も、「河間男女」を残し、「王道平」を八巻本『捜神記』に近いものとして除外している。

(28) 同前、および西野貞治「敦煌本捜神記の説話について」（『人文研究』八巻四号、一九五七年、大阪市立大学）。

（付記） 本稿の初出の文は、のちに鍾敬文氏に進呈したものが、王汝瀾氏による中国語訳「孟姜女故事的原型」として、『孟姜女故事論文集』（一九八四年、中国民間文芸出版社）に収録された。また、さらに王蔭槐主編『嘉山孟姜女伝説研究』下巻（二〇一二年、湖南師範大学出版社）にも再録された。

本稿執筆後に刊行された資料や研究は数多いが、ここにはあげない。近年の日本での刊行物では、渡辺明次『孟姜女口承伝説集』（二〇〇八年、日本僑報社）が、数多くの民話と歌謡の翻訳を収め、さらに二〇〇七年に各地の遺跡を訪ね歩いた報告も掲載している。また、中国の作家蘇童が孟姜女をテーマにした作品を訳した『碧奴　涙の女』（飯塚容訳、二〇〇八年、角川書店）があり、さらに絵本『なみだでくずれた万里の長城』（文・唐亜明、絵・蔡皋、二〇一二年、岩波書店）も出ている。

II　中国民話と日本

『竜の子太郎』のふるさと

一　四川盆地の「母恋いの洲」

中国の地形図をながめてみると、ほぼ中央に日本の北海道が二つも入りそうな広さの四川盆地がある。古くは蜀《しょく》と呼ばれた地方で、その西側はチベット高原の東端に接している。近年、日本の登山隊が何度か遭難したことで知られるように、この四川省西部にある山岳地帯には数千メートル級の山々がつらなっている。芥川竜之介の『杜子春』で鉄冠子という仙人のいる場所として出てくる峨眉山《がびさん》は、この山岳地帯から突き出た山の一つにあたる。さだ・まさしの撮った記録映画の『長江』(一九八一年)では、この峨眉山の頂上でチベット人の結びつけたお経の記された布(タルチョー)がはためいている場面があり、漢民族とチベット人の文化が、この地域で接していることを語っていた。

その峨眉山からさらに北上し、長江(揚子江)の支流である岷江《びんこう》が山岳地帯につきあたる地点に灌県《かんけん》の都《と》江堰《こうえん》がある(現、都江堰市)。山あいを流れくだった川が、ここで平野に出るため、洪水となることが多かったのであろう。すでに戦国時代末期の紀元前二五〇年前後に、蜀郡の太守(長官)となった李冰《りひょう》が水利工事をおこなったという。

灌県には現在も、李冰とその息子とされた二郎神《じろうしん》を祭る二王廟と、洪水をおこす竜を降伏させたことを記念する伏竜観がある。また一九七四年には、川底から三メートル近い李冰の石像が発掘され、伏竜観に展示されている。この紀元一六八年に相当する漢代の年号を記した石像は、増減する水位を測定する役割を担って、川べりに立てられていたと考えられている。

ところで、この地方では、洪水をおこす竜を主人公とした「望娘灘《ワンニヤンタン》（母恋いの洲《す》）」という伝説が知られている。

ずっと昔、近くの村にニエ（聶）という姓の一家がいた。母親と息子の二人暮らしで、少しばかりの田畑を借りて作っていたけれども、それだけでは食っていけず、息子のニエラン（聶郎）がたきぎ取りや草刈りをして生計の足しにしていた。

その年はひどい日照りで、ニエランは刈りとる草がなくて困っていた。ところが、ある崖下にひとかたまりだけ青い草の生えている場所があった。ふしぎなことに刈りとった翌日には、その草むらがもとどおりに伸びているのであった。草を根ごと引きぬいてこようとしたニエランは、そこにキラキラ光る珠《たま》があるのを見つけて持ち帰る。それは米櫃に入れておけば米を無限にふやすことのできる宝の珠であった。

母子が宝の珠を手に入れて、貧乏な人たちに米を恵んだりしているという噂を耳にした地主は、むりやりそれを力ずくで奪おうとする。逃げられないと思ったニエランは、その珠を呑みこんでしまう。やがてニエランは、のどの渇くままに川べりまでいって水をたくさん呑みつづけ、赤いうろこの竜に変身する。追ってきた地主やその手下たちは、竜のおこした大波に巻きこまれて死に、竜はかたきをとる。

もはや人間の姿にもどることのできないニエランは、母親が一声呼ぶたびに頭をあげて振りかえり、そのたびに川には中洲《なかす》ができた。母親が二十四回も呼んだので、川のなかには二十四もの中洲ができ、人々はそれを「母恋いの洲」と名づけた。

「望娘灘」の「娘《ニャン》」は、現代中国語ではふつう「母親」を意味する（日本語のように若い女をさすのは、中国では副次的な用法である）。また「灘《タン》」は、川や海や湖で水かさの多い時は水面下にかくれ、水が少ない時にだけ現われる土地、すなわち中洲をさす。水の流量の増減が激しく、洪水でしばしばあふれるような川には、たくさんの中洲がある。それを竜が体をくねらせたためにできたと見立てた人々は、変身をよぎなくされた息子の竜が、母親との別れをおしんで何度も頭をあげて振りむいたという物語のなかにはめこんだ。

貧しい母親と孝行息子が「竜の卵」を手に入れ、その卵を呑みこんだ息子が竜になるという話は、中国のほかの地方にも見られ、昔話の話型の一つとされている。

この話に出てくる宝の珠が「竜の卵」にあたるわけで、それを奪おうとしたのが地主だという例は、南隣りにあたる雲南省のイ族に伝わる類話にも見られる。しかし、漢民族のほかの話では、奪おうとしたのを隣人とするなど、その相手に特別の意味を与えていないものが多い。

ここに要約したあらすじは一九五九年に出た『中国民間故事選』に再録された話によったもので、おそらく一九四九年の人民共和国成立以降に採集整理されたものと思われる。ところが、その十数年前の一九三四年に出た黄芝崗の『中国の水神』という研究書では、これとはかなりちがった構成の「母恋いの洲」が紹介されている。

お天道《てんとう》さまは人間の根性がよくないのをこらしめるために、毎年、大晦日の夜になると、二十四個の竜の卵をこの世にばらまいた。その年に卵が落ちた地方では、卵から竜が生まれて洪水をおこすのであった。

灌県の近くでは、母親と二人で暮らしている孝行息子が、その赤い珠を草の根もとで見つけ、それからは珠を使って金や米をふやすことができ、食うに困らなくなった。これを知った隣人が珠を奪おうとしたので、息子はあわてて珠を呑みこんでしまう。腹のなかが焼けるように熱くなった息子は、むちゅうで川の水を呑んでいるうちに竜の姿になった。

水に入った竜は大波をおこしながら川を下り、母親が呼ぶたびに頭をあげて振りかえった。いまも灌県の川のなかに残る十二の中洲（母恋いの洲）は、この時のものである。隣人が悪い考えをおこしたために母親と引きさかれたことを怒った竜は、行く先々で洪水をおこした。

災害が広がるのに驚いたお天道さまは、灌口《かんこう》（灌県内の地名）の二郎神をつかわして、竜を降伏させることにした。二郎神との戦いにやぶれた竜は、東の海に逃れようとして、さらに川を下り、洪水をおこしつづけた。

一方、二郎神に手をかそうとした観音大士は、川のそばの茶店で熱いそばを作って待ちかまえていた。そこへ腹のへった竜が現われてそばを食べると、そばが鉄のくさりに変わって竜をがんじがらめにした。あとを追ってきた二郎神は、観音大士から引きとった竜を灌県の近くまで連れもどし、さらに頑丈なくさりでつなぎ止めた。いまでも灌県の人たちが、年に一回、新しいくさりを作って川に投げこむと、古いくさりが浮きあがってくる。これは二郎神が竜をつなぐくさりを取りかえてくれるからだという。

この話では、息子が竜に変身するのは最初から予定されたこととして語られている。すべての物語は、お天道さま（天の神）の支配のもとで進行するというのが、伝統的な語り物などのおきまりの枠組であった。そのもとになったのは、おそらく二王廟や伏竜観のような洪水を鎮める建造物の由来を語る話であったにちがいない。

二王廟は、もともと蜀王の杜宇《とう》を祭る望帝廟であった。それが五世紀末に、杜宇を祭る望叢祠をよそに作り、李冰を主神とする崇徳祠となった。黄芝崗によると、治水のために竜を退治したという伝承中の人物として、李冰が有名になったのは唐代以降だという。

やがて宋代になると、李冰と入れかわるように二郎神が登場し、李冰の子どもとして扱われるようになった。この親子をあわせて祭ることになってから、崇徳祠は二王廟と改められた。ここでは、ほんの数十年前まで、治水に関する儀式が役人の列席で毎年取りおこなわれていた。

竜を退治する専門家の二郎神は、額に蜀の最初の王とされる蚕叢《さんそう》と同じく縦になった第三の目があるとされ、さらに川の神が犀《さい》（犀牛と書く）の姿で現われると自分も犀となって戦い、これを破ったという伝承もある。

この二郎神は、のちに孫悟空退治の役割で『西遊記』でも活躍する（中野美代子『孫悟空の誕生』福武文庫）。観音もまた『西遊記』に登場することを考えあわせると、この話の成立には『西遊記』を生み出した民間芸能（語り物や演劇など）の世界との交渉があったと思われる。

それにしても、孝行息子が金や米を無限にふやす呪宝をさずかるのは、自然のなりゆきであるとしても、どうしてその息子が悪い竜に変身して洪水をおこすという展開と結びつくのだろうか。労せずして富を得ることのできる呪宝を手に入れた者は、やがてみずからが他人に大きな災害を与えるという苦痛を背負わなければならないのだろうか。

この話のなかでは、竜はかならずしも悪者ではない。むしろ母親に孝行で、よく働く息子が変身したもので、人間的な側面を持ちながら、その怒りのやり場に困って洪水をおこすかのように語られている。話によっては、李冰がつかまえてきた竜を殺さずにくさりでつないでおいたのは、日照りの時に、この竜に雨をふらしてもらわなければいけないためだ、とも説明されている。

二　『竜の子太郎』と長野の小太郎伝説

ところで、わたしはしばらく前に岩波文庫から『中国民話集』を出した。もともとは、関敬吾さんの『日本の昔ばなし』全三冊にならって、漢民族の代表的な昔話を二冊程度にまとめて出すつもりであった。ところが、企画が通ってから二年以上たっても翻訳の終わる見通しが立たず、やむをえず一冊にしてもらい、四年目にようやく本になった。

そのなかに、前者の「母恋いの洲」、つまり無法な地主に追いつめられた息子が、竜となってはじめて仕返しをする話を入れた。少し唐突な言い方になるかもしれないが、こんどの本には、わたしとしては、「革命」をなしとげた中国というイメージの話はあまり入れなかった。その例外が、この「母恋いの洲」と「十人兄弟」であった。

当然ながら民間伝承もまた、その生み出された時代と無関係ではありえない。新しい人民共和国ができた時、中国の民衆は古い権力者を倒した喜びに満ちあふれていたはずである。その「母恋いの洲」は、古い伝承とは内容がちがっているかもしれないが、その地主に対する怒りの表現には、発表された時期の中国の息づかいが感じられた。

これにくらべると、二郎神が現われて竜を降伏させる方の話は、廟の由来を語る物語としては完結しているものの、かえって作り話めいていて感銘がうすい（ずいぶん前の本だが、一九五七年に未来社から出た、中国文学会編訳の『中国の民話』に収められた「謀叛《むほん》ものの竜」は、この系統の話である）。

数は少なくても、そういう時代の雰囲気を伝える話があってもいいだろうと思い、わたしは「母恋いの洲」をこの本に入れた。その時、念頭にあったもう一つの理由は、この話を読むと、わたしはなぜか松谷みよ子さんの『竜の子太郎』を思いだすからであった。

『竜の子太郎』は本で読んだのではなかった。子どもたちが小さかったころ、知人がくれたレコード絵本（至光社編）で聞いた。下の息子が好きで、しょっちゅうレコードをかけていたので、なんべんも聞かされたのである。とくに、イワナを三匹食べたために竜になってしまったおっかさん（娘）に向かって、ばあさま（母親）が、沼のほとりで「たつよう、たつよう」と切なく呼びかける声だけは耳もとに残っていた。

こんどあらためてレコードを聞き、本を読んでみると、全体の筋立てや話のかなめとなる部分はずいぶんちがう。とても似ていると言えるようなものではない。しかし、母親が竜になった子ども（娘と息子のちがいはあるが）に呼びかけるところは共通しているので、そういう印象を受けたのであろう。それにどちらの竜も、変身を余儀なくされた悲しみに包まれていて、時には皇帝の象徴ともなるような栄光の影は見あたらない。松谷さんの『民話の世界』（講談社現代新書）を読んでみると、『竜の子太郎』は、長野の小太郎伝説を芯とし、秋田の八郎潟の八郎がイワナを一人で食べたために竜になったという話などを使って書いたものだという。その小太郎伝説とは、つぎのような話であった。

むかし、松本・安曇のあたりはまんまんたる湖だったという。その湖の水を、泉小太郎という少年が母の犀竜の背中に乗って山を切り拓き、まんまんたる水を北海に落して平野を拓いた。その平野が松本・安曇の両平野だという。またそのときできた川が犀川だという。

柳田国男の『山島民譚集』には、小太郎の乗ってきた動物を、犀竜ではなく、ただの犀としている古書の引用もある。同書によると、日本の各地の川に犀竜や犀のつく地名があり、たとえば、近年でも大雨になると水のあふれる東京の神田川の、早稲田に近い面影橋の上流にも犀ヶ淵があったという。これらは中国で川の洪水を鎮めようとして石犀や犀牛を作ったという伝承が、日本へ伝えられた結果であろう。

同じように、平野一面の湖が排水によって耕地となる話は日本の各地にあって、「蹴裂《けさく》」伝説と呼ばれている。また世界的には、大林太良さんによると、排水によって洪水を克服した話が、西はギリシャからコーカサス、ヒマラヤをへて、中国、日本へとつながって伝わっている（『日本の神話』国民文庫）。

中国の洪水伝説には、ある日、とつぜん土地が陥没して湖になる話が広く知られている一方、禹《う》の神話に代表されるような排水による治水伝承も数多く存在する。禹にかぎらず、中国では洪水を治める神は、魚や竜など水棲動物の形をしていると考えられていた。

「母恋いの洲」の話の伝わる四川省についてみると、四世紀の『華陽国志』に、蜀王杜宇の時の大臣であった開明が「玉壘山を切り開いて水を導き、それで水害を除くことができた」と書かれている。また別の本には、「鼈令《べつれい》（開明の別名）が巫山を切り開いて水を通し、それから蜀では平地（陸処）ができた」ともある。鼈はスッポンだから、この山を切り開いた者の命名は水棲動物による排水の伝承を反映しているのであろう。まさしく小太郎伝説に相当する事跡だが、長野のような説話としての記録はない。李冰が水路を分流させることで洪水をふせいだとされるのは、そのおよそ三百年後だという。

大まかな言い方しかできないけれども、『竜の子太郎』と「母恋いの洲」は、ずいぶんちがった話でありながら、どちらも竜など水棲動物の排水による治水伝承の世界を母体として生みだされたものということが分かる。

なお、八郎潟の八郎の類話は、太宰治の初期の作品である「魚服記」にも出てくる。つげ義春の漫画「紅い花」を思わせるような、山中の滝のそばの茶店にスワという女の子がいて、ある日、父親から三郎と八郎というきこりの兄弟の話を聞かされる。谷川でとったヤマベを、兄の帰らないうちに一人で食べてしまった弟の八郎が、のどがかわいて水を飲みつづけていたところ、大蛇に変身してしまう。そして、その兄弟の話を泣きながら聞いていたスワもまた、最後には滝に身投げをして小さなフナに変身してしまう。

中国の竜の説話にも実にさまざまな話がある。しかし、そのなかでも治水伝承にかかわる竜は、山を切り開き、川を掘りすすめる雄々しさを備えていると同時に、なぜか悲しい運命を背負ったものとして語られている。何に由来するかは分からないが、それは日本にも共通する性格であるらしい。

中国の狐と日本の狐

一　九尾の狐——豊饒と性の象徴

中国最古の歌謡集『詩経』には、尻尾をぶらぶらさせて魚をつかまえにくるオスの狐が、女を誘いにくる男の暗喩として何度か登場する。発情期のオスの狐による激しいメスの争奪戦を目にした当時の人々は、そのふさふさした尻尾を強い生殖力の象徴と見たのであろう。

洪水を治めたことで知られる、伝説上の帝王禹《う》は、仕事に追われて三十になるまで結婚できないでいた。そこへ九尾の白い狐が現われる。

連れあいをもとめる白い狐には、
ふさふさとした九つの尻尾がある。
この狐とまじわるものは、
王者となることができる……

禹は、その歌にしたがって、狐の姿をした塗山《とざん》の娘と結婚する（『呉越春秋』）。九尾の狐は、『山海経』では人を食う異獣と記されているが、このような豊饒と性の信仰の対象でもあった。さきの暗喩とは性別が変わるが、狐が女となって男とまじわる話は、この説話の記録された漢代あたりから文献に現われはじめる。

また別の伝承では、禹が治水の仕事をするさいに熊に変身しているのを見た塗山氏が、それを恥じて石となったあと、石が割れて子どもの啓が誕生する。河南省にある嵩山《すうざん》の南麓には、「啓母石」と呼ばれる巨石が現存する。おそらく子孫の持続と繁栄を願う、子授けの信仰とともに語りつがれたものであろう。狐が石に変わることだけを取り出してみれば、この話は日本の那須野が原の殺生石《せっしょうせき》につながる。

漢代の墓室に残された画像石には、天上世界に君臨する女神西王母のかたわらに、九尾の狐と三本足の烏を組み合わせた図の見られるものがある。三本足の烏は太陽にいて、御者とも使者とも言われている。めでたい瑞獣瑞禽として、それとペアになっていることからすると、ここでの狐には、あるいは神の使者の役割が与えられていたのかもしれない。

秦の王朝を転覆した陳勝と呉広は、反乱をおこすにあたり、鬼神に仮託して大衆操作をおこなっている。そのさい、森のなかの祠に呉広を潜伏させておき、キャンプで篝火《かがりび》をたくころ、狐の鳴き声をまねて「大楚が興るぞ。陳勝が王となるぞ」と言わせた。『史記』に見えるこの話によれば、狐は森のなかの祠に祭られる神か、その使者であって、神の託宣を告げていたものと思われる。

二　妖狐と狐使い

一方、古い墓をあばくと狐がいて、その足を傷つけたら、狐から仕返しを受けて死んだとか、狐は自分にあう大きさの髑髏をさがしだして頭にのせ、人間に変身するとかいう、狐を怪異のものとして扱う話も、漢代以後、晋の干宝の『捜神記』などに現われるようになる。これらの話は、死肉をあさるためよく墓地に住みつくという狐の習性を観察した人々が、着想したものと思われる。

また人間に変身した狐が、犬に出会うと、もとの狐の姿になって逃げるという話も、狩猟のさいの猟犬と狐の関係を反映したものであろう。狐の毛皮（とくにわきの下の白い毛）は貴人の身に着けるものとして、古くから珍重されたから、狐は狩猟の重要な対象でもあった。鷹狩りをしに、犬をしたがえて行き、狐に出会ったことを語る話もいくつかある。

十世紀に編集された説話集『太平広記』の狐の項には八十三話が集められているが、その大半は狐に取りつかれて害を受けた唐代の人の話である。とくに、どんな術を使って狐を退治したかを説くものが多い。読み書きのできる学者狐もいたらしく、そこから奪いとった文書が大いに役立つなどとあるのを見ると、日本の「狐使い」にあたるような人たちが、これらの説話の語り手ではなかったかと思われる。

仏教を信仰している人が、文珠菩薩をおがんで供養をしていると、道士（道教の僧侶）が現われて、それが狐の化身であることをあばく話もある。ほかに、弥勒仏《みろくぶつ》や聖菩薩に化けたといった話もあり、狐の信仰をめぐって仏教と道教の抗争があったことをうかがわせる。

唐代は初期から、狐神を家屋のうちに祭って願いごとをする人が多く、当時、「狐魅（すなわち狐神）がなくては村が成り立たない」という諺があったほどだという（『朝野僉載』）。人に傷つけられた狐のもとへ、その土地の山川や叢祠の神たちが見舞いにくる話もある。狐を退治する話の多いことは、かえってその信仰の広がりを感じさせる。後世、金もうけの神として胡仙（狐仙）の祠が繁盛する萌芽が、すでにあったのかもしれない。

三 「任氏伝」から『聊斎志異』へ

『太平広記』では、やはり狐が女になる話が多いが、なかには男に変わるものも何例かないわけではない。また網で捕えられた狐を何百匹も買いとって放してやり、あとで狐に命を助けられる姚坤《ようこん》の話や、狐の女とのあいだに七男二女をつくった計真の話では、女に変身した狐も、怪異として忌避されることがない。このような例外的な展開を、伝奇小説に結実させたのが、唐代の沈既済《しんきせい》の「任氏伝《じんしでん》」である。

そこには、荒れ果てた屋敷跡に住んでいた狐である任氏が、女として艶麗であるばかりでなく、貧しく身分の低い男のために、命をかけて誠実な愛をつらぬく姿が描かれている。時には、男の友人に好きな女を世話するために、術を使って協力したりもする。だが、狐であることからは逃れられず、最後は猟犬にかみ殺されて死ぬ。

「任氏伝」は、狐を怪異のものとして扱うのとはちがった、もう一つの流れが中国の文芸のなかにあったことを示している。そして六百年後の清代に現われる『聊斎志異』が、その流れの頂点に位置することになる。

『聊斎志異』は、「任氏伝」とおなじく民間伝承を下地としながらも、作者蒲松齢の文学的加工が加わった作品である。そして全百余篇のうち七十三篇が狐を主題としていて、まさに「鬼狐伝」の異名に恥じない。その基調は、異類であるがゆえに、かえって人間の女性よりもはるかに女らしい愛情が、纏綿と表現されていることである。

おなじく狐を登場させながらも、九尾の狐が美女の妲己《だっき》に取りついて殷の紂王を破滅に追いこむ『封神演義』や、妖狐の化身が天下の大乱を引き起こす『平妖伝』など、明代の通俗小説では、道教的な世界に組みこまれた妖怪変化の狐となっていたことと、それらはきわだった対比を見せている。

四　日本に移された狐女房譚

日本へと目をうつすと、たとえば『万葉集』には、宴会の坐興で狐にふれた一首があるだけである。記紀や風土記にも狐の用例は散見するが、文学的な関心はほとんどうかがえない。

狐女房譚のもっとも古いものは、『日本霊異記』に見える話とされる。美濃の国の男が、曠野のなかで出会った美女と結ばれ、子どもができるが、女は犬に追われて狐（仏経によって伝来した野干《やかん》で表記）の姿を現わす。それでも男は女と別れがたく、「つねに来たりて相寝よ」と言う（ゆえにキツネと呼ぶとある）。その子どもの一族は、姓を「狐の直《あたえ》」と名のり、大力の者となったとある。

この話は、同時代では孤立した伝承であり、狐姓の由来を語ることや、同書の成立事情からみて、中国あるいは朝鮮を経由して渡来した文化の影響下に成立したものと考えられている。しかし、異類の妻とわかれば別離はさけがたいとしながらも、狐を怪異として忌避しない点では、さきに見た中国での例外的な展開に近い。

この展開は、年代は下るが、室町以後に知られ、浄瑠璃などで語られる「信太妻《しのだづま》」の話でも、同様である。和泉の国の信太の森の狐は、命を助けられた礼に葛の葉という娘に姿を変え、安倍保名《あべのやすな》の妻となり、童子丸という子どもができる。愛着のある乱菊をながめていて、もとの姿を現した狐は、和歌を残し、子どもと別れて立ち去る。成人して陰陽師《おんみょうじ》となった晴明が信太の森を訪ねると、老いた狐が現われて、おまえの母だと名のる。

この「信太妻」の物語には、その先祖が唐に渡って文珠菩薩伝来の書物を手に入れたとか、母の狐は実はいにしえの吉備大臣（すなわち唐に渡った吉備真備《きびのまび》）であるとかのべるくだりがある。この説話にかかわりのあった陰陽師たちは、狐をめぐる信仰が中国から渡来したことを強調したかったように見える。

五　「玉藻の前」の物語

おなじく室町以後に、謡曲「殺生石」などで知られるようになる「玉藻《たまも》の前」の物語は、『玉藻の草子』では、つぎのように入りくんで語られる。

時は平安末期、鳥羽院の御所に、諸般の学問に通暁した絶世の美女が現われ、院の深い寵愛を受ける。身体から光を放つので玉藻の前と呼ばれた。ところが、そのうち院が病気にかかり、重くなる一方であったので、陰陽頭の安倍泰成に占わせたところ、玉藻の前の仕業とわかった。

それによれば、玉藻の前は、下野の国の那須野にいる八百歳の狐で、長さが七尋《ひろ》で尾が二つもあるという。

もとは、天竺（インド）の天羅国にいた塚の神で、斑足王をたぶらかして千人の王の首を切らせようとしたが、仏法にはばまれてかなわなかった。つぎに震旦（中国）に渡り、周の幽王の妃（すなわち狼煙《のろし》をあげると笑顔を見せた褒姒《ほうじ》）となって王を滅ぼした。その後、日本に渡って仏法を滅亡させようとして、三国に姿を変えて現われた狐である、と説かれている。

泰成が泰山府君の祭りを行い、祭文をよむと、御幣を持っていた玉藻の前は、かき消すようにいなくなった。しかし、やがて逃げもどった那須野で弓矢にかかって殺される。その後、玉藻の前の執心が殺生石となって残り、これに触れるものの命を奪っていたのを、玄能和尚が砕き割ったという。

のちに江戸の文化・文政期に流行した物語では、二尾の狐は伝統的な金毛白面の九尾の狐となり、さらに中国で語られていた妲己への化身までも取り入れる。院政期の陰惨な政治状況を背景に構想された妖狐の物語が、爛熟した太平の世にもてはやされたのは、もしかすると、中国の民衆に『封神演義』が意外な人気を持続していたことと通じあっているかもしれない。

こうして中国にあった狐の文芸化の二つの方向は、その影響のもとに、道すじとしては、日本でも似たような展開ぶりをみせていることがわかる。これはまた、狐の信仰についても見られる。

六　稲荷信仰と中国の狐

日本の稲荷信仰と狐の結びつきには、中国とのかかわりが決定的な役割をになっていたと考えられている。伏見稲荷の創始者の秦氏《はたし》が渡来人であることから、稲荷の狐は秦氏とともに朝鮮半島を経由してきた中国の狐であろうとする見方がある（吉野裕子『狐――陰陽五行と稲荷信仰』）。また、平安時代に空海らの密教僧や陰陽師を通じて、中国の信仰が伝わったとする見方もある（松前健「稲荷明神とキツネ」『稲荷明神』所収）。

伏見稲荷の祭神はウカノミタマであり、狐はその神の使者あるいは乗物とされている。近世に流布していた稲荷明神の神影に、稲の束をになった老翁が狐をしたがえているものや、女神が白い狐に乗っているものがあるのは、そのためである。中国の狐も、神の使者であった可能性があることは、すでにふれた。

また日本の近畿や中国地方には、狐の発情期である寒中に、狐塚や小祠に供え物をして、稲の豊饒を祈る「狐施行《きつねせぎょう》」などと呼ばれる行事がある。柳田国男は、その狐塚が多くは稲田を見おろす小高い丘の上にあるところから、古くは「田の神の祭場」であったろうとする。しかし、丘の傾斜面に巣穴を作る狐にとって、そのような場所は絶好の営巣地でもあった。とすれば、稲荷信仰の普及の結果として祭られた、単なる供え物の場所ということもありうる。

狐が天竺や中国から稲穂をくわえて日本に到来したのが、稲作のはじまりだという「穂盗み」の伝承もある。しかし、これらの狐と稲の豊凶をめぐる信仰が、土着のものか、あとから入ってきたものかを見分けるのはむつかしい。

七　中国に由来する狐のイメージ

稲荷神社は日本の神社のほぼ三分の一をしめるといわれ、これに屋敷神をくわえれば、その数ははかりしれない。その多くに見られる狐の像は、現実の狐よりもはるかに目にふれやすく、人々に狐への親近感をいだかせるのに役立った。

さらに、ここでは、ごく一部分しか取り上げられなかったが、江戸時代に集約される日本の伝統的な文芸の世界では、その材料源となった中国の状況を反映して、狐を主題とした物語がきわめて多かった。とりわけ「狐女房」という異類婚姻譚の枠組は、人間の男女の関係をやや間接的に語るためには、まことに適切なものであった。

日本語の辞典を開くと、狐に関する慣用句やことわざがたくさん載っているが、そのかなりの部分は、実際の狐から着想したというよりは、このような信仰と文芸のなかから二次的に作りだされたものではないだろうか。

しかも、日本の狐のイメージの基本的なものは、ほとんど中国に由来するように思える。とすれば日本人は、狐を目前にしながら、それを非現実的な架空の動物に近いものとしてしか理解できなかったのだろうか。それとも、それだけ中国のイメージが強烈であったのか。

狐の尾から流星のように火焔が吹きだすという話は、すでに中国にあり、これは「火気が（狐の）土気をたすける」とする五行思想から説明されている。ところが日本では、狐と火をめぐる伝承がさらに豊富となり、現実にあった事件のごとく、さまざまに語られている。

また柳田国男が「狐飛脚の話」に書いているような、お家の一大事という時にだけ、遠い土地に品物や情報を迅速に送りとどける役割をはたす狐が、はたして中国にもあるのかどうか。まだ探索をおこたっている。

中国の「三大童話」と日本

はじめに

日本と中国の昔話の比較を考えるとき、全体として両者にどの程度の対応関係があるのかは、気にかかることである。関敬吾は、中国語に訳された『日本の昔ばなし』[1]への「寄語」で、「今改めて（鍾敬文氏の『中国民譚の型式』を）読んでみると、その半数以上が日本の昔話と一致もしくは類似するようである」と書いている。これは主要な話型をながめた印象というところであろう。

おなじ関敬吾の『日本の昔話　比較研究序説』（一九七七年）には、「日本＝アジア地域の昔話の平行関係」と「日本昔話比較対照表」がのせられており、一九八二年の著作集版では、『日本の昔話』版に大幅な改訂が加えられている。とくに「対照表」には、中国のエーバーハルトのタイプ・インデックス（FFC120,1937）と丁乃通のタイプ・インデックス（FFC223,1978）との関係が注記されており、約三五〇の日本の話型に対し、エーバーハルトから六五、丁乃通から六九の話型が対応するものとしてあげられている。これはもちろんそっくり同じ話がそれだけあるという意味ではなく、一部分に共通するモチーフが見られるものをも含んでいる。人民共和国成立後の中国での採集成果を取り入れた丁乃通のインデックスでは七四五の話型が立てられているから、その二二パーセントが日本と対応するというわけである。

もちろん対応する話型の比率が、数値としてそれほど絶対的な意味をもつわけではない。しかし、日本と中国の比較の上で重要なつなぎ目となっている韓国の崔仁鶴のタイプ・インデックス（『韓国昔話の研究』一九七六年）の場合、三者の関係を考える手がかりとしておもしろい。崔仁鶴のインデックスには、日本の『日本昔話集成』（一九五〇〜五八年）と中国のエーバーハルトのインデックスとの関係が注記されている。

それによると、崔仁鶴の整理した韓国の七六六の話型のうち、日本とだけ対応するものが一四四（一九パーセント）、日本と中国の両方に対応するものが七五（一〇パーセント）、中国とだけ対応するものが四七（六パーセント）となる。これを読みかえると、日本と対応するおよそ三割は中国と対応するおよそ二割より多いが、さきの関敬吾の「対照表」の場合にも見られるように、中国について丁乃通のインデックスを使えば逆転する可能性がある。そして一割程度の三つの地域に共通する話型がある一方で、中国と韓国にだけ見られ日本には伝わらなかった話型が、数は少ないが存在することも注意する必要があるだろう。

以下には、このような三つの地域の伝承をめぐる複雑なつながり方を示すものとして、中国の代表的な「三大童話」ともいうべき昔話の対応関係を見ていくことにしたい。(2) もっとも、この「三大童話」という呼び方は、筆者がかりに名づけたものである。丁乃通のインデックスで、類話が四十前後よりも多い話型が二十いくつかあり、いずれもよく知られているものだが、そのなかで子ども向けに語られることの多い代表的な三つの話型を取り出してみたわけである。

一　「虎のおばあさん」と「天道さん金の鎖」

「虎のおばあさん」（老虎外婆《ラオフーワイポー》。外婆は母方の祖母）型の話は、おそらく中国でもっともよく知られている昔話であろう。エーバーハルトのタイプ一一には四四話をあげ、丁乃通の三三三Cには一一一話をあげ、後者のインデックスでは、これがもっとも類話数の多い話型となっている(3)。

話のあらすじは――母親が子どもたちに留守番をさせて実家へ帰り、その途中で人食いに襲われる。人食いは母方の祖母（あるいは母親）のふりをして子どもたちのところをたずね、子どもたちをだまして家のなかに入ると、末の子を食べてしまう。これに気づいた上の子どもたちは、その場から脱出し、追いかけてきた人食いをやっつける。

一見してわかるように、この話には、グリムの「赤頭巾」や「狼と七匹の子山羊」と共通する要素がある。しかも、韓国でよく知られている「日と月の起源」の話や、日本の「天道《てんとう》さん金の鎖」の話とも、きわめて密接に対応するすじ立てになっている。物語の中心は、正体を見やぶられまいとする人食いと、子どもたちとの問答のおもしろさにあるのだろう。さらに、夜中に末の子が食われている物音に気づいたほかの子どもたちが、何を食べているのかとたずねると、人食いが漬け物だとか豆だとか答え、指を投げてよこすくだりには（ここは日本の類話でもおなじ）、聞き手の子どもたちも息をつめたにちがいない。

人食いは、虎となって現われるものがもっとも多く、華中から華南にかけて見られる。これに華北をあわせた地域で、狼、狐、熊などが入りくんだ形で見られる。動物の姿で現われるとはいっても、人間のまねをし、人間のことばを話すのだから、『西遊記』に登場するさまざまな動物の精（妖精）とおなじく、本体は妖怪にほかならない。虎のつぎに数の多い熊の場合は、より人間に近い姿態のためか、「人熊」あるいは「熊人」という半人半獣を具現した呼び方がされている。

広東の話でしばしば顔を見せるヌングアマという人食いは、「米をはかるマスほどの頭で、牛の大きさほどの体をして、毛むくじゃらで眼を光らせている」とされ、「猩々《しょうじょう》」に似たものかともいうが、正体はわからないらしい。また江蘇の話では、日本の「もくりこくり」とか北京の「馬虎子《マーフーツ》」のように、子どもをおどすさいに引き合いに出される存在である「老秋胡《ラオチウホー》（秋虎《チウホー》とも書く）」の登場するものがある。そして採集者は、この話に出てくる「老秋胡」は、「尾があって毛むくじゃらな老女の妖怪」であると注記している。これを、山東の話で、「南方からやって来た裸身の醜い女性」が実は狼の化身で、相手の母親からはぎとった着物を自分が着て、裸になった母親を殺して食ったとあるのと考えあわせると、動物の精とされる場合でも、人食いが一面では日本の山姥《やまうば》のような形相で考えられていたことがわかる（「南方」の語には野蛮未開の地という含意もある）。

動物の精とはいわずに半人半獣の「野人外婆」などとする話は、浙江、湖南、広東にも散見する。さらに辺境の広西、貴州、雲南、甘粛、内モンゴルになると、「老変婆」、「妖婆」、「山人婆」などが圧倒的に多くなる。辺境といっても、少数民族の伝承とはかぎらない。しかし、これらの地域で、人を食う妖婆のイメージがなお強い現実感を持ちつづけていたことの反映にはちがいないだろう。

ところで、日本の「天道さん金の鎖」型の話では、ごくわずかの虎や狼のほかはほとんど山姥か鬼婆である。それは、いま見てきたように中国の辺境に多く残っているものに近い。また、韓国の「日と月の起源」型の話では、逆にほとんどが虎で、華中、華南、それにミャオ族などの伝承に似ている。もっともこれらは伝播の関係を示すというよりは、山姥とか虎とかについての、それぞれの伝承の深さや親近感のちがいを語っているのかもしれない。

それに、日本と韓国の類話には、中国のそれと大きくちがっている部分がある。それは、人食いのもとを逃れてからの子どもたちの行動である。中国の「虎のおばあさん」型の話では、子どもたちの人食いをやっつける方法が、いくつかに分かれている。

もっとも単純なのは、脱出した子どもが近所の大人の助けを借りるもので、華南に多く見られる。これは子ども向けの童話として語られるうちに、なされた変化かもしれない。このほか、つぎの項にのべる仇討《あだう》ちのために協力しあうモチーフに結びつくものもある。

いちばん多いのは、木の上にのがれた子どもたちが、追ってきた人食いを縄で引きあげてやるといつわり、途中でつき落として殺す場合と、下にいる人食いに果物をやるといつわり、開いた口のなかに刃物などを投げこんで殺す場合とである。前者の縄を使うものは華北、華中に多く、後者は華南や西南辺境の貴州、雲南に多い。

もう一つは、相手が人食いであるのを知った子どもたちが二階にのがれ、酢などをたらして灯を消し、樽をころがして雷だとおどかし、こわがって櫃に逃げこんだ人食いを熱湯で殺すものである。これはおもに華南や西南辺境に見られる。この場合、家屋の構造が二階建てになっているという地理的な条件もかかわっていることになる。

おもしろいのは、このあとの二つのいささか手のこんだ人食い退治法が、日本ではどちらも「牛方山姥」型の後半に取り入れられていることである。とくに最後の二階に逃げるモチーフをふくむ「牛方と山姥」は、韓国には伝えられていないから、「虎のおばあさん」型の話とは切りはなされた形で直接日本に伝わった可能性もある。

そして日本の「天道さん金の鎖」型の話では、子どもたちは人食いをやっつけたりはしないで、木にのぼってから「天道さん」に助けを求めることになっている。子どもたちは神に祈って金の鎖をさげてもらい、天にのぼって、日、月、星などになる。これをまねた人食いは、腐った綱にぶらさがって、途中で落ちて死ぬ。このようなすじ立ては、韓国の「日と月の起源」でも、まったく一致している。この日本と韓国の話での天からさがる縄は、中国の話で木の上にのがれた子どもが人食いを引き上げる縄と、どこかでつながりがありそうにも思える。

中国で採集された話で、この日本や韓国の「天からさがる縄」との接点をもつものを、内モンゴルのウラト前旗で漢族移民の老女が語っている。人を食う狐に追われた女の子が、空を飛ぶカササギに助けを求め、「鉄の縄があったら鉄の縄をください。鉄の縄がなかったら草の縄をください」とたのみ、鉄の縄につかまった女の子は助かり、草の縄につかまった狐は落ちて死ぬ。そして女の子は、ふたたび地上に帰り、天にのぼることはない。語り手の老女は、「秦地女」という名からすると陝西出身らしい。これが、中国の「虎のおばあさん」型の話にもともとあったものか、のちに付けくわわったものか、にわかには断定できない。

いずれにしても、この「虎のおばあさん」型の話は、前半部分で三つの地域が共通していながら、後半部分では、中国自身内部でいくつかに分岐する一方で、韓国と日本はまったく一致している。どれが原型かは確定できないけれども、日本が韓国経由でこの話を受け入れたことだけは明らかである。日本では、青森から沖縄まで全国的に分布しながらも、その約半数が九州や南西諸島に集中していることは、移入の時期が比較的おそいことを示すのかもしれない。文献的には、中国で一八〇二年刊の『広虞初新志』に「虎媼伝」があるものの、韓国と日本にはあまり古い記録はないようである。

二　「虎の精」と「猿蟹合戦」

「虎のおばあさん」型の話と一部分ではまじり合い、中国の子どもたちに親しまれている昔話に「虎の精」(老虎精《ラオフーチン》。虎の妖怪)型の話がある。エーバーハルトはタイプ一四でグリムにならって立てた「オンドリとメンドリ」の項に二四話をあげ、丁乃通は二一〇に四八話をあげている。この型の話については中国語の確定した呼称はなく、鍾敬文は「虎と老婆」と呼んだことがある。

日本の「猿蟹合戦」の後半に見られるような、栗、蟹、縫い針、牛の糞、洗濯棒といった意外な組み合わせの、しかも日常の生活では身近な物たちが、自分たちよりははるかに強大な動物または妖怪に、協力して仇討ちをするのが、この型の話の中心となるモチーフである。

中国で語られるこの型の話は、大きく三つに分けることができる。[4] もっとも多い第一のタイプは、一人暮しの老婆が主人公で、これに危害を加えようとする動物または妖怪が、老婆に同情した物たちの助太刀で、かえってやっつけられてしまう。人食いとしては、「虎の精」のほか、「猪哥精《チョゴチン》」という豚の妖怪、「猿の精」、「熊人婆」、「野人の精」などが登場し、山東、江蘇、浙江、福建、広東などの沿海地方で多く採集されている点は、つぎの第二のタイプにも共通している。

つぎに多い第二のタイプは、前項でふれた「虎のおばあさん」型の話の後半に結びついたものである。祖母や母親のふりをして入りこんだ人食いが、末の子を食ったのを知り、ほかの子どもたちが逃げだすと、また来ると言い残して人食いが去り、そこで仇討ちの話へとつながる。鳥居きみ子が、もとの熱河に属するカラチンの蒙古王府で女生徒から採集した「鬼婆」の話も、このタイプに属している。

第三のタイプは、西南中国の少数民族から採集されたもので、主人公と相手が動物同士または動物対妖怪といった関係になっている。たとえば、貴州省のミャオ族の話では、山猫のために母鶏を殺されたヒヨコたちが、協力してくれる物を集めながら、山猫のところへ押しかける。ヒヨコのかけ声を聞いた山猫が、起きて火をおこそうとすると栗が破裂し、眼を洗おうとすると水がめにいた蟹にはさまれ、椅子に腰かけようとすると縫い針が尻の穴にささり、逃げだそうとすると戸口で牛の糞にすべり、ころんだところへ上から洗濯棒が落ちて山猫をおさえつけ、ヒヨコたちが寄ってたかって山猫を八つ裂きにしてしまう。

おなじ「ヒヨコの仇討ち」といっても、その相手は、貴州のイ族や雲南のハニ族ではやはり山猫で、貴州のトン族ではイタチなのに、四川のイ族では「妖婆」となっているなど、多少の出入りがある。そして仇討ちをする前提条件が、日本の「猿蟹合戦」の大半とはまったくちがっているけれども、協力する物の組み合わせや攻撃の方法は、おどろくほどよく似ている。

ところが、この型の話の場合、韓国に伝わるのは、中国の第一のタイプに近いものである。(5) すなわち崔仁鶴の「五四、意地悪な虎の退治」では、老婆が意地悪な虎に大根畑を荒らされて困るので仕返しを計画し、ごちそうをするからといつわって虎を招く。やってきた虎は、火をおこそうとして火鉢を吹くと灰が眼に入り、水桶の水で眼を洗うとトウガラシが眼にしみ、ふきんで拭こうとしたら針がささり、だまされたことに気づいて逃げようとして牛の糞にすべって倒れ、むしろに巻かれて海へ棄てられてしまうという結末となっている。

中国の第一のタイプのうち、広東の一例では猪哥精が山で芋を掘っている老婆にそれを食わせろと言うことになっており、浙江の一例では野人精が大根を洗っている老婆にそれをねだることになっていて、韓国のそれと共通した発端をもっているものがある。それに浙江の一例では、二階にあがろうとした人食いがむしろですべって落ちるくだりがあり、役割はちがうが、おなじくむしろが使われている。この関係は、前項の「虎のおばあさん」型の話での縄の使われ方によく似ている。

このように「虎の精」型の話についていえば、中国の漢族にもっとも多い第一のタイプが、韓国の一般的なタイプと共通する要素を持っている。それにひきかえ、日本では猿と蟹など動物同士の分配の不公平を主題とした話が前半に結びついて、周辺諸国には見られない独自の構成となっているものが多い。しかし、『日本昔話大成』の「二九、雀の仇討ち」では、西南中国の少数民族に伝わる第三のタイプにかなり近いすじ立てとなっている。日本へは、このような動物同士が仇討ちをする話が、独立した形で入ってきて、それからさきの結合型となって広まったのかもしれない。

三 「蛇の婿」と「鬼婿入」

「虎のおばあさん」型の話に次いで、というより物語の内容としてはそれよりも強烈でよく知られている話に、「蛇の婿」（蛇郎）の型の話がある。(6) エーバーハルトはタイプ三一に三一話をあげ、丁乃通はタイプ四三三Dに六一話をあげている。漢族地区でほぼ全国的に分布しているだけでなく、チワン族、リー族、ミャいる。

オ族、プイ族、リス族、チャン族、タイ族、ヤオ族など、中国南部の少数民族のあいだにも広く伝えられている。

話の基本的な構成は——父親に何人かの娘がいる。父親が「蛇の精」に脅迫され、娘をくれれば許してやると言われる。末の娘だけが「蛇の精」にとつぐのを承知する。「蛇の精」が若者に変身し、末の娘は幸福な生活を手に入れる。これを知った姉が、妹を井戸へつき落して殺し、自分がかわりに「蛇の精」のもとに行く。殺された妹は、鳥に変身して、また姉に殺され、さらに木や竹に変身して、また姉に切り倒される。最後に、姉は妹の変身したものに苦しめられて不幸な末路をたどり、妹はふたたび生まれかわって幸福な生活にもどる。

話の構成には、かなり大きな変異がある。とくに、「虎のおばあさん」型の話や「たにし娘」型の話や「灰かぶり」型の話などと結合して複雑なすじ立てとなっているものも多いが、ここでは立ち入らない。以前に日本でも上演されたことのある任徳耀の児童劇「馬蘭花《マーランホア》」は、馬蘭花の精である「馬郎」を主人公としたこの型の昔話をもとにして創作されたものである。

注目されるのは、中国ではかなり広い分布をもつこの「蛇の婿」型の話が、日本ではごく限られた地域にしか伝わっていないことである。すなわち『日本昔話大成』の「一〇二、鬼婿入」に属するものがそれであるが、姉が妹を殺害するモチーフをふくむものは、九州以南の奄美大島や沖永良部島で採集されているだけである。この話は、「鬼婿入」と欧米で「三つのオレンジ」として知られるモチーフの結合した型と考えられている。

もっとも、この話型の前半にあたる大蛇が末娘と結ばれるモチーフは、日本では室町期の物語とされる

『天稚彦物語』にも見られ、韓国の崔仁鶴のインデックスでも、「二〇〇、青大将婿」に数例があげられている。しかし、姉が妹を殺害するモチーフと結合したものは、韓国では採集されていないようである。この点から考えると、日本の九州以南の島にだけ見られる中国の「蛇の婿」型の話は、おそらくはかなり新しい時期に、中国から直接伝えられたものかもしれない。

おわりに

日本、韓国、中国という三つの地域で共有している昔話のなかには、「天人女房」のように彼我に古い記録のあるものがある。またかまどの神とこれにかかわりのある「炭焼長者」の話など、文献の記載から淵源の深いことは察せられながら、そのつながり方がかならずしも明確になっていないものもある。

その一方で、すでに益田勝実が指摘しているように、(7)「近世から近代へかけて、わが国で採集された昔話で、同型のものもしくは類似のものが中世以前の説話文学にまだ見つかっていないものに、中国、とりわけ華南の苗族、傜族等の少数民族の口承昔話とよく似ているものが、実に多いらしい」。その理由として、益田は「意外に近い頃に、笑話集の輸入などとは規模の違う、大交渉があったのかもしれない」という推測をのべている。

筆者がここで取り上げてきた「三大童話」についても、益田が問題にしているのと同じような時期に伝来した可能性がきわめて高い。しかも、すでに見たように、その伝来の形は三者三様にちがっている。それを要約してみると、以下のようになる。

日本の「天道さん金の鎖」は韓国の「日と月の起源」とまったく一致しており、朝鮮経由で伝来したと考えられる。筆者の仮説では、この「日本・韓国」型の「天からさがる縄」は、北方系民族の信仰とかかわりがあるかもしれない。そして「中国」型の「木からさがる縄」は、それが子ども向けに童話として語られる過程で生じた変化とも思える。中国の辺境や少数民族の類話で、人食いの変化以外に特別な構成が見られないことも、この想定を裏づけているのではないだろうか。

中国の「虎の精」型の話のうち、漢族に伝わる第一タイプの「虎と老婆」を主人公とするものは、韓国の「意地悪な虎の退治」と近い関係にある。この「中国（漢族）・韓国」型に対し、日本では動物同士の分配の不公平を主題とした話と結合する独自の構成が多く見られる。動物同士の仇討ちが独立して語られる第三タイプの「ヒヨコの仇討ち」は、西南中国の少数民族に伝わるもので、このいわば「中国（少数民族）」型は、日本へは岩手や山形などに残る「雀の仇討ち」に近い形で伝来し、それがさきの結合型に変化したのかもしれない。なお中国では、このほかチベット族やダウル族（東北）にも、仇討ちのモチーフをもつ話があり、今後の探索によって意外な分布図が描かれる可能性もある。

中国の「蛇の婿」型の話は、韓国にはそのままの形では伝わらず、日本でも九州以南の島々にわずかに見られるにすぎない。全体としていえば、日本には伝来しなかったというべきかもしれない。

この三つの形は、予想される日本と中国の昔話の対応のしかたが、かなり多様であることを示している。今後とも、さらにちがった型の話について、同様の作業を積みあげていくことで、その全体像に近づくことができるようになるだろう。

注

（1）金道権・朴敬植・耿金声等訳『日本民間故事選』（一九八二年、中国民間文芸出版社）。岩波文庫本の『日本の昔ばなし』から原書の九割弱にあたる二〇三編を訳出。関氏の「寄語」の日本文は、『中国民話の会会報』第二六号に掲載。ほかに上海文芸出版社の訳本もある。本書「兎と亀のかけくらべ」の付記参照。

（2）この文章の要点は、一九八三年十一月、中国武漢市の華中師範学院と中南民族学院で飯倉の講演した「日本と中国の昔話の交流」によっている。この講演の内容は、中国の内部刊行物『民間文学研究動態』一九八四年四期に掲載された。

（3）以下のこの項の記述は、飯倉「人を食う妖婆――昔話に見る中国と日本」（世界の国シリーズ一六『中国』一九八二年、講談社）の主要部分を、ほとんどそのまま引き写したものである。この型の話については、池田正子「中国の赤頭巾型昔話」（『中国民話の会会報』Ⅲ―九号）がある。

なお類話として、雲南省白族の「イラクサとヨモギ」の訳が、村松一弥編『中国の民話』上（一九七二年、毎日新聞社）と君島久子訳『中国少数民族の昔話』（一九八〇年、三弥井書店）にあり、貴州省ミャオ族の「トラとアヒル飼いの娘」および「ヤマイヌと七人の娘たち」の訳が、村松一弥編訳『苗族民話集』（一九七四年、平凡社・東洋文庫）に、漢族の「トントン、カッタン、サラサラ」が、飯倉訳『中国民話集』にある。

（4）以下のこの項の記述は、飯倉「中国の猿蟹合戦」（『民話』一九六〇年七月号）によるところが多い。制約された資料しか見られなかった時期の仕事で、とくに辺境の少数民族などについては、新しい資料によって補訂する必要がある。

なお類話として、貴州省・ミャオ族の「ヒヨコのあだ討ち」の訳が、前出の『中国の民話』上と『苗族民話集』に、漢族の「ヌングアマ」が、飯倉訳『中国民話集』にある。

（5）崔仁鶴のインデックスには、ほかに「五三、娘の仇討ち」の話型もあるが、類話も少ないため、ここでは問題にしなかった。

（6）この類話として、貴州省苗族の「へびむことアーイー（たにし女房）」が、前出の『中国の民話』下と『苗族民話集』に、漢族の「蛇の婿どの」が、飯倉訳『中国民話集』にある。

（7）益田勝実「昔話における近世」、『日本の説話』第五巻「近世」（一九七五年、東京美術）。

（付記）飯倉は、本稿につづいて「中国の人を食う妖怪と日本の山姥——逃走譚にみる両者の対応」（『口承文芸研究』一六号、一九九三年）を書いて、ほぼおなじ内容について多くの資料を整理して叙述しているが、論旨には重複した部分が多いので、本書には収めなかった。なお、三国の昔話の比較研究については、その後、それぞれの国で多くの研究が展開され、訂正すべき点もあると思うが、本稿は過渡的な一つの試案として見ていただきたいと思う。研究のなかには、「日本昔話通観」の研究篇1として出された稲田浩二氏らの編集による『日本昔話とモンゴロイド　昔話の比較記述』（一九九三年、同朋舎出版）や、その日本昔話学会の仕事を継承した鵜野祐介編著『日中韓の昔話　共通話型三〇選』（二〇一六年、みやび出版）のような労作もある。後者には、それぞれの話型についての解説も付されている。

なお、文中にある中国語昔話のタイプ・インデックスの原書名は、Wolfram Eberhard, *Typen Chinesischer Volksmärchen*, 1937, FFC120. 中国語訳、艾伯華『中国民間故事類型』一九九九年、商務印書館、および Nai-Tung Ting, *A Type Index of Chinese Folktales*, 1978, FFC223. 中国語訳、丁乃通『中国民間故事類型索引』一九八六年、中国民間文芸出版社。詳細は、『中国昔話集』2、平凡社・東洋文庫、二〇〇七年、の解説を参照。

董永型天女説話の伝承と沖縄の昔話

一　沖縄の昔話に見られる董永型説話

一九八二年に沖縄で開かれた日本口承文芸学会の大会で、禱晴一郎氏の「沖縄の星の説話」[1]という発表を聞き、その資料の最初に、つぎのような民話のあらすじがあるのを読んで、思わず最初の一、二行に赤線を引いた。

男が五歳の時、親が死ぬ。親孝行をしたいと思ったが何もない。それで葬式をするために金持ちの家へ奉公に行く。ある日、草刈りに行くと美女に出会う。美女は結婚しようと言うが、男は借金があるから支払うまでは家を出ることができないと言った。それでも美女は、自分が借金を返すからと言い結婚した。美女の七人の姉妹が来て、機織りをして借金を返した。そして三、四人の子供を作り、幸せに暮していた。女が「庭に出て遊ぶ時は、北斗七星の中の星がないということを話すな」と最初に言ってあったが、男はそのことを話してしまう。それで美女は天に帰ろうとして羽衣を捜すが見つからない。末の子の唄を聞き、羽衣の有る所（倉の中）を知り、末の子を抱いて天に帰った。今も北斗七星の二番目の星の横には小さな星がある。それは小さい末の子供である。

石垣市大浜の百川キヨさん（明治四十二年生まれ）の語った「天人女房（七つ星由来）」の話ということであったが、この物語（少なくともその前半）は中国の漢代の人とされる董永《とうえい》の説話そのものである。

孝行を説く話といえば、魯迅が「二十四孝図」（『朝花夕拾』）で異議を申し立てているように、非人間的な行為を称賛するものが多い。そのなかで、神婚譚と結合した董永の話にはどこか救いがある。しかも松本信広氏が、イザナギとイザナミのやりとりをも含めたアジア的な形式としている「女人先立ちて言う」(2)系列の婚姻譚の一つとして、わたしはかねてから関心を抱いていた。

しかし、その董永の話が、あとでふれるように、中国の各地で口承で語られていることは、当時まだ知らなかった。まして沖縄の昔話のなかに、このような形で伝承されていることは、予想もしなかった。日本と中国の昔話を比較して研究するためには、朝鮮とあわせて沖縄の昔話を知る必要のあることをあらためて痛感したが、(3)具体的に調べてみる機会のないままに過ぎた。

その後、三浦俊介氏に「昔話『観音女房』と中国孝子譚」(4)という論文のあることを知り、同氏のご好意により読むことができた。「観音女房」という話型は、稲田浩二氏の『日本昔話タイプ・インデックス』ではじめて登録されたのであるが、三浦氏の論文は、その南島の類話が「中国の孝子譚の影響が強く、本土のものとは趣を異にしている」ことについて論じている。そして冬に筍を掘る「孟宗」の話や母親の食べたい魚を取りにいく「姜詩」の話に対応する南島の類話を挙げ、さらに董永の話に近いものとして、冒頭に引いた石垣市の例を挙げている。

三浦氏は、董永の説話のなかでも、とくに敦煌の石窟から発見された変文の内容が、羽衣型の天人女房と複合した形である点に着目するが、それは七つ星由来型の天人女房と董永の話の複合した沖縄の昔話には、直接結びつくものではないと見ている。

そして「ここはやはり、南から伝播してきた『天人女房（七つ星由来型）』と、文献による中国孝子譚『董永』が、どちらも孝行息子が天女を嫁にするという共通点から、南島で複合し、昔話化して伝承されたと考えるのが妥当であろう」とする。さらに、その董永の説話は、先行する福田晃氏の研究をも援用しながら、日本の仏教者たちの手による唱導説教に用いられて、本土から南下して渡来した孝子譚の一つであろうという。ただ三浦氏も、「敦煌の董永変文に見られるような複合した形での説話が、中国大陸においてどの程度の濃さで伝承されているのかはよくわからない」としている。たしかに、氏の参照された西野貞治、金岡照光両氏の論文(5)は、董永の説話の形成期についてはくわしいが、以後の展開および口頭伝承については言及するところが多いとはいえない。

以下の小考は、その欠を補う意図で、董永型の説話は中国から直接沖縄に口頭で伝承された可能性もありうることを検討してみたものである。

二　董永の説話の形成と展開

(1)　漢代から唐代にかけての変化

中国には「伝統故事」という言い方がある。時代的にも長く、地域的にも広く、またさまざまなジャンルで語り伝えられた物語をさす。万里の長城の築造で夫を失った「孟姜女」、悲恋のあと追い心中をとげる「梁山伯と祝英台」、日本の文学ともかかわりの深い「白蛇伝」などが、その代表とされる。これに「牛郎(牽牛)織女」を加えて「四大故事」と呼ぶ人もある。

中華人民共和国の成立後まもない時期に刊行された「民間文学資料叢書」には、これらの「伝統故事」と並んで、第五巻として『董永沈香合集』(6)が入っている。「沈香」は漢代の士人と華山の神女のあいだに生まれた沈香の物語で、それと合わせて一冊というわけだが、董永の説話がほかの孝子譚とはちがって、「伝統故事」の一つとしての扱いを受けていることだけはわかる。

董永の説話については、すでに中国でも何篇かの論文(7)があり、日本でもさきにふれた二論文がある。本章と次章では、それらの記述から第四章以下の説明に必要と思われる点だけを取り出して、整理しておくことにしたい。

董永の説話が漢代に知られていたことを示すのは、現在の山東省嘉祥県にある武氏祠の画像石の唐人による拓本だけである。武梁以下三人の兄弟を葬った祠堂は、後漢の末期にあたる一四七年から数十年がかりで建立されたという。この画像石には、中央の手押し車に乗った人物の上に「永の父」とあり、その左手に立つ人物のわきに「董永は千乗(現、山東省高青県)の人なり」とあり、上には昇天する織女らしい像がある。

右手の木にのぼろうとしているのが織女の子どもとすれば、詩文の上では敦煌の変文以後に現われる両者の子どもが、古くから存在したことになるが、画像は不明確でにわかには断定できない。

その数十年後、魏の曹操（一五五〜二二〇）の詩「霊芝篇」で、借金をしたり他人に雇われたりして老父に孝養をつくした董永が、債主の取り立てにあって困っていると、天からくだった神女が機《はた》を織って助けてくれた話のあったことが、はじめて出てくる。西野真治氏によれば、このあと北魏（三八六〜五三三）の画像にも、父のいるかたわらで董永の作業を手伝う女性の姿が見られるという。初期の説話には、まだ親が死ぬことや、奴隷として体を売るくだりはなかったものと思われる。

父の死後、その葬儀を出すために董永が奴隷となる約束で借金をし、そのあとで織女が現われて求婚をするという筋立ては、おそらく唐代（六一八〜九〇七）か、それにやや先立つ時期の変化ではないかと考えられる。年代的にたしかなものでは、仏教事典である『法苑珠林』（六六八年成立）に劉向の『孝子伝』から引く話が、もっとも早い。『孝子伝』の書名は、『隋書』と『唐書』の経籍志に何冊か見えるが、いずれも伝わっていない。漢代の学者である劉向の名を冠した『孝子伝』は両書の経籍志にも見えないが、おそらく仮託で、かなり通俗的な書物であったにちがいない。

たしかに現存する二十巻本『捜神記』にも、それとほぼ同じ内容の話が収められている(8)。しかし、これを『捜神記』から引くのは宋代に編集された『太平広記』（九七八年完成）だけで、おなじく宋代に編集された『太平御覧』や、敦煌出土の句道興本『捜神記』や『孝子伝』は、いずれも『法苑珠林』と同じく、『孝子伝』や『孝子図』から引用する。晋の干宝（三二〇年ごろ）の二十巻本『捜神記』に、この話が当初からあったかどうかは疑わしいとわたしは考えている(9)。

いずれにしても漢代から唐代にいたる数百年のうちに、董永の説話には織女の現われる前提となる筋立てに変化があった。しかし、董永の孝行に感応して天上から織女がくだってくるという設定は、変化したわけではなかった。それはあくまで孝子譚の一つでありながら、古くから牽牛との結婚で知られた織女をめぐる伝承を、(10)当時さまざまな形で語られていた神女との結婚の枠組のなかに取り入れて、(11)鮮烈な構成をもつ説話を形成していた。

(2) 敦煌の変文と天人女房譚

今世紀のはじめ、敦煌の蔵経洞で発見された写本に記された年代は、唐代から宋代の初期(九八一年ごろ)にかけての三百年に及んでいる。そのなかで、句道興本『捜神記』や『孝子伝』に見える董永の説話は、語り口がいくらか口語化してはいるが、『法苑珠林』に引くものと基本的な構成のちがいはない。また童蒙教訓書である『蒙求』の唐代に加えた旧注や、『太平広記』や『太平御覧』に引くものも、さらに敦煌の写本で孝行を歌った歌曲「十二時」(12)のなかの董永もほぼ同様である。

ところで、おなじく敦煌の写本でありながら、S二二〇四に記された董永の「変文」(13)では、後半に新しい筋立ての展開がある。すなわち董永の借金を返すために織物を仕上げたあと、女人は天上にもどっていくが、そのさい二人のあいだに生まれた子どもを置いていく。やがて何年かして物心ついた子どもは、占い師の助言によって池に水浴びにきた母親に出会う。母親からもらった金の瓶を占い師のところで開けると、天火が吹きだしてあたりのもの(ほかの伝承によれば書物など)を焼き払ってしまい、それから天上のことが分からなくなったという。

変文はもともと仏教の教えを説くために寺院で語られた講釈のテキストであるから、本来的には仏教にかかわりのない董永の変文でも、「帝釈《たいしゃく》」とか「阿耨池《あのくち》」とかいう用語が使われている。金の瓶から火が吹きだすといった変わったモチーフは、現代の伝承にいたるまで残っているが、これも外来的なものと思われる。

この敦煌の変文に出てくる董永の説話が重要なのは、それがおなじく敦煌の写本である句道興本『捜神記』に見える天人女房型の田崑崙《でんこんろん》の話ときわめて近い関係にあり、一方で宋・元以後の民間芸能の世界で語りつがれていく董永の説話の原型となっていることである（あとの点については次章でふれる）。

中国の天人女房型説話のもっとも古い形は、二十巻本の『捜神記』や、それとおなじ時期と思われる『玄中記』の記述[14]に見られる。そこには単純で素朴ながら、鳥から変身した女が「毛衣」をかくされて結婚するが、のちに積稲の下から衣をさがしだして天上にもどり、あとで子どもたちをも連れていくという話が語られている。

ところが句道興本『捜神記』の田崑崙の話[15]になると、たいへん複雑な構成となっている。主人公の田崑崙が、稲田のなかの池で知りあった天女とのあいだに息子の田章が生まれたあと、「兵隊にとられて西の地方へ行き、それっきりもどらなかった」というあたりは、杜甫の「兵車行」に歌われたような戦乱にあえぐ時代の影が、このいわば虚構の物語の背後にあったことをうかがわせる。

田崑崙のいなくなったあと、天衣を手に入れた天女はいったん天にもどる。しかし、子ども恋しさにふたたび池に降り立ち、そこで董仲先生に教えられて来ていた田章と再会する。そして、田章は母親に連れられて天上へ行き、四、五日のあいだに地上での十五年分の方術や技芸を身につける。ふたたび地上にもどった田章は、大臣に取り立てられるが、事件にまきこまれて西方の辺地へ流される。狩りで射止めた鶴の体のなかから小人が現われたりして誰にも説明できなかったため、また田章は呼びもどされ、僕射《ぼくや》という長官の位につく。このさいの言語遊戯的な問答には、『晏子春秋』『列子』『神異経』など、先行する古典からの影響が見られるという(16)。

この田崑崙の話は、かなり篇幅もあり、入りくんだ構成からしても、語り物的な世界から生みだされた作品と考えられる。なかに「閻浮提《えんぶだい》」とか「衆生《しゅじょう》」の仏教用語もあって、仏教の教えを説く変文などとおなじ場で語られた状況も想像される。しかし、基本的には天人女房型説話の伝承の広がりをもとにして形成されたものであろう。当時、崑崙とは東南アジア系の色の黒い人たちをさしたから、稲田のなかで働く田崑崙という設定そのものが、この説話を語り伝えた人たちを暗示している可能性もある(17)。

さきにふれた董永の変文は、これにくらべれば単純な展開といえるが、天女とのあいだに生まれた子どもの名が「董仲」で、占い師の名が「孫臏《そんぴん》」となっている。この変文の構成を受けついだ「董永遇仙伝」では、それぞれ「董仲舒」と「厳君平」となっていて、ますます実在の学者と占い師に合致させる傾向が強くなる。とすれば、「董仲」もすでに漢代の学者「董仲舒」を意識してつけたものもしれない。「孫臏」は戦国時代の斉の兵法家の名である。

つまり董永の変文と田崑崙の話は、おなじ天人女房型説話から生み出された語り物的作品であり、前後関係は明らかではないが、たがいに影響しあった痕跡を残していると言える。ところが、田崑崙の話について言えば、それは董永の変文が「董永遇仙伝」へと受けつがれたような形では、あとへ残る語り物や戯曲を持たなかった。口頭伝承では語られていたはずの天人女房型説話が、独立した物語として漢族の民間芸能で取り上げられることはなかった。敦煌の写本から近代にいたるまでに残されたのは、随筆類や地方志などの片々たる記録だけである。『西遊記』七十二回には、もとは天上の七人の仙女（七仙姑）がいた濯垢泉《たくこうせん》に、かわって七人の女怪が現われるくだりがあるが、このような添えものとしてしか登場の機会はなかった。

一方、董永の変文の方は、次章でのべるような多くの民間芸能につながっていく。というより、民間芸能の世界での天人女房型説話は、董永の物語と結合して生きのびていたというべきかもしれない。

三　さまざまなジャンルでの広がり

(1)　語り物や演劇のなかで

「董永遇仙伝」は、十六世紀の中葉、明代に銭塘（杭州）の蔵書家洪楩の刊行した短篇小説集（清平山堂話本）の一冊『雨窓集』に収められている。敦煌の変文の語られていた時期からは、すでに数百年が経過している。しかし、日本に残ったものをもふくめて、近代になって再発掘された清平山堂の話本集は、収録した原本に手を加えた形跡が少なく、宋・元代に語られた内容をかなりの程度まで留めているとされる。

全体の構成やおもな人物の名が敦煌の変文に対応した関係にあることは、すでに前章でふれた通りである。物語の語り口がこまかくなり、織女との出会いと別れは仲人役の槐《えんじゅ》の木のかたわらでなされ、のちに「槐陰記」という演劇の題目の由来ともなる。下界に来る仙女が三人から七人にふえ、七月七日に「太白山に薬を採りにくる」ことになっていて、七夕行事との接近も見られる。

さらに、董永は漢の天子に召されて兵部尚書（陸軍大臣）となり、織女の去ったあとは長者の娘（傅長者のむすめ・賽金娘子）といわば再婚をして、民間芸能では常套的な、立身出世を大団円とする展開が取り入れられる。また、織女にもらった金の瓶から火柱が吹き出し、占い師の書物や両目を焼くだけでなく、同時にもらった銀の瓶のなかの米をいっぺんに食べた息子の董仲舒が、異様な巨体に変身して董永を驚倒させ、やがて天上にあがるといった、いささか荒唐無稽と思える結末も付け加わる。

しかもこの「董永遇仙伝」は、敦煌の変文に見える物語を発展させたものとして、以後の民間芸能の世界での董永型説話の原型となる。その経緯については、ここではくわしくふれる余裕がない。ただ、その伝承の広がりの大まかな見取り図を記しておくことにしたい。

そこで、そのジャンル（当時の呼称）、題名（テキストの残存状態）、主要人物の呼び方、さらに作者名、刊本の年代、刊行地の一覧[18]（もちろん分かることだけ）を以下にかかげる。記載はなるべく簡略にしたので、くわしくは注に記した出典を参照されたい。

〔明代（一三六八～一六四四）刊行〕

（a）語り物（話本）董永遇仙伝（存）　董永・董仲舒／天仙織女（仙女）／厳君平／傅長者・賽金娘子（宋・元の話本に近いか、一五四一～五一、浙江刊）

（b）演劇（戯文）董秀才遇仙伝（一部存）（元の伝奇という、明末～清初、江蘇刊）

（c）演劇（雑劇）董永遇仙記（一部存）（一五二二～六六、江蘇刊）

（d）演劇（伝奇）織錦記、一名、天仙記（一部存）（人名はaにおなじか）（顧覚宇作、江西・弋陽腔）

（e）演劇（伝奇）遇仙記（一部存）（心一子作、一六二一～二七以前、浙江刊）

（f）歌謡（小曲）劈破玉・織絹記（存）　董秀才／天姫（一六一一、安徽刊）

〔清代（一六四四〜一九一二）刊行〕

（g）演劇（伝奇）売身記（一部存）　董郎／仙姫／富長者／賽金小姐　（一六一一刊）

（h）歌謡（小曲）寄生草（存）　董永／七仙女　（一七三六〜一八二六刊）

（i）歌謡（小曲）岔曲（存）　董永（董郎）／仙姑　（清末、北京刊）

（j）語り物（挽歌）新刻董永行孝張七姐下凡槐陰記（存）　（清末、湖南刊）
　董永・董仲舒／七仙姑（七妹）／鬼谷子／傅尚書・賽金小姐

（k）語り物（評講）大孝記（存）　（清末、雲南・四川刊）
　董永・董中書／仙姑（七仙姑、張七姐）／袁天罡／傅華・賽金

（l）演劇（湖南花鼓）槐陰会（存）　董永／麻姑七仙（張秀英）／傅家　（清末、湖南刊）

〔現代（一九一二以後）刊行。m、n、oの内容はそれ以前のものか〕

（m）語り物（宝巻）小董永売身宝巻（存）　（上海刊）
　董永・董震清／仙姑（芝雲仙女、七姑星）／鬼谷子／王員外

（n）語り物（弾詞）董永売身張七姐下凡織錦槐陰記（存）　（上海刊）
　董永／董天保／七姑（張七姐）／傅員外・賽金小姐

（o）演劇（黄梅戯）董永売身天仙配（存）　（安徽・地方劇）
　董永・董仲舒／七姑（張七姐、七仙女）／傅員外

（p）演劇（楚劇）天仙配（存）　董永／張七姐（仙女、七妹）／傅員外　（湖北・地方劇）

（q）演劇（楚劇）百日縁（存）　董永／張七姐（仙女）／傅員外　（湖北・地方劇）

（r）演劇（正字戲）槐陰別（存）　董永／張七姐（玉仙姫）／傳員外・賽金小姐（広東・地方劇）
（s）歌謡（小曲）背工（存）　董永／七聖姑（青海省西寧）
（t）演劇（黄梅戲、改編）天仙配（存）　董永／七仙女／傳員外（安徽・地方劇）

以上のほか、董永をあつかった演劇をレパートリーに持つ地方劇としては、手近かな解説書を見ただけでも、安徽省の皖南花鼓戲（天仙配）、盧劇（七星配）、庶民戲、湖北省の東路花鼓、梁山調、江西省の南昌採茶戲（七姐下凡）、九江採茶戲（天仙配）、浙江省の婺劇（槐蔭樹＝織錦記）、越劇（織錦記）、福建省の甫仙戲、高甲戲、広東省の粤西白戲（槐蔭記）、広西チワン族自治区の師公戲、チワン（壮）劇（張四姐下凡）、海南省の臨劇（長四姐下凡）、雲南省の滇劇、四川省の川劇（槐陰記）、河北省の定県秧歌、横岐調、青海省の平弦戲（百日縁）などがあるということで[19]、中国南部を中心にかなりの広がりをもつことがうかがわれるが、そのくわしい内容はわからない。

また上の表の最後にあげた黄梅戲の「天仙配」は、古くから黄梅戲のレパートリーであったもの（表のo）を、唐代以前の単純な構成にもどして再編したもので、一九五四年の華東地区第一回演劇コンクールで脚本の一等賞を受け、映画にも記録された。さらに、一九五八年に中央実験歌劇院が北京で初演した歌劇「槐蔭記」は、ソ連各地でも公演された[20]。

（2）物語のなかの地名と地方志の記述

虚構の物語に登場する地名が実在の地名と結びつけられるのは、なにも中国にかぎらないが、中国では物語がたえず実在の人物にかかわる史実として読みかえられる傾向が強かった。いわゆる「伝統故事」の場合も例外ではなく、「孟姜女」について言えば、万里の長城に近い華北の各地はもちろんのこと、はるか長江沿いの土地にまで、その「古跡」が見られる。それは何よりも「悪政」の象徴としての万里の長城が、国家的な規模のものであったことに由来する。と同時に、その物語を語る民間芸能がたいへん広い範囲で知られていたことの反映でもあった。

董永の物語では、まず漢代の画像石に、董永が千乗（現、山東省高青県）の人であると見える。唐代以前の説話「董永遇仙伝」以後、潤州府丹陽県（現、江蘇省丹陽市）とするもの（前節の表のa、n、o、pなど）と、黄州府孝感県（現、湖北省孝感県）とするもの（表のj、k、l、uなど）に大別され、そのほか架空の祝州府万陽県（表のm）のような例もある。

このような地名の北から南への移行は、敦煌の変文あたりをさかいとする説話の変化に対応している。これを宋代に漢族の王朝が南に移ったためとする見方（車錫倫論文(21)）もある。宋代以後の経済発展の重心が南にあり、それを基盤として民間芸能がさかんになったことを思えば、物語の舞台が身近な土地に引き寄せられるのも当然であろう。

ちなみに、湖北省孝感県の命名は、南朝の宋の時、孝子董永にあやかって安陸県を孝昌県と改め、のち五代の後唐のさい諱を避けて、さらに孝感県と改めたものという（『読史方輿紀要』）。それが再び民間芸能に取り入れられたことになる。地名を丹陽県とするテキストでも、董永のことがあってから、これを孝感県に改めたとするもの（表のn、o）まである。

地方志の記述についてはほとんど調べることができなかったが、『嘉慶重修大清一統志』（一八二〇年）によっただけでも、董永の墓が、山東省の千乗郡（現、高青県）のほか、山西省の万泉県（現、万栄県）、河北省の河間県、河南省の汝南県にあり、湖北省の孝感県（現、孝感市）が、汝南県とともに、千乗から董永の移り住んだ土地とされている。このほか、江蘇省では江都（現、揚州市）、丹陽、江寧（現、南京市）、東台（現、東台市）、泰州（現、泰州市）、湖北省では麻城（現、麻城市）の各地にゆかりの場所があるという。この場合も、北は唐代以前の説話に由来し、南は宋代以後の民間芸能の定着したものと思われる。

四　現代の伝承に見られる董永型説話

(1)　沿海地方の漢族

一九三二年に鍾敬文氏の書いた中国の天人女房型説話についての論文では、[22] 話型を三つに分けて説明を試みている。それは、のちに君島久子氏の提出した七夕型、七星始祖型、難題型という三分類にほぼ合致する。[23]「仙女が天帝の命令または自分の意志で、貧しい男のもとにとつぐ」という設定の董永型説話を、鍾敬文氏は第二グループに入れている。この章では、現代の伝承として記録されたもののなかから、その型の話を拾い出して見ていきたい。[24]

すでに君島氏の紹介しているものをも含めて、まず漢族の例をあげる。

（Ａａ）「七星仙女」（福建省南部）

むかし、徳行をもって知られる貧しい農夫がいた。天帝がこれを憐れんで、七星仙女の一人を下界にくだして農夫と結婚させた。二人の暮し向きはしだいに豊かになり、やがて息子が一人生まれた。仙女は三年の期限がくると、天上へもどった。息子は十数歳になると、術数家の鬼谷子の塾に入った。いつも母親のいないのを嘆いていると、鬼谷子が、某日の正午ごろ、山中の小渓に七羽の白い鶴が来て水浴びをする、それが七星仙女だと教えてくれたので、そのなかにいる母親に会うことができた。母親から宝物としてもらったヒョウタンを先生の鬼谷子に届けると、(火がふきだして)天上のことを書いた書物をすっかり焼いてしまった。いま七つ星の片端の一つの光が弱いのは、その星が下界にくだって母親になっていたためである。

孝行とか機織りといった発端の部分が欠落していることを除けば、敦煌の変文の筋立てに一致する。鬼谷子は戦国時代にいたとされる伝説的な人物で、結末には七つ星由来が語られている。鍾敬文氏がやはり第二グループにあげる広東省梅県の七星伝説(Ab)も、形は不完全だが、ほぼこれとおなじである。つぎの話も、形はこわれているが、固有名詞も出ており、これに近い。

(B)「七月七日の話」(広東雀羅定県)

董仲舒の母親は天上の仙女であった。人間の夫婦たちが楽しそうなので、こっそり下界に来て、董仲舒の父親と結ばれた。数年たって姉妹に知れてしまい、息子を残して天上へもどった。さらに数年して、董仲舒は私塾に入った。友だちが弁当を母親に作ってもらっていると聞き、父親にたずねて、はじめて仙女が自分の母親であることを知る。父親に教えられて、七月七日の五更(早朝)に東海の浜辺へ行く。

水浴びをしている七人の女たちが脱いだ着物の片端の一枚をかくして、母親に出会う。董仲舒がいつまでも母親に着物を渡さないで、いっしょに家へ帰ろうと言うので、浜辺にある棠鶯（不明）の実をとってあげて着物を取り返し、天上にもどる。

採集者の注記によると、この地方では、七月七日の早朝、女の人たちは仙女に線香をあげてから、川べりに行って水をくんでくる。仙女の浴びた水は長く保存できるとされている。その女の人たちや子どもたちがよく話しているのが、この話であるという。七つ星由来は欠落している。

鍾敬文氏が第三のグループ（君島氏では七星始祖型）に入れているつぎの話は、董永型説話とは言えないが、「孝行息子＋土地菩薩（鎮守様または氏神）＋天人女房」という要素が結びついていて、日本の「観音女房」とも関連するので、紹介しておきたい。

（C）「劉孝子、仙女を娶る」（浙江省台州一帯）

ある村に、劉という姓のとても両親に孝行な人がいて、「劉孝子」と呼ばれていた。家が貧乏で、三十になってもまだ女房がなかった。土地菩薩の加護がないのを恨んでいたところ、ある晩、土地菩薩が夢に現われて女房を手に入れる方法を教えてくれた。家から三十里も離れたところにある松の木の根元を鍬で掘ると、大きなミミズが出てきたので、その上にまたがって空にあがった。風の音がやんだので目を開くと、そこに土地菩薩がいて、ここは天上だということであった。

天には七人姉妹の七つ星（北斗七星）があって、今日はあるところへ参詣に行く途中で、ここを通る。

その七番目の人に抱きつけば、女房にできるというので、そのとおりにした。二人で下界に来てみると、長い年月が過ぎていたので、仙女の方術で大きな家と道具を作って暮らした。やがて仙女の父親が、これを知って怒り、二人を天上に連れ帰った。そして劉孝子を水責めや火責めにするが、姉妹たちの援助で危機をのがれる。最後には、劉孝子を自分で殺そうとした父親に、仙女が袋を投げつけて失明させる。二人はまた下界にもどって暮らしたが、七つ星のなかで六つだけが輝いているのは、このためである。

話の展開はちがうが、直接董永の名が出てくる話としては、つぎのようなものが報告されている。

（D）「七仙女、下界へくだる」（黒竜江省チチハル市）

董永は毎日山へたきぎを取りにいって、母親とつましく暮らしていた。ある時、母親が病気になって肉の入ったギョーザを食べたいと言ったが、肉を買うお金もなかった。山へ行くと、よく肥えた白兎がいたので、追いかけてつかまえた。すると兎は、助けてくれればどんな願いでもかなえてあげる、と言って、白いひげの老人に変身した。その老人のくれた「米の筆」からは、無限に米が出てきて、二人の生活は楽になった。

しばらくして、また董永が老人の屋敷をたずねると、こんどは自分の娘だから女房にするがよいと言って、美しい女をくれた。董永が山へたきぎを取りにいくと、娘は織物を織り、二人のあいだには一男一女が生まれた。三年たつと、娘は「わたしは王母娘娘（西王母）の娘です。下界の三年は天上の三日にあたります。三日を過ぎて帰らないことが母に知れたら、きっと連れもどされます」と言って、天上に帰ってしまった。
董永は、また老人をたずねて、半分に切ったヒョウタンに乗って天上の宮殿に着いた。七人の娘のなかから自分の女房をさがしだしてみよと言われるが、一回目は失敗する。つぎの日は、子どもを連れていき、その泣き声を聞いて母親が泣き出して見分けがつく。四人はまた下界にくだって、楽しく暮らした。

この話は、鍾敬文氏が第三グループにあげる「華姑」(地域不明、援助する動物は鹿)や君島氏が難題型にあげる「春旺と九仙姑」(山東省沂水県、おなじく動物は鹿)に近いが、これらには董永という固有名詞は使われていない。採集地は、ほかの流伝とは孤立した感じだが、ことによると山東からの移民の伝えたものかもしれない。董永の説話の伝承と見るよりは、よく知られた「天人女房」の別の話型に、天女と結婚したことで有名な董永の名が結びついたとすべきであろう。

以上のように、董永型説話を伝える漢族の伝承の例は、あまり多くは報告されていない。民間芸能の世界でよく知られているために、かえって口頭伝承の採集のさいには除外されがちなのかもしれない。おなじく語り物や演劇で広まった「白蛇伝」の物語が、民衆の口頭伝承のなかではちがった面貌を示すことを、魯迅は指摘していた。[25] 最近では、積極的に「白蛇伝」の口頭伝承を整理した本も出ている。[26] 漢族の董永型説話についても、もう少し豊富な資料を見ることのできる日がやがては来るにちがいない。

あまり多くない資料ではあるが、漢族の董永型説話については、とくに前段における孝行で借金のことを欠くものが多く、結末部分で七つ星由来と結びつく傾向があり、沿海地方で語られていることぐらいは言えるだろう。

(2) 董永の名を残す少数民族の話──キン族、マオナン族、プイ族

漢族にくらべると、中国南部の少数民族に伝わる董永型説話は、はるかに多様であり、各民族独自の語りかえと思われるところも多い。その地域は、広西チワン族自治区を中心に、海南（海南島）、貴州、雲南の各省にわたり、おもにチワン・タイ系の水稲耕作民のなかで語られている。

董永の名をそのまま語るものもいくつかある。とくに中国に住むベトナム人であるキン（京）族の伝承は、前段が漢族の話の構成にかなり近い。

（E）「董永と劉家の娘」（広西チワン族自治区防城各族自治県、キン族）

董永が十二歳の時、両親が同時に亡くなった。町にいる符という金持ちから、自分の体を売る約束で棺桶を買う金を借りた。董永は牛の世話をしたり、たきぎを集めたりして、何年か働いた。それでも利息があるから、もっと働けと言われた。ある日、山でたきぎを取っていると、一人の娘が現われて「劉家の娘です。両親に追い出されてきたのですが、結婚してください」と言った。劉というのはキン族でもっとも多い姓なので、どこの劉かとたずねると、娘はそれには答えず、「父が金持ちへ嫁にいけというから、嫌だと言ったら追い出されたのです。この結婚はわたしが決めるのですから、結納金も要りません」と言った。そこで龍眼の木を仲人にして結婚した。

劉家の娘が美人なので、符家の息子がさまざまな難題を出して奪い取ろうとした。劉家の娘は自分が天上の仙女であることを董永に打ち明け、協力して難題に打ち勝つ。董永が殺されかかった時、天上の五雷公が助けてくれて符家の息子を倒してしまうが、娘（すなわち劉家の娘）を連れ帰る。五雷公の取りは

からいで、董永は劉家の嫁と再婚し、金持ちの家の後継ぎとなった。

金持ちの「符」という姓は、「董永遇仙記」などで使われてきた長者の姓である「傅」と同音である。中途の難題の部分は別の話型からの移入と思われるが、結末の再婚によるハッピー・エンドも漢族のそれに対応する。

おなじ広西でも、貴州省に近い北よりの大石山区に住むマオナン(毛南)族のつぎの話では、全体的に単純化される一方で、「炭焼長者」に似た別のモチーフも加わっている。

(F)「童永」(広西チワン族自治区環江県、マオナン族)

貧しい一人者の童永(董永と近い音)は、ある日、金持ちの家へ物乞いに行き、そこで働くことになった。私塾の先生を中に立てて、一年間の人身売買契約書を作成した。年末になって辞めようとすると、まだ年期が残っていると言われる。先生を呼んできて見てもらうと、契約書が十年になっている。ずるがしこい金持ちが縦棒を一本書き足したのだ。童永は山へ行ってたきぎを取りながら、そのつらさを歌っていた。すると天上の仙女(原文、仙姑)が同情して、下界にくだってきた。二人で懸命に働き、四年半で年期があけた。故郷に帰って、二人で川へ仕事に行くと、仙女が洞窟でたくさんの銀塊を見つける。二人がその銀塊で大きな家を建てると、金持ちがうちから盗んでいった金で建てたのだろうと難癖をつけた。そして返せないのなら、女房をよこせと言った。仙女は金持ちを酔わせて泊め、夜中に方術を使い、洪水で溺死させた。二人はそれから幸せに暮らした。

貴州省のプイ（布依）族にも、董永に近い主人公の名と子どもの董仲舒の名を残した話が伝えられている。

（G）「董允の伝説」（貴州省、プイ族）

董允（董永と近い音）はたきぎを取って暮しをたてていた。母親が亡くなった時、貧しかったので葬儀を出す金がなかった。しかたなく王旦那のところへ行き、体を売る約束で金を貸してくれと頼み、三年間働くかわりに銀で十二両借りた。一年たった時、その孝行ぶりに感動して、玉皇大帝の七番目の娘（七仙姑）が下界にくだってきた。王旦那は、二人であと一年働いてくれたら、お金はいらないと言った（あとの話では三年働いたことになっている）。七仙姑は一晩でたくさんの織物を織りあげるために、天上の姉妹たちにも手伝ってもらった。王旦那は娘の王金花に織り方を教えてくれるように頼んだが、王金花は居眠りばかりしていて、三年たっても覚えられなかった。三年たつと、七仙姑は王金花を董允と結婚させる段取りを決めて、子どもを残して天上へもどった。子どもの董仲舒は塾で勉強を始めたが、七歳の時、級友たちに母親のいないことを言われて泣いていた。七月二十九日に七仙姑が川べりに水浴びに来たので、（先生に教えられて？）母親に会うことができた。七仙姑は油菜をくれて、これからも会いにくるようにと言ったが、それっきり会えなくなった。

（3）独自の展開をみせる話――プイ族、トン族

前節のプイ族の話の記録されたのが貴州省のどのあたりかはわからないが、広西に接する西南部に住むプイ族では、機織りのモチーフを発展させた董永型の物語が知られている。

（Ｈａ）「九鳥の衣」（貴州省黔西南プイ族ミャオ族自治州貞豊県など、プイ族）

科松の村の大きな榕樹の根元に変わった形の岩があり、以下のような伝説がある。むかし、この村に慶谷という名の若者がいた。慶谷が生まれてまもなく、父親は万という地主に借金が返せなくて責め殺された。泣き悲しんでばかりいた母親は、慶谷が九歳の時に目が見えなくなった。慶谷は山へ行ってたきぎを取ったり、小鳥を射ったりして、母親との暮しを支えていた。

ある日、山で錦鶏を射止めると、若い娘が現われて「あなたといっしょに暮したい」と言った。慶谷がくり返しことわると、娘は「わたしは天上の七仙女です。王母娘娘（西王母）はあなたがお母さんに孝行をつくしているのに同情して、わたしを下界にくだして結婚させようとしたのです」と言うので、家に連れて帰った。下界に来る時、七仙女は姉の織女から九百年かかってよりあげた紫蘭の糸をもらってきた。これを使って九種類の鳥の羽根を織りあげた上着をつくれば、またとない宝物になるということであった。そこで、慶谷はたいへんな苦労をして、その九種類の鳥を射止めてきた。七仙女が織りあげた九鳥の衣を母親に着せて祈ると、流れる涙とともに目が見えるようになった。慶谷が九鳥の衣をつけて竹楼や農具が欲しいと語ると、たちまち願いどおりになった。

これを知った地主の万は、むかし父親に貸した金のかわりだと言って、その九鳥の衣をむりやり奪っていった。そして、さらに力づくで七仙女を連れていこうとした。七仙女は、あの榕樹の高さまで金と銀を積めば嫁いでもいいと答えた。地主が九鳥の衣をつけて金と銀を振り出して、しだいに高くなった時、七仙女が祈ると、九鳥の衣はきらめく火の雲となり、金と銀は地主とともに大きな岩に変わった。さらに火は地主の家をも焼きつくした。それからは、慶谷と七仙女は村人たちとしあわせに暮したという。

鳥の羽根を織って着る話は、広西などの各地で「絵姿女房」型の説話と結びついて語られることの多い「百島衣」の話を連想させる。後半の地主との対決のくだりは独自の展開を見せ、「プイ族における愛情故事の代表的な作品」(『布依族文学史』初稿、一九八一年)とされるほど知れわたっている。

なおプイ族では、孝行な若者に同情してという董永型のモチーフを含まない「天人女房」の話もある。そのなかには「七仙女」(Hb)のように、占い師や火を出す眼鏡が登場して、董永型説話との関連を思わせるものもあり、また「天池仙女」(Hc)のように、天神の怒りをかった三仙妹が，若者と子どもとともに最後に岩に変えられてしまう話もあり、岩の由来譚であるところは「九鳥の衣」と共通している。

おなじく貴州省に住むトン(侗)族にも、発端がちがった趣向になっていて、仙女が水浴びをする場面も欠くが、全体の構造としては董永型説話のおもかげを残す話が見られる。

(Ⅰa)「三圭」(貴州省黔東南ミャオ族トン族自治州天柱県、トン族)

孤児の三圭は、七歳の時に両親に死なれた。大きくなってから両親の墓参りをしようとして、旦那から供え物の酒や肉などを借りた。しかし、山へ行ってもどこに両親の墓があるのか分からなかった。困りはてていると、七人の美しい娘が天上から舞いおりてきて、いっしょに探してくれたので、ようやく見つかった。いちばん下の娘(七姑娘)は親孝行の三圭を好きになり、大きな煉瓦造りの家を建てて、そこに住んだ。これを知った旦那は、まだうちの仕事もかたがついていないと難題をしかける。村はずれの大きな木を切ることや溜池の水をかいだすことも、娘の援助でやりとげる。最後に「容易」を持ってこいと言われ、娘の文字を書いた紙から光が吹き出し、旦那を倒し、家を焼き払ってしまう。

トン族には、「郎都と七味」（Ⅰb）のような、董永型とはちがった天人女房説話もある。おなじ地域の山地に住むミャオ族には、君島氏が紹介しているように、[27]難題型の基本的な話が見られるものの、董永型に近いものは見当らないようである。

（4）独特な語りかえのある話——タイ族

雲南省といっても、ベトナム北部へ流れくだる紅河（上流は元江と呼ばれる）流域に住むタイ族の董永型説話の伝承は、独特な語りかえがされている。一九四三年に言語調査の一環として記録されたもので、内容がおもしろいからほぼ全文を訳出してみる。

（J）「借金をして父親を葬る」（雲南省新平イ族タイ族自治県、タイ族）

あるところに一人の男がいて、父親が死んだけれども葬儀を出す金がなかった。そこで「大天佬」（漢族の玉皇大帝の訳語かと原注にある）のところへお金を借りにいった。五十両借りて父親の葬儀をやったが、五日のうちにその金を返しに行かなければならなかった。

「大天佬」は「途中で出会ったものを、連れてきたりしてはいけない」と話していた。最初に出会ったのが女の人だったので、引き返した。つぎに会ったのも女の人だったので、また引き返した。そのつぎも女の人で、だめであった。それどころか、この女の人は男のそばに来て、女房にしてくれと言った。男はできないと答えた。そして石臼をひいている人がいたので、「おれの女房になるのなら、この石臼を別々に上からころがして、合わさるかどうかを試そう。二人で下へ行って、合わさったかどうかを見よう」と言った。下へ行ってみると、たしかに合わさっていた。女の人にことわる口実が見つからなければ、女房にするしかなかった。しかし、亭主（男）はそれでも結婚したくなかったので、「おれの女房になるのなら仲人がいる」と言った。女の人は、「こんなところでは誰を仲人にしたらいいかしら。この楊柳の木を仲人にしましょう。この羊皮の木を仲人にしましょう」と言った。もうこれ以上、女の人にことわる口実はなかったので、連れ立って「大天佬」のところへ行った。「大天佬」のところへ行って、女房を下においておくと、犬が吠えたてた。「大天佬」は「誰を連れてきたのか。下におかないで呼んでこい」と言った。女房があがってくると、とてもきれいなので、「大天佬」はすっかり気にいって「いっしょに寝たい」と言った。一晩いっしょに寝たら、五十両の金はもう返さなくてもいいことになった。

連れ立ってもどってくると、女房は「わたしは自分の家へ行きます。もう亭主にならなくていいから帰りなさい」と言った。また、「子どもを生んだらあなたにあげます。わたしが呼んだら受け取りに来てください」と言った。こうして亭主は、子どもを引き取って育てることになった。三年たつと、子どもは勉強をはじめた。勉強はよくできた。学校へ行くと、友だちがばかにした。友だちはいじめてこう言った。「おまえにはおっかさんがいない。アイはひとりっ子で下に誰もいない。どこで生まれたのか、おっかさんがいない。」そういじめられて、子どもは泣いた。泣きながら先生にたずねた。「わたしのおっかさんはどこにいますか。教えてください。」先生は書物を見てから答えた。「おまえのおっかさんは天上にいる。そのうちきっとやって来る。」七日たつと、母親が町にやって来た。町の通りで待っていると、母親は馬に乗ってきた。七十頭あまりの馬が来たけれども、どれも母親の馬ではなかった。

七十頭あまりの馬が行ってから、やっと母親が来た。母親は馬をおりて話しかけた。「ずいぶん大きくなったね。勉強しているの。この小箱を三つあげるから、おとうさんのところでそっと開けなさい。」小箱を持って学校へ行くと、友だちがそれを開けさせようとした。彼らにはとてもかなわない。奪いとった友だちが一つの小箱を開けると、火が吹き出して学校が焼けた。「先生、火事だ」と言うと、先生は硯の蓋をとって（小箱の？）八つの字にかぶせた。残りの二つの小箱は、父親のところへもどって開けてみると、それぞれ銀と金とが出てきた。

これを発表した邢慶蘭氏は、石臼をころがして結婚を決めるところはタイ族の「洪水の話」から、また二つの木を仲人にするところは、おなじくタイ族の「羅三と難阿の話」から来ていると言い、さらに「仙女がこの男と結婚の約束をしていながら、『大天佬』と肉体関係ができて子どもを生み、こんどはその子をこの男にやり、この男がまた自分の子どもとして認めているあたりは、タイ族の風俗を反映している」とのべている。

同氏はさらに、最近になってタイ族に入った漢族の話は、固有名詞をそのまま用いている場合が多い。ところが、この話では子どもにアイというタイ族の長子をあらわすことばが使われている。とすると、かなり古い時期からタイ族に入っていた可能性があるとしている。

全体の構造は董永型説話と近い関係にありながら、母親が天上にあると言うだけで、天女らしい水浴びの場面や機織りなどの超人的な役割は、最後の小箱から火が吹き出すことをのぞけば見られない。タイ族では、古くから語り物などで伝承された「召樹屯（チャウ・スートン）」を主人公とする難題型の天人女房の話がよく知られている。[28] そのことが、かえって天女らしい部分を切りすてた語りかえを生み出したのかもしれない。

(5) 星由来とのかかわり——チワン族

中国の少数民族でもっとも人口の多いチワン族は、その大半が広西チワン族自治区に住んでいる。漢族との文化的関係も深く、江南地方を舞台とした「梁山伯と祝英台」の物語が、ここでは地元の柳州府へ留学した話として語られている。董永の話も、ほかの漢族の物語と同様に、語り物や地方劇で取り上げられているというが、[29] その内容は見ることができなかった。

直接に董永をあつかっているわけではないが、チワン族のなかで比較的によく知られた昔話である「勇敢なアタウ」は、仙女が自分から下界におりてくる点では董永型説話に近い要素も備えている。翻訳があるので、あらすじは簡略に紹介しておく。

(K)「勇敢なアタウ(阿刀)」(広西チワン族自治区龍州県、チワン族)

母親に死なれたアタウは、地主に追われて山に入った父親に会いにいくと、父親は角が生え毛むくじゃらな獣の姿となっていた。

犬がきらいな父親の落としていった角の導きで、水田に稲を作ると、無限に刈り取れる稲が実った。それを見て、天上から七人の仙女が稲の刈り取りを手伝いに来た。アタウはいちばん年下の仙女の羽根をかくし、これと結婚した。地主が仙女に目をつけたので、二人は天上に逃げる。すると仙女の父親はアタウを殺そうとして、「夏山婆」(山姥)や虎のところへ行かせるが、仙女の援助で助かる。アタウは、それから「夏山婆」を退治し、魔法の杖を手に入れた。仙女を連れて下界にもどったアタウは、その杖で地主を殺し、父親を呼びもどしてしあわせに暮らした。

この物語では、天上での難題の一つである山姥との対決と退治が中心となっているが、その類話であるつぎの話では、後半がかなりちがった展開となっている。

（L）「牛角田」（広西チワン族自治区の左江・右江流域一帯、チワン族）

父《てて》なし子とばかにされた息子は、母親（死ぬとは言わない）に教えられて、山のなかへ父親をさがしに行く。父親の頭には牛の角が生えている。牛の角でできた田なので「牛角田」と呼ぶ。無限に刈り取れる稲を、夜のうちに七羽の白い鶴が来て、娘に変身して刈り取る。それを知った息子は、年下の娘の羽根をかくして結婚し、二人の子どもが生まれる。仙女は羽根を手に入れて、天上にもどった。父親にしかられて泣く子どもの声を聞き、仙女は虹のはしごを天からさげた。子どもは緑と藍のはしごをつかんで天にあがり、赤いはしごをつかんだ父親は、吹き出した火に焼かれて死んでしまう。天上にいる仙女の両親は、下界の人間を食って生きている。そして難題を出して子どもたちを食おうとするが、ついに両親の方が子どもに殺される。仙女とともに下界におりた子どもたちは、しあわせを求めて別々に出かけた。兄は妖怪を退治して、二人の娘を助け、魔法の棒を手に入れる。弟は猿の親子を殺す。兄弟はそれぞれ助けた二人の娘と結婚した。弟は兄が金持ちで女房も美しいのをうらやみ、たきぎを取りにいって、穴のなかへ突き落とす。兄は九尾狗の落としてくれた竹で笛を作って吹き、それを聞いて集まった動物たちの助けで穴から脱出できた。弟は恥じて山に入って猿になった。

前の話の類話であることは確かだが、仙女の現われ方はこちらの方が自然に思える。とすれば、稲を刈り取るために来たとしても、その主体的な面はかなり弱い。この二つの話は、むしろ水田を荒らしにきたという型の「天人女房」の発端が、少し変形したものと見るべきかもしれない。

また田林県地方のチワン劇には、仙女の張四姐が貧しく働き者の文匯を好きになって下界にくだって結婚し、地主の強請を退けるが、結局は天上に呼び戻されて別れる話がある。(30) これは同地方で知られている昔話をもとにして作られたというが、明らかに董永型説話である。チワン族のなかでは、この型の話はよく知られているものの、さきにふれたように民間芸能で有名なために、かえって口頭伝承の記録が少ないことも考えられる。

ところで、海南島のリー（黎）族に伝わるつぎの話は、素朴ながら董永型説話に近い構造を持っていて、とくに結末に星の由来が語られていることが注目される。海南島は広西・広東の南の海上に突き出た島である。

(M)「阿徳哥と七仙妹」（海南省、リー族）

五指山の北がわの黎母山のふもとに、阿徳という若者がいた。両親は早く亡くなり、地主の家で作男をしていた。あまりのつらさに、夜空の星をあおいで涙ながらに歌うこともあった。天上から五指山におりてきた七人の仙女がいて、いちばん年下の七妹が阿徳の身の上に同情して、下界にとどまる決心をした。阿徳は夜があけると、牛にまたがって竹笛（竹簫）を吹きながら山へ行く。仕事のあいまにも竹笛を吹いて山歌を歌うこともあった。ところが、ある日のこと、草を刈っても、たきぎを取っても、米をついても、誰かが手伝ってくれている。しかし、あたりに人影はない。こんなことが何日もつづいたあと、阿徳はようやく七妹に出会い、夫婦となった。阿徳は作男をやめて、二人で家をかまえ、やがて一男一女が生まれた。これを知った玉皇大帝は七妹を呼びもどそうとしたが、七妹はリー族の女たちとおなじく顔に入れ墨をして、これに逆らった。怒った玉皇大帝は雷公に命じて、天門から五指山に通ずる道を断ち切らせた。その切った痕は、いまも残っている。この七人の仙女は、天上の七つ星であったが、七妹が欠けたので、いまは六つの星しかない。

リー族には、おなじく水浴びのくだりを欠くが、下界でつらい思いをしている若者のところへ星がくだってくる話がある。

（N）「星娘」（海南省、リー族）

あるところに二人の兄弟がいて、兄夫婦が弟につらくあたっていた。弟は、昼は牛を放し飼いにし、夜は山に上って栽培している山蘭（春蘭）の見張りをした。弟はいつもいちばん光る星に向かって「仕事を助けてください」と祈っていた。ある夜、星が若い娘となって現われ、二人はいっしょに暮らすことになった。りっぱな家ができ、たくさんの家畜や耕地も手に入れる。皇帝が星娘を連れていくが、星娘はわざときたない姿になって皇帝に忘れられる。星娘の姉妹の仙女たちの助けを得て、弓矢を習い、金鳳鳥を射て夜光の珠を手に入れた。それを都へ持ってゆき、いちばんみにくい星娘を引き換えに連れ帰り、しあわせに暮らす。

このほか、リー族には、山蘭の世話をしている七人の兄弟が、天の豚を追って天上にのぼって帰らず、七つの星となる話もある。これまで見てきた少数民族のなかで、とくにリー族に星の話の多いことは注目にあたいする。

おわりに

(1)董永型説話における漢族と少数民族

董永型説話という用語は、沖縄の昔話との関係を考えるために、かりに名づけたものである。村松一弥氏は、これを「天女(多くは七人の天女の末娘)が、めぐまれぬ境遇の実直な男に同情して天よりおり、その妻となる説話(つまり羽衣とは逆で、天女が人間との結婚で主動的な型)[31]」と的確に要約している。それを近年の報告のなかから取り出してみるのが、本稿のおもなねらいであり、あわせて董永の説話の成立と展開についての先人の仕事を整理して、現代の伝承につなげてみたいと考えた。限られた時日のなかでの調査で、不十分なところもあるにちがいないが、およその見通しはできたと思う。

唐代の演劇の研究者任半塘氏は、「天女が下界にとつぐことを持ち出して、人に孝行をすすめるという考え方は、りっぱなものとは言えない[32]」とのべている。このあまりにも現実的な意見は、董永の説話を成り立たせている虚構を、かえって明確にする役割を持っている。漢代の孝子説話を生み出した、人の至誠（この場合は孝行）が天を感応させるという発想は、どこかで民間伝承の本質と通じあっている。

その孝子が体を売って奴隷になったという設定が、この説話の変身の糸口となった。さらに天人女房の説話と結びつくことで、民間芸能の主人公の一人となった。村松氏は、さきの要約につづけて、この型の説話は「揚子江中流から華南の織錦のさかんな地帯にひろく分布し、織錦技術を持った働く女性や職人集団が、この説話の担い手であったと考えられる」とし、天女が錦を織るモチーフを持つ董永の説話を、その一つとして位置づける。

村松氏は、さらにその天人女房の説話についても、「漢族は多数を比喩するに、本来、三または九を用いるが、チワン・タイ語系民族は七を用いることが多い。これまた七人の仙女の出る説話がチワン・タイ系出自のものであることの一傍証となろう」とする。とすれば、もともと華北を中心としていた漢族が織女の伝承を取り入れて作り出した董永の説話は、華南の少数民族や漢族の語る天人女房の説話と結びつくことで、董永型説話のより豊かな説話群の一つとして生まれ変わったことになる。

董永型説話の口頭伝承の資料は、いまのところ漢族とチワン・タイ系の少数民族にしか見られない。村松氏の言う織錦技術の広がりもあるにちがいない。別の側面から言えば、漢族とこれらチワン・タイ系民族の文化的交渉が、古くから多方面にわたっていたために、後世の民間芸能の影響をあまり受けていない漢族の古層の伝承が、ここには生きていると見るべきかもしれない。とすれば、日本における沖縄の伝承の位置づけに近いものがあると言えよう。

これを少数民族の側から見ると、自分たちの親しんできた「天人女房」の説話が、董永という固有名詞とそれにともなう脚色を受けて里帰りをしたことになる。これに近いもっと大規模な例が、「梁山伯と祝英台」の物語である。もともと男女の心中になじまなかった漢族が、おそらくは少数民族との接触をへて作り出したこの物語は、やがて固有名詞をともなって、華南の少数民族に広く入りこんだ。この地方の少数民族では、心中をともなう物語がさまざまな形で語り伝えられてきたが、それが里帰りをした話と共存することになった。

前章であげた董永型説話の類話のかなりの部分は、たがいに影響しあいながらも、それぞれの民族が独自に語り出したものであろう。伝播の方向は、ここでも一方的ではありえない。

資料を拾いだしていて気がかりであったことの一つは、中国の場合、水中の他界から龍女が自発的に若者の前に現われる話の多いことである。今回は除外せざるをえなかったが、いずれはおなじく「女人先立ちて言う」形式（注2参照）の一つとして考えてみたい。そのような別の枠組で見直すことで、董永型説話のちがった意味が見えてくるかもしれない。

（2）沖縄の昔話との対応

第一章であげた沖縄の話に、そのままの形で直接つながる類話はなかったとすべきだろう。しかし、数少ない例からみても、浙江、福建、広東の沿海地方で、たとえば沖縄でなされているような、くわしい調査がなされれば、もっと近い構造の話が出てくる可能性は大いにあると思う。民間芸能によって董永の話を知っている語り手が、発端の借金のくだりを加えて話すこともありうるだろう。一方、いまのところ少数民族の類話には、リー族をのぞいて、星由来のモチーフがなく、そのままの形での対応は見られない。

星由来をともなった「天人女房」の説話については、すでに大林太良氏らの報告がある。(33)それによれば、この型の説話は中国、ベトナム、それからフィリピンのルソン島に分布していて、華南に第一次的中心のあった可能性が高く、元来は難題要素を欠いていたのではないかという。

ところが、いま見てきた董永型説話の伝承から言えば、星由来との結びつきは沿岸地方に顕著である。海上航海にたずさわる人々が星に強い関心をいだくのは当然としても、もっと別の視点からの調査も必要なので、結論的なことは言えない。

注

(1) 譯晴一郎氏は、この前年に「沖縄の天体説話」(『沖縄民話の会会報』第八号、一九八一年五月)を発表しており、そこでこの話を紹介している。なお、『日本昔話通観』第二六巻(沖縄)(一九八三年、同朋舎出版)では、「27天人女房——天人降下——一足由来型」の類話1に挙げている。

(2) 飯倉「『女人先立ちて言う』形式をめぐって」(『昔話・研究と資料』一七号『昔話と婚姻・産育』一九八九年、三弥井書店)では、そのスケッチをのべた。

(3) わたしは一九八四年に、関敬吾氏の岩波文庫本『日本の昔ばなし』の中国語訳を紹介した短文でも、そのことにふれた(『図書』一九八四年三月号、岩波書店)。

(4) 三浦俊介「昔話『観音女房』と中国孝子譚」(『伝承文学研究』第三四号、一九八七年七月)。なお、同氏はこれに先立ち、「『観音女房』の伝承」(『奄美沖縄民間文芸研究』第八号、一九八五年七月)を発表している。

(5) 西野貞治「董永伝説について」(『人文研究』六巻六号、一九五五年七月、大阪市立大学文学会)。金岡照光「敦煌本『董永伝』試探」(『東洋大学紀要』文学篇第二〇集、一九六六年、東洋大学学術研究会)。

なお、村松一弥氏には一九五七年一月に提出した修士論文「董水故事の研究——中国民間芸能の生態」があるが、その内容は活字化されていない。本稿の執筆にあたっては、以前にお借りしたさいのメモを利用させていただいた。

（6）杜穎陶編『董永沈香合集』（民間文学資料叢書之五、一九五五年、上海出版公司。のち一九五七年に古典文学出版社から再刊）。董永については、のちに包括的な資料をおさめる『董永与孝文化』（李建業・董金艶主編、二〇〇三年、斉魯書社）が出ており、ほかに『董永与七仙女故事』（孝感市董永伝説研究会編、一九八七年、荊楚書社）や、紀永貴著『董永遇仙伝説研究』（二〇〇六年、安徽大学出版社）のような本も出ている。

（7）趙景深「董永売身〔のち故事と改める〕的転変」（初出未詳、のちに『小説論叢』一九四七年、『読曲小記』一九五九年、に収録。近刊では、周紹良・白化文編『敦煌変文論文録』下冊、一九八二年、上海古籍出版社、に収める）。王重民「敦煌本董永変文跋」（『図書季刊』新二巻三期、一九四〇年。前出『敦煌変文論文録』下冊、に収める）。班友書「董永伝説演変史考」（『民間文学論壇』一九八六年六期）。董森「試論董永故事的形成和転変」（『民間文学論壇』一九八九年二期）。なお同誌に見えるほかの論文については、後出の注21参照。

（8）二十巻本『捜神記』第一巻所収の、この話の翻訳は、竹田晃訳『捜神記』（一九六四年、平凡社・東洋文庫）および『中国古典文学大系』第二四巻『六朝・唐・宋小説選』にある。

また、他書との関連などを注記した汪紹楹校注『捜神記』が、古小説叢刊本（一九七九年）と中国古典文学基本叢書本（一九八五年）で刊行された。

（9）たとえば、現在の二十巻本『捜神記』巻一五の王道平の話が後世の混入であることを、飯倉「孟姜女民話の原型」（本書収録）で論じたことがある。また、これはまったく社会史的な背景を考慮に入れないで言うのだが、敦煌の写本に残る『啓顔録』（隋の侯白撰とされる）の、長安の街へ奴隷を買いにいって鏡を求めてくる話は、董永が奴隷となって云々の話と同時代という感じを受ける。

（10）小南一郎「西王母と七夕伝承」（『中国の神話と物語り』一九八四年、岩波書店）参照。

（11）前野直彬「神女との結婚」（『中国小説史考』一九七五年、秋山書店）参照。

（12）任半塘編著『敦煌歌辞総編』（全三冊、一九八七年、上海古籍出版社）下冊所収「十二時・天下伝孝」（一二九八頁）。

(13) 注5にあげた金岡氏の論文に、くわしい注解がある。それによれば、この「変文」には話の展開にやや不白然な部分もあるが、「本写本が最初から韻文の部分のみの手控え、メモとしてかかれたもので、実際の講唱に際しては、随時白（かたり）が挿入されていたのではなかろうか」と考えられ、変則的ではあるが「変文として存在していたことが、かなり確実とおもわれる」という。
また最近の中国で刊行された『敦煌講唱文学作品選注』（張鴻勲選注、一九八七年、甘粛人民出版社）に、簡単な語釈がある。

(14) 二十巻本『捜神記』第一四巻所収の、この話の翻訳は注8におなじ。また、姑獲鳥の話と結合した『玄中記』の記述は、今村与志雄訳注『酉陽雑俎』（一九八一年、平凡社・東洋文庫）第三巻「夜行遊女」注（一四二頁）に訳文がある。
君島久子「中国の羽衣説話――その分布と系譜」（『日本昔話研究集成』第二巻『昔話の発生と伝播』一九八四年、名著出版）参照。

(15) 句道興本『捜神記』は、『敦煌変文集』（一九五七年、人民文学出版社）上集、および汪紹楹校注『捜神後記』（古小説叢刊、一九八一年、中華書局）に収める。また、『敦煌文学作品選』（一九八七年、中華書局）に張鴻勲による田崑崙の話の簡単な語釈がある。
なお、田崑崙の話の翻訳は、子ども向けに訳したものだが、松枝茂夫訳「天女の子ども」（『少年少女文学全集』第四二巻・東洋編第二巻、一九六一年、講談社）がある。

(16) 容肇祖「田章故事考補」「附、西陲木簡中所記的『田章』」（『民俗』一一三期）など。

(17) 千田九一・村松一弥編『少数民族文学集』（『中国現代文学選集』第二〇巻、一九六三年、平凡社。『中国の革命と文学』第一三巻として一九七二年再刊）三〇四頁の村松氏解説、参照。

(18) 以下に、その刊本名、収録書および関連記事の所在を示す。
（a）『雨窓集』。譚正璧校注『清平山堂話本』（一九五七年、古典文学出版社）。「董永遇仙伝」の翻訳には、入矢義高訳「董永が仙女に遇うこと」（『中国古典文学大系』第二五巻『宋・元・明通俗小説選』）がある。
（b）『九宮正始』。荘一払編著『古典戯曲存目彙考』（全三冊、一九八二年、上海古籍出版社）（以下「彙考」と略称）七〇頁、銭南揚輯録『宋元戯文輯佚』（一九五六年、上海古典文学出版社）一九二頁。

（c）『雍熙楽府』。前出『董永沈香合集』（以下「合集」と略称）八頁、前出・趙景深「董永売身的演変」。

（d）『新鐫南北時尚楽府雅調万曲合選』、「彙考」一〇九一頁、「合集」一〇頁、前出・趙景深「董永売身的演変」。

（e）呂天成『曲品』など。「彙考」一一〇五頁、『明清伝奇鉤沈』（未見）（前出・趙景深「董永売身的演変」に『秋夜月』から引くのはこれか）。

（f）『摘錦奇音』付刻「時尚古人劈破玉歌」。「合集」二四頁。

（g）『万錦清音』。「彙考」一六七九頁、「合集」一七頁。

（h）旧鈔本。「合集」二五頁。

（i）鈔本。「合集」二六頁。

（j）『新刻董永行孝張七姐下凡槐陰記』。「合集」五七頁。

（k）『大孝記』。「合集」七三頁。

（l）『槐陰会』（湖南花鼓）。「合集」一五五頁。姚逸了編述『湖南唱本提要』（一九二九年）に梗概の見える『槐陰会』は、この系統らしいが、別のテキストである。

（m）『小董永売身宝巻』。「合集」二九頁。澤田瑞穂『増補宝巻の研究』（一九七五年、国書刊行会）一七四頁にも紹介されている。

（n）『董永売身張七姐下凡織錦槐陰記』、「合集」一〇九頁。譚正璧・譚尋編『弾詞叙録』の「一八一槐陰記」には、おなじテキストの梗概が紹介されている。

（o）『董永売身天仙配』。「合集」一三五頁。

（p）『中国地方戯曲集成』湖北省巻（一九五八年、中国戯劇出版社）。

（q）同前。なお『第一届全国戯曲観摩演出大会・戯曲劇本選集』（一九五三年、人民文学出版社）所収の楚劇の「百日縁」とは、異同がある。

（r）『中国地方戯曲集成』広東省巻（一九六二年、中国戯劇出版社）。

（s）「合集」二六頁。

（ｔ）『中国地方戯曲集成』安徽省巻（一九五九年、中国戯劇出版社）。

(19)『中国戯曲劇種手冊』（一九八一年、中国戯劇出版社）と前出『弾詞叙録』の解題を参照した。このうち、チワン劇と臨劇の「張四姐下凡」は、次章でふれるように、正確には董永型の説話である。

(20)李剛主編『中国歌劇故事集』（一九八八年、文化芸術出版社）二三八頁。

(21)『民間文学論壇』一九八三年四期に、汪国璠「『天仙配』故事的起源演変及其影響」が出たあと、その「古跡」をめぐる恣意的な解釈に反論する形で、車錫倫「也談董永故事的起源和演変」が同年四期に出た。また趙志毅「董永伝説起源東台説質疑」（『中国民間伝説論文集』一九八六年、中国民間文学出版社）も、汪論文への反論である。

(22)鍾敬文「中国的天鵞処女型故事」（一九三三年発表。『鍾敬文民間文学論集』下、一九八五年、上海文芸出版社、所収）。

(23)君島久子「中国の羽衣説話――その分布と系譜」（注14に前出）。

(24)以下にそれぞれの出典をあげる。

（Ａａ）「七星仙女」（林憾記録、林蘭編『龍女』。前出、鍾敬文論文の梗概による）。

（Ａｂ）「七星伝説」（黄伯彦記録、未刊稿。前出、鍾敬文論文の梗概による）。

（Ｂ）「七月七日的一件故事」（黄廷英、『民俗』一七・一八合併号、一九二八年七月。前出、鍾敬文論文にも梗概がある）。

（Ｃ）「劉孝子娶仙女」（陳鳳翔、『新民半月刊』三期。前出、鍾敬文論文の梗概による）。

（Ｄ）「七仙女下凡」（李書田整理、『民間文学』一九六一年四期。翻訳は、『人民中国』一九六三年六月号にのったものが、『中国の民話一〇一選』三（一九七三年、平凡社）にも収録されている）。

（Ｅ）「董永与劉姑娘」（過偉整理。『毛南族・京族民間故事選』一九八七年、上海文芸出版社）。

（Ｆ）「童永」（一九六一年、庄夫・克辛採集。同前『毛南族・京族民間故事選』）。

（Ｇ）「董允的伝説」（闇吉昌口述、覃恩華整理。貴州省民間文学工作組編『民間文学資料』二八輯、一九六一年序）。

（Ｈａ）「九羽衫」（一九五六年採集、韋全光・蒙吉・呉元禄ら口述、貞豊・望謨・冊亨など各県に流伝。

迅河捜集整理『布依族民間故事集』一九八二年。中国民間文芸出版社)。

なお、これは最初『南風』一九八〇年一二月創刊号に発表された。また『南風』一九八三年三期には、顧敏の詩と張炳徳の画による「九羽衫」もある。
(Hb)「七仙女」(何有信口述、望謨県にて黄義仁採集。貴州省民間文学工作組編『民間文学資料』四三輯、一九六三年序)。
(Hc)「天池仙女」(都勻県にて祖岱年採集。『布依族民間故事』一九八一年、貴州人民出版社)。
(Ia)「三圭」(龍章培口述、王継英採集整理。『侗族民間故事選』一九八二年、上海文芸出版社)。
(Ib)「郎都和七妹」(貴州省黎平県、一九八一年、石応文口述、楊再宏採集整理。『侗族民間愛情故事選』一九八三年、広西人民出版社)。
(J)邢慶蘭「敦煌石室所見『董永董仲歌』与紅河上游擺彝所伝借銭葬父故事」(『辺疆人文』三巻五六期、一九四三年。前出『敦煌変文論文録』下冊、所収)。
(K)「勇敢的阿刀」(農秀琛採集整理。『壮族民間故事選』一九八四年、上海文芸出版社。『壮族民間故事選』第一集、広西人民出版社)。この話とつぎの話の類話については、『広西僮族文学(初稿)』(注29参照)九五頁以下にも言及がある。
(L)「牛角田」(藍鴻恩採集整理。『神弓宝剣』一九八五年、中国民間文芸出版社)。
(M)「阿徳哥和七仙妹」(蘇海鷗整理。『黎族民間故事選』一九八三年、上海文芸出版社)。
(N)「星娘」(繞游龍採集整理。同前)。
(25)魯迅「雷峯塔の倒壊について」(評論集『墳(墓)』所収。翻訳は、学研版『魯迅全集』第一巻など)。
(26)たとえば『西湖民間故事』(一九七八年、浙江人民出版社)、『鎮江民間故事』(一九八二年、中国民間文芸出版社)など。その一部は、丸尾常喜「蛇の変身」(北海道大学放送教育委員会編『口承文芸の世界』一九八九年、北海道大学図書刊行会)に訳出されている。
(27)君島久子「ミャオ族の羽衣説話――その系譜と展開」(佐々木高明編著『雲南の照葉樹林のもとで』一九八四年、日本放送出版協会)。
(28)注17前出の『少数民族文学集』に、村松氏による「王子と孔雀姫」の翻訳がある。

(29)『広西僮族文学（初稿）』（一九六一年、広西僮族自治区人民出版社）五六頁には、チワン語の叙事詩歌のなかに「董永と七仙女」のあることが見え、胡仲実『壮族文学概論』（一九八二年、広西人民出版社）二一二頁には、地方劇の「師公戯」に董永を取り上げたもののあることが記されている。

(30) 前出『広西僮族文学（初稿）』二四五頁。

(31) 前出『少数民族文学集』三〇四〜三〇五頁。

(32) 前出『敦煌歌辞総編』下、一二九九頁。

(33) 大林太良「中国・東南アジアの星型羽衣説話」（『東南アジア・インドの社会と文化』上（一九八〇年、山川出版社）。三原幸久「南米における星女房説話――アジアの星女房型天人女房譚と比較して」（『関西外国語大学研究論集』五〇号、一九八九年七月）。

Ⅲ　中国民話の世界

ある悲恋心中譚の系譜

一　「梁山伯と祝英台」につらなるもの

かなり以前のことだが、土曜の午後、見るともなくつけたテレビで、タイの映画をうつしていた。姉と妹が一人の若者を好きになったあげく、嫉妬した姉の行為によって妹は不慮の死をとげる。ひたむきであった妹の愛にむくいるため、若者は入水してみずからの命を絶つ。映画の一部分だけを見たせいかもしれないが、最後に若者が水のなかに身を沈める場景は、どことなく唐突なものとして目にうつった。ありうべからざる民話の世界を、暗い色調の水面の広がりにかいまみたような、忘れがたい印象をうけた。

十数日後、『朝日新聞』のテレビ欄に、三十三歳の主婦の投書がのった。その「プエンとパエン」（一九八七年三月十四日、NHK放映）と題する映画に感動した投書者は、「なんて深い愛だろう。彼らには建前なんかない。ただ自分の気持ちに正直であることの大切さをよく知っているのだ。今日、われわれの世界にこんなにまで真実の愛をまっとうできる人間がいるだろうか」と書きつけていた。投書者も、そこに見られる愛のかたちが、わたしたちの日常からは失われようとしているものと知りながら、なお語りかけずにはいられなかったのであろう。

「プエンとパエン」のラスト・シーンに感じた唐突さは、わたしのさらに三十年ほど前の学生時代の記憶にもつながっている。大学祭の呼びものとして中国の映画が上映されるような時代で、有名な「白毛女」と並んで、数少ないレパートリーのなかに越劇の「梁山伯と祝英台」(の映画化)があった。

「梁山伯と祝英台」の物語は、六朝期の江南地方を舞台として展開される。女であることをかくすために男装して遊学した祝英台が、梁山伯と知りあい、無二の学友となる。二、三年後、遊学をおえて帰る英台は、見送ってくれた山伯に、目にふれる事物に託して自分が女であることを暗示する歌をうたいかけるが、それでも山伯は気づかない。のちに、その家をたずねてはじめて英台が女であることを知った山伯は、結婚を申し入れるけれども、英台にはすでに親の決めた婚約者がいて、願いはかなえられなかった。役人となった山伯は、鬱々とした日々をおくったすえに病死する。英台のとつぐ日、その嫁入りの船が山伯の墓のそばで動かなくなった。山伯の眷恋の情の深さにうたれた英台が、船からあがって墓の前で慟哭すると、墓がにわかにふたつに裂けた。英台はそのなかに入り、死んで山伯と合葬された。映画化された越劇では、ふたりがそれから蝶になったという、のちの伝説をとり入れている。(1)

その墓がふたつに裂けて英台がなかに入る場景が、舞台で即物的に演じられると、いかにも唐突であった。その物語から想像していた悲壮さがまったく感じられず、見ていて恥ずかしいような気がしたのを覚えている。いうまでもなく、さきの「プエンとパエン」とこの「梁山伯と祝英台」とは、ともに「あと追い心中」ともいうべき結末をもつ点で共通している。それはドラマとして演じるにはあまりにも凄絶にすぎて、見る者に違和感をおぼえさせたのだろうか。

「梁山伯と祝英台」は、万里の長城を哭いて崩した「孟姜女」、それに異類の身で若者に一途な愛をささげた「白蛇伝」と並んで、漢民族の口承文芸の世界から生れ育った三大悲恋物語のひとつといってよいだろう。唐代にはすでに知られていたとされるが、たしかな記載が残っているのは宋代からである。また越劇は比較的歴史の新しい地方劇で、一九二〇年代から上海で女優だけの歌劇としてもてはやされ、「梁山伯と祝英台」はいわばその当り狂言であった。映画化されたものは解放後の上演だが、それでも男装の英台がうっかり女であることを見せてしまう場面とか、帰郷する英台が山伯に歌いかける道行き風の場面など、男に扮した女とそれに気づかない男のやりとりのおかしさに興味が向けられる傾向が強い。

しかし、「梁山伯と祝英台」の舞台となった六朝期の江南地方には、ほかにも愛に殉ずることを主題とする民話や民謡がいくつか残されている。ここでは、その代表的な一例をあげてみよう。

宋（南朝）の少帝のころ、すなわち紀元四二三〜四二四年にあたる時期という。ひとりの読書人が、旅先の宿で十八、九歳の娘を見そめ、恋いこがれるあまり、病の床についた。息子からそのわけを聞いた母親は、わざわざ娘のもとをたずね、事のなりゆきを話した。感激した娘は、自分の膝かけをとって、息子の床の下に敷くようにと渡した。何日もたたないで病気のよくなった息子は、床の下にあった娘の膝かけを見つけると、それを抱きしめ、あげくに口に入れて呑みこんで死んでしまう。いまわのきわに、葬いの時には娘の家のあたりを通ってほしい、と母にたのんだ。やがてその日、息子の棺をのせた牛車が娘の家の戸口にさしかかると、牛が動かなくなった。それを見た娘は、化粧沐浴をしてから、「君すでにわがために死せり、ひとり生きて誰がためにか施《ほどこ》さん、われを憐《いと》しと思わば、棺の木よ、わがために開け」と歌った。その歌にこたえて棺が開き、娘はそのなかに入った。家人が棺を叩いたけれども、どうにもならず、ふたりは合葬された。

宋代に編集された『楽府詩集』におさめる呉声歌曲「華山畿」の解題に、六世紀の文献（『古今楽録』）からこの物語が引用されている。自分を恋いこがれて死んだ男のために、女が殉死して合葬されることや、船や牛車などの乗り物が死者に感応して動かなくなるといったあたりは、「梁山伯と祝英台」の話にきわめて似かよっているといえよう。

地域的にみると、「梁山伯と祝英台」をめぐる伝承では浙江省の地名がもっとも多く、この「華山畿」は江蘇省、さらに本稿ではふれることができなかった「あと追い心中」の型をもつ漢代の「焦仲卿の妻」(2)は安徽省、六朝の「韓馮（韓朋）」(3)は河南省と、いずれも長江（揚子江）下流の周辺に相似た結末の物語が語り伝えられていたことがわかる。

二　雲南・タイ族の「オピンとサンロ」

ところで、長江をさらにさかのぼった中国の西南部に住む少数民族のあいだにも、「あと追い心中」の結末をもつ悲恋物語がさまざまな構成で語り伝えられている。

それをはじめて知ったのは、村松一弥さんの編集する『少数民族文学集』の仕事を手伝った時である。この本は一九六三年に「中国現代文学選集」の第二十巻として平凡社から出され、のち一九七二年に「中国の革命と文学」シリーズの第十三巻としても再刊された。

それから二十年あまり、文化大革命期の空白を経過しながらも、中国では口承文芸の発掘がますますさかんに進められている。いまでは、四川省西部カム地方のチベット族、雲南省のナシ族、雲南省と貴州省のイ族、雲南省のタイ族とワ族、広西チワン族自治区のチワン族、広東省海南島のリー族、湖南省西部の土家族など、華南一帯の少数民族のなかで同様の結末をもつ悲恋物語が、さまざまな筋立てで語られていることがわかっている。そのおもな民話は、村松一弥編『中国の民話』（上下二冊、一九七二年、毎日新聞社）に訳出された「塩茶のものがたり」（チベット族）、「めおとの虹」（イ族）、「サンローとオピン」（タイ族）、およびさきの『少数民族文学集』に訳出された「タマツとタルザレル」（チベット族）、「桃のちぎり」（ナシ族）などで読むことができる。

『生きている象形文字』（西田龍雄、一九六六年、中公新書）で知られるモソ族は、いまではナシ族に包括されている。このナシ族には「ユウペイ」（漢語訳では「遊悲」の二字をあてる）と呼ばれる「心中の歌」があり、解放前には実際にも心中事件がたくさんあったとされる。(4) その語り伝える「桃のちぎり」の民話は、敦煌の石窟に写本の形で残されていた「韓朋の賦」と微妙な点で類似するところがあり、淵源の古いことを思わせる。一九八四年にＮＨＫの取材班が入り、いまは禁断の歌とされている「ユウペイ」の断片を記録して日本でも放映した。その経過は、『雲南・少数民族の天地』（ＮＨＫ取材班、一九八五年、日本放送出版協会）にくわしい。

ここでは、はじめにふれたタイの映画との関連で、雲南省の西南部の辺境に住むタイ族の叙事詩「オピンとサンロ」についてみよう。そのテキストのひとつは、さきにあげた『中国の民話』に翻訳があり、わたしも雑誌に翻訳を掲載したことがある（「ふたつの星」『中国』一九七〇年六月号）。

大商人の息子サンロは、ある日、旅の人が「このすばらしい若者には、わしらの村のオピンが似合いだ」と話しているのを耳にし、山へ行き妻問いにかなでる三弦を作る。われこそはと押しかけた村の娘たちには眼もくれず、サンロは商いの荷を積んだ牛の群をひきいて旅に出る。そして美しい娘オピンとめぐり逢い、その家で忘れられない一夜をすごす。サンロの去ったのち、身ごもったことを知ったオピンは、象にまたがって、はるばるとサンロの家をたずねる。それを知ったサンロの母親は、サンロを川へ魚取りに行かせる。サンロのいないところへ来たオピンは、母親に傷をおわされ、追い返されてしまう。ひどい仕打ちをうけたオピンは、家にもどる途中で、ついに子どもを生み落し、それを鳥の巣に入れて立ち去る。一方、川からもどったサンロは、事のなりゆきを知って、オピンのあとを追うが、途中で鳥に転生したわが子の訴える声をきき、涙にくれる。サンロがオピンの村に着いた時、オピンはすでに棺のなかに横たえられていた。悲しみのあまり、サンロは腰の刀を抜いて自分の胸を突きさし、オピンのかたわらに寄り添って倒れた。ふたりは引き離されて、東の山と西の山とに葬られるが、両方の墓から生い茂った藤のつるは、たがいに引き寄せあってからみついてしまった。不快に思った人が、そのつるを焼きはらったところ、火の粉が大空に舞いあがって、天の川に光るふたつの星になったという。

物語の中心となるのは大商人の息子と美しい娘の出逢いであり、それは古くから南のシルク・ロードとされたこの地域にふさわしい設定である。いくつかあるテキストのうち、娘も金持の出身とするものが過半を占める。おなじく「オピンとサンロ」の名を残し、はるかに素朴な筋立てとなった民話は、相接する山地に住み、首狩りの習俗をもっていたワ族などからも採集されている。

また国境をへだててつらなるビルマ北部のシャン人（タイ族と同系）のあいだでも、よく歌われるセレナーデに、「はるかなる遠き昔に、その名をば唱われたりし、み空なるかの恋人ら、サム・ラウとウ・ピム（すなわちサンロとオピン——引用者）のごと、結ばずやわれらが星も、これこそはわれらがさだめ」とあるほど、よく知れわたった物語であるという（ミルン『シャン民俗誌』牧野巽・佐藤利子訳、一九四四年、生活社）。その注釈によれば、「これらの恋人は数百年前にいた。両人ともに金持の子であった。それは一目惚れの熱烈な恋であった。一年の幸福な結婚生活ののちに、ウ・ピムは嫉妬した姑の手で殺された。その徳高く美しい花嫁にまったく心を捧げていたサム・ラウも妻の死体のかたわらで剣で自殺した」とあり、ほぼ同一の筋立てであることがわかる。

雲南省のタイ族については、毎年の水かけ祭に日本からたくさんの観光客がおしかけ、日本のテレビに登場することもまれではなくなった。顔立ちもわたしたちには親しみやすい。以前に日本で公開された中国映画の「青春祭」では、文化大革命の時に雲南省に下放した漢族の学生がタイ族の若い男女の開放的なつきあいぶりにおどろき、タイ族の女性たちがなにも身につけずに川で泳ぐのを見る場面もあった。そういえば、公開禁止となったと伝えられる北京空港の壁画も、水かけ祭を題材にしたタイ族女性の裸像であった。漢族のタイ族を見る視角にもあるいはかたよりがあるかもしれないが、愛情表現のゆたかな人たちとして意識されていることはたしかだろう。

「オピンとサンロ」の物語は、そのようなタイ族が独自に生み出した理想の恋愛にちがいない。しかし、その結末としてえらびとられたのは、権力者あるいは母親（姑）の干渉によってふたりが「あと追い心中」をよぎなくされるという、周辺の少数民族に共通する悲恋の型であった。それはおそらく、おなじ系統の民族に属する人たちの制作したタイの映画「プエンとパエン」の結末とも、どこかで通いあっているのではないか、というのがわたしの考えである。

なお、この「オピンとサンロ」の物語を教室で話した時、日本文学専攻の学生から、それは幸若舞の「烏帽子折」などに出てくる「山路の草刈笛」の話と関係はないだろうか、という発言があった。「山路《さんろ》」という呼び方が人名として不自然な表記であることは、「烏帽子折」のなかでも指摘されている。一方、現に「オピンとサンロ」の漢語訳されたテキストのなかには、「山路」の二字をあてているものもある。身分の高い家の息子が、はるばると旅に出て理想の女性にめぐりあうという筋立てだけを取り出してみれば、まったく無縁とも言いきれない。さきに紹介したテキストでは、サンロは妻問いにかなでる楽器として三弦を作っているが、タイ族ではヒョウタンを使った、いわゆる笙《しょう》の笛を使う方が一般的らしい。日本の山路は横笛を「草刈笛」と呼んで使っている。いまは偶然の一致と見るほかはないけれども、あるいは両者をつなぐいとぐちが出てこないとも限らないので、とりあえず書きつけておく。

三　漢族の伝承と心中譚

これまではなるべく話を限定する方向で書いてきたが、このような悲恋物語はほぼ世界的に分布しているといってもよい。西脇隆夫氏によれば、日本の各地に残る女夫松や夫婦石の伝説も、おなじ「悲恋転生譚」と見られるという（「女夫松・夫婦石から『セリム湖の伝説』まで」、『比較民俗学会報』第二五号、一九八七年四月）。氏はまた、中国の西北地方に住むカザック族、キルギス族、ウイグル族などにも、その流れをくむ叙事詩があることを指摘し、さらにイギリスのバラッドと日本の謡曲を対照した原一郎氏の研究にも言及している。

周辺諸国との関係でいえば、これは中国人の学者も指摘していたと思うが、インドの「サティ」のことがある。インドの上層階級の古い習慣では、主人が亡くなった時、その火葬の炎のなかに未亡人が身を投じていっしょに死ぬことがあり、その「烈婦」を「サティ」と呼び、のちにはそのような殉死の行為そのものをも誤って呼ぶようにもなった。とくに「サティになる女性が有力者の夫人である場合、彼女は最高の衣裳を身にまとい豪華な装飾品を身につけ葬儀場に向う。彼女を讃美する民衆に一つまた一つと装飾品を投げ与え、すべてを棄てたあと火中に身を投ずる……」（柳宗玄「サティ石碑（表紙解説）」『図書』一九九四年三月号）とあるあたりは、そのままカム地方のチベット族に伝わる民話「塩茶のものがたり」の語り口そのままといった感じがする。

わたしが関心をいだくのは、おそらくは世界的規模の広がりをもつであろう悲恋心中譚の、いわばアジア的な変容ぶりについてである。とくに注目したいのは、中国の大半をしめる漢族にとっては、「心中」（漢語では「情死」あるいは「殉情」）は、かならずしも普遍的な行為ではなかったことである。実藤恵秀氏の「中国情死考」（『中国文学月報』第三七号、一九三八年四月）には、その事例が列挙されている。胡適だったかは、「中国にも日本のように心中が行われるようになれば、中国は望みがある」と話し、また魯迅は新居格に会ったさい、「近ごろよくある心中はお国の真似をしているのですが、大臣が賄賂をとる方なら、わたしの国の方が本場ですよ」と語ったという。

その傾向は文学にも反映しており、「梁山伯と祝英台」は、漢族の物語としては、心中を語る数少ない例のひとつとされている。わたしの仮説は、これは漢族が長江の沿岸一帯に南下してきた時期に、そこに居住していた少数民族の伝承を、漢族が受け入れて自分たちの流儀で作りかえたものではないか、ということである。六朝期を包含する魏晋南北朝とはまさに、そのような時代であった。地方劇のなかでもっとも盛行した「梁山伯と祝英台」が、男装の女性に対するのぞき趣向に偏していったのも、心中譚を受け入れる素地が漢族にはもともとなかったためとわかれば納得がいく。男装の女性となれば、すでに「木蘭従軍」(5)の詩もあり、漢族にもなじみやすい設定であったろう。

一方、「華山畿」の物語で、娘が自分の膝かけを病の床にある若者に贈ったとあるのも、むしろ少数民族の風習として理解した方が自然かもしれない。少し言いすぎであることを承知でいえば、佐藤春夫の『車塵集』で一部分が紹介されているような六朝期の歌謡に、中国の詩としてはまれな直情的な愛の表現が見られるのも、少数民族の世界にふれた衝撃が影を落しているのではないか。ちょうど映画「青春祭」の下放青年たちが、タイ族の男女に眼を見はったように。

さきにものべたように、『少数民族文学集』の編訳を手伝ったころから、中国西南部に住む少数民族の民謡や民話には、日本人であるわたしたちの琴線にふれるところが多いことを感じていた。本稿にその片鱗をたどってきた悲恋心中譚の系譜は、そのつながりをときあかす重要な手がかりのひとつになるのではないか、というのがわたしの目論見である。

中国についても、男女の愛の極致として死を是認する考え方が、漢族と非漢族の世界でどうはぐくまれてきたかをたどる必要があるだろう。『楽府詩集』の「華山畿」の項にあげられた歌謡のなかには、「懊悩は止むるにたえず、牀にのぼりて腰紐をとき、屛風のうちにてみずから首をくくらん」といったものもある。また、近年に記録された雲南省のアシ族（イ族の一支系）の民謡には、「この世にて一度愛しあい、あの世にて三度愛しあう」とはじまる長篇の「悲歌」もある。これはおなじ雲南省のナシ族の「ユウペイ（心中の歌）」で、心中をした男女が死後にのぼるとされる玉竜雪山上の天国の描写にも通じている。

日本との対比については、『照葉樹林文化』（正続二冊、中公新書）で示された見方を援用して、その上部構造のひとつとして悲恋心中譚を位置づけることも可能ではないかと思う。かつて西郷信綱氏が、日本の『万葉集』と中国の『詩経』をつなぎ、「相聞歌謡の帯」とでも呼ぶべき見方を提唱していたが(『文学』一九七〇年六月号「文学のひろば」)、それともほぼ重なりあう形になるのではないかと思う。

最後にこまかなことを言えば、中国の悲恋心中譚のひとつである「韓馮」の話が『曽我物語』に引かれているが、引用に見える鴛鴦の思い羽が王の首をかき落とすというくだりは、流布している『捜神記』(晋・干宝、二十巻本)には見られず、二十世紀初頭に敦煌の石窟から発見された写本の「韓朋の賦」にだけある。おそらくは後者の系統に属する説話をおさめた書物が、日本で読まれたにちがいないが、わたしはまだそれがなんであるかを確かめていない(わたしが知らないだけかもしれないが)。全体の対比を見ていくのと同時に、そのような彼我の交渉の糸目をときほぐしていくこまかな作業も、まだ多く残されている。

注

(1)「梁山伯と祝英台」については、全四冊からなる大規模な資料集が『梁祝文化大観』(周静書主編、一九九九〜二〇〇〇年、中華書局)として出されている。また宜興市の関係機関による編纂で『宜興梁祝文化』の「史料与伝説」と「論文集」の二冊が、方志出版社から刊行されている(二〇〇三〜四年)。日本では、周静書編『梁祝的伝説』(二〇〇一年、中華書局)の翻訳が、『梁祝口承伝説集』(渡辺明次訳、二〇〇七年、日本僑報社)として出されている。エーバーハルトの昔話索引ではタイプ二一二に挙げられており、『中国昔話集』(二〇〇七年、平凡社・東洋文庫)の下巻には、例話の翻訳、類話や注釈がある。

(2)「焦仲卿の妻」は、漢代の建安年間(一九六〜二一九)、廬江府(安徽省)の下級官吏である焦仲卿の妻が、しゅうとめに追い出されてから再嫁を迫られて投水自殺し、これを聞いた仲卿も首をくくってあとを追うという話。全篇三百五十数句に及ぶ叙事詩の首句「孔雀、東南に飛ぶ」の名で呼ばれることもある。六世紀の陳・徐陵撰『玉台新詠集』に収められており、松枝茂夫編訳『中国名詩選』上巻(一九八三年、岩波文庫)

などで、読むことができる。

(3)「韓馮(憑とも書く)」は、戦国時代の宋の康王(前三一八年に王となる)の時の大夫。王に美人の妻を奪われ、あげくに城旦の刑に処せられていたが、妻の密書を読んで自殺した。さらに妻も、衣服を腐らせておき、高台から身を投げて、あとを追った。引き離して埋められた二人の墓から生えた樹は、たがいに枝を交わして「相思樹」と呼ばれ、雌雄の鴛鴦《おしどり》が棲みついて、悲しい声で鳴き交わした。四世紀の晋・干宝『捜神記』に見える話がくわしいが、すでに漢代から知られていたという(李剣国『唐前志怪小説輯釈』修訂本、二〇一一年、上海古籍出版社)。エーバーハルトの昔話索引ではタイプ二一一に挙げられており、『中国昔話集』(二〇〇七年、平凡社・東洋文庫)の下巻には、例話の翻訳、類話や注釈がある。

(4)ナシ(納西)族の「心中」については、飯倉も、劉超記録整理『納西族的歌』一九五九年、から「麗江散記」の抄訳をして紹介したことがある(「玉竜山下の人びと」『中国』一九七二年四月号、徳間書店)。近年では、現地に居住していた日本人の研究者によって、黒澤直道『ナシ族の古典文学――『ルバルザ』情死のトンバ経典』(二〇一一年、東京外国語大学アジア・アフリカ言語文化研究所)のような、正確な解説書も刊行されている。

(5)「木蘭従軍」は、老いた父親に代わって男装した娘の木蘭が外敵との戦いに従軍し、十二年間も戦って凱旋する話。宋代の『楽府詩集』では、梁代の鼓角横吹曲に作者不明の木蘭詩二首を収める。明代ごろから演劇や小説にとりあげられるようになり、『隋唐演義』では隋末の出来事とする。松枝茂夫編訳『中国名詩選』中巻(一九八四年、岩波文庫)には、木蘭詩の注釈がある。また一九九八年には、ディズニーで「ムーラン」としてアニメ化された。なお、同社による実写版の製作も進行中という。

中国民話掌編

鬼とトケビ

日本の昔話のタイプ・インデックスを作った関敬吾は、中国に伝わる昔話の半数以上は日本の昔話と一致もしくは類似するようである、と書いたことがある。ほかのデータによっても、少なくとも三分の一程度のタイプに対応関係があることは確からしい。大陸や海洋から渡来したさまざまな人々の運んできた伝承が、日本列島の各地に根をおろし、語り伝えられてきた。ここでは、そのいくつかの例を紹介してみることにしたい。

　唐の段成式が編纂した『酉陽雑俎《ゆうようざつそ》』には、中国でもっとも古い昔話の記録が見られる。これに先立つ六朝《りくちょう》の志怪小説にも、昔話のあらすじを書きとめたような文章はいくつもあるが、いかにも簡略に過ぎる。同書に見える「葉限」や「旁㐌《ぼうい》」の話は、現代の採集記録としても通用する、質の高いものである（両者とも、今村与志雄訳『唐宋伝奇集』岩波文庫、下巻に訳がある。なお今村与志雄による『酉陽雑俎』全訳五冊本が、平凡社の東洋文庫にある）。

　前者の「葉限」について、南方熊楠は二十代前半のアメリカ留学期に和刻本を読んでいて気がつき、のち一九一一年に「西暦九世紀の支那書に載せたるシンダレラ物語」という論文を書いた。

　シンデレラ型のまとまった内容の昔話としては、世界でももっとも古い記録で、いまの広西チワン族自治区の南寧にあたる邕州《ようしゅう》の李士元という語り手の名前までも記されている。（この地方と、さらに国境を接するベトナムとで、近年多くのシンデレラ型の昔話が採集されているのも、「葉限」の話の信憑性を高めている。）

　もう一つの「旁㐌」は、すでに江戸時代に、山東京伝が『宇治拾遺物語』にある「瘤取り」のもとの話ではないか、と『骨董集』で指摘している。

　旁㐌は新羅国の貴族の遠い祖先であり、金持の弟と分家をして、その世話になっていた。ある時、カイコの卵と穀物のタネを分けてもらうと、弟は育たないようにと、わざわざ蒸して与えた。それでも生き残った一匹のカイコがいて、牛ぐらいの大きさになり、たくさんの糸がとれた。穀物は一粒だけが育って大きな穂をつけたが、鳥がそれをくわえていってしまった。

鳥のあとを追って山中に入り野宿した旁㐌は、赤い衣を着た子どもたちが金のつちで好きな食べ物を出すのを目撃する。その金のつちを取って帰った旁㐌は、たいへんな金持になる。これをうらやんだ弟は兄の真似をして、逆に鬼たちに鼻をゾウのように長くされてしまう。兄はそれを恥じて死んだ。

瘤を取ったり付けたりするかわりに鼻を長くされるというのは、現代中国で「長い鼻」とされるタイプの昔話と同じである。また、発端の兄弟分家と蒸したタネを与えるところは、別の「太陽の国」というタイプの昔話と似ている（飯倉訳『中国民話集』岩波文庫、に収める「小さなドラ」と「人は金の欲で死ぬ」を参照）。

唐代の中国では、南北を縦断する大運河や山東半島のあたりに、多数の新羅国から来た朝鮮人がいた。当時、中国に渡った円仁の旅行記を見ると、新羅の人たちの援助がなければ日本人の渡唐は不可能ではなかったか、と思われるほどである。『酉陽雑俎』の編者は、これらの人たちから直接話を聞いたのだろうか。あるいは、すでに中国化された伝承が知られていたのか。

朝鮮では、現代になって採集された昔話にも「瘤取り爺」があり、『宇治拾遺物語』の話とは近い関係にある。斧原孝守によると、十三世紀以前に成立し、チベットやモンゴル、さらに中国にも広く伝わる『シディキュル』説話群の「欲の深い弟」は、これらと共通のタイプに属するという。

ところで、『酉陽雑俎』の話で、最初に「赤い衣を着た子どもたち」とあり、後半では単に「鬼たち」と書かれているのは、朝鮮の「トケビ」の訳語と思われる。現代朝鮮の「瘤取り爺」や、これに近いタイプの「金の砧《きぬた》　銀の砧」では、いずれもトケビが山中の妖怪として登場する。

依田千百子によると、「トケビは日本の河童や山姥、沖縄のキジムナーと対比できるが、その性格や活動範囲ははるかに広い」という。またトケビは人を食ったり困らせたりする一方、たいへんなおどけ者で、ユーモラスな性格も持っているという。

トケビが漢字では「独脚鬼」と表記され、一本足で一つ目とされているのは、『出雲風土記』に見える日本最古の人を食う「鬼」が目一つであったのと対比して興味深い。

馬場あき子は『鬼の研究』で、『宇治拾遺物語』の「瘤取り」の踊りの場面には「明るく解放的な鬼の笑い」があるという。酒盛りによる団欒の場がほかの目的をもたない純粋な悦楽であることで、当時の日本の「百鬼夜行」の鬼たちとはちがった特異な性格を持っている、と氏は指摘する。

おそらくチベットやモンゴルの牧畜民の楽天的な世界で育ち、朝鮮をへて伝わった「瘤取り」は、湿潤な日本の風土のなかで、その特異な雰囲気ゆえに、人々にもてはやされたにちがいない。いつの世でも説話の渡来を受け入れたのは、そのような未知の世界への好奇心であった。

『酉陽雑俎』でトケビを「鬼」と訳した時、それは中国古来の「死者の亡霊」という意味を押し広げるものであったが、結果として「鬼」を「オニ」と読ませた日本での用法との過渡的な含意を記録することにもなった。

（『酉陽雑俎』については、飯倉『南方熊楠の説話学』に「『酉陽雑俎』の世界」という文章がある。）

牛の皮一枚の土地

ベトナム戦争たけなわのころ、ベトナム人の書いた歴史の本（チャン・ホイ・リュウ『越南人民抗仏八十年史』第一巻、原著一九五六年、中国語訳による）を手にして、そこで読んだ日露戦争前後のベトナム人の日本への傾倒を語るエピソードが、なぜか印象に残っている。

——のちにベトナムの農家に被害を与えることに

なる日本の浮き草は、ある農民が持ち帰って池のなかに植えたのが始まりだという。それというのも、日本ではその浮き草のおかげで西洋の軍艦が神戸の港に入るのを防いだという伝説が知られていたから、そのような効果を期待して植えたのだろうとされている。

港に生い茂った水草が軍艦の侵入を防いだという伝説は、どこでだれが言いだしたのか分からない。しかし、西洋の侵略に直面してなすすべもなかった人々の切なる願いが、ここには語られている。もっとも日本は、その後まもなくフランスと協約を結び、日本の中国進出を黙認してもらうのと引き換えに、抗仏運動の志士を日本から放逐して、ベトナムの期待を裏切った。

一方、中国では北京への入口にあたる天津《てんしん》の港をめぐって、こんな話がある（『義和団民話集』平凡社・東洋文庫）。

――むかし、洋毛子《ヤンマオツ》（毛唐）が中国へ攻め入るのを防ぐため、ある皇帝が命令をくだし、国中の鍛冶屋を天津に集めて、港を封鎖する鎖を作らせた。できあがった鎖を港に張りめぐらし、三門の大きな大砲も据えつけてから、一人の大臣が任命された。ところが、この大臣は、「牛の皮一枚の広さ」の鎖を売ってくれれば、いくらでも銀塊をやるという洋人《ヤンレン》（外国人）に、そんな少しの鎖だけならいいだろうと承諾した。洋人は、大きな牛の皮をはぐと、一寸刻みにして数丈もある長い紐を作り、それだけの鎖を切らせて、港に船を続々と入れてしまった。こうして港は洋人に占領され、中国へ進出する拠点になったという。

天津の港といえば、その渤海湾への出口にある大沽口砲台は、たえず外国軍の威嚇攻撃にさらされる象徴的存在であった。また、この話に出てくる大臣は、アヘン戦争のさい清朝の方針に反してイギリスとの貿易再開を認めた琦善という人物となっており、これも外国勢力に妥協したというイメージから引っぱり出されたのであろう。

この話での「牛の皮一枚の広さ」は、少しおかしな使われ方をしているが、もともとは侵略者が土地を奪うさいに、相手をだますトリックとして知られていた。

たとえば、北京を舞台にした話では、西太后が登場する。西太后の浪費のために国庫が空《から》になり、洋《ヤン》鬼子《クイツ》（外国人に対する蔑称）に金を借りる。洋鬼子は金が返せないのならば、「牛の皮一枚の広さ」の土地をよこせと要求する。西太后はせいぜい人が四人坐れるほどの土地だろうと気安く承知するが、洋鬼子は牛の皮を細かく刻み、大きな建物の建てられるほどの土地を北京の前門の近くに奪いとったという（王文宝編『北京風物伝説故事選』）。

このような話に、意外にも古くて広い淵源があることを指摘したのは、南方熊楠の「少しばかりを乞うて広い地面を手に入れた話」（一九一四〜一五年）である。

――（伝承によると紀元前八一四年）フェニキア人がアフリカ北部のチュニスに植民地を作ったさい、王女ジドは土着民から「牛の皮一枚の広さ」の土地を買う約束を取りつけ、牛の皮を細かく切り刻んで広大な土地を囲いこんで国を建て、これがカルタゴ国の始まりになったという。

アジアでは、十六世紀中葉、ルソン（呂宋すなわちフィリピン）に攻め入ったフランク（仏郎機。ここではスペイン人をさす）が、「牛の皮一枚」の土地を占拠して、ついに国を奪ったことが、『明史』などに出ている。

また台湾の場合は、オランダ人が土着民（近年、高山族と呼ばれる人たち。占拠していた日本人とする話もあるという）をあざむいて、台南地方で「牛の皮一枚」の土地を手に入れ、やがて支配下におさめた話のあることを、伊能嘉矩の論文から引いている（江肖梅『台湾故事』にもある）。

さらに面白いのは、狐が妖艶な女性に変身して現われるような話の多い『聊斎志異』（清・蒲松齢）から、中国との貿易を許された紅毛（オランダ）人が、ジュウタン一枚の土地を要求し、初め二人しか入れなかったジュウタンを、細かく引きさいて数百人も入れるようにして、中国人を攻撃したという話を見つけていることである。

いずれにしても、それは、アジアに進出したヨーロッパ人の暴力的な手口を形容する説話の常套句であった。それがヨーロッパの古い言葉であったのは、歴史の皮肉であろう。国際的なアアルネ・トンプソンの昔話索引でも、「2400一枚の皮の面積」として認知されている。

ところで南方はさらに、漢訳仏典のなかに、僧侶が布教のために自分一人の坐るだけの土地を求めて一山を占拠する話がいくつもあり、また中国でも、円仁の『入唐求法巡礼行記』に「五台（山）五百里は一つの座具を敷く地なり」と記しているような類話のあることを挙げている。これら仏教系の話はアジアに古くからあるわけだが、それが植民者の話やジドの話と、たがいにどういう伝播関係にあるのかはよく分からない、と南方は語っている。

柳田国男は、この南方の文章をうけて、日本の各地にある仏教系の話を「神を助けた話」のなかで紹介している。錫杖の影の及ぶ土地とか、ヒノキを植える土地一尺とかあって、日本的な変形が加わっているものの、インドや中国から伝来した説話であることは確かであろう。植民者の話が日本に伝わらなかったのは、当然かもしれないが、のちには中国に抗日の民話をたくさん生み出す事態を招来した。

泡んぶくの敵討

おなじ人間の作り出した物語だから、よく似た着想が遠く離れた土地にあっても、別におかしくはない。銭鍾書の『管錐編』という大冊のごく一部を、授業で読んだことがあるが、そこでは古今東西の相似た文学的発想が、中国の説話を手がかりに縦横無尽にたぐり寄せられていた。

そのなかには、人情の機微が通じあうところには、よく似た話ができるという例も多い。しかし、実話のように見えながら、伝播された話の作り替えである場合も往々にしてある。

南方熊楠の「泡んぶくの敵討」（一九三〇～三一年）という文章では、まず一九三〇年に出た土橋里木の『甲斐昔話集』から、甲州（山梨県）で記録された話が紹介されている。

「旅の商人がいて、いつも若い番頭をつれて織物を売り歩いていた。商人の妻は売り上げ金を使いこまれないようにと、ふだんから番頭に気があるようにみせて手なずけていた。ある年、信州まで商売にいった帰り、夕立に降りこめられて二人は道ばたの小屋で雨やどりをした。眠りこんでしまった主人を見て、番頭は主人さえいなければ、その妻も身代も自分のものになると思い、主人を刃物で刺し殺した。主人は死ぬまぎわに、小屋のひさしから落ちる雨水のつくる一面の泡んぶくを見て、泡んぶくカタキをとってくれ、泡んぶくカタキをとってくれ、とくり返し叫んだ。」

「やがて、急病で死んだ主人の遺言だといつわって、番頭は主人の妻といっしょになり、子どもも一人できた。主人の三年目の法要をすませて寺から帰るさい、激しい夕立にあって泡んぶくを目にし、番頭あがりの夫はもう子どももできたことだからと気を許し、主人は自分が殺したのだと妻に打ち明けた。ところが、妻が役所に訴えたため、番頭あがりの夫は死刑となった。自分のせいで二人の男を殺す結果となったことを悔いた妻は、尼となって一生をくらしたという。」

この本の編者は、これは祖母が姑から聞いた話で、祖父もむかしから村にあったような話しぶりをしていた、と南方に手紙をくれたという。いかにも実話のように見えながら、これが中国説話の翻案であることを、南方は例をあげて指摘する。なかでも宋代の説話集『夷堅志』に収める「張客浮漚」は、この甲州の話とよく似ている。

「湖北省のあたりに、五十歳ばかりになる織物の行商人がいた。まだ二十代の妻は美しいがふしだらで、その下僕と通じていた。行商の途中、にわか雨にあって廟で休んださい、下僕は主人を殺してしまう。死にぎわに主人は軒下の水泡を見て、自分の恨みをはらしてくれと頼んだ。」
「やがて下僕は主人の妻といっしょになり、三年たって二人の子どもが生まれた。ある雨の日、下僕であった男は水泡を見て主人を殺した時のことを思い出し、そのことを妻に告白した。ところが、妻は役所に訴え出て、その男は重刑に処せられた。」

　殺された男がたわいもない水泡に証人を頼み、意外にも敵討をはたすというのが話の眼目であろう。また主人の妻が（甲州の話では本心ではなかったとするが）使用人に気のあるふりをしていたところも、二つの話に共通している。

　ところで、この女はほかの多くの筆記小説のなかでは、「節婦」として扱われている。つまり夫婦となって子どもまでできた仲であっても、前の夫を殺した罪を見過ごしたりはしなかった。しかも、話によっては、まず罪人とのあいだにできた子どもを殺してから、自分が身を投げることになっているからである。

　たしかに操の堅い女とされてしまう側面もあるが、もともとは裁判物の物語にとってつけた看板であったにちがいない。朝鮮にも、この話は伝わっており、崔仁鶴のタイプ・インデックスでは「烈女の死」と名づけられている。発端は、若い男が友人の妻を好きになって、友人を殺してしまう。水泡が犯罪の露見するきっかけになる点はおなじで、夫が処刑されたあと妻も自殺するが、そのあと地方長官が「烈女碑」を建ててやるところが、朝鮮でのこの話の解釈のあり方を示している。

　日本の甲州で記された話には、「節婦」や「烈女」のおもかげはあまりない。それにどんな経路で伝わったかも、よくは分かっていない。ことによると、日本に紹介された中国の筆記小説のたぐいから、口承の世界に引き出されたものかもしれない。

　澤田瑞穂によると、中国では頼りのない水泡のかわりに、ガマを殺す場面を露見の糸口とした話もあるという（『鬼趣談義』所収「泡と蝦蟇」）。しかし、この話の要点は、ほとんど無意味と思える事物が復讐に重要な役割をはたすところにある。

南方熊楠は、すでに一九二四年にイギリスの雑誌に書いた文章で、「イビュコスの鶴」という、大空を飛ぶ群鶴が犯罪の露見するきっかけとなる古代ギリシアの話と、中国の類話を対比させていた。これはグリムの昔話では「明るいお天道さまに目こぼしはない」と呼ばれるもので、トルコやインドにも類例があるとされている。

日本では、「こんな晩」や「言うなの地蔵」と呼ばれて、暗い夜の情景や物を言う地蔵の登場する昔話が、おなじようなタイプと位置づけられている。

これらは、いわば相似た構造の話であって、それぞれ別の土地で別の事物の登場する話ができたとしても、不自然ではないだろう。それに比べると、南方の引いた甲州の話は、口頭伝承の記録としては日本では例外的なものかもしれないが、中国や朝鮮とふしぎな糸でつながっている。

かやぶきの屋根からしたたり落ちるしずくが、無数の泡んぶくをつくる映像も、いまの日本人には縁遠いものとなった。しかし、それが一つの話をアジアの各地に広めていく核になった時代もあったのである。

（その後、山梨県在住の一條宣好氏が、「南方熊楠と『甲斐昔話集』」（『熊楠研究』一〇号、二〇一六年三月）で熊楠と土橋里木の往来をくわしく検討して紹介されている。また氏は、佐立治人「あぶくの告発」（『関西大学法学論集』六一巻二号、二〇一一年七月）に、詳細な関連資料についての論究があることにもふれている。）

赤い眼の予言

小学生のころ、戦争のさなかでもあり、家にはろくな本がなかった。書名も忘れたが、その一冊で読んだ話が記憶のどこかに残っていた。十何年もたってから中国の説話に興味をもち、六朝の代表的な志怪小説集である『捜神記』をひっくりかえしていて、その記憶とよく似た話に出会い、少なからず驚いた。

それは、つぎのような内容の短い話で、竹田晃氏の訳本（平凡社・東洋文庫）では「城門の血」と題されている。

「秦の始皇帝のころ、当時の長水県（浙江省）に『城門に血がつくとき、城は陥没して湖になる』という童謡がはやった。一人の老婆が、それを信じて毎日のように城門を見にいくので、守備隊長がいたずらをして犬の血を城門に塗りつけた。それを見た老婆は、すぐさま城を出て逃げた。すると、たちまち大水が出て城は湖の底になってしまい、県知事も役人も魚になった。」

子どものころ読んで記憶していたのは、いたずらのつもりでやった行為が、予想もしない形の災難として現実化し、そのきっかけが赤くなった石像の眼であることが、こわかったからにちがいない（それはたぶん、日本か朝鮮の話であったろう）。

中国では古来、「童謡」は讖語《しんご》すなわち吉凶の到来を予言するものとされてきた。この話では、それを盲目的に信じた老婆が助かり、軽視していたずらをした者たちが異変によって仕返しを受ける。おそらくは予言を説く巫師や方士の作り出した説話であろう。ところが、異変として語られた町や山の陥没が、やがては池や湖の由来を説明する伝説として各地に定着する。

この話は『捜神記』のような六朝時代の志怪小説集から唐・宋代の説話集にいたるまで、細部に出入りはあるが、いくつかの土地についての伝説が残されている。

いちばん古いのは、漢代の『淮南子』とその注で、これは歴陽（安徽省）の都が一夜のうちに湖になったとしている。おなじく歴陽の出来事としながら、六朝の『述異記』では、親切にされた書生が老婆に「県城の門にある石亀の眼に血が出たら」と教えることになっている。城門につく血よりも、石亀の眼に血が出る方がはるかに印象も強く、呪術的な力を持っている。

宋代の地方志などでは、陥没した場所は巣湖（安徽省）とする記述もあり、子どもがいたずらをして石亀の眼に朱を点ずる展開となっていて、老婆を山に逃がしたのは竜であるとか、山の上には老婆を祭った神母廟があるとか、いかにも伝説として信じられていた様子がうかがわれる。

さらに中国では、現代の伝承として、おなじモチーフの昔話が各地で採集されているが、そこでは廟の前にある石獅子の眼が赤くなるとしている例が多い。

ところで、日本で十二～十三世紀に編集された『今昔物語集』や『宇治拾遺物語』では、山の上にあるソトバ（卒堵婆）に血がつくと山が崩れて海となるという筋立てになっていて、ともに中国の話とされているが、さきに紹介したものとはこまかな点でちがいがあり、地名も明記されていない。これらは、つぎにふれるように、むしろ朝鮮経由で伝わった話とみるべきかもしれない。

朝鮮でも、崔仁鶴氏の昔話のタイプ・インデックスによると、各地に伝説として流布している。たとえば、孫晋泰氏の『朝鮮民譚集』にある「広浦伝説」では、老婆に食事をめぐんでもらった老人が、「山の墓の前に立っている童子石像の眼に血が出たら逃げよ」と教えてくれる。老婆の逃げたあと、大きかった広浦の町に津波が押しよせ、いたずらをして童子の眼を赤くぬった若者たちも町も海底に沈んでしまう。

崔仁鶴氏の注記によると、童子石像とは「墓前に立てる子供の形をした石像。石の欄干の支柱のあいだに建てる小さな石柱」という。『今昔』などに見える山上のソトバは、話の前後からみて、墓に立てる細長い板のそれよりは、むしろ供養や報恩のための石塔に近いものと思われる。『今昔』などの話が、中国のそれよりは、朝鮮の話により近縁関係があるのではないかと考えるのは、そのためである。

しかし、日本にはもう少しちがった筋立ての類話も、伝説として知られている。柳田国男氏が『島の人生』で紹介しているのは、長崎の五島列島に伝わる「高麗島」の話と、薩摩の下甑島に伝わる「万里が島」の話である。それぞれ石地蔵や金剛力士の石像の顔が赤くなったら島が海に沈むという予言が、いたずら者の行為で現実となったという話である。

高麗島の方は、そこで作った陶器が旧家に所蔵されているともあって、島の名そのものをふくめて朝鮮とのつながりを連想させるし、万里が島の方は別に「唐土《もろこし》の万重島」という異伝もあるということで、中国につながる痕跡が見られる。

さらに徳島の鳴門海峡に近い小松島港外のお亀磯には、つぎのような伝説がある。

「むかし亀の形をしたお亀島という島があり、水神を祭った洞穴の入口に銅の鹿があった。信心深い老夫婦が毎日そこにお参りしていると、ある日、夢のなかに白衣の老人が現われ、『銅の鹿の眼が赤くなったら、島が海に沈む』と教えてくれた。心配する老夫婦をからかってやろうと、若者が鹿の眼に朱をぬりつけた。老夫婦と何人かが舟で小松島に向かうと、突然、津波が押し寄せ、島は影も形もなくなっており、気がつくと、銅の鹿が舟に乗っていた。その鹿は徳島の四所神社に祭られたという。」

「中国の土地陥没説話」という論文を書いた繁原央氏は、このお亀島の伝説は、さきの『今昔』などの話よりも、はるかに中国の類話に近いのではないか、と指摘している。柳田氏ものべているように、おそらくはすでに忘れられた海上交通の路によって、中国や朝鮮から船で運ばれてきた話が日本の各地に根をおろしたのであろう。

（繁原央氏の論文は『常葉学園短期大学紀要』一三号、一九八一年。また、鈴木健之氏の「中国の土地陥没伝説に関する一考察――その血のシンボリズムをめぐって」（『小島瓔礼教授退官記念論集、比較民俗学のために』二〇〇一年）には、関連する論文が、くわしく注記されている。）

中国の夢の話

夢にちなんだ中国の話といえば、やはり唐代伝奇小説の『枕中記』や『南柯太守伝』が思い浮かぶ。前者は「黄粱《こうりょう》一炊の夢」や「邯鄲《かんたん》の夢」の、また後者は「南柯の夢」のたとえの出典として、短い夢のあいだに体験した栄華のはかなさを語るものとされる。

しかし、これらの伝奇小説を書いたのは当時の官僚予備軍であった知識人たちで、彼らは、伝承の世界を下敷きにしながらも、現実の政治への強い関心や批判をなまなましく描いたのだ、と今日では考えられている。

ところで、十世紀までの小説あるいは小説的素材の集大成である『太平広記』二七六〜二八二巻には、さきの二編の小説をもふくめて「夢」をめぐる一七〇編の話が収められている。

夢を正夢として現実の予言と解する信仰は、中国では古くからあり、夢の吉凶を占うことがさかんであった。敦煌の石窟に残されていた写本のなかには、夢占いを書きつけた「夢書」の断片が何種類もある。そのなかでも、もっともまとまった『新集周公解夢書』には、全二十三章三百三十余項にわたって夢の吉凶が列記されており、唐代に編まれたものと推定されている。

『太平広記』に収められた話の大半は、いわばその夢占いの実録集ともいうべき内容であって、もっとも多数を占める吉夢は、大臣や将軍となって栄華をきわめることであった。したがって、さきの二編の小説を、作者たちの意図には反するかもしれないが、せめて夢のなかだけでも大臣や将軍となって、つかのまの快楽にひたろうとしたものだ、とする受け取り方が同時代にすでにあったのも当然であろう。

一方、病気や死を予言する悪夢は、誰にも話さず、お札にまじないの文字を書いて呪文を唱えよ、とさきの「夢書」にもある。後世には、城隍廟《じょうこうびょう》の神に紙銭を焚いて祈ったり、紅や白の紙にまじないの文句を書いて土塀に貼りつけ、天日にさらして予言の消滅を念じたりしたことが、澤田瑞穂氏の「悪夢追放」（『中国の呪法』）に見える。

中国らしいと思ったのは、高名な文学者がすぐれた詩句を夢のなかでさずかったとするエピソードで、手もとにある劉文英著『夢の迷信と夢の探索』（一九八九年）という中国書には、二十三の話が集めてあり、うち宋の蘇軾が八話もある。

そこにはなくて『太平広記』に見える話だが、謝という男が子どものころ、夢のなかで谷川に遊び、人にこれを呑みこめば利口になると言われ、六十余粒の真珠を呑んだ。やがて成人して作った詩のうち、ちょうどその数だけの詩がすぐれていると評価されたという。なんとなく身につまされるような話である。

実のところ、本稿でわたしは、たとえば中国の「夢見小僧」といったものが書けるといい、と思っていた。わたしの調べ方が不十分なのか、それとも中国の昔話のなかには夢が重要な役割をはたす例が少ないのか、それは実現しなかった。丁乃通の中国の昔話のタイプ・インデックスを見ても、夢にかかわる話はたいてい古典説話か笑話である。

そこで『太平広記』をひっくりかえしていて目にとまった一つの話を紹介しておくことにしたい。二人の女房と結婚することに夢がかかわっているといえば、わが国の「夢見小僧」を思わせるが、構成も展開もまったくちがっている。出典は唐代の張読の編んだ『宣室志』だが、叢書に入っている伝本には、この話はない。

役人となって河南省に赴任した侯生という男が、韓氏（女性は姓でしか呼ばないのが普通であった）と結婚し、五年たった。ある夜、韓氏は夢のなかで、何人かの男に連れ出され、役所のような場所に行く。多数の人の居並ぶ前に、年は二十ばかり、大柄な体つきで派手な着物を着た、盧氏と名乗る女性が現われる。盧氏が韓氏に詰めよって言うには、前世に役人をしていたころ、韓氏に無実の罪をきせられて死んだ。天帝の裁きによって、韓氏はあと一年の寿命しかないという。

夢がさめてからも、韓氏は恐ろしさに口をつぐんでいたが、あまりにも気落ちした様子のため侯生に問いただされ、すべてを話す。数ヵ月後、盧氏はふたたび韓氏の夢のなかに現われ、死期の近いことを告げる。結局、韓氏は予告どおり一年あまりで病死する。

その数年後、侯生は河南省の南隣りの湖北省を旅行し、そこで見こまれて蕭氏と結婚する。ところが、

甫研究年報　創刊号　日本杜甫学会[編]●2,000

J　第二十八号　水門の会[編]●3,500

一百科 見る・知る・読む 能舞台の世界
小林保治・表 きよし[編]石田 裕[写真監修]●3,200

本語のモダリティの研究　児倉徳和[著]●12,000

世古今和歌集注釈の世界　国文学研究資料館[編]●13,000

昔物語集の構文研究　高橋敬一[著]●10,000

氏物語』を演出する言葉　吉村研一[著]●7,000

宋・鎌倉仏教文化史論　西谷 功[著]●15,000

野山金剛寺善本叢刊　後藤昭雄[監修]
期　第一巻 漢学/第二巻　因縁・教化　●32,000
期　第三巻 儀礼・音楽/第四巻 要文・経釈・第五巻　重書　●37,000

戸時代生活文化事典　長友千代治[編著]●28,000

居易研究年報　第18号　白居易研究会[編]●6,000

獨の総合的研究　佐藤武義・横沢活利[著]●10,000

醐寺の仏像　第一巻　如来
総本山醍醐寺[監修]副島弘道[編]●46,000

本古代史の方法と意義　新川登亀男[編]●14,000

戸の異性装者たち
クシュアルマイノリティの理解のために　長島淳子[著]●3,200

遣唐使から巡礼僧へ 石井正敏著作集 2

石井正敏［著］村井章介・榎本渉・河内春人［編］●

女のことば　男のことば 小林祥次郎［著］●

文化史のなかの光格天皇

朝儀復興を支えた文芸ネットワーク　飯倉洋一・盛田帝子［編］●

謡曲『石橋』の総合的研究 雨宮久美［著］●

金沢文庫蔵 国宝 称名寺聖教 湛睿説草

研究と翻刻　納冨常天［著］●1

『古事記』『日本書紀』の最大未解決問題を解く

安本美典［著］●

グローバル・ヒストリーと世界文学

伊藤守幸・岩淵令治［編］●2

古代東アジアの仏教交流 佐藤長門［編］●8

奈良絵本 釈迦の本地 原色影印・翻刻・注解

ボドメール美術館［所蔵］小峯和明・金英順・目黒将史［編］●10

数と易の中国思想史 川原秀城［著］●7

日本の印刷楽譜 上野学園大学日本音楽史研究所［編］●15

江戸・東京語の否定表現構造の研究 許哲［著］●7

近代日本語の形成と欧文直訳的表現

八木下孝雄［著］●6

勉誠出版の本

江戸時代生活文化事典

重宝記《ちょうほうき》が伝える江戸の知恵

【文学（前近代）・日本語】

学び・教養・文字・算数・農・工・商・礼法・服飾・俗信・年暦・医方・薬方・料理・食物等々、江戸時代に生きる人々の生活・思想を全面的に捉える決定版大百科事典。

長友千代治【編著】

項目数 15000
図版 700 点以上
掲載！

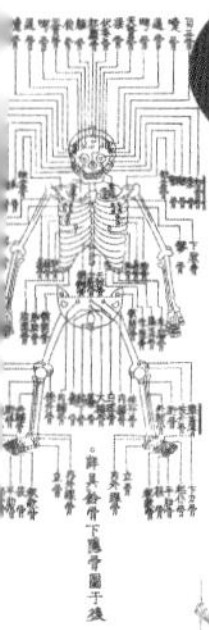

本体 **28,000** 円（+税）

B5判上製函入
二分冊（分売不可）・1784頁
ISBN978-4-585-20062-8　C1000
2018年3月刊行

その蕭氏の体つきや派手な着物などが、韓氏の夢に出たという盧氏にいちいち符合している。思いきって蕭氏にたずねてみると、蕭氏はもともと母方の親族の盧氏の出で、蕭氏にもらわれてきたという。つまり韓氏の夢は正夢で、侯生はそれとは知らず韓氏を死に追いやった盧氏と結婚したのであった。

それを知ったあとの二人が、どんな生活をすごしたか、物語は語っていない。しかし、結婚する男女はもともと赤い糸で結ばれているという宿縁を信ずる話にも似て、いかにも重苦しい。

わたしのひそかな願望でもある「夢見小僧」のような、おおらかな夢は中国にはありえないのであろうか。

兎と亀のかけくらべ

中国人留学生から、「兎と亀のかけくらべ」は中国の話が日本に伝来したものだ、と言われて、『日本民間故事選』(上海文芸出版社)を見たが、たしかに「兎と亀のかけくらべ」は載っていなかった。はたして留学生の言うとおりなのだろうかと、雑誌『中国語』の「問与答」欄にたずねてきた人がいる。以下は、その回答として書いたものである。

「兎と亀のかけくらべ」の話が日本でよく知られているのは、学校唱歌の「うさぎとかめ」の影響が大きいようである。明治四十三年の『幼年唱歌、二ノ上』にのったこの歌は、当時としては思いきった俗語や擬音語を使い、軽妙な対話体で作られている。漱石の『吾輩は猫である』でも子どもの歌の代表的なものとしているほど、よく歌われたようである(講談社文庫『日本の唱歌』上)。

「うさぎとかめ」の作詞者の石原和三郎が、何によってこの話を知ったのかはわからないが、一般には紀元前六世紀の『イソップ物語』が、この話のもっとも古い出典とされている。『イソップ物語』は宣教師たちによってアジアにもたらされ、日本では十六世紀、中国では十七世紀に、すでに翻訳あるいは翻案のあったことが知られている。江戸時代の説話集などで、これを引用するものも何種かあるということである。

アールネとトンプソンの昔話の索引では、AT275aの「兎と亀の競争」に分類され、世界的に分布しているというが、旧大陸では口承された昔話からの採集例は少ないとのことである。日本でも、独立して語られるものとしては、長崎県の壱岐島で採集された昔話に、ノミとシラミ、それにムカデとナメクジの組み合わせで語られる二例のあるのが、わずかにおなじタイプと扱われる程度で、日本に古くから伝わっていた昔話とは言いにくいようである（弘文堂『日本昔話事典』）。

上海文芸出版社版『日本民間故事選』は、岩波文庫の関敬吾編『日本の昔ばなし』全三冊を抄訳したもので、「兎と亀」の話は上のようなわけで原本にもないので、もちろん訳本にも入っていない。

一方、一九七八年に出た丁乃通の中国昔話の索引では、「兎と亀の競争」に六例があげられているが、すべて兎と亀以外の動物の競争であると注記している。原話を見ることのできた三例は、上海の黄花魚（キグチ）と鰵魚（ニベ）の話、四川省・チベット族のノミとシラミの話、雲南省・白族の金の牛と金の豚の話である。これだけの例では、断定はしかねるが、中国でも「兎と亀」の話は、昔話として語られているとは言えないと思われる。

中国の『イソップ物語』の翻訳で比較的有名なものとして、清朝末期の翻訳家・林紓の『伊索寓言』（一九〇三年）と近年の周作人『伊索寓言』（一九五五年）がある。後者は、岩波文庫の山本光雄訳『イソップ寓話集』と同じ原本から訳した丁寧な仕事である。教科書のような一般向けの本に、これらの一部が使われている可能性は大いにある。中国人留学生は、そのようなものを読んで、中国の話と思ったのではないだろうか。

しかし、『白族文学史』（一九八三年）という本でも、さきの金の牛と金の豚の話に注記して、これは漢族の古い寓話である「亀と兎のかけくらべ」と同じだとしている。それが正しいとすれば、出典は何か。

ご存じの方は教えてほしい。

（文中に見える上海文芸出版社版『日本民間故事選』一九八三年、は、岩波文庫の関敬吾編『日本の昔ばなし』全三冊から一〇九編を連湘が抄訳し、張紫晨・北京師範大学教授が前言を書いている。おなじ『日本の昔ばなし』は、その九割弱にあたる二〇三編を北京民族学院の金道権・朴敬植・耿金声らが共訳し、中国民間文芸出版社から『日本民間故事選』一九八二年、としても出版されている。後者には、関氏が序文を寄せており、その日本語原文は『中国民話の会会報』二六号、一九八二年、に、劉守華の紹介文とあわせて、掲載されている。

ほかには、坪田譲治『日本のむかしばなし』から陳志泉が三一編を抄訳した『日本民間故事』一九七九年、人民文学出版社、や、仲井間元楷『沖縄民話集』と伊波南哲『沖縄の民話』から六八編を王汝瀾が抄訳した『白鳥姑娘（日本沖縄民間故事）』一九八四年、中国民間文芸出版社、のような訳本も出されている。）

ことわざの本

鈴江万太郎・下永憲次共編

『北京官話　俗諺集解』

（大阪屋号書店、一九二五年）

編者の一人下永憲次（一八九〇～一九四九）は、熊本県出身の陸軍軍人である。東京外国語学校で中国語とモンゴル語を学び、本書の刊行された一九二五年当時は北京駐屯歩兵隊副官となっていた。本書の序文に「旅中集めし俗諺集に解を付して」とあるのは、北京に滞在したことをさすのであろうか。翌年刊行された『北京俗語児典』には、陸軍歩兵大尉の肩書きがある。下永は、のちに蒙古軍の顧問や、満州国軍政部広報部長などを歴任している（経歴は平凡社『日本人名大事典・現代』一九七九年刊、による）。

編者の序文に、「俗諺は一国若くは一地方の民性を赤裸に表現せるものにして、其研究は国民性の研究に頗る価値と趣味を有するものなり。又支那は其日常会話演説等に此俗諺を挿入すること頗る多きを以て、民性を知る意味に於て調ぶるの外、意思の疎通に資するためにも語学研究者の熟知を要することとなす」とあるのは、中国社会における諺語の役割を過不足なく解説しているものと言えよう。

「北京官話」は、明代末期から清代初期にかけて使われはじめた用語で、首都の置かれた北京の言葉を官吏の共通語として全国的に普及させるさいの呼称であった。これを外国人はポルトガル語の「官吏」に由来するMandalinの語で呼んだ。これ以後、現代にいたるまで中国の共通語の基礎は北京語となっている。

本書は日本人の編んだ北京語の諺語集としては、比較的早い時期のものといえる。「例言」には「最も有り触れたる俗諺を採用し、更に演説及対話に於て使用する場合の多き成句若干を添加」したとあるように、「汗牛充棟」や「牛鬼蛇神」のようなものまであり、採録範囲はかなり広い。既成の書物から採ったものも多いと思われる。

まず、なかなか味のあることわざを二つあげる。

快刀打豆腐、両面都光生

（鋭刀を以て豆腐を切れば、両面都《すべ》て光りを生ず）（三二六）

白鵠只認屋脊頭

（白鵠［白鳩］は只屋根尖ばかり見ている。只だ故郷のみを思う）（三九八）

つぎに、女性の結婚に関することわざをあげる。

好竿［箏?］出在笆外

（善い筍は墻の外へ出る。美人外に嫁ぐ）（一五四）

臭猪頭有爛鼻子来聞

（臭れた豚肉でも鼻が悪いので嗅ぎに来るものあり。つまらぬ娘でも貰い手はあり）（一〇七）

変わったことわざとしては、こんなものがある。

皇帝亦有草鞋親

（皇帝にも草鞋ばきの親類がある）（二〇二）

脱了褲子放屁

（ズボンを脱いで屁を放つ。無駄の事を為すを云う）（五七〇）

訳注の部分に日本のことわざを引いてあるものが多く、

張冠李戴

（張の冠を李が戴く。徳利に味噌をつめる）（八）

貪字与貧字一様写

（貪の字と貧の字は同じような書き方だ。貧すりゃ貪する）（五三八）

のようなぐあいだが、なかにはこんな勇ましい文句を引いているものもある。

頭可斬、舌不可禁

（首は斬る事が出来ても、舌を止める事は出来ない。
板垣死すとも自由は死せず）（五七四）

なかには解釈の多様性を示す例もある。

桃李不言、下自成蹊
（桃李は物言わざるも下自ら蹊をなす。云わぬが花）（五四八）

酒肉朋友、柴米夫婦
（酒食の友達、飲食の夫婦。良友にあらず親密の夫婦にあらず、外面の交情のみなり）（九九）

後者の例を、筆者は『世界ことわざ大事典』（大修館書店、一九九五年）での注釈で、「飲み食いするものがあって、はじめて友人ができ、夫婦が成り立つ」とし、映画「黄色い大地」（一九八四年）での用例を引き、最低の生存条件がなくては愛情もありえないことをいうことわざと解釈した。前者も、弁舌を用いなくても徳を慕って人が集まることをいうのがふつうの解釈である。使用時の事情を加味しなければ、是非を決めるのはむつかしいが。

なお下永は、本書の翌年に『北京俗語児典』（偕行社、一九二六年）を、二年後には『北京語集解』（偕行社、一九二八年）を出して、北京の諺語と言語についての研究成果を集約している。この二冊は、本書とあわせて、すでに波多野太郎編『中国語学資料叢刊』白話研究篇全四巻（不二出版、一九八四年）に復刻されている。波多野太郎はその解題で、『北京俗語児典』は北京育ちの作家老舎の口からでも出てきたような独特の俗諺や格言が集められており、類書よりすぐれた内容であると評価している。書名の「俗語児」は「ことわざ」をさす話し言葉である。

もう一人の編者鈴木万太郎については、くわしい経歴はわからない。しかし、本書巻末の広告によると、『蒙古文範』、『蒙古語初歩』や『日本・支那・蒙古対照実用語字彙』などの著があり、下永と同じ分野の語学にくわしい人物であったと思われる。

また本書の配列は、当時国際的にもっとも多く用いられたトマス・ウェード方式のローマ字による一番目の文字の発音表記で、アルファベット順となっている（現行のローマ字の方式とはいくつかの点でちがっている）。

田島泰平・王石子共編『支那常用俗諺集』（文求堂、一九四一年）

編者の一人である田島泰平については、刊行された当時、日本統治下の朝鮮・京城に住んでいたということ以外は分からない。

本書の「まえがき」によると、「著者が在北京中、俗諺の知識の必要を痛感し、日常流通している俗諺を蒐集したノートを基礎にして、これに友人王石子氏の協力を得て編纂したものである」としている。『北京官話　俗諺集解』と同様、書物から引かれたものの割合も大きいと思われる。採録の範囲については、「大衆が日常口にしている俗なることわざ」を取捨の標準としたという。

「俗諺はその調子や語呂に言葉としての面白さがあり」、「この意味で、先ず読誦を第一にして戴きたく、発音四声全部の他に押韻あるものはこれを附記して、その便に供することとした」。そのような視点から、すべてのことわざにトマス・ウェード方式による発音のローマ字表記を添えたことは、たしかに本書の特色といえる。

日本でも人気の高い「三国志」について、こんな二つのことわざが記されている。

男子莫看三国、女子莫看西廂

（男は三国志を読むな、女は西廂記を読むな。三国志は余りにも権謀詭術が多く書かれているので、男子がこれを読めば人間が狡猾になるからだ。西廂記は女の不道徳に満ちているので、女子は読むべからずというのである）（四一三）

少不看西遊、老不看三国

（子供は西遊記を読むな、大人は三国志を読むな。西遊記は荒唐無稽な妖怪変化のみ書いてあって子供の徳育に悪いから、また三国志は詐術や権謀のみ書い

てあって、この詐術を悪用する虞があるからである）
（五三三）

あと一つだけ、今日もつづく中国の実情を語ることわざを書き出しておきたい。

家有五斗糧、不作小児王

（家に五斗の米があったら、小学校教師になるな。小児王は子供の王様、即ち小学校の教師である。小学校教師は一番待遇が悪い上に仕事が苦労だからだ）
（四二）

本書の出版元文求堂の田中慶太郎は見識ある出版人として知られた。

台湾総督府編『台湾俚諺集覧』（台湾総督府、一九一四年）

「凡例」によると、「本書の編纂は編修書記平沢平七主として其の任に当り、本島人蔡啓華、潘済堂、陳清輝之を補助し、編修官小川尚義之を校閲せり」とある。

日清戦争によって、一八九五年以後の五十年間、日本に領有されていた台湾では、台湾総督府学務部が日本語教育や中国語学習の推進にあたった。教育の基本路線をしいたのは初代学務部長の伊沢修二であり、翌一八九六年に東京帝大を卒業して学務部に赴任したのが、上田万年に言語学の指導をうけた小川尚義（一八六九～一九四七）であった。

小川は、一八九八年に上田と共著で『日台小辞典』を出したあと、『日台大辞典』（一九〇七年）、『台日大辞典』（一九三一～三二年）などの大規模な辞典の編纂に関与し、のちに台北帝大の教授となった。この二つの大辞典は、近年、「閩南語経典辞書彙編」シリーズの一部として復刻され（台北・武陵出版有限公司、一九九三年）、同書に付載された「日本統治期の台湾語辞典の編纂について」という文章では、小川とその協力者の業績が高く評価されている。また小川は、台北帝大の学生たちの協力を得て採集記録した浅井恵倫との共著『原語による台湾高砂族伝説集』（一九三五年）で、一九三六年の学士院恩賜賞を受けている。

平沢は、すでに一九〇三年以降、その『日台大辞典』の編纂に協力し、とくに最後に印刷と校正について尽力するところが大きかった、と同書に記されている。また、これにつづく『台日大辞典』では、第一期事業として平沢が材料の蒐集と訳語の選定にあたり、中国人雇員の潘済堂、陳清輝、蔡啓華が補佐した、とこれも同書に記されている。

以上の経過からすると、本書はまさに『台日大辞典』編纂中の副産物であることがわかる。台湾のことわざを集めた仕事には、これに先立ち、台南地方法院通訳の片岡巌が編んだ『日台俚諺詳解』（台南地方法院検察局内台湾研究会発行、一九一三年）が出ていたけれども、本書は分量が増えただけでなく、質的にもはるかにすぐれた仕事である、と現代台湾の研究者も指摘している（前出「日本統治期の台湾語辞典の編纂について」）。

平沢には、このほか平沢丁東編と題した『台湾の歌謡と名著物語』（台北・晃文館、一九一七年）のような著作もあり、この本には幸田露伴の序も寄せられている。中国の周作人は、中国の民謡に原詞よりも優美な訳文をつけた二人の著作として、アメリカ人ヘッドランドの『孺子歌図』（一九〇〇年）と並んで、平沢平七の『台湾の歌謡』をあげているが、それはこの本のことであろう（『談龍集』所収「『江陰船歌』序」、一九一九年執筆）。

日本領有当時の台湾には、やがて「高砂族」と一括して呼ばれることになる先住民族のほかに、中国大陸から移住してきた閩南系（福佬系）と客家系の異なった方言をもつ漢民族が居住しており、このうち全住民の八割前後が閩南（福建省南部）系漢民族であった。本書の「凡例」に、泉州語、漳州語を話す人たちの使うことわざを集め、両者の中間に位置する厦門音で表記したとあるのは、この多数派の人々をさす。

本書の価値は、なによりも当時の台湾に住んでいた漢民族から直接採集したことわざが多数収録されていることである。それは『台日大辞典』が当時台湾北部で使われていた閩南語を記録していることで評価されるのと同様の理由である。

収録範囲は、これも「凡例」に「厳密なる意義に於ける俚諺のみに止まらず、譬喩的の熟語、故事、俗伝、地口、隠語、異名の類にして、日常人口に膾炙するものをも採録」したとあるように、かなり広いものである。また、原文に付した発音のルビおよび声調の符号は、いずれも『日台大辞典』や『台日大辞典』で使用されていた方式で、伊沢修二の制定した符号に補訂を加えたものとされる。

本書の分類配列の方法は、なにによったかは明記されていないが、さながら江戸時代の百科事典である『和漢三才図会』を思わせるような、伝統的な事典に近い構成となっている。そのために、たとえば身体部の「陰部」に十一の用例があり、「陰茎と喧嘩する様な（向うが道理が分らぬ故争うても駄目である）」とか「人の睾丸を握る（人に媚びて取り入ること）」といった、ふつうは目にすることのないことわざにも出会うことができる。また、その少しあとには「不具」の項に五十もの用例があり、身体に障害のある人を笑う語り口がいかに多いかを改めて知ることもできる。

まず、いかにもこの土地ならではのことわざを原文とともに引いてみよう。

台湾路快乾、台湾査某快過脚
（台湾の路は乾き易く、台湾女は亭主を善く換える）

呂宋巴礼公、自己道
（呂宋《ルソン》（フィリッピン）の巴礼の様に傲慢で自分を正しいとする。独りよがりにいう。巴礼は旧教の教父なり）

台湾糖籠、有去無回頭
（台湾の砂糖籠で往った切り帰らない。他へ輸出されるので帰って来ないということにて、自分の物を他の人が持って行って返して来ない）

官吏や権力者に対する反感も、民衆の立場から強烈に表現されている。

虎生猶可近、吏熟不堪親

（虎は馴れざるも猶近づくべし、官吏は熟知の人と雖も親しむに堪えず）（これは戦国時代の朱亥の故事に由来すると注記がある）

衣冠禽獣

（衣冠を着けたる禽獣。学者、官吏、紳士などにて心の不正邪悪なる人をいう）

威風凜凜、尿竪得注

（威風凜々として立ちながら糞を漏らして行く。威張る者を罵って云う。威風凜凜、殺気騰騰と云う語を［近似音で］捩ってかく言いしもの）

三欺両、両欺一

（三は二を軽蔑し二は一を軽蔑す。強が弱を圧迫する意）

この人たちの前では、龍王や神様も泰然としてはいられない。

海龍王辞水

（龍王が水の辞退をする。口先計りにて辞退すること）

青天白日、搶関帝廟

（青天白日に関帝廟を強奪する。公然不道徳なることをするなど、またはかくのごとき途方もない事は出来るものでないなどの意）

城隍爺脚尻、汝亦敢摸

（城隍爺の尻さえ撫でて之を犯そうとする。非常に大胆なる義。城隍爺は鎮守の神様と云うが如きもの）

筆者が子どものころ母親から聞いたことわざに、「大尽どんの稲むらに（拾った）穂をはさむ（すなわち金持ちのために貧乏人が力添えをするなんてばかばかしい）」というのがあった。それを思い出させてくれたことわざがある。

担屎、沃伊的松［榕？］樹

（肥を担いで彼の榕樹にかける。榕樹は大木であるのに尚お肥しをするという意にて、金持ちに更に金儲けをさせるが如きにいう）

肥しを担ぐ農民の口からは、こんな言葉も洩れてくる。

噴嘴涎、激死鋤頭

（手に唾して一生懸命に鍬を使う。他の事は何も出来ぬ土百姓）

以上に紹介したのはごく一部にすぎないが、本書には随所に台湾の大地を耕して生きていた中国人農民の姿が見てとれる。

なお、本書は一九九一年に台北でも復刻されているとのことである。

片岡巌著『日台俚諺詳解』

（台南地方法院検察局内台湾語研究会、一九一三年刊）

著者の片岡巌には「台南地方法院通訳」という肩書きがある。一八九五年に日本の統治下におかれた台湾では、翌九六年から民政が施行され、高等法院が台北市に置かれたほか、各地に五つの地方法院と三つの地方法院支部が設けられた。本書の協力者として例言に挙げられた十人のうち七人は、この法院の通訳であり、さらに台南地方法院長の題字や同院検察官長の序文なども寄せられている。

本書の翌年（一九一四年）に刊行された台湾総督府編『台湾俚諺集覧』は、日本統治期の代表的な諺の集成で、教育行政の中枢である総督府学務部の平沢計七らによって編纂されたが、それに対して本書は、司法分野の実務にたずさわる官僚たちの副業といえよう。協力者の最初に挙げられている法院通訳の川合真永は、ほかにも数点の台湾語学習書や『台湾笑話集』などを出している。

ポケット版の小冊子である本書は三部で構成され

ている。最初の「日台対訳門」(七九〇余項)は、まず日本語のことわざをあげ、これに相当する内容の台湾語(閩南語)のルビ付きの語句と著者の注釈を添える。内容上の対応関係がかならずしも適切とはいえないものも散見する。つぎの「台日対訳門」(四〇〇余項)では、まず台湾語のルビ付きの語句をあげ、これに相当する内容の日本語のことわざや語句をあげている。「多く難句難解なるものを収め、稍々意の類似せる対訳を施したり」とあり、注釈はつけられていない。最後の「母国俚諺門」(六八〇余項)は、日本語のことわざを列挙しているだけである。

自序には十有余年かかって二千余句を集めたとあるが、実際には台湾語の語句は一千二百句ほどである。しかも内容は、杤木義春検察官長の序にあるように、「日常使用せらるる譬喩、故事、俚諺、隠語等、所謂一語達意の言」をふくんでおり、三分の一ほどはことわざ以外のものと思われる。しかし、「故事、譬喩にして其出所漢籍に明かなるものは、已に各人の知る所なるを以て、可成之を避け、主として本島特有のもののみを集む」という例言の方針は、たしかに貫かれている様子で、それが本書の特色をなしている。

「日台対訳門」を通覧して、農民の日常生活を反映して、家畜や小動物の登場が多いように感じた。拾いだしてみると、「狗」二八例と「牛(水牛をふくむ)」二七例をはじめ、これに「猪(豚)」二〇例、「鶏」一八例、「馬」一六例、「虎」一三例、「鼠」一二例、「亀」一一例がつづくという数字であった。

放屁安狗心

(「飴を舐めさす」一まず臭気を嗅がしめて狗の心を安心せしめ後に至って実物は与えずして追い払う) 四頁

水牛無牽過渓屎尿不甘放

(「出る所迄出でざれば黒白明かならず」牛は河を徒渉する時は必ず屎尿を放すと……本島式にて随分穢き比喩と云うべし) 一一六頁

猪母之香七里路
（「馬鹿の癖に賢者の聞え高し」七里の先迄何か香りがする……尋ね来り見ればつまらぬ牝豚の尻のにおいであった）　一三九頁

性的な比喩や隠語の多いのも目についた。

将扛田来到処売
（「据膳をする」田に二種あり……一は殖産用の動田なり）　九一頁

尋墓
（「買春」本島の墓……其形状蹄状にして其中央に墓表あり、之を尋ね行き祭る意）　一四五頁

床頭相打床尾講和
（「夫婦喧嘩明朝治まる」）　一五五頁

本書のうち、「日台対訳門」と「台日対訳門」は、おなじ片岡巌が十数年後に著わした『台湾風俗誌』（台湾日日新報社、一九二一年。青史社復刊本、一九八三年）にも、そのまま再録されている。『台湾風俗誌』は、出産、結婚、葬儀などの記述にはじまる大部の書物だが、とくに隠語、歌謡、口碑などの方面の記載に他書には見られない特色があり、すでに『日台俚諺詳解』にもうかがわれた著者の関心の所在が、さらに明確に認められる。

なお、「閩南語経典辞書彙編」（洪惟仁編、一九九三年）に付された「日拠時代の台語辞典編纂」の筆者は、『日台俚諺詳解』について、「本書の著作態度はあまり厳密とはいえず、発音の注記の誤りが多い上に、声調の記載も欠く。解釈もあまり正確でなく、収録されている俚諺にさえも多数の誤りが見られる」と批評している。

また、『中華諺語志』全十一冊（台湾商務印書館、一九八九年）の集大成を刊行した諺語研究者の朱介凡は、「廖漢臣と台湾諺語」（『諺話甲編』一九五七年）という文章で、日本人の片岡巌や総督府の収集した諺語は、生き生きした口語を反映するという点では、やはり中国人である廖漢臣の集めた諺に及ばない、

と指摘している。

田島泰平編『歇後語《けつごご》』（文求堂書店、一九四一年）

本書は、もともと『現代実用支那語講座』の第十二巻俗諺編（歇後語）として一九四一年十二月に刊行された。本シリーズに採録するにあたり、便宜的に『歇後語』と改めた。冒頭に大阪外国語学校教授王石子の中国文による序文があり、例言によると、同年四月におなじ文求堂書店から刊行された田島泰平・王石子共編『支那常用俗諺集』〔『続ことわざ研究資料集成』所収〕の姉妹篇のつもりで執筆したものであるという。

歇後語については、本書にも田島の解説があるが、少し補足しておく。歇後語（後を略す言葉の意）は、本来ちがった形の語句の使い方をさしていた。それは、古典などにある既成の語句の後の部分を省略して前の部分だけを示し、省略した部分の意味を伝えようとするものであった。たとえば、古く『書経』に見える「友于兄弟（兄弟《けいてい》に友《ゆう》に）」に由来する「友于《ゆうう》」の二字だけで「兄弟」を示す用法は、すでに魏の曹植の文や晋の陶淵明の詩に見られる。これらの後を隠すものを「蔵尾」と呼ぶのに対し、『論語』に由来する「而立」や「不惑」は、その前にある「三十」や「四十」を隠すため「蔵頭」と呼ばれた。両者はあわせて「蔵語」とされ、さらに「縮脚語」とも呼ばれた。これを使うには一定の教養を必要とするため、知識人同士の言葉遊びとして唐代以後広くおこなわれた。

これに対し、のちに現われる歇後語は、前の部分だけを示して省略した後の部分の意味をさすという点では似ているものの、前の部分は比喩を語り後の部分は解釈を語るものとして、それぞれ文章としては完結した形をしているところがちがっている。たとえば、本書にも見える「泥牛（土で作られた牛）が海に入る」と言えば、その泥牛は「（水中で崩れてしまい）行ったきり戻らない」ので、元も子もなくなる意味で使う。

歇後語では、前の部分と後の部分との対比にあたって、意外な組み合わせが喜ばれ、遊びやユーモアが尊重され、また同音異義を活用した掛け言葉も多用される。歇後語を「しゃれ言葉」と訳すことがあるのは、このためである。したがって、経験にもとづく教訓を説くことわざとは、おのずからちがった内容を持つことが多い。だが、実際には両者の境界はかならずしも明確ではない。

このような歇後語がとくに多く使われたのは、明・清代の『西遊記』『水滸伝』『金瓶梅』『紅楼夢』などの小説であった。鳥居久靖によると、『金瓶梅』全百回中にはおよそ百句の歇後語と八百六十句のことわざが使われているという（鳥居には『金瓶梅』の歇後語についての専著がある）。これらのことわざや歇後語は、ひっくるめて「俗語（あるいは俗語児）」と呼ばれ、時には歇後語にあたるものを「俏皮話《チアオピーホア》」とも呼ぶ。

著者の田島泰平については、すでに『支那常用俗諺集』の解題にも書いたように、くわしいことは分からない。

本書の刊行当時は日本統治下の朝鮮・京城に住んでいたらしい。本書の歇後語は、内容からすると北京中心で使われていたものと思われるが、それが田島自身の直接採録したものか文献によったものかは判然としない。

しかし、その内容は歇後語のもつ庶民的な性格をたしかに備えている。

まず、北京周辺の地名や名物がしばしば登場すること。たとえば、長城外のキノコ（二二頁）、白塔寺の鼠（四〇頁）、妙峯山の女神（六三頁）、隆福寺の犬の市（一三九頁）、護国寺の市とラクダ（二〇三頁）など。

それらの寺廟に祭られた神々も、あまり尊敬されている気配はない。たとえば、小さな寺にいる鬼は井の中の蛙（一八頁）、産土神（土地爺）もバッタをつかまえる時はあわてふためく（一九頁）、エンマ様（閻王爺）の留守に悪さを働く（一八〇頁）、エンマ様の弓引き（色魔をさす）（同上）など。

街を行き来するさまざまな職人たちが登場することは、一々例をあげるまでもないだろう。

同時に、耳の聞こえない人（二〇四頁）、口のきけない人（一二一頁）、眼の見えない人（一六七頁）、ハゲの人（一七頁）、アバタのある人（一二二頁）、バカな奴（二五頁）などを嘲笑するものも多い。北京の一角に居住地のあったイスラム教徒（回回《ホイホイ》と呼ばれた）に対する偏見も投影している（五五頁、六七頁、一一二頁）。

編者は、例言で「言葉の性質上、良俗を紊すもの、野卑なものが頗る多いが、此等は一切刪除した」と書いているにもかかわらず、なお男女関係（一三頁、八三頁、八六頁など）や下半身に関する話題（三九頁、一一四頁、一二七頁など）にも事欠かない。

おもしろいのは時事ネタともいうべきものが意外に多いことだ。日中戦争後の新作とされるものもあり（二七頁）、日本の船名に丸がつくのを面白がったり（三三頁）、チャップリンのふざけ方まで出てくる（一五二頁）。

このような内容の歇後語がさかんに使われた背景には、おそらくさきほどのような小説のルーツとなった語り物や芝居など、民衆芸能の世界があるのではないかと思う。それを証拠立てるように、『水滸伝』と『金瓶梅』に共通して登場する、ならず者の武大郎（武松）は八項目もあり（六八頁以下）、『西遊記』の猪八戒も四項目ある（一三四頁以下）。また『三国志演義』に関係するものもいくつかある（八八頁、九三頁、一七〇頁）。

馬場春吉「支那の俚諺に就て」

（『東洋哲学』第二九篇第一二号、一九二二年一二月刊）

この雑誌は東洋大学内の東洋哲学発行所から出されている。馬場は、日中戦争前後に『支那の秘密結社』（一九三四年）、『孔子聖蹟志』（一九三四年）、『支那語通解』（一九三九年）、『孔子聖蹟図鑑』（一九四一年）などを出しているから、早い時期から中国で仕事をしながら、著述もしていた人物と思われる。本論文は中国のことわざを概説的に取り上げたもので、おそらく当時の中国で出ていた文献をもとにして執筆したものであろう。

陳紹馨「支那の俚諺に就て」
(『民俗台湾』第一四号、二巻八月号、一九四二年八月刊)

神田喜一郎
「支那俚諺の研究について」(一)(二)
(『民俗台湾』第一四号・第一五号、二巻八月号・九月号、一九四二年八月・九月刊)

廖漢臣「台南の俚諺」(上)(下)
(『民俗台湾』第一四号・第一六号、二巻八月号・一〇月号、一九四二年八月・十月刊)

『民俗台湾』は、日本統治下の台湾で、台北帝大教授の金関丈夫を主宰とし、総督府情報課にいた池田敏雄が編集して、三省堂系の東都書籍から出した月刊雑誌であった。台湾に居住する中国人の民俗文化が記事の中心であったため、皇民化政策を進める当局とは微妙な関係を保ちながら、一九四一年七月から四五年一月まで発行をつづけた(一九九八年に台北の南天書局からはじめて発禁部分を復活した完全な復刻版が刊行された)。

俚諺特集を組んだ同誌一四号の後記には、「本島に於ける俚諺の採集は、かつて大正初年総督府当局の手によって行われ、その成果の一部は『台湾俚諺集覧』一巻〔『続ことわざ研究資料集成』第二期所収〕となり、斯界に裨益するところが多かった。しかしこれが完璧を期するためには、湮滅に先立ち、尚広く全島各地に亘る蒐集記録の緊要なることを痛感するものであり、それがためには先づ俚諺に対する一般の理解と興味とを喚起し、大方の協力を期待して止まないのである」とあって、その意図をうかがうことができる。同号の特集には、ここに採録した三編のほか、「官に関する俚諺」(田英)や「台北附近の俚諺」(呉槐)など数編が掲載されていた。

陳紹馨は、同号の執筆者紹介には社会学研究家とあるが、同誌創刊号には台北帝大土俗人種学研究室ともあった。この論文では、西欧の文献を引用してことわざの原理的考察を試みているが、この後、同誌一九四三年三月号にも「台湾俚諺に現れた人の一生」を書いている。なお陳は、一九六〇年代まで台湾大学考古人類学系に所属し、おもに社会学方面の論文を発表しており、なかには諺語関係の論文数編もふくまれている。著書に『台湾の人口変遷と社会変遷』（一九七九年）がある。

神田喜一郎（一八九七〜一九八四）は、当時台北帝大文政学部（東洋文学研究室）教授で、この論文では、東洋史学者らしく、中国のことわざを集めた西洋人の著書を紹介し、さらに禅宗の典籍や通俗的な百科全書の利用価値を指摘している。神田は、のち大阪市大教授や京都国立博物館長などを勤め、史学だけでなく、書誌学、書画、茶道など多方面の仕事を残した。

廖漢臣は、執筆者紹介には「在台南市、民俗研究家」とある。この論文に先立ち、同誌一九四二年二月号と五月号に「馬に関する俚諺」と「補遺」を書いている。このあたりが俚諺特集のきっかけになったのかもしれない。

この論文にあげられているのは、冒頭に筆者自身が語っているように、いかにも台南独得の風土的な特色をもったことわざである。なお廖は、一九五〇年代までことわざに関する論文を何編か書いており、ほかに社会学的な内容の論文もある。

周作人と柳田国男

柳田国男と周作人

『遠野物語』が出版された時、わたしは本郷に寄寓していたから、発行所に駆けつけて一冊を求めた。全部で三百五十部刊行されたうち、わたしの持っているのは第二九一号である。表紙にちょっと墨痕があったので別の本に取りかえてもらおうとしたところ、書店の人に、この本には番号がついていて、その順番で売ることになっている、と言われた。このささいな出来事は、いまでもはっきり覚えている。

（「私の雑学・十六」一九四四年）

一九〇六年秋、結婚のため一時帰国した兄の魯迅にともなわれて、数え年二十二歳の周作人は日本に留学した。それまで在学した南京の江南水師学堂では英語を習っていただけなので、留学当初は英語の本に親しむことが多かったという。口承文学・民俗学の分野では、ラングやハートランド、マカロック、さらにフレイザーなど、イギリス人学者の著作を読んだことが回想されている。

三年後の一九〇九年、作人は日本人羽太信子と結婚し、魯迅は中国に帰国した。そのころには日本語にも習熟してきたらしく、落語、狂言、俳句、さらに漱石の小説などにも関心を寄せていた。『遠野物語』が出たのは一九一〇年で、おなじ年に『石神問答』も出ているから、作人はこちらも購入したらしい。「私の雑学」のつづきには、「それ以前の著作にはただ一冊『後狩詞記』があるだけだが、これはついに手に入れることができなかった」とある。

作人は、さらにおなじ文章で、「わたしは郷土研究という学問についてはまったく専門外で、あまり知らないけれど、柳田氏の学識と文章については敬服していて、その多くの著作からは少なからぬ利益と悦楽を得ている」と書いている。柳田とその周辺にいた人たちの著作の多くを買い入れていた作人だが、自分の文章のなかで柳田に言及するのは意外におそく、一九三〇年ごろからである。

一九一一年秋、中国にもどった周作人は、六年後に北京大学に就職するまで、郷里である紹興県の教育会会長や中学の英語教師をしていた。その間、『紹興県教育会月刊』などの地元の刊行物に、児童教育をめぐる日本人の論文などを紹介するほか、「童話」や歌謡についての啓蒙的な解説を書き、郷里の児歌・「童話」の採集を呼びかけるなど、口承文芸の分野での活動をつづけていた。しかし、この地方都市での作人の呼びかけにはほとんど反響がなかった。

また、北京にいた魯迅の一九一五年一月八～九日付の日記によると、日本から『郷土研究』二十冊を取り寄せ、すぐに紹興の作人に送っている。これは一九一三年三月に柳田によって創刊された『郷土研究』のバックナンバーで、それ以後の分は紹興で直接購読したことが、作人の日記に見える。

この雑誌についても、「私の雑学」には「『郷土研究』の刊行されたばかりのころは、南方熊楠の何篇かの論文のように古今内外の例証を引くものがあって、古い民俗学の路線を踏襲していた。しかし、柳田国男氏の主張が確立されていくにつれて、国民生活の歴史を研究するものとなり、呼び方も民間伝承に落ち着いたのである」とあって、柳田の学問が西欧の民俗学に由来するものとはちがった日本独自のものであると識別していたことがうかがえる。

南方熊楠についての見方も、それなりに正確というべきであろう。作人は、のちに教え子にあたる江紹原が民俗学の立場から『髪鬚爪――それらにまつわる迷信』（奥付は一九二八年）を刊行した時には、それを熊楠に送ることをすすめ、両者の文通のきっかけをつくっている（小川利康「中国の民俗学者江紹原と熊楠」『文学』一九九七年冬号、参照）。このほか、ギリシア文学の訳文の注釈に『南方随筆』から「角先生」の記述が引かれている。

柳田の著作を主題とした文章としては『遠野物語』」（一九三一年）と『小さき者の声』」（一九三六

年）の二編があり、どちらも引用による内容の紹介に、簡単なコメントが添えられている。

前者には「この二冊（『石神問答』と『遠野物語』）は、民俗学界の陳勝・呉広にすぎないとのべているけれども、事実上はこの学術の基礎を定めたものといえよう。というのも、単に文献による類比推測にとどまらず、実際の民間生活を手がかりにしているために、その著作にはある種の清新な活力があって、おのずから人の興趣を喚起することができるのである」という評価が記されている。

なお佐々木喜善の訃報を知って書かれた「『聴耳草紙』」（一九三三年）では、『遠野物語』をめぐる柳田とのかかわりを紹介し、自分は『江刺郡昔話』以下五冊の佐々木の著書を持っているとのべたのち、『聴耳草紙』に寄せた柳田の序文を、中国で始動しはじめた民俗研究への警鐘として受けとめるべきだと言及している。そして「田野の学問」である民俗学を中国に根づかせるためには、官学にたよらず、佐々木のような人物を手本としなければならない、と力説している。

ついでに記しておくと、このように柳田とのつながりで語られている著作の紹介としては、ほかに柳田の『退読書歴』にある書評から興味をもって入手したという中田千畝の「『和尚と小僧』」や、狸の金玉八畳敷の話にまで言及されている早川孝太郎の「『猪・鹿・狸』」（ともに一九三三年）などがある。

また『小さき者の声』（玉川文庫版、一九三三年）は、どうしても入手したくて、玉川学園に留学中の北京大学の教え子に依頼したという。そして感銘を受けた「お杉たれの子」のはじめの二節と「黄昏小記」の一部分を引用し、そこに見られる児童と農民に対する柳田の感情に深く共感する、と書きとめている。児童と女性は、作人が生涯を通じて関心をいだきつづけた主題であった。

そのほか、「水の中のもの」（一九三〇年）には『山島民譚集』の「河童駒引」に言及があり、友人魏建功の『古音系研究』序（一九三五年）には、『蝸牛考』と『民間伝承論』第八章言語芸術から、子どもの命名についての記述が引用されている。この『民間伝承論』の記述は、未刊におわった『紹興児歌述略』序（一九三六年）や「野草の俗名」（一九三九年）にも引かれている。

だが作人が、柳田の著作をもう少しちがった意味で取り上げたのは、日中戦争が本格化するころであった。「日本管規の四」（一九三七年）の末尾では、柳田の『祭礼と世間』第七節から祭の日の村童としての柳田が目にした神輿渡御の状景を引き、「この神輿をかつぐ壮丁の心理が分かるならば、日本の対華行動の真意がわたしにも納得できるだろうと思うが、残念ながらわたしにはそれが分からない」と述懐した。この視点は、日本の紀元二千六百年行事のために依頼されて執筆した「日本の再認識」（一九四〇年）でもくりかえして語られ、さらに「祭礼について」（一九四二年）では、柳田の新著『日本の祭』にも言及して、くわしく論じられている。

これは、やがて日本の占領地行政への協力をよぎなくされる作人の苦渋にみちた到達点であった。柳田の創出した独自の民俗学が中国でも理解されることを願いつづけてきた作人は、その柳田の言説をかりて、日本と中国の相容れない異質性を強く指摘せざるをえなかったのである。

（なお、周作人の日本に関する文章は、木山英雄編訳『日本談義集』二〇〇二年、および中島長文訳注『周作人読書雑記』全五冊、二〇一八年、ともに平凡社・東洋文庫、で読むことができる。）

柳田国男・周作人・谷万川

一九二六年五月、柳田国男は「Ethnology とは何か」と題する講演で、つぎのような発言をしている。

隣国支那などもいつになったら、無学者の歴史が明かになることかと思って居ると、却って日本人よりは御先きへ、民俗学の国民化が始まろうとして居る。是は我々に取っては何よりも心丈夫なことで、斯ういう民衆心理のつかみにくい国で、外人ばかりが寄ってたかって所謂観察をしてみたところが要するに群盲の象を評するに過ぎない。それが片手を世界の思想学問にかけた自国人によって、解説せられようとするのは大きなことである。

（『定本柳田国男集』二五巻、『青年と学問』所収）

貴族院書記官長を一九一九年末に辞任して数年、柳田が日本民俗学の構築に全力を傾注していた時期の発言である。白人による未開人調査として出発したエスノロジーを、自国民の手によって切り開く「National 国民的になるべき」学問にしたいと考えていた柳田は、中国での動きに大きな期待をよせていた。

中国に関する情報が、どんな経路で当時の柳田に入っていたのかはわからない。しかし、あまり知られていないことだが、これに先立つ一時期の柳田は、意外に深く中国とかかわっていた。これについては以前に小文を書いているので、そこから引く。

一九一七年、それまで四年間つづけていた雑誌『郷土研究』を休刊したあと、柳田は二ヵ月にわたって、台湾、中国、朝鮮を旅行した。叔父が台湾総督をしていたのがきっかけだというが、中国では旧知の戴季陶の案内で孫文と会ったり、大総統の黎元洪に謁見したりしている。しかし、この旅行については、断片的な思い出が『故郷七十年』などに見えるだけで、なぜかほとんど語られていない。／ところで、数ヵ月分だけが公表されている翌一九一八年の日記によると、そのころの柳田は、「大陸浪人」と呼ばれていた人たちをまじえて中国関係のクラブをつくる相談に参画したり、中国の鉄道のことで外相や蔵相を説いてまわったり、日本に亡命して袁世凱反対の論陣をはっていたことのある章士釗らと会い、また右翼系の日支国民協会による同氏らの招宴に出たりしている。／（中略）「外交官になって見ようかと思う」という日記中の述懐を地で行ったような、これらの行状は、役人生活に終止符をうとうとしていた柳田が、一つの出路を模索していた姿なのかもしれない。
（「柳田学のこれから・4、アジア観」『読売新聞』一九七五年七月十七日夕刊）

台湾では、反乱を起こした「生蕃」が多数殺された話を聞いて衝撃をうけ、歓迎会の席で、「大君はかみにしませば民草のかかる嘆きも知ろしめすらし」と吟じて、一座を静まり返らせるということもあった。このように中国事情については見識があったはずの柳田は、文学革命の先駆の一分野としての口承文芸研究に注目していたのであろう。その始動しはじめた時期と刊行物は、おおよそつぎのようなことになる。

一九一八年二月に北京大学歌謡徴集処（二〇年に歌謡研究会となる）ができ、同年五月から『北京大学日刊』に「歌謡選」が連載されはじめるが、翌一九一九年五月に五四運動の影響で中断する。三年後の一九二二年十二月、おなじく日刊の付録として『歌謡周刊』が創刊され（翌年九月から単独刊行）、一九二五年六月の停刊までに九七号を出す。このあとは『北京大学研究所国学門週刊』（一九二五年十月～二六年十月、二四号まで）、『北京大学研究所国学門月刊』（一九二六年十月～二七年十一月、七・八合併号まで）へとつづく刊行物が、おもな場所を提供する（これと重なりあい、さらにあとをつぐ形で、『晨報副刊』、『語絲』、『文学周報』などが補助的な役割をになっている）。

この時期の歌謡採集の成果を利用した日本人の著書に、松本二郎『支那の民謡』（一九二五年十一月、上海）がある。そこには、たとえば顧頡剛らの集めた「孟姜女」の歌も紹介されている。橘樸の仕事を手伝っていたこともあるらしい著者は、中国の民衆を知る必要を力説してはいるが、その動きを「民俗学の国民化」ととらえるような視点は見られない。

にもかかわらず、そのような柳田の期待は、おそらくまちがってはいなかった、とわたしは考える。この時期の歌謡研究会の周辺での研究者、編集者、それに分野を異にする知識人たちの、ある種の熱気をはらんだ協力ぶりは、民国以後の学術史のなかでも特筆すべきものではないかと思われる。

その成果がもっとも集約的に結実しているのは、顧頡剛を中心とする「孟姜女」の研究である。かつて中山大学の民俗学会叢書で三冊にまとめられていた二十人をこえる諸家の論文、投稿、討論は、これを増補した『孟姜女故事研究集』が一九八四年に出て見やすくなったが、いま見ても壮観である。顧頡剛は別に『古史弁』というシリーズものの論集でも、編者の役割を果たしている。

顧頡剛の仕事については、最近の小倉芳彦らのいくつかの訳業で、かなり理解しやすくなった。しかし、彼がどのような組織者であったのかは、なお判然としない側面もある。一方では、厦門大学と中山大学にいたころの魯迅が、顧頡剛にいだいた激越な反感にも、どこか不可解なところがある。

歌謡研究会の周辺にいて、その活動に関心をもっていた人々のなかには、学校の教師だけでなく、まだ若い学生や文学青年も多かった。当時の雑誌は読者の投稿にわりあい開放的であったために、のちにさまざまな人生をたどることになる若者たちの青春の足跡を、そこにかいまみることができる。

ここでは、そこを横切った二人の場合についてふれたい。

『国学門週刊』七期(一九二五年十一月)に、顧頡剛にあてた尚鉞《しょうえつ》の手紙が、「歌謡の原始(起源)の伝説」と題してのっている。秦の始皇帝が万里の長城を築いた時、その苦痛をやわらげるために歌謡が作られたという伝承が、郷里の河南省羅山県にあることを伝えたもので、のちに朱自清の『中国歌謡』にも引かれた。わたしは一九六一年に「孟姜女民話の原型」を書いた時、その書き出しに使った。しかし、そのころはまだ彼が著名な歴史学者であることを知らなかった。

『魯迅日記』の人物注釈によると、一九〇二年生まれの尚鉞は一九二五年当時北京大学英文系の学生で、高長虹らとともに魯迅のもとに出入りして世話になっていたが、のちに隔絶したという。『中国現代社会科学家伝略』第七輯を見ると、はじめは文学を志していたが、一九二六年の三・一八以後、政治活動にも積極的に参加。のち入党し、一九三二年には東北で地下工作に従事し、二度も逮捕されたという。歴史学者らしい仕事をするのは、解放後のことである。現代中国としてはめずらしくないケースかもしれないが、わたしには驚きであった。

もう一人の谷万川は、ほぼおなじころ、周作人にあてた手紙が、「大きな黒い狼の便り」と題して『語絲』五二期（一九二五年十一月）にのっている。これに付された周作人のコメントには、よくできた昔話の記録も添えられているが、長すぎてすぐには掲載できないとある。これがきっかけとなって、谷万川から周作人に書き送られた昔話は、一九二九年になって『大きな黒い狼の話（大黒狼的故事）』と題して、三五篇を収めて出版される（近年、台湾でリプリントされた）。

そのさい周作人の寄せた序文（一九二八年執筆）には、「大きな黒い狼にことよせて彼を誘いこみ、彼に本気になってこの革命をやらない文学〔口承文芸＝引用者〕か、あるいはその他の学問にたずさわる決心をしてもらいたいと考えた」前後の事情が、のべられている。わたしは、一九六七年に発表した「初期の周作人についてのノート（Ⅱ）」の末尾で、一九二七年の転変をへた周作人を語る材料として、この序文を使った。その序文の一部を引いてみよう。

〔『語絲』誌上でのやりとりがあったあと〕まもなく万川は南方へ革命にゆき長いこと便りがなかった。彼がなにを革《あらた》めてきたのかはわからないが、やがて上海へもどったことを知らされた。何遍かもらった手紙から察すると、彼はもう革命にはあまり興味はなさそうであった。かといって、あの昔なじみの大きな黒い狼のもとをたずねてみたいという気持にもなれないようであった。それも無理はない。文学はもともと革命をやらないし、その点は民間文学も例外ではないからだ。（中略）

わたしはいまでもまだ中国の猥褻な歌謡を整理しようと考えているが、こんなわたしは、ことによると反革命の嫌疑をかけられるかもしれない。折もおり、万川はもう大きな黒い狼の新しい消息に耳を傾ける熱心さはなくなっていたものの、情において忘じがたいものがあったらしく、わたしのもとからその原稿を取りもどして一冊の本を刊行しようとしている。この機会をかりて、わたしも彼にいささか思うところを述べたい。

一九六〇年の安保反対運動で大衆行動の限界をまのあたりにし、一方では文化大革命前夜の中国を遠くから眺めていたわたしには、この周作人の序文は一つの啓示であった。だが当時は、南方へ革命にゆき、やがて上海にもどったとある谷万川の身辺の事情についてては、まったく知らなかった。

『新文学史料』一九八五年一号にのった三篇の文章によると、谷万川は一九〇五年、河北省望都県に生まれ、一九二四年に北京師範大学付属中学に入学した。『語絲』にのった手紙は、ここの学生のころ書かれた。やがて南方での大革命の高揚にともない、二六年には南下して黄埔軍官学校に入り、翌年には中国共産党に入党したらしい。

一九二八年の反共クーデター後、一時期、上海に行き、二九年には、親交を結んだ謝冰瑩（『従軍日記』の作者として知られ、のち来日したさいには竹内好らとも往来があった）とともに北平にもどり、北京師範大学国文系に入学した。一九三〇年に成立した北方左連の一員となり、三三年四月に創刊した『文学雑誌』にのせる原稿のことで、魯迅とやりとりのあったことは『魯迅日記』にも見える。数ヵ月後、雑誌は停刊に追いこまれ、同年八月、谷万川は逮捕されて南京に護送された。

ところが、南京の獄中で谷万川は精神に異常をきたし、周作人に悪罵をつらねた手紙を書き送ったりしたと言われる。谷万川と学校で親しかった周作人の娘の静子が、逮捕直後に救出に動こうとしたところ、周作人がこれを止めたという話が耳にはいったためらしい（『魯迅日記』に記された一九三五年十月十八日付の手紙も、獄中からとすれば、そのような内容だったのだろうか）。この病状は、日中戦争開戦後の一九三八年に釈放されて帰郷してからも好転しなかった。日本占領下の望都の県城で、日本兵におじぎをしなかったためにとがめられたこともあったらしい。人民共和国の成立後は生活の保護を受けて、いくらか落ちついていたものの、文化大革命さなかの一九七〇年八月、その過激な言動のゆえに「反革命」の罪で逮捕され、同年十一月八日、病人という周囲の弁明もむなしく、県城の東門外の空き地で死刑を執行されたという。

いま谷万川の文学活動の全体を語る用意はないが、その記録した昔話は民国年間のすぐれた仕事の一つといえよう。彼の生家で雇われていた長工（作男）から聞いた話が多いとされ、武漢の軍官学校でも昔話の語り手として知られ、とくに謝冰瑩らの女性隊で人気があったという。その昔話は、日本では伊藤貴麿の訳した『錦の中の仙女』（岩波少年文庫）に二編、それをふくめて同氏の『中国民話選』（講談社文庫）に九編が入っている。わたしの訳した『中国民話集』（岩波文庫）にも、三編を収めた。

この二人はもちろん活動の中心にいたわけではない。しかし、このような人たちを底辺とする熱意が、その動きを支えていたことはたしかである。と同時に、彼らのこのような軌跡が「民俗学の国民化」の行く末を、裏側から語っているとも言えるだろう。日本では、左翼運動から転向したような形で、民俗学の研究にはいった人たちがあったと聞く。たしか関敬吾も、その一人である。これと中国の場合とは、どう対応するのだろうか。

さかのぼって言えば、柳田国男が一九一〇年に『遠野物語』を出した時、日本に留学していた周作人は、発行所にかけつけて番号入りの一冊を買い求めた。その数年後、郷里の紹興にいた周作人は、何篇かの口承文芸関係の啓蒙的な文章を書き、北京の魯迅を仲介として、柳田の編集する『郷土研究』を注文している。仕事の規模は比較にならないが、その関心はたがいに切り結んでいたというべきであろう。柳田の期待には、それなりの根拠があったのである。

一九〇三年に広東省海豊県で生まれた鍾敬文は、『歌謡周刊』に孟姜女のことで投稿した時、まだ地元の嶺南大学で働きながら勉強する学生だった。『国学門週刊』には、彼の「陸安伝説」も連載されている。くわしくふれる余裕はないが、鍾敬文は一九三四年から三六年まで日本に留学した。いろんなことがあったが、のちには実質的な中国の口承文芸研究の分野での長老となった。その鍾敬文は、五四運動の七十周年を記念して書いた文章で（『民間文学』一九八九年五月号）、『歌謡周刊』は貴重な遺産であり、ふり返って味わうべき価値のあることを力説している。

宮武外骨と南方・柳田、そして周作人

大庭柯公が『日本及日本人』誌で、宮武外骨、南方熊楠、小川定明を大正の三奇才兼三畸人と書いたということを、南方は有名な「履歴書」などでくりかえし語っている。その南方は、平凡社版全集にただ一通だけ収められている外骨あての手紙によると、明治四十三年の『此花』創刊の時から、「毎々投書御採録を願わん」と考えていた（明治四十五年五月二十七日付）。

実際には会わなかったようだが、両者の書面上の往来がはじまったのは、明治四十五年五月の『此花』に南方が「婦女を狡童に代用せしこと」を投稿してからである。このあと、同年七月の『此花』凋落号に何篇かの文章がのり、さらに翌大正二年八月から三年一月にかけて『日刊不二』に「田辺通信」を十六回連載し、月刊誌『不二』にも何篇か書いている。『日刊不二』の社主日野国明あての手紙が書

かれたのも（一部分が『宮武外骨解剖』第一三号に再録）、大正二年秋のことであった。

ところが、大正二年十一月の『不二』にのった南方の「月下氷人」は、風俗壊乱罪で告発され、罰金百円の判決が出された。南方はただちに控訴するが、翌三年二月の再審でも、判決はかわらなかった。ちなみに、これによって中絶した「月下氷人」の続稿は、つづいて同誌に発表を予定していた「穴一つで男と女を捕えた話」の原稿とともに、いきさつは不明だが、早稲田大学図書館に所蔵されており、平凡社版全集ではじめて活字化された。

柳田国男は、大正二年三月に『郷土研究』を創刊するさい、南方へ協力をもとめていた。そのやりとりのなかで、外骨のことが何度か言及されていた。これについては、以前『柳田国男南方熊楠往復書簡集』（平凡社、一九七六年）のコメントでふれたことがある。この外骨に言及した柳田の手紙は、『定本柳田国男集』の刊行後に出てきたもので、往復書簡集にしか入っていないから、以下にその部分を抜き書きしてみよう。

『此花』、東京にて四号まで刊行致しおり、小生も購読致しおり候。『還魂紙料』の味噌漬のごとき雑誌にて、頭に頭巾を載せざる男の見るべきものとも思い申さず候。（中略）小生が慨然として資を投ずるものなきかと申せしは、宮武ごとき者を意味せしにあらず候。彼はわれわれが門にも立つべき者ではなく候。小生はとにかく独力にて文章報国の事業に着手致すことにきめ申し候。

（大正二年一月二十一日付）

南方は、この柳田の激越な評語に答えた手紙のなかで、つぎのように外骨を評価している。

宮武外骨氏は、箇人としてははなはだ品行のよき人にて、きわめて篤実温厚の人の由、この人を毎々扱いし警官その他より承り候。かかる人が『滑稽新聞』など出し、三十余回も入牢に及びしは、時世がこの人を「焼け」になしおわりたるものと存じ候。書信で多少人を判ずることがなるものとすれば、小生へ毎々の書信などで判ずるに、この人に少しも浮薄なるところなし。しかるに、世に対して毎度出版物など勝手次第なことをするようなるは、いわゆる世と推し移ることをよくするに及びしものと存じ候。

（大正二年一月二十四日付）

柳田はさらに、南方が「月下氷人」で罰金刑を受けたことを知り、つぎのように外骨の仕事への見方を語っている。

『不二新聞』奇禍は笑止千万に存じ候。あの雑誌は調子あまりに低く、俗士の好奇心をそそるために学問を悪用する嫌い有之《これあり》候えば、われわれはこれまた一概に相手方を批難せず候。おおよそ『滑稽新聞』以来の社会的功罪は、必ずしも尋常フィリスチンの眼をもってせずとも、なお大いに疑わしとせざる能わず候。

（大正二年十二月二十三日付）

これに対して南方は、柳田に神社合祀反対運動で多大の援助を受けていた事情もからめて、「小生も合祀一条で大いに少々の資産を減らし食い込みおり、止むを得ず少々貰うつもりで、宮武の『不二』へ投書致し候ところ、また事を起こし、罰金は小生自分払うものにあらざるも、抗訴とか上告とか面倒なこと多きにはこまりおり候」（大正二年一月二十四日付）と、いささか弁解めいた口調で返事をしている。

それにしても、さきの外骨にあてた手紙で、「小生事も在外十五年の間常に欧米の諸博物館にて浮世絵を扱い、また大英博物館にてpornography（淫画学）および男女に関する裁判医学を専攻致したること有之」とのべた南方にとって、「行《おこな》い浄《きよ》くして猥語《わいご》を吐く」外骨への共感がより深かった。一方、柳田も晩年には、「私は宮武氏に同情を持っていたんだけれども、会う機会がなかった」（『故郷七十年』）と述懐するが、外骨や南方とのあいだには、やはり越えがたい溝があったものと思われる。

なお、この機会に、一九二〇年代の中国で外骨の仕事に関心をよせていた人物がいたことを紹介しておきたい。その人は魯迅の弟である周作人（一八八五～一九六七）。兄につづいて明治末の日本に留学し、日本の女性を妻として添いとげた。日中戦争期に日本側に協力したとして「漢奸」裁判によって下獄し、共和国となってからも蟄居生活をおくったが、その経緯は木山英雄『北京苦住庵記――日中戦争時代の周作人』（筑摩書房、一九七八年）にくわしい。（のちに木山英雄『周作人「対日協力」の顚末　補注「北京苦住庵記」ならびに後日編』二〇〇四年、岩波書店、が刊行された。）

彼は、一九一〇年代末にはじまる新しい文学運動のなかで、評論活動や日本をふくむ外国文学の翻訳と紹介に多くの仕事を残した。一方、歌謡採集に端を発する中国の口承文芸研究の分野でも、先駆的な役割をはたした。蟄居中の一九六二年に書いた「さ

さやかな回憶」で、周作人は、自分が当時の研究に貢献したとすれば、「猥褻な歌謡」への注意を喚起したことぐらいだろう、とシニカルな発言をしている。日本留学中からハヴァロック・エリスに私淑していた周作人は、エリスの見解をしばしばとりあげながら、カザノヴァやゾラやラブレーについても語った。その文脈のなかで、「日本現代の奇人、廃姓外骨」の『猥褻と科学』を引きながら、その「礼教に対する反抗的態度」としての「いわゆる猥褻趣味」にもっとも敬服する、と記している（「浄観」、『語絲』一五期、一九二五年二月）。

さらに文字獄、思想獄などの弾圧に言及した「黒い囚衣」でも、外骨の『筆禍史』を見たと書き、その上で内田魯庵の『貘の舌』を引用している（『語絲』三一期、一九二五年六月）。翌年には、二階堂招久の『初夜権』につけた外骨の序文を訳出して紹介し、なかなかおもしろいとしながらも、末尾の沢田順次郎への論難は、沢田の著書『変態性欲論』からみても、あまりに偏狭ではないかと書きつけて、その関

心の深さを示している（「初夜権序言」、『語絲』一〇三期、一九二六年十月）。

周作人とフォークロア（研究回顧）

孟姜女伝説との出会い

一九五八年一月に提出した東京都立大学人文学部中国文学専攻の卒業論文に「孟姜女伝説について」（一九〇枚）を書いたのが、中国でいう「民間文学」との出会いであった。

研究室の書棚で路工編『孟姜女万里尋夫集』（民間文学資料叢書之三、一九五五年）を手にし、そこに挙げられた敦煌出土の歌謡の断片などから、さまざまな連想をかき立てられたのがきっかけであった。大学四年の春から秋にかけて、一九二〇年代の『歌謡週刊』などに見える顧頡剛たちの研究を手がかりに、地方志や書物などの実物をあたるために、昼食時には外に出なければならなかった駒込の東洋文庫や、まだ大塚にあった中国風の建物の東洋文化研究所、さらに現在の赤坂の迎賓館にあった国会図書館のアジア資料室などに足しげくかよった。

わたしとしては、中国文学との短い出会いに別れを告げる記念のつもりで、よく友人たちと押しかけてごちそうになっていた松枝茂夫さんの指導という形で論文を提出した。ところが、それがおなじ研究室の竹内好さんの目にとまり、意外にもエスプリがあるとほめられた。そして論文の要約が雑誌『文学』の「民話」特集（岩波書店、一九五八年八月号）にのることになった。

数少ない中文専攻の学生は大学院に進学する者が多かった。経済的事情から進学せず、いくつもの就職試験に落ちて、ようやく小さな出版社に校正者として就職していたわたしは、三年という期限つきの助手として竹内さんに呼びもどされ、一九六〇年の安保反対闘争に出会うことになった。一時期は教職員組合の副委員長という仕事までしながら、わたしは孟姜女や少数民族の民話についての文章を何編か書き、中文の友人たちと出していたガリ版刷りの

『柿の会月報』に掲載した。その最初の数編を柳田国男氏に送ったところ、つぎのようなハガキの返事が届いた。

柿の会といふ研究会が出来て居ることを、今度の御音信によつて始めて承知しました。昔話は時間がかかるので私は段々怠つてをります為に是が何よりもうれしく心強く思ひました。やはり熱心な同志の折々集まつて話する会が必要だつたと思ひます。私にはその時間がもてぬ為に殊にその消息がたのしみです。御礼のみ、柳田國男拝。

［また、冒頭に追い書きのようにして］『民話』の方も引つづき是から出るのですか？　もつと注意してゐたいと思ひます。」

（35.〔一九六〇年〕9.17千歳のスタンプ）

柳田氏は、戦中に書いた『昔話覚書』の「猿と蟹」で中国の昔話にもふれていたので、雑誌『民話』二二号（未来社、一九六〇年七月）にのせた「中国の猿蟹合戦」もいっしょに送ったのであった。それはおなじ研究室にいた竹内実さんのすすめで調べたものを、同氏の関係していた雑誌の終刊号にのせてもらったものであった。

その二年後、助手の期限切れとなったため、柳田氏の訃報と前後して新聞にのった校正者募集の広告に応募し、わたしはまた出版社で働くことになった。そのかたわら、安保に抗議して都立大をやめた竹内さんの出すことになった雑誌『中国』（小型版）の編集を手伝いはじめた。その『中国』に書いたいくつかの文章がきっかけになって、こんどは神戸大学にいた猪野謙二さんから声がかかった。

周作人の本を見るのに苦心

はじめて教師として教壇に立ったのは、一九六六年から六七年にかけて、神戸大学文学部においてであった。のちには中国文学専攻もできるが、当時は日本文学や中国史専攻の学生相手に中国文学の講義と中国語中級の授業をした。わたし自身、まともな勉強はしていなかったので、道聴塗説もいいところで、一夜づけによる講義の連続であった。

講義の材料としてよく使ったのが六朝の志怪小説である。これは、のちの都立大でも同様であった。自分としては中国の説話文学への関心の原点は、いまでも六朝志怪だと思っている。しかし、教室でくりかえし何度もしゃべってしまうと、それを文章に書きのこす気になれなかったのは、いささか心残りでもあった。神戸大の文学部は優秀な女子学生が過半数をしめていた。ある日、授業のあとで一人の女子学生が近寄ってきて、先生の話は山田風太郎の小説のようだ、と言った。今にして振り返ると、それはわたしが教師生活のなかで聞いた、いちばん好意的な評言であったと思う。

二年あまりで引き上げてしまった神戸で、酒をのみ歩く友人もいないままに、授業準備のあいまに、深夜の時間を使ってカードをとりながら読んだのが周作人であった。中国のフォークロアを研究するなら、まず周作人からはじめなければと考えていた。ところが、中国語の力の足りないわたしには、周作人の文章はむつかしく、ちょっと見ただけでは何を書いているのか分からないことも多かった。しかも周作人の本は、まだ香港版のリプリント本もなく、もちろん中国での新刊もなく、ほとんど入手できなかった。

神戸大学教養部の図書館に、伊藤正文さんの買った周作人の本が何冊かあるのを見つけた時はうれしかった。さらに当時まだ天理大学にいた澤田瑞穂さんからも、たくさんお借りした。澤田さんとは、ソ連のリフチン氏との文通が始まってまもなく、依頼されて采風書林版の『宝巻の研究』を取り次いだことで往来することになった。神戸へ行ってからは天理のお宅に何度かお邪魔して、周作人の本や林蘭の民話集をお借りした。蔵書を大切にされた澤田さんとしては、特別の好意であったと思われる。

澤田さんからお借りした本は、そのつどハーフ版のカメラで写真にとり、フィルムで保存していて、必要な時に手製のレンズによる拡大装置で読み取っていた。コピーがまだ自由にとれなかった当時としては、それがいちばん経費のかからない方法であった。都立大の助手時代に直江広治さんからお借りした民話集や、戦中に『民俗台湾』を編集していた平凡社の池田敏雄さんからお借りした雑誌『民俗』も、同様の扱いをしていた。

どうしても見られなかった周作人の数冊の本は、最後に東京の松枝茂夫さんからもお借りした。それでも、一九二〇年代以前の文章の大半を読んだだけであった（のちに、竹内好さんからも数冊の周作人の本をもらった。なかには竹内さんが小野忍さんから借りたという本もまじっていた。その一冊である『自己的園地』の初版本は、朝日新聞社の人を介して関西の某氏に貸したきり返してもらえなかった）。

コピーが自由にとれないとなれば、ただメモをとるしかなかったが、それをもとにして論文らしきものを書き、二回に分けて活字にしたのが「初期の周作人についてのノート」であった。(1)

その第一回の校正が出るころ、根をつめて夜更かしをつづけたせいか、十二指腸潰瘍の下血による失神をはじめて経験して驚いた。この時は一ヵ月ほど休んだだけであったが、のち『南方熊楠全集』の校訂作業の数年間には何回もの再発をくり返し、患部は相当の惨状を残していたらしい。

「猥褻な歌謡」への執着

一九六二年十月、『歌謡週刊』創刊四十周年記念を特集する雑誌『民間文学』一九六二年六期（同年一二月刊）のために、七十八歳の周作人（署名は周啓明）は「一点回憶（ささやかな回憶）」を執筆している。

その文章は、自分のフォークロアへの関心が留学中の東京でイギリスの神話学者アンドルー・ラングの著作を手にしたことからはじまったと語る。さらに帰国してまもなく、郷里の紹興で児歌の集成を志し、一九一四年に採集の呼びかけもしたが、これといった反響もないままに中絶し、一九三六年に復刊された『歌謡』に序文をのせたが、翌年の蘆溝橋事件で頓挫し、一九五八年の魯迅逝世二十年を記念して、ようやく小さな一冊をまとめたというが、これも刊行には至らなかったらしい。そして自分が歌謡研究会に貢献したことがあるとすれば、「猥褻的歌謡（猥褻な歌謡）」採集の必要性についての注意を喚起し、のちに「猥褻的歌謡」と題する一文（一九二三年）を書いたことであると記す。

「猥褻的歌謡」は、松枝茂夫さんの古い翻訳があるが（『周作人随筆集』改造社、一九三八年刊）、中国の歴代の詩文から男女の「私情」をあつかったものを拾い出して、自分の意図を説いたものである。この方面に関する周作人の研鑽ぶりについては、わたしがかつて日本の宮武外骨との関係について記した「宮武外骨と南方・柳田、そして周作人」（本書所収）を参照されたい。

この「一点回憶」について、わたしは「初期の周作人についてのノート」の序章でとりあげ、以下のように書いた。

郷里の児歌（わらべうた）をめぐる淡々たる経過報告に、私は、彼の見果てぬ夢への執着を見る。『歌謡週刊』について語ることを求められて、あえて「猥褻な歌謡」に説き及ばずにはいられなかったのも、四十年前の初心がなお失われていないこと、しかも、依然として無理解のままに打ち捨てられていることを、確かめておくためであったかもしれない。

それは、一九四〇年代の後半に、南京にいた彼が、『児童雑事詩』七言絶句七十二首を書きつらねていたらしいこと、解放後の周作人が、その文学的出発においてそうであったように、日本文学とギリシア文学の紹介に力をつくしながら、一方で、魯迅の回想を綴る仕事を通じて、「魯迅を話の緒として、その民俗学的知識の宝庫を開け」、清末の読書人の家庭をめぐる「民俗学を展開」（『魯迅の故家』訳者解説＝今村与志雄）させていったことと、おなじ精神の営みとして理解される。

丸山昏迷らとの共同作業

神戸大では、さらに大学本部（むかしの神戸高商）の図書館で、北京から毎週送られてきていた日本語週刊誌の『北京週報』を借り出し、その七四号（一九二三年一月一日号）に魯迅自身による自作小説「兎と猫」の日本語訳を見つけた。おなじ新年号には、胡適「支那に於ける文学革命」、有島武郎「潮霧」の周作人による日本語訳、「（本年のえとに縁ある）猪八戒に就いて」の周樹人の談話なども掲載されている。(2)

このことも、のちには魯迅との関係だけで語られることが多くなったが、本来は周作人と『北京週報』の編集者丸山昏迷（本名、幸一郎）との共同作業の一つの成果であった。そのことは、その前後の同誌に周作人（署名仲密）による魯迅「孔乙己」や、葉紹鈞、謝冰心、成仿吾の作品の日本語訳が掲載されており、さらに魯迅『中国小説史』上の翻訳（訳者が丸山かどうかは明記されていない）が連載されていたことからも分かる。

一九二六年に刊行された周作人訳『狂言十番』の扉には「亡友丸山幸一郎紀念」とあって、同書の序文には狂言の翻訳を喜んで、続訳をすすめてくれた丸山君が日本へ帰国して（一九二四年九月に二十九歳で）亡くなり、この本を見てもらえないのが残念だ、と記されている。丸山昏迷については、のちに雑誌『中国』時代の友人である山下恒夫がくわしく調べて報告を書き、(3) それが機縁となって、わたしも丸山昏迷の法事と墓参りに長野県の旧八坂村まで同行したことがある。

また『魯迅日記』の一九二二年の分だけが、一九四一年一二月に上海で許広平が逮捕されたさいに日本軍憲兵に押収されて戻らなかったのも、この時期の八道湾の周作人と魯迅の家に出入りした日本人の顔ぶれ（たとえば同盟通信社の福岡誠一氏など）に関係があるのではないかという憶説を、そのころ会う機会の多かった陳舜臣さんや、そのほかの何人かに語ったこともある。魯迅とも往来のあった尾崎秀実がゾルゲ事件で逮捕されたのは、許広平の逮捕される、わずか二ヵ月前であった。
　この「初期の周作人についてのノート」については、当時の書評紙で紹介してくれた方があり、以下のように書いてあった。(4)

　自分の詩もまず日本語で書き、それから中国語訳したりもしたこの魯迅の弟については、かつて武田泰淳がみごとなエッセイ「周作人と日本文芸」で描いてみせているが、この稿では一九二〇年前後から、周作人の人間関係、作品を丹念にたどって行く。（中略）力点は、周作人のまわりにいた日本人、たとえば『北京週報』の年若い編集者丸山昏迷らとの交流に当てられている。この時期、日本を中国に理解させ、中国を日本に理解させようと必死の努力をした周作人と、その周辺の真面目、誠実な日本人との合流した動きを、後記の周作人と連続させてどう評価するのか。性急な断定は行われていない。

　このあたりの経過をたどることが、わたしの「初期の周作人についてのノート」のもう一つの力点をおいた部分であった。

啓蒙的な仕事の先に

　中国のフォークロア研究史での周作人の役割については、近年では劉錫誠『20世紀中国民間文学学術史』（河南大学出版社、二〇〇六年刊）のような大著で、「周作人早期民間文学研究」や「周作人20年代的民間文学理論」などの節で詳述されている。
　一九一二年から一九一四年にかけて紹興で執筆された「童話略論」「童話研究」「古童話釈義」「児歌之研究」の四編は、啓蒙的な意味は大きかったにもかかわらず、当時は多くの人たちの目にふれるような形では刊行物に掲載されることもなく、一九三二年になって、かつての教え子のはじめた上海の児童書局という出版社から『児童文学小論』と題する小冊子で、ほかの文章七編とともにまとめられて、ようやく日の目を見ることになった（しかし、この本も松枝茂夫さんから借りて見ることができたが、印刷状態の悪い本で、おそらくあまり流布しなかったものと思われる。もちろん、その後にはリプリント本も出て、新しく組み替えた版もあるが）。

その「古童話釈義」には、唐代の段成式著『酉陽雑俎』からシンデレラ型の「呉洞（葉限）」と瘤取り爺型の「旁㐌」の二項を、さらに六朝の『玄中記』などに見える白鳥処女型の「女雀（姑獲鳥）」を引いて、それぞれ比較説話上のコメントが的確に加えてあり、日本の昔話との比較もなされている。

ちなみに日本の南方熊楠が、おなじ『酉陽雑俎』の説話について、「西暦九世紀の支那書に載せたるシンダレラ物語」を『東京人類学雑誌』に発表したのは一九一一年三月であり、さらに一九二六年に刊行された『南方随筆』にも収録された。周作人は『南方閑話』『南方随筆』『続南方随筆』を刊行後まもなく購入しているが、『東京人類学雑誌』は見ていなかったと思われる。(5)

一九一〇年に柳田国男の出した『遠野物語』を、周作人はまだ日本にいて発行所に駆けつけて買っていたという（「我的雑学」）。その後、一九一三年から柳田が刊行しはじめた『郷土研究』は、最初の部分を北京の魯迅に依頼して取り寄せている。このように柳田の仕事に注目し、その創出した民俗学が中国でも理解されることを願いつづけていた周作人も、日中戦争期になると、「その柳田の言説をかりて、日本と中国の相容れない異質性を強く指摘せざるをえなかった」(6)が、ここでは立ち入らない。

「革命をやらない文学」

「初期の周作人についてのノート」の最後の部分では、一九二七年以後の彼の転変を理解する手がかりとして、谷万川の編んだ昔話集『大黒狼的故事』（亜東図書館、一九二九年刊）に寄せた周作人の序文（一九二八年執筆）を紹介した。その一部分を引く。

革命が断ち切られてしまったいまとなってはいかんともしがたいが、なんといっても革命ができるならばやはり革命をやるにこしたことはないのである。しかるにわたしはといえば、革命をやらない人間であるし、自分が温泉につかっていながら伝声管で命令を発して、大衆を駆けさせ、突撃させるようなことはできそうもない。だから、万川に対しても自分の例にならい、引き返して来て、この革命をやらない文学をいじることをすすめているのだ。（中略）わたしはいまでもまだ中国の猥褻な歌謡を整理しようと考えているが、こんなわたしはことによると反革命の嫌疑をかけられるおそれがあるかもしれない。折もおり、万川はもう大きな黒い狼の新しい消息に耳を傾ける熱心さはなくなっていたものの、情において忘じがたいものがあったらしく、私のもとからその原稿を取りもどして一冊の本を刊行しようとしている。（中略）わたしはやはり不革命や不々革命は上策ではないと思うので、大きな黒い狼にことよせて彼を誘いこみ、彼に本気になってこの革命をやらない文学か、あるいはその他の学問にたずさわる決心をしてもらいたいと考えたのである。

河北省望都県出身の谷万川は、北京師範大附属中学にいるころ、雑誌『語絲』に大きな黒い狼の出てくる昔話のことを投稿し、周作人とつながりができた。その後、南下して黄埔軍官学校に入って革命活動に従事したが、一九二七年の反共クーデター後に、昔話集を刊行するため、また周作人と接点があり、この序文となった。それは周作人自身のフォークロアへの思いを語るものでもあった。

『新文学史料』一九八五年一期にのった三人の回想記によると、その後、北方左連で活動中の一九三〇年に逮捕された谷万川は、南京の獄中で精神に異常をきたし、周作人に悪罵をつらねた手紙を書いたりしたという。日中戦争期に釈放されて郷里にもどったが、病状は好転せず、文化大革命のさいに「反革命」の罪で処刑された。(7)

都立大の教師になってからも、周作人の故郷であ

る紹興をめぐる文章や『児童雑事詩』を、何年間か学生たちと読んだが、それを文章にすることはなかった。(8)

最後に、木山英雄氏の『北京苦住庵記』への書評として記した文章から引く。

中国のフォークロアに関心を寄せるわたしにとって、周作人の残した仕事の意味はあまりにも大きい。にもかかわらず、「漢奸」となった周作人については、なぜかふれたくない、なにも知らないでいたいという思いが先にたつ。しかし、「漢奸」裁判によって刑に服した彼が、南京の獄中でエドワード・リアのノンセンス詩に触発されて書き継いだ「児童雑事詩」を拾い読みしていくと、日本への協力自体が、彼自身のフォークロアへの傾倒とわかちがたく表裏したものであるようにさえ思えてくる。

著者〔木山英雄〕は、すでに一九七三年に周作人の日本についてのエッセーを、『日本文化を語る』（筑摩書房）という一冊に編訳している。そのさいわたしは、「外国人によって発せられた日本への愛の言葉としてみれば、それはもっとも美しいものの一つであろう」と書いたことがある。中国人としてはほとんど例外的ともいえる日本への親近感が、そこからは読みとれるような気がした。声高な反発も、不可解さへのとまどいも、その親近感からはみでるものではなかった。(9)

注

（1）「初期の周作人についてのノート」（Ⅰ）（Ⅱ）（神戸大学文学会『研究』三八号、一九六六年十一月、および同誌四〇号、一九六七年十一月刊）。

（2）飯倉「『北京週報』誌上での中国現代文学の紹介について」（『大安』一三七号、一九六七年四月刊）。これ以前にも、飯田吉郎氏の『現代中国文学研究文献目録』（一九五九年版）などによって、同誌の内容の一部は知られていたが、初期に欠号が多く、全貌が知られていなかった。
（3）山下恒夫「薄倖の先駆者・丸山昏迷」（『思想の科学』一九八六年九月号〜十二月号に連載）。
（4）『日本読書新聞』一九六八年三月十一日号「三叉路」。
（5）アメリカの民俗学者アラン・ダンダスの編集した論集『シンデレラ』（池上嘉彦他訳、紀伊国屋書店、一九九一年刊）によると、南方熊楠の論文があるにもかかわらず、西欧の学界に『酉陽雑俎』のシンデレラ譚が紹介されたのは、当時北平にあった精華大学教授のR・D・ジェイムソンが一九三二年に書いた論文からであるという。その記述が同年に出た周作人の著書と関係があるかどうかは明確ではない。
（6）飯倉「周作人と柳田国男」（『柳田國男全集』第二七巻・月報二五号、筑摩書房、二〇〇一年刊）本書収録。
（7）飯倉「柳田国男・周作人・谷万川――ある民話採集者の青春」（『中国民話の会通信』二五号、一九九二年七月）本書収録。
（8）その副産物として書いた、飯倉「紹興雑聞」（都立大『人文学報』一四〇号、一九八〇年刊）は、紹興を訪れた古今の日本人の見聞を集めたもの。
（9）飯倉「木山英雄著『北京苦住庵記』評」（『日本読書新聞』一九七八年六月二十六日号）および、飯倉「木山英雄訳『周作人　日本文化を語る』評」（共同通信配信、『神戸新聞』一九七三年七月十日ほか）。

Ⅳ　中国の「現代民話」

中国の現代民話に見る日本

はじめに

ここにとりあげるのは、すべて中華人民共和国の成立した一九四九年以後一九八七年までに中国で出された刊行物から、日本および日本人を題材としている民話を拾い出し、その要約をテーマ別に再構成し、必要と思われる注釈を加えたものである。原文は、中国の「民間文学」関係の雑誌や単行本に、民間故事、新故事、風物伝説故事、革命故事、革命伝説故事、抗日故事、中日友好故事など、さまざまな呼称で掲載されたもので、その範囲はかならずしも厳密なものではないが、いずれにしても「故事＝語り伝えられている話」として扱われている点では共通している。

この四十年近い歳月のあいだには、一九六六年から七六年にかけての文化大革命や一九七二年の国交正常化など、日中関係にかかわる大きな変動があった。ここに紹介した民話のなかにも、その時々の政治的なキャンペーンの産物がふくまれていることは言うまでもない。それに編者が見ることのできたのは、日本で入手した刊行物がほとんどであり、中国で活字化されたものの全体からすれば、ごく一部でしかない。にもかかわらず、こうして整理してみると、中国で語られてきた日本像の輪廓は、かなり明確に浮かびあがってくるように思われる。

なお、要約のなかの距離をあらわす「里」は、中国では五百メートルに相当し、日本の里の四分の一にすぎないが、そのままにしてある。そのほか編者の加えた部分は（　）内に記した。また、原文の「講述」を「口述」に、「捜集」を「採集」と改めたほか、データの表記法はなるべく原文のままとした。

一　徐福、海を渡る

徐福、日本に住みつく

秦の始皇帝の小役人であった徐福は、東海中にある瀛州島《えいしゅうとう》へ長生不老の薬草を取りにいくため、三千の童男、三千の童女、三年分の食糧を賜わりたいと願い出る。一行は琅琊郡《ろうや》の労盛山の南がわにある二つの小島で訓練したあと、始皇帝の見送りをうけて船出した。始皇帝は労盛山の西がわに高台を築き、そこに行宮をつくってしばしば訪れ、徐福の帰りを待った。しかし徐福は帰らず、始皇帝は都へもどる車中で病死した。徐福は一年五ヵ月後に人煙の少ない大きな島に着き、さまざまな先進技術を土地の人たちに教え、信頼されて島の頭領となった。そこがのちの日本国である。人々は徐福を記念して、嶗山《ろうざん》のそばの訓練したところを「徐福島」と呼び、船出したところを「登瀛村」と呼んだ。

——山東省青島市。林伝経（老農）口述、張崇綱記録整理、「徐福島」、『青島民間故事選』（一九八五年）。

（注）　方士の徐福（徐市《じょふつ》とも書く）が東海にある蓬萊《ほうらい》、方丈、瀛州の三神山に渡ろうとしたことや、延年長寿の薬を得るため蓬萊山に渡りながら、そこにとどまって王となり帰らなかったことなどは、すでに漢代の『史記』に見える。しかし、その行く先が「日本国またの名を倭国」と明記されるのは、十世紀なかばの『義楚六帖』以後であり、これは著者の僧義楚が日本の僧寛輔からの伝聞を書きとめたものとされる（厳紹盪「徐福東渡の史実と伝説」、『文史知識』一九八二年九号）。すなわち秦氏《はたし》など中国からの帰化人の影響の強かった日本の伝承が、中国に知られて相呼応するものとなったと思われる。日本では、津軽の小泊《こどまり》、熊野の新宮と波田須《はだす》、丹後の新井崎《にいざき》、肥前の有明海付近など数十ヵ所に、渡来の伝承が残されている。明治の初年に来日した中国の外交官や文人が、ひとしく日本を「徐福の末裔の建てた国」と書きしるしているのにはおどろかされる。その名残りはいまもあることを、この本文の話は教えてくれる。

〈類話〉

○江蘇省贛楡《かんゆ》県。秦代には琅琊《ろうや》郡の南端にあたり、現在は江蘇省北端に属する同県（現、連雲港市）の金山郷に「徐阜村」という村落があり、ここは徐福の生地で、もとは「徐福村」と呼ばれ、「徐福廟」もあったが、一九四二年にこわされた。いまの村民に徐姓がいないのは、徐福が帰らないために一族が罪に問われることをおそれ、逃亡したり改姓したりしたためだという。

——孟瑛「徐福と徐福村」、『民間文学』一九八五年五号。この事実は一九八二年に学者が地名の調査中に気づいたということが、『光明日報』一九八四年四月十八日付掲載の論文「徐福の史跡発見と考証」に見える。『朝日新聞』一九八四年四月十九日付朝刊、参照。

○浙江省舟山群島、岱山。秦の始皇帝は巡遊して会稽山の琅琊台に登り、三ヵ月とどまった。また（山東の？）琅琊山で海上に蜃気楼を見て、徐福の三神山に渡りたいという説を信じ、五百の童男、五百の童女、百隻の船とともに船出するのを許した。約束の五日をすぎても、徐福は帰らなかった。徐福はいつも自分の大言が実現しないのを苦にしていたため、この機会に脱出をはかったのであった。三日三晩ののち、舟山群島の岱山と巨山の人煙まれな海辺の山にたどりつき、みんなでここに住みついた。数百年後の魏・晋の時代になって、暴風で流されて漂着した船の人が、山の銀杏の樹の下に坐っていた白髪銀髯の老人にたずねると、自分は秦の始皇帝の時の徐福だ、と話したという。

——金徳章整理「徐福、海を渡って蓬萊をもとめる」、『天台山遇仙記』（一九八四年）。

○場所不明。徐福は秦の始皇帝に取り入るため、たくみな弁舌でだまし、それから船出したのである。

——宋宗科（八十五歳、民間老芸人）口述、鄭安新・宋宗科採集、「徐福、秦王をだます」、『民間文学』二一三号（一九八七年十月）。

（参考）

○作家の魯迅（浙江省紹興市出身）が上海の内山書店で内山完造に話したことがある。「老版《ラオパン》、其徐福と言う奴は実は不老長寿の薬には全く失敗したんだよ。然かし到底不老長寿の薬はありませんと奏上せんか、忽ちにして殺される事の必然を知った彼れは其危険脱出の最後の一策として東海の蓬萊島を誠しやかに述べたててまんまと帝を欺まして終ったのだ。そして一族を連れて逃げ出したのだから始めから再び支那に帰る考えなんか奴は持って居なかったのだ。」

――内山完造「徐福の話」、『大魯迅全集』第四巻月報（一九三七年）。内山完造『魯迅の思い出』（一九七九年）に再録。

（徐福をめぐる日本と中国の近年の顕彰行事については、池上正治、逵志保らに、多くの報告がある。）

二　寒山と拾得、そのほか

拾得《じっとく》、鐘とともに日本へ渡る

蘇州の寒山寺の鐘が鳴ると、海をへだてた日本にある鐘もそれにこたえて鳴る。これは寒山と拾得の別離の情が深いからである。唐代のこと、泰山（山東省）のふもとに豚の屠殺を業とする寒山という人がいて、その徒弟を拾得といった。ある寒い朝、寒山が屠殺の仕事で出かけたあと、その妻がいらなくなった布団を薄着でいる拾得のところへ持っていってやった。途中で庖丁を忘れたのに気づいた寒山が引き返すと、拾得の部屋で妻の声がする。これはと思った寒山は書き置きをして、そのまま家出をしてしまう。それを見て誤解をされたと気づいた拾得も、あとを追って家を出る。

二十年後、二人は姑蘇城外の寺で再会し、誤解もとけて、あらためて仏門の師弟としてのまじわりを結ぶ。ある時、大水が出て、寺の前に青銅の古い鐘が流れつく。僧侶たちがみんなで引き上げようとするが、鐘はびくともしない。拾得が根のついた青竹を引き抜いて、それを使って飛び移ると、鐘は拾得をのせたまま動きだした。そして一昼夜かかって大海を渡り、日本の「薩提」というところに着いた。土地の人々は、九頭の牛と二匹の虎を使って、鐘を陸に引きあげた。「薩提」の人たちに、拾得は稲や蚕や麻の作り方や家の建て方を教えた。日本人が着物を「呉服」と呼ぶのは、蘇州から伝わったものだからである（「呉」は江蘇省南部と浙江省北部をさす）。たいていの日本人が蘇州の寒山寺を知っているのも、このためである。

寺に残された寒山は、拾得のことを気づかって病の床についた。そして流れていった古い鐘に似たものを作らせ、拾得に聞こえるようにと昼も夜も鳴らさせた。「薩提」で寒山寺の鐘の音を聞いた拾得は、そのたびに返事をするように、自分の持って来た鐘を鳴らした。こうして師弟二人は、鐘を鳴らして話をかわし、心をかよわせていた。やがて「薩提」の人たちは、拾得の崇拝する寒山をも日本に迎えたいと望み、使者をよこしたが、その時はすでに寒山はこの世になかった。日本で竹の生えているところがあれば、それは拾得が行ったことのある場所だ。とくによく茂っているところは、拾得が住んでいた土地なのだ。

——江蘇省蘇州市。銭志明口述、馬漢民整理「寒山寺の鐘声」、『故事会』一九八一年一号。

（注）唐代の張継の「楓橋夜泊」の詩とともに、寒山寺の名は日本人によく知られている。唐代に天台山からこの寺に来た寒山と拾得の名も、よく絵画の題材とされたことで有名である。肉親と絶縁し、各地を放浪して詩作を残し、しかも特異な結びつきをつづけた二人は、多分に伝説的な存在として形成されたものと思われる。明代に作られた鐘は日本に流出したとされ、そのためもあってか明治の末に日本人の有志の作った一対の青銅の鐘が、一つは寒山寺に、一つは日本の館山寺にかけられたという。この話の背景には、これらの鐘の運命が影を落しているにちがいない。袁震「寒山

寺の伝説について」、『民間文学』一九八五年八号、参照。

（類話）

○江蘇省蘇州市。以下の本文とおなじ整理者（銭志明口述、馬漢民整理「寒山寺の鐘声」）による数種のテキストでは、すべて寒山寺での再会以前の部分が削られている。一方、大水で流れついた鐘をどうしても引き上げられないのは、寺に豚の屠殺人（すなわち寒山と拾得）がいるからだという説明が、いずれも付け加えられている。題名は同じだが、文章にはそれぞれ多少の異同がある。口述者が談五宏、銭長鑫等となっている。

――『民間文学』一九八一年八号（「中日友好故事」の一）。『蘇州的伝説』（一九八二年）。『太湖伝説故事』（一九八二年）。

○江蘇省蘇州市。蘇州から遠く離れた村里に、実の兄弟よりも親密な義理の兄と弟がいた。豚を屠殺する仕事をしていた兄は、貧乏で両親も亡くなっていたため、三十をすぎてから人の世話で結婚することになった。年の暮れ近く、その相手の娘の家へ弟を連れて豚を殺しに行った。夕食のあと、兄はまだよそで仕事があったので、後片づけのため弟を残して先に出た。途中で豚の毛をそぐ刃物を忘れたのに気づき、引き返したところ、娘が泣きながら弟と話しているのを聞き、二人が前から仲の良かったことを知った。兄は入口の戸に頭を剃った坊さんの画を書いて、その場を去った。それを知った弟は、私も兄さんといっしょに出家をする、会えなければ帰らないと告げて、娘のもとを立ち去った。やがて苦労をかさねた末に二人は蘇州城外の寺で再会し、寒山と拾得と法名をつけた。のちに拾得は伝道のため日本へ渡った。そこで日本には「拾得寺」があり、中国には「寒山寺」がある。

――銭正採集整理、「『和合二仙』友情を伝える」、『民間文学』一九七九年八号。同上、『太湖伝説故事』（一九八二年）。銭飛採集整理「和合二仙」、『中国新文芸大系（一九七六―一九八二）』の「民間文学集」（一九八七年）。

○場所不明。寒山は豚の屠殺人で、拾得はその徒弟であった。寒山の女房はよくない女で、拾得を誘惑するために、裏の竹やぶの鳥を鳴かせて夜明け前に寒山を戸外に出て行かせ、戸じめをくわせた。寒山はそれっきり近くの小さな寺で出家をした。残された拾得はしばらく屠殺の仕事をしていたが、こんどは寒山の女房が仕立屋とできて、拾得に戸じめをくわせた。そこで拾得も出家した。寒山と拾得の師である封干（豊干《ぶかん》とおなじ発音）法師は、拾得をためそうとして若い娘に変身して一夜の宿を乞うた。拾得は戸口に腰をおろして夜をあかした。封干はさらに拾得を「東洋《トンヤン》（すなわち日本）」へ伝道に行かせた。数年後にもどって来た拾得は、封干の教化を受けて寒山とともに仙人となり、黄鶴に乗って飛び去った。

——呉義伯口述、袁震・袁衛華採集整理「寒山と拾得」、『民間文学』一九八五年二号。

最澄、天台山で金のカギをさずかる

一千三百余年前、天台宗の開祖智者大師は「円寂」にさいし、二百何年かのち東土の日本から経を求めてくる僧のあることを予言し、そのために蔵経閣の金のカギを、その前の菩提樹のもとに埋めておくようにと遺言した。やがて天台宗第七祖の道邃《どうすい》法師が天台山国清寺にいる時、日本から最澄と通訳の義真、もう一人の行者と人夫四人の一行七人が渡来した。最澄は日本で修行をしていて、鑑真《がんじん》和尚から天台山国清寺をたずねれば金のカギがあると教えを受け、三百三十三日もかかってやって来たのである。道邃法師が菩提樹の前で『法華経』をとなえると、石板の下から白玉の箱に入った金のカギが出てきた。最澄は、その金のカギを使って蔵経閣を開き、『法華経』百二十八冊、三百四十五巻を贈られて日本に持ち帰った。そして比叡山を「天台山」と改名し、日本の「国清寺」を建立した。日本から天台山に来る僧たちが、今でも胸につける錦の帯に金のカギを縫いとりしてあるのは、このためである。

——浙江省天台山、金樹槐口述、曹志天整理、「日本の天台山」、『天台山遇仙記』（一九八四年）。

（類話）

○浙江省天台山。本文とおなじく「曹志天・周栄初採集整理」による「金のカギ」と題するテキストが、『天台山伝説』（一九八三年）にあるが、文章には多少の異同がある。

日本の僧、普陀山に観音像を祭る

五代の後梁のころ（十世紀はじめ）、日本の慧鍔《えがく》という僧が五台山（山西省）にやって来た。檀香の木で彫りあげた観音像を見て、たいそう気に入り、日本に持ち帰ろうとして帆船に乗せた。ところが、船が普陀山《ふださん》（舟山群島）のあたりに来ると、暴風が吹いて進めなくなり、しかたなく島かげに停泊した。翌日は濃霧にさえぎられて航行できなかった。三日目の朝、空に彩雲が現われ、きらびやかな高殿に仙女の姿が望まれたが、やがて消えた。荒れ模様のなかを出航すると、海面一帯に鉄の蓮が浮かんで船が動かなくなった。慧鍔が観音菩薩の望みの場所に寺を建てて供養したいと祈ると、海底から鉄の牛が現われて鉄の蓮をのみこんでしまい、船はまたもとの島かげにもどっていた。事のなりゆきを眼にしていた張という漁民のすすめにしたがって、普陀山の潮音洞のかたわらにお堂を建てた。そして慧鍔は三日三晩かけて観音像の画を描き、それを日本に持ち帰ることにした。日本に今普陀山にそっくりの観音像があるのは、その画をもとにして日本人が彫ったものである。

――浙江省舟山群島普陀山、管文祖採集整理、「慧鍔、観音を請来する」、『東海伝奇』（一九八一年）。

日本の僧、少林寺にて碑文を書く

元代の天暦年間（一三二八～二九）のこと、中国各地を巡遊していた日本の僧邵元《しょうげん》が少林寺をおとずれた。寒い雪の夜に、風邪で熱の出ていた邵元は、菊庵和尚の手あついもてなしを受けた。たがいに書に関心を持っていたことも、親交を深めるきっかけとなった。数日宿泊するだけのつもりが、ついに十年も滞在した。菊庵和尚が八十四歳で亡くなった時、邵元は「道行の碑」を書いた。そして寺内の僧たちに推されて、菊庵のあとをつぐ少林寺の首座の和尚となった。結局、邵元は中国に二十一年留学し、五十四歳で日本に帰った。

——河南省登封県、少林寺。阮天宝（教師、七十余歳）口述、一九八〇年一一月採集、王鴻鈞採集整理、「日本の高僧、少林をたずねる」、『少林寺民間故事』（一九八一年）。

（注）「日本国山陰道但州正法禅寺住持沙門邵元」の書いた碑文が、中国には五つも残されている（梁容若『中日文化交流史論』一九八五年、参照）。日本でも早くから紹介されているが、少林寺には「息庵禅師道行碑」（一三四一年）と「照公（菊庵）和尚塔銘」（一三三九年）があり、本文の話には、没年などをふくめて史実としては混乱があるらしい。

日本の僧、少林寺で餞別を受ける

少林寺に残されている「少林禅寺主持淳拙禅師道行の碑」に、「日僧、徳始」が書いたとある。徳始は、日本名を佐田木山といい、明代の洪武年間（一三六八〜九八）に少林寺に留学していた。この徳始の曾祖父は、元代の皇慶元年（一三一二）から十二年ほど少林寺で拳術と棍術を学び、「大智禅師」の号をもらい、帰国してからその技を大いに役立てたといわれる。

徳始は三年間武術を学んで帰国することになったが、一千人あまりいる僧たちがみな思い思いの餞別の品物を書きつけにしるして渡してくれた。送られる者はそのなかから自分の好みのものを選んで貰えばよいというきまりであった。テーブルいっぱいの書きつけのなかに、変わった品物が三つあった。労役をする僧たちからの「足」と「手」と「頭」であった。徳始はその三人をたずねてみることにした。

馬の世話をしている相従という僧のところへ行くと、白い海竜馬に徳始をのせて中岳の八景を案内してくれた。百里の道のりを半日でまわり、自分は徒歩であとについていたのに、息をきらすこともなかった。そして、「拳を使うのは兵を使うのと同じで、人の体が軍陣だとすれば、心は指揮官で体が兵舎、眼は偵察で手が先発です。足は兵卒で、これを強くしなければ軍陣を強くすることはできません」と語った。これが「足」の贈り物であった。

炊事係の僧の闘訓のところへ行くと、何百斤もある鼎を軽々と動かして仕事をしていた。たくさんの料理をのせたテーブルを片手で持って来て、いっしょにごちそうを食べながら、「先発の手は機敏でなくてはなりません。手の動き方で足の働きが決まります」と話してくれた。これが「手」の贈り物であった。

つぎに時刻を管理する僧の恒用のところへ行くと、鐘楼で撞木《しゅもく》のかわりに自分の頭を使って鐘をついていた。そして、「この私の頭のひと突きを体で受けることができれば、あなたは帰国してもいい」と言って、ぶつかって来た。鉄の球のような勢いにひるんで徳始が体をかわすと、恒用の頭はそばにあった石碑を割ってしまった。この「頭」の贈り物を受けられなかったので、徳始はそれからさらに数年修行して日本へ帰った。

――河南省登封県、少林寺。王明理（医者、八〇歳）口述、一九七六年夏採集、「日僧の徳始、少林と別れる」、王鴻鈎採集整理。

三　倭寇

戚継光の息子、死んで高山となる

枸杞《くこ》島（舟山群島）に「山海奇観」の四字を刻んだ石碑があるが、あれは戚継光《せきけいこう》の部将であった候継高の書いたものといわれる。そのころ、戚継光は二人の息子や候継高らと共に倭寇《わこう》を迎え撃つために尽力していた。その二人の息子は、倭寇の大船団に取りかこまれながらも、近寄ってくる者を片はしから切り殺して必死に戦っていた。倭寇は、「死にたくなければ抵抗をやめろ。投降すれば米西（メシすなわち食事のこと。日中戦争期に中国人が聞きおぼえて使った）があるぞ」と呼びかけたが、それを拒否した二人は砲撃を受けて重い傷を負い、最後には海に身を投じた。その直後に大嵐がまき起こり、多くの倭寇の船が沈んだ。しばらくして、その近くの海上で戚継光の船団を見た倭寇が夜どおし攻撃を加えたところ、夜があけてみると珊瑚礁であった。さらに、そのあたりの海面に二つの高い山ができていた。漁民たちによると、その珊瑚礁は戚軍の船の化身だといい、二つの高い山、すなわち嵊泗《じょうし》県の大戚島と小戚島（原注に、地図には大戢《しゅう》島と小戢島とあるという）は、二人の息子がなったのだという。

――浙江省嵊泗県、舟山群島。金徳章整理、「戚家山頂、宝剣の声」、『天台山遇仙記』（一九八四年）。

（注）　十三世紀から十六世紀にかけて、「倭寇」と呼ばれる武装集団が、船を利用して朝鮮や中国の沿岸地帯で略奪や殺傷をおこなった。その背景には貿易関係の変動があったとされ、かならずしも日本人だけで構成されていたわけではないが、日本人の残忍さを示す行為として長く記憶され、その撃退に功績のあった戚継光（一五二八～八七）や兪《ゆ》大猷《たいゆう》らの武将は、現在でも外国の侵略に打ち勝った「民族英雄」とされている。

（類話）

○浙江省嵊泗県、舟山群島。土地の人たちは、その帆船の船体のような形をした珊瑚礁を「戚継光の戦艦」と呼んでいる。

――王泰棟記、「戚継光の戦艦」（浙東舟山民間伝説）、『民間文学集刊』第三号（一九五八年三月）。

戚夫人、夜、倭寇を襲う

ある時、小船に乗って来た老人と娘が、北麂《ほくき》島に倭寇が上陸して悪事をはたらいているので助けてくれ、と戚将軍に訴えた。陣中にいた戚夫人がその娘に扮して、老人とともに島へもどって様子をさぐることにした。その結果、海岸の深い泥の地帯にたばねた草を並べて通れる道をつくり、夜のうちに倭寇を急襲して全滅させることができた。そこで北麂島には戚夫人を記念して娘娘《ニャンニャン》宮が建てられた。娘娘の像の片足が少し曲がっているのは、その戦闘で戚夫人がけがをしたからである。

――浙江省瑞安県、北麂島。薛松雪口述（話を聞いた母親はすでに故人）、純鋼採集整理、「戚夫人、夜、倭寇を襲う」、『民間文学』一九八三年一〇号。

父と子で倭寇を滅ぼす

明代の嘉靖年間（一五二二～六六）のある年、中秋名月の夜であった。永春県湖洋城内で八十になる十三公が、上の三人の息子と倭寇を攻める相談をした。県境に近い石竹琪山の竹甲寨に百人ほどの倭寇が入りこんで来て駐屯していた。十三公と三人の息子は竹甲寨へ行き、中秋の祝い酒に酔って熟睡している倭寇たちの腕に結んだ赤い布を、半数だけ白い布にとりかえた。そして太鼓を鳴らすと、あわてた倭寇はしるしのちがう相手と同士討ちをはじめ、これにまぎれて十三公らも戦った。山中の抜け道には藤つるにぶらさがって越える窪地があったが、ここに逃げてきた倭寇も十何人か殺した。こうして十三公と三人の息子で九十三人の倭寇を殺した。今でも湖洋城内には十三公を祭る「義士祠」があり、中には塑像もあって、その功績を記念している。

――福建省永春県。陳谷暹採集整理、「父と子で敵を滅ぼす」、『姑嫂塔』（一九八二年）。

兄弟で倭寇を迎え撃つ

福建省南部の海岸に獺窟《だつくつ》と呼ばれる漁村があり、百戸ほどの人家があった。ここに幼なくて父親に死なれた陳侃《かん》と陳倪《げい》という兄弟がいて、魚をとって暮しをたてていた。ある夜、兄弟が海辺の船のなかで眠っていたところ、一群の倭寇が上陸してきた。兄弟はそれぞれに斧と切りとった帆柱を手にして、倭寇と交戦しながら、漁民たちに急を告げた。みんなが駆けつけて倭寇は撃滅されたが、兄弟とも傷がひどくて助からなかった。翌朝、海辺には兄弟の血に染まったいくつかの赤い石があった。海面を飛ぶ海燕が「哥哥《コーコー》（兄さん）！」「弟弟《テーテー》！」と鳴きかわしているのは、死んだ二人ではないかと人々は語っている。そして海辺に兄弟を祭る祠を建てたのである。

――福建省、県名不詳。陳瑞統採集整理、「抗倭兄弟」、『姑嫂塔』（一九八二年）。

草鞋で倭寇を退却させる

泉州の東門城外、東湖にのぞむ衰綉鋪《こんしゅうほ》に「万氏媽」の廟があり、その入口に「一足の草鞋が多勢の盗賊を追い返し、老婆の一言がたくさんの村を救った」と書いてある。明代の嘉靖三十七年（一五五八）四月、倭寇が東門城外に攻めこんできた時、衰綉鋪で万氏の老婦人ひとりだけが残って、軒下で草鞋を編んでいた。倭寇にたずねられると、老婦人は「みんなは兵士となって城内に立てこもった。私はその兵士のために草鞋を編んでいる」と答えた。そして壁にかけた客寄せ用の大草鞋を指さし、「これは私の息子の草鞋だ。うちの息子は巨人で、山を動かすほどの力持ちだ」と話した。それを聞いた倭寇は、自分たちの体が小さいので恐れをなして清源山の方へ逃げていった。翌年、その老婦人が亡くなると、人々はその功績をたたえて「万氏媽」の廟を建て、塑像をつくって祭ったのであった。

――福建省泉州市。張希東採集整理、「草鞋で倭寇を退却させる」、『姑嫂塔』（一九八二年）。

泥海用のそりで倭寇を急襲する

戚継光は泥海用の橇《そり》を武器に使い、寧徳県の横嶼《おうしょ》島で二千人以上の倭寇を殲滅した。倭寇の陣地にしていた横嶼島は、樟湾村から十里ほどの距離にあったが、地勢がけわしく、水位が低いため満潮の時だけしか軍船が入れなかった。ある日、商人に扮して偵察していた戚継光と部将の陳大成は、漁民が干潟で泥海用の橇を使っているのを見て、それを利用するのを思い立ち、横嶼島を急襲して勝利をおさめた。

――福建省寧徳県、横嶼島。王希明採集整理、「泥海用の橇でたくみに攻撃する」、『民間文学』一九八四年九号。

（類話）

〇福建省連江県。明代の嘉靖年間のこと、連江県の馬鼻地方に来た戚継光は、逃げ出す「倭子《ウェイツ》（日本人）」にわざわざ捨てておいた草鞋をはかせ、潮の引いた干潟の泥海に入りこんで動きをとれなくさせ、さらに大工に作らせた泥海用の橇を使って攻撃し、多くの倭寇を殺した。その倭寇の血で岸辺の岩が赤くなり、それが紅石嶺となった。いま漁民が泥海で使う橇も、この時戚継光が作ったのに始まるといわれる。

——陳哲満（公安幹部）・陳厚俊（中学生）口述、程仁太採集整理、「紅石嶺下でたくみに倭子を殺す」、『民間文学』一九六三年一号。

大石をひきずりまわして計略にかける

戚公が寧徳県に来たころ、倭冠の残党は近くの島に立てこもって頑強に防備をしていた。八月十五日の中秋名月の夜、戚公は家々に灯籠をともさせた。そして人々と兵士に松明《たいまつ》を持たせ、さらに数人が一組になって、漁船で使う太い縄で大きな石をしばって大通りを引きずりまわさせた。そのゴロゴロという音にドラや爆竹もまじって、村中は湧きかえるような騒ぎであった。このお祭りさわぎに気を許した倭寇は、兵士に酒をふるまい、みな泥のように眠りこんだ。戚公は、潮のひいた時刻を見はからって倭寇を急襲して大勝し、捕えられていた土地の人々も取りもどした。人々は町の大通りを「継光街」と名づけ、それ以後、中秋節には松明をともして大石を引きずりまわすことになった。

——福建省寧徳県。黄氏（八十八歳）口述、王希明採集整理、「たくみに石を引く計を施す」、『民間文学』一九八四年九号。

竹槍で日本刀に勝つ

略奪のために上陸してくる倭寇は、倭刀（日本刀）を振りかざして手あたり次第に切りつけるので、人々に恐れられていた。そこで戚継光は長江の川沿いに三列の堀を作らせ、太くて長い竹槍を持った兵士と一般人とをそれぞれの堀に待機させ、倭寇の全滅をはかった。その死体は片づける者がないので、一ヵ所に積み上げて「倭子墳」と呼んだ。浮橋一帯の人たちは、のちに毎年の祭の時には、何人かが頭に二色の布を巻き、長い竹槍を持って行列の先頭に立って当時をしのび、戚継光を記念したのであった。

——江蘇省太倉県、浮橋人民公社。徐叔葵（男、貧農、六十四歳）口述、一九五九年採集、顧洪奎・呉仁杰採集整理、「竹竿で倭刀を破る」、『民間文学』一九六三年一号。

戚継光、命令に従わぬ息子を斬る

明代の嘉靖年間（一五二二〜六六）、太平県の県城から北がわに百十里離れた海門湾に倭寇が上陸するという知らせがあった。戚継光は息子の戚官宝に、騎兵二百をひきいて南がわの松門湾に行かせ、倭寇と出会ったら「負けてもいいが勝ってはいけない」と命令した。そして途中で父親の命令に不満で馬を止めた戚官宝を、戚継光は一刀のもとに切り殺した。騎兵二百はまもなく数千人の倭寇と対峙したが、倭寇の頭《かしら》は、相手に戦う気持がないのを見て、一気に県城の南門まで攻め寄せた。そこで待ちかまえていた戚継光が、かくれていた兵をくり出してはさみ打ちにして、大勝利をおさめた。これは倭寇の「東でさわぎ西から攻める」作戦に戚継光の「空城計」が勝ったのである。

——浙江省温嶺県（旧太平県）。張鷗客（六十六歳）口述、張岳採集整理、「息子を斬る」、『民間文学』一九八三年一〇号。

首に餅をさげて倭寇と戦う

台州地方の人は「穿心餅《せんしんピン》」（まんなかに穴をあけた小麦粉製の薄焼き）をよく食べる。その餅は人の腹の皮に似ていて、まんなかに穴があるので、「へそ餅《ピン》」と呼ぶ人もいる。伝説によると、戚継光が台州湾で七日七晩にわたって倭寇と戦った時、食事をとるひまもないため、餅に穴をあけて紐を通し、それを首にかけて食べながら戦闘をしてから出来たということである。

——浙江省臨海県。路朝興（臨海県城関の人）口述、呂啓炳採集整理、「穿心餅」、『民間文学』一九八三年一〇号。

谷あいに引き入れて倭寇を殲滅する

明代の嘉靖四十年（一五六一）五月、二千人あまりの倭寇が圻頭《きとう》から上陸し、臨海県の大田嶺に侵入してきた。戚継光は蟹のはさみの形をした谷あいの白水洋鎮に引き入れて殲滅する作戦をたて、息子の部隊に山上で待機させた。作戦は成功し、半日ほどの戦闘で三百四十四人の首を落とした。白水洋鎮には、のちに「戚継光がここで三百余の首を斬った」と刻んだ石碑が立てられた。

——浙江省臨海県。楊鎮欽整理、「策をもって強敵を殲滅する」、『民間文学』一九六六年一号。

干潟に釘の板を敷きつめて追いこむ

嘉靖三十八年（一五五九）五月、大軍の倭寇が桃渚（臨海県）に上陸した。戚継光は引き潮で倭寇の船が沖にさがったころを見はからい、干潟に釘をうった板を敷きつめ、三方の山からいっせいに攻撃をはじめた。逃げ場を失った倭寇が、干潟に入って釘の板を踏みつけてあわてているところを攻撃し、多くの倭寇を殺した。その死体を埋めた場所を「倭墳」と呼んだ。

——浙江省臨海県。楊鎮欽整理、「桃渚の大勝」、『民間文学』一九六六年一号。

銭塘江の大潮で倭寇を呑みこませる

明代の嘉靖年間（一五二二〜六六）、ある年の冬、戚継光は抗倭軍の兵営を作るため澉浦潭の仙嶺駅（海塩県）に来ていた。すると塘前村に六百人あまりの倭寇が上陸したという知らせが入った。戚継光が連れてきていた五十人ほどの兵士と海岸に行ってみると、ちょうど引き潮で、十艘あまりの船は沖にさがっていた。船にはあまり人が多くないと思った戚継光は、自分の兵士を十人ほど倭寇に扮装させ、あとは住民のような身なりにした。そして、略奪した荷物を運びこむように見せかけて船に乗り込み、倭寇を殺して船を占拠した。それから干潟に焚火をたかせた。陸上の倭寇は、船が攻撃を受けた時は火をたくという約束であったため、みんな干潟に集まって来た。そこへ戚継光の計略どおり銭塘江の大潮があがって来て、一人残らず押し流されてしまった。

——浙江省海塩県。樺君採集整理、「戚継光、潮を借りて倭寇を滅ぼす」、『鴛鴦湖』（一九八六年）。

戚継光、銅銭の占いで士気を鼓舞する

明代の嘉靖四十二年（一五六三）、二万人あまりの倭寇が興化府（現在の莆田県）を攻めた。戚継光の軍に撃退されて三千人あまりが福州の高蓋山（現在の永泰県）に逃げ込んだ。その討伐にむかった戚継光は、半洋亭の緑野寺で休憩した時、百枚の銅銭を投げてすべて表が出たら勝つ、裏の出るものがあれば日を改めて攻めると言って占ったところ、すべて表が出た。そこで攻撃して残敵を殲滅した。実はその銅銭には裏のなかったことが、攻撃が終ってからわかった。

——福建省、県名不詳。『福建風物志』（一九八五年）。

兪大猷、奇策で倭寇を滅ぼす

明代の嘉靖四十一年（一五六二）、倭寇は福清、福安、寧徳の諸県につづき、晋江県の永寧衛城をも占拠した。晋江出身でそのころ興化にいた兪大猷が、奪還に向かった。倭寇のたてこもる城隍廟《じょうこうびょう》は、夜は二頭の軍用犬が守っていると聞き、長い鉄棒の先の毒入りの牛肉を食べさせて殺し、さらに紙銭をやく「金亭」の一画の煉瓦を引きぬいて中に入りこんだ。寝こんでいる倭寇の枕もとの服を兪軍の服と取りかえてから、いっせいに大声をあげた。兪軍が倭寇を殺すだけでなく、兪軍の服を着た倭寇をほかの倭寇が殺したりして、倭寇はほとんど全滅した。漁船を奪って逃げた倭寇も、兪大猷の大声に応じて山上から落ちた石が当って死んだ。兪大猷は永寧を去る時、海辺の岩に「鎮海石」の三字を書き残した。

——福建省晋江県。呉永勝採集整理、「兪大猷、奇兵で倭寇を滅ぼす」、『姑嫂塔』（一九八二年）。

倭寇と結托した大臣、処分される

明代の洪武十三年（一三八〇）、胡惟庸という大臣がいて、日本の僧如瑤と結托し、日本の兵力を借りて事を起こそうとした。ある日、如瑤の乗った大きな船がやって来た。へさきには何人かの倭寇が立っていて、一本の巨大な蠟燭を支え、それを進献するということであった。

ところが、その蠟燭には火薬や兵器が内蔵されていて、接岸すると船内にかくれている兵士がそれを持って上陸し、略奪をする計画であった。しかし、海で仕事をしていた漁民たちがおかしいと思って役所に知らせたので、上陸する前に一網打尽となり、倭寇に内通していた胡惟庸もやめさせられた。このことがあってから朱元璋（明の太祖）は日本との往来に制約を加え、ここに安東衛を置くことにしたのである。

——山東省日照県、安東衛。逸海採集整理、「安東衛」、『琅琊郷音』（一九八五年）。

漢奸の通報で倭寇に攻略された金山衛

金山衛はむかし城壁にかこまれていた。ある時、大軍の倭寇が金山衛を包囲した。城内の兵士と住民は三年六ヵ月のあいだ死守し、食糧も戦馬までも食いつくしたが、一匹の豚だけを残しておいた。倭寇は、東門を攻めても豚の鳴き声がし、南門を攻めても豚の鳴き声がするので、城内にはまだ食べるものがあると思っていた。ところが、城内に黒という姓の漢奸がいて倭寇に取り入ろうと考え、実際には食べ物も弾薬も尽きており、北門の防備が手薄であることなどを紙に書き、矢に結んで倭寇の陣営に向けて放った。城はたちまち攻め落とされ、男と若者は戦闘に加わり、女と老人は井戸に身を投げた。最後に将軍と馬夫が生き残り、河を跳びこえて脱出し、のちに城を奪い返した。漢奸は通報のさい、自分の家の屋根に釜をのせておくから殺さないでほしいと書いておいたが、生き残らなかったようだという。

——上海市金山県、金山衛。蒋月明口述、一九五九年四月、嘉禾採録、「金山衛の抗倭」、『上海民間故事選』（一九六〇年）。

四　日清戦争

花を焼きはらった火で軍艦が沈められた

庄河県（もと荘河県と表記、遼東半島）の西南部に花園口というところがある。春から夏にかけて「海蓬《ハイポン》蓬花《ポンホア》」が海岸ぞいに桃色の花を一面に咲かせるので、この名がある。清代の光緒二十年（一八九四）九月、日本の軍艦が現われると、駐屯していた清兵の騎馬隊までも引きはらってしまい、住民も避難をはじめた。しかし、日本軍はすぐには上陸しなかった。海岸に長城のように（花の）赤い塀が連なっているのが不気味だったからである。ようやく大丈夫らしいとわかって上陸すると、その花を憎んで、刈りはらい油をかけて焼き払おうとした。ところが、その火が最後にはまっかで大きな火の玉になって、海の上へところがってゆき、日本の軍艦をみな沈めてしまった。「海蓬蓬花」は今でもたくさん咲いているが、日本の軍艦は花園口の海底に沈んだままだということである。

——遼寧省大連市庄河県、花園口。王新盛・李長福・王学奎等（庄河県明陽公社農民）口述、李心斌採集整理、「海蓬蓬花」、『大連風物伝説』（一九八三年）。

（注）花園口は、日清戦争（一八九四～九五、中国では「甲午中日戦争」と呼ぶ）のさい、大連と旅順を背後から攻撃するため、大山巌大将のひきいる第二軍が十月二十四日（旧暦九月二十六日）に上陸した地点である。

「海蓬蓬花」はイソマツ（磯松）科イソマツ属の海岸や草原に生える塩生植物で、中国で「二色補血草」などと呼ばれるものらしい。金丸精哉『満洲歳時記』（一九四三年）に、「大連附近の海岸だけに咲くものと考えられていた東郷草が、蒙古の草原にも多いことが近ごろになって判った。この花は東郷大将が愛されたというのでこの称がある。ちょっと見ると淡紫色の女郎花といった風に見えるが、よく見ると米粒大の桜花の集合体といった形である。それで蒙古桜、ノモンハン桜の異名がある」とあるのが、それであろう。ただし、開花の季節と上陸の日付は一致しない。(本書に収めた「中国『東北』をめぐる民間伝承」の注25に記したような理由で、筆者は、のちに日本の北海道にもみられる「アッケシソウ」が妥当であると考えるようになった。)

「鬼子官」に迫われて石人となった娘

新金県と庄河県のあいだに碧流河がある。この川の西岸に石門関という山があり、その山頂に娘の形をした岩が立っていて闖雲《ちんうん》石と呼ばれている。伝説によると、この山の南がわに李という老人がいて、妻に先立たれ、十七、八になる闖雲《チュアンユン》という娘と暮らしていた。二人は薬草を集めて生計をたてていたが、ある時、老人は岩から落ちて死んでしまった。残された闖雲は相変らず薬草を使って人々の病気を直してあげていた。ある日、山麓の張家屯の張ばあさんが工合が悪いと聞いて出かけると、みんなが「東《トン》洋鬼子《ヤンクイツ》」が来たから殺される、と逃げだすところであった。張ばあさんも殺されたと知って、闖雲は逃げだしたが、運わるくチビの「鬼子官(日本軍の指揮官)」の眼にとまって、「姑娘《クーニャン》は生け捕りにするから射つな」と追いかけられた。石門関の山上にかけのぼりながら、闖雲は岩石をころがして追ってくる「小鬼子」をたくさん殺した。業《ごう》をにやした「鬼子官」は、生け捕りをあきらめ、ついに砲弾をうちこみはじめた。しかし何百発うちこんでも、山頂の娘は倒れなかった。兵隊に見にいかせると、闖雲は石人になっていたのであった。

――遼寧省新金県。遅九令(新金県塔西公社の貧農、六十余歳)口述、宋一平・滕玉珍採集整理、「闖雲石」、『民間文学』一九六六年二号。

(注)中国では、「鬼《クイ》」は日本のオニではなく「死霊」を意味するのが普通である。「鬼子《クイツ》」は古くから罵語としてあったが、近代には欧米の侵略者に対して「番鬼」「夷鬼」「洋鬼子」などと使われ、さらに日本人を対象としては「倭寇」や「日寇」とともに「東洋《トンヤン》(日本をさす)鬼子《クイツ》」や「日本

鬼子」などが使われた。北方の漢民族からすると日本人が小さく見えたためか、「小日本」などと「チビ」呼ばわりする場合も多い。

「鬼子」の要求をはねつけ海に消えた兄妹

新金県の貔子窩《ひしか》の南十里ほどの海上に、あまり大きくない岩礁がある。光緒二十年（一八九四）の十月ごろ、「東洋鬼子」が戦争に来て、こんな出来事があった。「鬼子」の司令官が新鮮な魚のスープを食いたいと思い、部下に漁師をさがさせ、老竜頭山の裏の松林でようやく漁師の家を見つけた。その王という家には、二十何歳かの海牛《ハイニウ》とその妹で十八歳の海燕《ハイエン》、それに七十何歳の母親が病気で寝こんでいた。「鬼子」は兄妹が言うことをきかないのでしばりあげ、あげくに取りすがる母親を刺し殺した。兄妹はそのまま海辺に連れていかれ、紐をほどいて魚を取って来いと船に乗せられた。兄妹は船をこいで岩礁まで行ってあがりこみ、あとから来た「鬼子」を三人とも小船をひっくりかえして殺してしまった。司令官が大砲で岩礁の兄妹を打とうとしたところ、にわかに風雨が強くなり、三日三晩つづいた。のちに近くの人たちが見にいったが、岩礁には赤い「海《ハイ》蓬蓬花《ポンポンホア》」と緑のこけが生えているだけで、人影はなかった。二人は船板につかまって逃げたともいわれ、また竜王のもとへ行って海神になったともいわれる。以来、その岩礁は二人の名を取って「牛燕坨子《ニウエントウツ》（坨子は岩礁の意）」あるいは「牛眼坨子《ニウエン》」と呼ばれるようになった。

――遼寧省新金県。劉芳枝（楽甲公社の女性、七十三歳）口述、宋一平採集整理、「牛燕坨」、『民間文学』一九六四年一号。

猟師の姜二、落し穴で「鬼子」をやっつける

貔子窩《ひしか》の西姜屯に四十歳をすぎた姜二《チアンアル》という猟師がいて、狼をとる名人であった。光緒二十年（一八九四）十月、「東洋鬼子《トンヤンクイツ》」が花園口から上陸してきた。二歳で両親に死なれた姜二は、七十歳すぎのおばと暮し、三十代のその息子夫婦と同居していた。

ある日、「東洋鬼子」が来て、炕《カン》（オンドル）の上にいた息子の嫁を「姑娘《クーニャン》だ、いいぞ」と言うなり連れ去ろうとした。嫁は焼け火箸をふりかざして抵抗した。おばは庖丁を持ち出して「鬼子」に切りつけたが、別の「鬼子」に殺されてしまった。かけもどった息子も切り殺され、最後まで抵抗していた嫁は銃殺された。

そこへ帰ってきた姜二は、「鬼子」に追いまわされたあげく、入ってくる「鬼子」を一人ずつ漬物がめや長持や炕の穴に投げこみ、一人は斧でぶち殺した。「鬼子」たちは、「鬼（死霊）」のしわざと思いこんで、恐れをなして逃げ去った。そのあとも、村の大通りに三つの大きな落し穴を掘り、狼をとるのと同じ方法で、馬に乗ってきた「鬼子」をたくさんやっつけたのであった。

——遼寧省新金県。王邦敏の父親（六十五歳、貧農、烈士の家族。貔子窩公社河東大隊）口述、畢雲高・尹煥章採集整理、「姜二、『狼』をやっつける」、『民間文学』一九六六年二号。

（注）以上三話の採集地である新金県では、一九六三年から六四年にかけて、「中日甲午戦争」の七十周年にあたり、それに関連する十五篇の民間伝説を記録したという（『民間文学』一九六四年三号）。

鍛冶屋の苑、七人の「日寇」を叩きつぶす

旅順の黄金山のふもとに住んでいた鍛冶屋の苑《ユアン》は、五十をすぎており、連れあいを亡くして八十の母親と二人の息子がいた。長男の大勇《ターユン》には一歳になる男の子もいた。甲午の年の八月、「日本鬼子《リーベンクイツ》」が攻めてきた。徐邦道統領（旅団長）が二千五百人をひきいて旅順口に来て、さらに五百人の兵をつのった。長男の大勇はそれに応募し、金州城の戦闘で犠牲となった。そこで二男の二勇《アルユン》も、これに加わり、徐の部隊は土城子の戦闘で五百人の「日本鬼子」をやっつけた。八月二十四日の朝、苑は母親と大勇の嫁と孫を四十里離れた田舎へあずけに行った。苑が旅順口にもどってみると、徐の軍隊は全滅してしまい、家の入り口に二勇も血まみれになって倒れてい

た。苑は鉄を打つ大きな鉄の槌《つち》を持って戸の内側にかくれ、入ってくる「日寇」を七人まで叩きつぶし、背後から射撃されながらも、その「日本鬼子」を叩きつぶしてから自分は倒れた。のちに苑とその息子たちも、みな万忠墓に葬られた。

——旅大市（現、大連市）旅順口区。宋王氏（百一歳）等口述、丁明祥採集整理、「苑鉄匠」、『民間文学』一九六六年二号。

（注）一八九四年十一月二十一日、金州から旅順口に入った日本軍は、三日三晩にわたって非戦闘員の中国人を二万余人も虐殺し、わずか三十六人だけが生き残って、同胞の死体を白玉山の麓に埋めたとされる。一八九五年末に遼東半島が還付されてから、そこに「万忠墓」の碑が建てられた。いまは一九八四年に改修された碑が立っている。

董志正編著『旅大史話』（一九八四年）によると、鍛冶屋の苑は南山崗の火神廟の西にいて、五人の日本兵を叩きつぶしたとある。このほかにも、芝居の上演を強制された劇団員が、武戯のさなかに灯を消して「日寇」に切りつけたとか、乞食に扮した学童が日本軍の兵営に入りこみ、飲料水に毒薬を入れたとか、多くの話が同書には紹介されている。

五　日中戦争（一）

竜潭の人参娘、「鬼子」に抵抗する

竜潭山（現、吉林市）の竜潭の西がわに、年をへた人参《にんじん》があった。年寄りの話では、この人参は赤い上着と緑のズボンをつけたお下げ髪の女の子に変身することがあるそうだ。山の近くに貧乏で嫁をもらえない若者がいると、夢のなかに現われて高く売れる人参のありかを教えてくれることもあった。山に入って仕事をする人たちは、その女の子を「竜潭の娘」と呼んで大切にしていた。

「九・一八」（いわゆる「満州事変」、一九三一年）以後、「鬼子《クイツ》」がこの東北をわが物とし、竜潭山も占領された。「鬼子」は「出荷」と称して食糧を略奪し、

労役にかり出し、あげくに狼のように「姑娘《クーニャン》」をさがしまわった。若者たちは遊撃隊に参加し、娘や嫁はみな姿をかくした。そんなある日、山菜取りの籠をかかえた年ごろの娘が竜潭山から現われた。「鬼子」が追いかけると、娘は竜潭のそばの大きな岩まで逃げて動けなくなった。ここぞと「鬼子」が手をのばすと、娘は雲に乗って舞い上がり、「鬼子」は竜潭に落ちて竜の餌食となった。こうして何百人もの「鬼子」が竜潭に引きずりこまれたそうだ。

ところが、のちに一人の「漢奸《かんかん》」が「鬼子官（日本軍の指揮官）」に密告して、あの娘は竜潭のそばの人参が変身したものだ、と教えた。「鬼子」が人参を引き抜きに行くと、人参は東がわから西がわへ、最後に水中へと移って逃げまわった。腹をたてた「鬼子」が竜潭に手榴弾を投げこむと、あたりがまっくらになり、足もとのふらついた「鬼子」が何人も竜潭に落ちた。そのことがあってから、竜潭のそばの人参は見えなくなり、娘も現われなくなった。その「竜潭の娘」は長白山の森に移り、楊司令（楊靖宇）の戦士たちの世話をするようになった、と人々は語り伝えている。

——吉林省吉林市。孟有貴等口述、趙勤軒採集整理、「竜潭姑娘」、『金鳳』（一九六一年）。

（注）山中に自生する年をへた人参（いわゆる朝鮮人参）は、高価なものとして珍重され、さまざまな伝承を生み出した。その人参がかわいい女の子に変身するのも、その昔話の常套的な語り口である。

日本の「満州」支配に抵抗するいわゆる「共産匪」の活動は、東北抗日義勇軍（一九三三年初めまで）や東北人民革命軍（一九三四年～）から、東北抗日連軍（一九三六年～、抗連とも呼ぶ）へと、日本軍の執拗な「討伐」のなかで曲折をへながらも、ねばりづよく持続された。抗連第一路軍の総司令であった楊靖宇は、その象徴的存在として今も語りつがれている。一九四〇年、「討伐隊」に銃殺されて三十五年の生涯を閉じるまでのいきさつは、澤地久枝『もうひとつの満洲』（文藝春秋）にくわしい。

子どもたちの手引でシェパードを殺す

「日本鬼子《リーベンクイツ》」が東北を占領していた時、蛟河《こうが》県（吉林省）の新站《しんたん》に百頭以上もシェパードを飼育している場所があった。鉄条網をめぐらして監視台を立てた上に、幅八尺深さ六尺もある堀でかこんで、厳重な警備をしていた。

「鬼子」は自分たちの気にいらない人間や「労工」（強制労働にかり出された人たち）で病気になった者を、そのなかに放りこんで犬に食わせていたので、誰も近づきたがらなかった。ところが、子どもたちばかりは犬をこわがることもなく、毎日のようにやって来て鬼ごっこをしたり、蛙やキリギリスをつかまえたりしていた。しまいには、歩哨の「鬼子」に酒を買ってきてやるほど親しくなった。子どもたちのなかには、楊司令（楊靖宇）のもとで偵察員をしている小五子《シアオウーツ》がまぎれこんでいた。小五子は、なじみになった子どもたちに手伝ってもらい、ある日の夜、鉄条網をはさみで切り、堀に人の渡る橋をかけた。そこへ銃や手榴弾や爆薬を持った人たちが現われ、あっという間に、十数人の「鬼子」と百頭あまりの人を食うシェパードを皆殺しにした。

――吉林省蛟河県。吉林省九台県城郊公社馬家崗子大隊で一九六四年三月、王宝林口述、呉開晋採集整理、「小英雄、たくみに狼狗圏を破る」、『民間文学』一九六五年五号（革命伝説故事集『神槍鎮悪魔（神銃、悪魔を鎮める）』一九八一年、にも収める）。

冬ごもりの熊に「討伐隊」を襲撃させる

楊靖宇軍の師団長をしていた曹亜范《ツアオヤーファン》は、智謀にたけたことで知られていた。ある年の冬のこと、濛江山区（現、吉林省靖宇県）でわずかな隊伍で行動中に、二、三百人から成る日偽軍の「討伐隊」と遭遇した。まともに対戦したら勝ち目はないと見てとった師団長は、何十里か先の漏河の南岸に深い森があって、そこに数百頭の月の輪熊が冬ごもりしていることを思い出した。冬ごもりしている熊は、さわがしい物音をたてると怒り狂ってとび出してくる。この「新鋭部隊」を利用しない手はない。師団長らは夜どおし移動して、熊のいる森のそばでは目につくように足跡をつけて、自分たちは向い側の山の上の有利な場所に陣をかまえた。「討伐軍」は朝になってから移動した跡をつけて、熊のいる森まで追いついて来た。そこで山の上から一斉に銃撃をくわえた。冬ごもりしている熊は、銃声に驚いてとび出し、目の前の「討伐軍」に襲いかかった。「鬼子兵」はつぎつぎに熊の手のひらで倒され、軍刀で切りつけた「鬼子」の指揮官も頭をがぶりと噛みくだかれた。逃げだした敵には、山上からの銃撃が集中した。こうして「討伐隊」の大半は消し去られ、作戦は大成功であった。

――吉林省靖宇県。温野整理、「『賽孔明』、たくみに『討伐隊』を殲滅」、『黒竜江民間文学』第三集（一九八一年）。

朝鮮義勇軍、「鬼子」に偽装して通化に入城

一九三五年のことであった。ある日、楊司令（楊靖宇）は、奉天と新京から「鬼子」の教導隊が通化（現、吉林省通化市）に増援されるという通知を受け取った。楊司令はみんなと相談して、通化を攻める策を練り、朝鮮義勇軍に協力を求める手紙を書き送った。ちょうど五月の初旬で、畑の作物も人が隠れられるほど伸びていた。あくる日、楊司令はみんなを引き連れて通化城に向かい、それから二日間、通化城をとりかこんで攻撃を加えた。三日目に西北のがわにしりぞくと、北の方から「鬼子」と思われる一隊が現われた。城内の「鬼子」が援軍来たると思ってたずねると、吉林の教導団で団長が厳本（巌本のつもりか）と言い、顧問の石黒はおくれて来るということで、日本語もうまいので、門を開けて入れた。教導団はあくる日から城の警備についた。楊司令は四日目に軍を引くと見せかけて、ひそかに城の西南のがわに潜伏した。紅軍が引いたという報告があった時、教導団の厳本は「鬼子」の司令官に、「城を守るのが第一、残りの兵で紅軍を追えばいい」と進言し、さらに「城を守るのは教導団が引き受けてもいい」と言った。そこで「鬼子」の司令官は自

分で紅軍を追って出撃した。真夜中に楊司令らは教導団の手助けで南門から入り、残っていた「鬼子」を武装解除し、何人かの漢奸をつかまえた。実は教導団は朝鮮義勇軍が偽装をしたので、ニセの厳本は紅軍の偵察科長であった。夜の明けぬうちに、紅軍は百両もの車を引いて城内に入り、弾薬や食糧や布地や医薬品を積みこみ、朝食をすませると、濛江へと引き揚げていった。紅軍を追っていった「鬼子」の部隊は、かえって一万をこえる紅軍に包囲されて、全滅した。

——吉林省通化市。洪希天口述、金増新・呉作宏採集整理、「楊司令、通化をたくみに攻める」、『金鳳』（一九六一年）（『吉林民間故事選』一九八〇年、にも収める）。

花嫁に扮し「鬼子」と漢奸を一網打尽にする

その年、楊司令（楊靖宇）のひきいる抗連第一軍が桓仁（現、遼寧省東部）にも来て、抗日闘争がくりひろげられていた。ニセ警備司令部も「鬼子」の司令官として亀田を派遣してよこした。楊司令もすぐに偵察班長の金鳳《チンフォン》に様子をさぐらせた。金鳳は十八歳になる朝鮮族の娘で、漢語も達者であった。「鬼子」は山地の封鎖をしていて、五里ごとにトーチカ、十里ごとに砲台があって、偽軍（日本に協力している政権の軍隊）が警備していた。金鳳は親戚をたずねる若い嫁といった出で立ちで、そこを通り抜けたが、あいにくにわか雨に遇って通りがかりの家にとびこんだ。それは靠山屯《こうさんとん》の郭《クオ》という家で、老夫婦と十七歳になる一人娘の玉蘭《ユーラン》の三人暮らしであった。聞けば、五日前に桓仁県の魏《ウェイ》という警察署長がニセ村長を通して玉蘭に結婚を申し込んできたので、一家で毒をのんで死のうとしているところだという。金鳳は「三日後にかならず来る」と言いおいて山へもどった。

三日後の婚礼の日、副署長の独眼竜が警察の騎馬隊をしたがえて花嫁を迎えに来た。花嫁のがわには、親戚の者だという十何人かの若者が随行して城内に向かった。日が暮れて婚礼の宴会が始まり、花嫁は夫となるデブの魏や列席した「鬼子」の亀田にしきりに酒をついだ。やがて二人の「警官」らしい男が入ってきたのを合図に、花嫁はテーブルの上に跳びあがり、両手に拳銃をかまえ、「命が欲しいものは手を挙げろ。私は抗日連軍の金鳳だ」と名乗った。二人の「警官」も手榴弾を手にしていた。さきほどの随行した若者は、すべて偵察班の戦士で、手ぎわよくその場の人たちを縄でじゅずつなぎにし、亀田以下数十人の「鬼子」と漢奸をつかまえて、車で連れ去った。

――遼寧省桓仁県。廉増口述、文翰・偉凡採集整理、「金鳳」、『金鳳』（一九六一年）（前出『神槍鎮悪魔』にも収める）。

「土匪」の四海山、楊司令の軍に加わる

海竜県（現、吉林省梅河口市）西南部に鶏冠砬子山《チーコアンラーツ》という山があって、その頂上に四海山《スーハイシャン》の建てたとされる廟がある。四海山は、姓を伊《イー》といい、山東の貧しい農家の出であった。飢饉をのがれて、この「東辺外」にやって来て炭鉱で働いていた。ちょうど「日本鬼子」が東北を占領しているころで、「労工」にかり出されそうになった。それを知った四海山は、主人の屋敷に放火し、奪った馬に乗って山に入った。それから二年後、鶏冠砬子山のあたりに、金持を殺して貧乏人を助け、「鬼子」に戦いをいどむ軍勢が出現した。その指導者が四海山であった。白昼に守備隊の火薬庫に放火するような大胆なことをやってのけ、「鬼子」の度胆をぬいた。「鬼子」が四海山の首に一千元の賞金をかけた掲示を出すと、あくる日には、それが「日寇（日本侵略者の意）を追いはらって、我に中華を返せ」というビラに貼りかえられていた。紅軍は「抗日救国」のために四海山と手を組もうとして、楊司令（楊靖宇）が長白山から連絡員をよこしたが、四海山は取りあわなかった。

ある時、四海山のひきいる軍勢が聖水河の南岸で「鬼子」と二昼夜にわたって戦ったが勝敗がつかなかった。攻めあぐんでいる時、四海山は自分の軍勢が多いように思って調べたところ、楊司令が二個中

隊を援軍としてよこしていることがわかった。四海山は、楊靖宇が功名を奪おうとしていると思い、自分の軍勢を撤退させてしまった。翌年の春、四海山が鶏冠砬子山に自分の軍勢を集結させた時、「鬼子」がそれを知って海竜・柳河一帯の守備隊三千人を集めて山を包囲した。三日目になると、山上には水も食糧もなくなり、「鬼子」の司令官は「投降しなければ明日の早朝に攻め入る」と警告した。ところがその夜、楊司令の派遣した軍勢が「鬼子」の号笛を使って包囲陣に割りこみ、四海山の軍勢を救出した。虎口から脱出できた四海山は、のち鶏冠砬子山の頂上に紅軍の恩に報いるために廟を建て、自分の軍勢を引きつれて紅軍に加わったのであった。

——吉林省市梅河口市。周殿臣口述、王丹整理、「四海山、廟を建てる」、『老一輩革命家的伝説故事選』(一九八二年)。

燭台山の頂上に紅軍の火がともった

長白山の奥深く、大きな燭台の形をした山があった。雲の立ちこめる山の頂上には大きな紅松(朝鮮五葉)の木があって、燭台の蠟燭を立てるところのようであった。薬草取りや朝鮮人参取りの人たちは、この山上には宝物があると話していた。しかし、山の斜面はすすべの黒い岩におおわれていて、これまで誰一人として登った者はなかった。ある夜、これまで火のともったことのなかった燭台山の山上に、火の手があがって空をこがしていた。人々は神仙が下界にくだったのかと思ったが、三日後に紅軍の兵士たちであることがわかった。山麓で三日三晩にわたって一千人あまりの「鬼子」と戦いつづけた三十余人の兵士たちが、弾薬と食糧がとぼしくなって逃げ場を失った時、どうしたわけか岩づたいに燭台山にあがることができた。あとを追ってきた「鬼子」たちが登ろうとすると、斜面の黒い岩からころげ落ちるばかりであった。山麓の人々が餓死するのではないかと気をもむなかで、六日間が過ぎた。七日目の夜、にわかに大風が吹いて黒い煙がたちこめ、翌朝になると、山上の火が消えていた。ここぞとばかり、「鬼子」は梯子をつないでようやく山上に登ったが、山上には何一つ残っていなかった。ただ足跡が山麓の「鬼子」の司令部へと続いていた。「鬼子」があわてて引き返すと、司令部は徹底的にこわされていた。これに驚いて、「鬼子」たちは早々に撤退した。それからはまた、夜ごとに燭台山の上に火がともるようになった。年寄りたちは「紅軍が山にもどったのだろう」と話しあった。

——吉林省、長白山。楊立嘉採集、徐吉征整理、「一支蠟(一本の蠟燭)」『金鳳』(一九六一年)。

眼の見えない老婆のくれた大麦でよみがえる

長白山の天池の北がわに大きな岩山があって、山の登り口はすべすべした黒い岩でおおわれていた。ここは楊司令(楊靖宇)にひきいられた紅軍の根拠地になっていたことがある。ところが、特務の密告でそのことを知った三千人の「小鬼子」が、この岩山を包囲した。七日目には紅軍の食糧は底をついたが、それでも彼らは軍歌を唱い、「鬼子」を攻撃しつづけた。十日目に「鬼子」の飛行機が爆撃して山を崩し、たくさんの兵士が昏倒した。

その夜、天池の方から七十歳あまりの眼の見えないお婆さんが女の子を連れてやって来た。お婆さんはどんぶりに入れて持ってきた大麦を二粒ずつそれぞれの飯盒《はんごう》に入れ、娘は自分の持ってきた天池の水を二滴ずつ、そこに注いだ。それを火にかけると、二粒の大麦がふくらんで飯盒いっぱいになり、兵士たちはそれを食べて元気をとりもどした。あくる日、山に登って紅軍の死体を焼きはらおうとした「鬼子兵」は、思いがけない反撃を受けてたくさんの死者を出した。それからというもの、「鬼子」はもう長白山に入って来ようとはしなくなった。あれは「長白山」ではなく「喪命山」だ、と「小鬼子」も語ったとかいうことだ。

——吉林省、長白山。富育光採集整理、「常年麦」、『神槍鎮悪魔』(一九八一年)。

少年のしかばねで赤くなった岩

馬蹄溝へ行った人なら、あの赤い岩のことを知らない人はないだろう。青々とした山のなかにまっかな岩が切り立っていて、渾江《こんこう》に映っているさまはひときわ眼をひく。この岩もむかしは赤くなかったそうだ。楊司令(楊靖宇)のひきいる紅軍がここに駐留していた時、十三、四歳になる少年の伝令がいた。ある日、少年が山をおりて村に入り、「鬼子」の討伐隊に出くわした。このことを知らせるために、少年はすぐ村を出ようとしたが、歩哨に連れもどされた。そこで指揮官が道案内をさがしていたので、「山へたきぎを取りにいって紅軍を見たことがある」と申し出た。渾江の両岸には、切り立った高い崖がつづいている。少年は、指揮官をその崖の上に連れていき、双眼鏡をのぞいているすきに川のなかへ蹴り落した。少年は馬を奪って逃げる途中、銃弾にうたれ血みどろになりながら、あの岩のところまでたどりつき、一千人もの「鬼子」が来ることを知らせて息絶えた。紅軍は谷の入り口で待ち伏せをして、「鬼子」に大きな打撃を与えて追い返した。楊司令は少年を岩のいただきに葬った。それから、あの岩は日一日と赤くなっていき、朝日ののぼる時にはとりわけあざやかに輝くようになった。

——吉林省、渾江。楊洪君口述、張鴻印・李継学採集、張鴻印整理、「紅石磖子(赤い岩)」『金鳳』(一九六一年)。

火だるまとなって同志を救った娘

長白山のふもとに岩穴があり、きれいな清水の湧いているところがある。言い伝えによると、これはある抗連の娘が残したものとされる。いつのことだったかははっきりしないが、五人の重傷を負った抗連の同志が山の洞穴へ連れて来られた。近くに住む朝鮮族の抗連の女戦士が、毎日食べ物をとどけていた。二十何日かするうちに、そのことを「狗腿子《コウトイツ》」(日本側に協力した中国人への蔑称)にかぎつけられた。「鬼子」は彼女を銃撃し、犬に追わせたが、彼女は風のように山奥へと消えた。だが、「鬼子」の見張りが厳しくなったため、食べ物と水を持ち込むことはできなくなった。彼女は山のなかで木の実をさがし、天池の水をくんで来て飲ませた。ある夜のこと、彼女が頭に天池の水をくんだかめを載せ、スカートにぶどうをつんで山を下りてくる時、「鬼子」にとり囲まれた。彼女が岩の上へかけあがると、「鬼子」はガソリンをまいて火をつけた。スカートに火がついて火だるまとなった彼女は、岩の上から「鬼子」のなかへ身をおどらせた……。あくる日、天池の水がこぼれたあたりの岩穴から清水が湧き、スカートからこぼれ落ちたぶどうは芽ぶいていた。「鬼子」は紅軍をさがしあてられずに引き揚げた。今もある岩穴の清水はその時のものだという。また夕方になると長白山の上に輝く火の玉のように明るい星は、あの抗連の娘なのだと言われている。

——吉林省、長白山。富育光採集整理、「天池水」、『神槍鎮悪魔』(一九八一年)(『吉林民間故事選』一九八〇年、にも収める)。

(類話)

○吉林省、渾江。大通溝の小北山のあたりには、茶枝子樹(モミジの一種)がたくさんあり、秋には山一面が夕焼け雲のように赤くなる。ある年の秋ぐちのこと、抗連の三人の負傷兵がかつぎこまれ、一人の女性の同志がその世話にあたった。負傷兵は洞穴のなかに寝せられ、彼女は自分で薬草を採り、それを煎じたりして看病にあたった。四十九日たつころには傷もよくなり、山の紅葉は雪のなかに閉じこめられようとしていた。そのころ、彼女の薬を煎じる煙が「鬼子」の眼にとまり、銃撃を受けた。彼女は燃えさしの枝を手にしたまま山のなかを逃げまわったため、まもなく山全体が火に包まれ、彼女自身も火だるまとなった。追ってきた「鬼子」たちも火にまかれて、生きては帰れなかった。洞穴にいた負傷兵は助かったが、彼女は火の神となって、この山を今も赤く焼いていると言われる。

——吉林省、渾江大通溝。甄殿義・由正達採集整理、「火神娘娘(火の神の女)」、『民間文学』一九六四年五号。

○吉林省、長白山。長白山の奥に清水の湧く池がある。抗日戦争の時、朝鮮族の玉女という娘が三人の負傷兵を看病した。日本の憲兵に気づかれたため、山奥に連れて行き、食べ物や薬をとどけた。負傷兵がよくなってから、「鬼子」につかまり、その居場所を追及された。いつわって池のほとりに連れて行き、「鬼子兵」一人を道づれに池に身を投げた。それから「玉女池」と呼んだ。これは児童文学の作品として書かれている。

——何鳴雁「玉女池」(一九七八年八月執筆)、『吉林児童文学作品選』(一九八〇年)。

○吉林省、長白山。長白山の北がわに「ぶどうの谷」がある。むかしは「黒熊の谷」と呼ばれた。朝鮮族の抗連の娘が三人の負傷兵を看病した。あとは本文の話に近い。

——楊帆整理、「葡萄溝的伝説」、『玉女池』(一九八〇年)。

秘密を守った娘の最期をしのばせる福寿草

それは抗日戦争のころのことであったらしい。貧しい家に育った劉冬花《リウトンホア》という娘がいた。ある冬の日、彼女は柳で編んだ籠をかかえ、山のなかにいる人たちのところへ緊急の連絡をつけに行った。深い雪をかきわけ、たいへん難儀はしたが、ともかく任務は果たした。ところが、その帰り道で敵につかまってしまった。敵は冬花を村の粉ひき小屋にとじこめ、五十日ものあいだ、激しい拷問を加えた。皮の鞭で打たれ、焼火箸をあてられ、椅子にしばりつけてトウガラシ水を飲まされ、竹べらで手の指を突きさされ、ずいぶんひどい目にあったが、彼女は山にいる人たちの場所を教えようとはしなかった。最後に、敵は彼女を川へ投げこむことにした。まだ小雪のちらつく早春の朝であった。冬花は大きな眼を見はって、自分の住んでいた村を、林を、そしてあの山をじっと眺めた。それから、かがみこんで足もとにあった一輪の冰凌花《ピンリンホア》を摘んだ。岸に向って歩いていったその足跡には、赤い血のしるしと共に、金色の花びらが落ちこぼれていた。あくる年の春がくると、冬花の歩いていたその岸辺には、冰凌花が水ぎわまでずっとつながって咲いていたという。

——黒竜江省、北大荒。林青『冰凌花』(一九六三年)。

(注)　これは北大荒の開墾を語る本のなかで、「民間伝説であるか、それとも真実の物語であるかは、わたしにもよくわからない」として紹介されている話である。「金色の花びら、あかがね色のしべ、濃い緑の葉をつけた草の花」である「冰凌花」は、日本で福寿草と呼ばれているものである。福寿草は、春にさきがけてシベリヤや東北の原野に咲くということだ。(この項は、飯倉「長征する若者たち」、『中国は大きい』朝日新聞社、一九七二年、によった。)

(類話)

○吉林省靖宇県。肖家営の裏山に一面に野生のシソが生えているが、これは抗連の戦士のためにシソの種子をとどけた鄭大爺の思い出につながっている。鄭大爺は「鬼子」につかまったが、ひどい拷問にも屈せず、口を割らなかったために殺された。

——劉勇志口述。于済源採集整理、「野蘇子(野生のシソ)」、『民間文学』一九六四年五号。

六　日中戦争(二)

農具のフォークで「鬼子」を突き殺す

鏌《ばく》鋣《や》島(山東半島の東端)は十何戸の漁民が住んでいるだけの小さな島であった。ずいぶん昔のことである。ある年の麦刈りのころ、日の暮れがたに七、八人の「日本鬼」が小舟で乗りつけた。彼らは上陸すると、まだ鉄砲がなかったのであろうか、長い刀をふりかざして漁民から略奪をおこなった。湯《タン》三《サン》のふとった豚もかついでいった。麦打ちをしていた湯三は、フォーク(農具)を持って追いかけ、一人の「鬼子」をうしろから突き殺した。あとから息子たちも駆けつけ、親子四人で「鬼子」たちと戦い、ついに追い返した。島の人たちも、その気になれば「日本鬼」だって撃退できるのだ、と語りあった。

——山東省栄成県、鏌鋣島。董均倫「鏌鋣島上」、『小小故事(小さな話)』(一九四九年)。

(注)　さながら「倭寇」の記憶を語るような内容であるが、これが日中戦争の体験に重なっていく

のであろう。董均倫《トンチュンルン》は一九四五年の対日勝利後に延安から郷里の山東にもどり、これらの聞書をはじめた。のちには妻の江源《チアンユアン》と共に、漢民族の伝統的な昔話の採集整理に大きな業績をあげた（飯倉照平・鈴木健之編訳『山東民話集』平凡社・東洋文庫、参照）。

農民の地雷にこりた「鬼子兵」たち

黄県（山東省）の城内から「鬼子兵」が「掃蕩」に来るとわかると、根拠地の人たちはあちこちに地雷を埋めてから山へのぼった。劉家荘の入り口の「日本鬼をやっつけろ」という立札を蹴とばした「鬼子」は、地雷が爆発して杭もろとも中空に舞いあがった。農家に入って風呂敷包みに手を出した「鬼子」も、ドカンとなぎ倒された。腹立ちのあまり家を焼きはらおうとした「鬼子」も、中庭へ草を取りに行って爆破された。恐ろしくて通りへ出ようとして地雷を踏みつけた者もいる。こりごりして村の外へ出ると、山へのぼった人たちの通る道に赤い風呂敷包みが置いてあった。「鬼子」たちは、それがニセの地雷とは知らずに、廻り道をして引きあげていった。

——山東省黄県。董均倫「老百姓、大いに地雷を仕掛ける」、『小小故事』（一九四九年）。

（注）「地雷戦」と呼ばれる戦術は、はじめは民兵が手榴弾をたばねて埋めておき、紐を引いて爆破させることに始まり、一九四一年ごろから土法（土着の方法）で地雷を作りはじめて、広まったとされる。

肉マンを食わせて「鬼子」を捕えた武工隊

抗日戦争のころ、障日山の上にいた武工隊（武装工作隊）に姜希言《チアンシーイエン》という隊長がいた。石嶺の砲台にいた「鬼子」の小隊長は、「チョビひげ」というあだ名で、近くの市場に来るといつも油であげた肉マンを金も払わずに食っていた。これを知って姜希言は計略を立てた。ある日の昼どき、「チョビひげ」は四人の護衛兵をしたがえて市場に現われた。マンジュウ屋は例のごとく、「太君《タイチュン》（日本軍将校らへの敬称）、おかけください」と四皿の肉マンを並べた。するとそこへもう一人の客が入って、「鬼子」のそばへどっかり坐りこんで肉マンを食べはじめた。その態度に「鬼子」が難癖をつけると、店で働いている者たちがとりなしに来た。「鬼子」たちが拳銃に手をかけようとすると、店の者たちがそれを取りおさえた。あとから入ってきたお客は、ふところから拳銃を取り出すと小隊長の頭にあてて、「おれが武工隊の姜希言だ」と名のった。そして、その場にいて店の者になりかわっていた十数人の武工隊員が、五人の「鬼子」を捕えて障日山に連れていった。

――山東省諸城県、趙家庄子。一九六四年七月採集、王良瑛採集整理、「武工隊が肉マンを売る」、『民間文学』一九六六年二号。

（注）「武工隊」は「敵後武装工作隊」の略称。一九四一年ごろから日本軍の「治安強化運動」に対抗して、華北各地で八路軍の武装宣伝隊により組織され始めたもの。隊員は戦闘員であると同時に、宣伝員でもあり、組織員でもあった。

「鬼子」を道づれに死をえらんだ花嫁

上海の川沙県城の西に「新娘子港（花嫁の川。「港」は支流の意）」という小川がある。抗日戦争のころのことである。ある冬の日の夕方、川の南がわから飾り立てた花嫁の轎《かご》が、にぎやかな音楽に包まれて橋にさしかかった。ところが、川の北がわから二人の「日本鬼子」がやって来た。「鬼子」たちが「花姑《ホワクー》娘《ニャン》」だとばかり、とばりをあげると、中から花嫁がとび出した。相手が「日本鬼子」だとわかると、花嫁はきっとなって、手を出しかけた「鬼子」にビンタをくらわせ、川のなかへと突き落とした。もう一人の「鬼子」が抱きつくと、花嫁は首や腕に必死にかみつき、手のゆるんだすきに相手を引きずりこんで自分も川に飛びこんだ。そして力をふりしぼって、二人の「鬼子」を水死させた。岸にいた人たちが何人も川に入って救おうとしたが、花嫁は水に流されて助からなかった。そこで、「日本鬼子」に抵抗した勇敢な花嫁を忘れないために、そこを「新娘子港」と名づけたのである。

——上海市川沙県、城鎮公社城西生産隊。喬永潔・孫義邦整理、「新娘子港」、『民間文学』一九六五年六号。

（注）「花姑娘《ホワクーニャン》」はもと妓女をさす言葉。日本人がよく口にした「姑娘」の語にも、未婚の女性を指す以外に、妓女や妾を意味する用法もあった。日本兵が追いかけまわした「姑娘」について語る時、中国語の原文では「花姑娘」が使われていることが多い。

流しの阿炳、「偽軍」に頭をさげず

「東洋人《トンヤンレン》（日本人に対する古い呼び方）」が無錫を占領していたころ、阿炳《アピン》とかみさんが流しの弾き語りをおえて光復門に来ると、夜ふけで門がしまっていた。「偽軍（日本に協力している政権の兵隊）」の一人が「なにか楽しい歌を弾いてくれたら門を開けてやる。さもなければそこで夜あかしだ」と言った。阿炳はそれには返事もせず、哀調にみちた「二泉映月」の曲を胡弓で弾きはじめた。「偽軍」から「もっと楽しい歌をやれ」と言われると、阿炳は「みなさんは満腹して悩みもないでしょうが、わしらは朝から晩まで流しをつづけて、食うにもことかく始末です」と答えた。「それなら、おれたちにタバコ銭を置いていけ」と言われてもとりあわず、阿炳はその曲を弾きつづけた。「偽軍」のなかには涙を流して聞く者もあった。見かねた小隊長が門を開けて二人を入れてやった。

——江蘇省無錫市。張国良（男、五十一歳）口述。袁飛採集整理、「瞎子阿炳の故事」、『民間文学』一九六四年四号。

（注）阿炳は有名な街頭芸人。本名華彦鈞（一九五〇年没）。道士の家で育ち、三十近くに盲目となった。楽隊屋からも追い出されて乞食あつかいをされていた。「楽器（琵琶、胡弓）の演奏ができるだけでなく、歌もうまく、また歌詞を創作する才能があった。午前中に人々からニュースを話してもらうと、午後にはそれを歌にして演奏した。敵（日本）のかいらい政権が統治していたころ、勇敢

にも敵を暴露する出し物をつくってうたい。統治者の警告を受けたことさえもあった」（馬可『中国の民間音楽』、村松一弥訳）。「二泉映月」は人民共和国成立後に採録された、彼の作に成る二胡の独奏曲の一つ。無錫の名勝恵泉山の「天下第二泉」に月光が映る意を託す。

竹細工職人の作った竹矢来のからくり

抗日戦争のころ、圌山《せんざん》のふもとに竹細工の上手な喬山《チアオシャン》という職人がいた。喬山は新四軍の秘密連絡員であった。一九四三年、「日本鬼子」は江南一帯で「清郷」を進めていた。司令官の亀田は鉄道で長江沿いを視察し、百里にわたって竹矢来《たけやらい》を高く結って、新四軍と遮断せよと命じた。茅山地区のあちこちから竹細工の職人が徴発され、喬山も連れて来られた。「鬼子」は作った竹矢来に白や黒のペンキで、「竹矢来を通りぬけた者は問答無用で殺す」と大書した。喬山は、自分の作った竹矢来は自分が責任を持つから赤ペンキで文字を書いてくれ、と頼んだ。そして帰宅してから新四軍の偵察員に、「自分の作った十八ヵ所の竹矢来は、地面を三尺掘って三本の竹を下へ引きぬくと出入りできるようになっている。上へ引きぬくとうまく行かない」と教えた。やがて新四軍が竹矢来から出入りすることに気づいた「日本鬼子」は、竹矢来にからくりを作った職人がいるという情報を得て、喬山をつかまえて訊問した。仁丹ひげの亀田は、喬山を現場に連れ出し、「鬼子」に竹矢来の竹を抜かせたが、上へ抜こうとしたので、なかなかうまくいかなかった。むりやり引き抜いて、その竹をぶっつけられる者も出る始末。喬山のからくりはとうとう見つからずにすんだ。

——江蘇省鎮江市。康新民・趙慈風採集整理、「巧篾匠（上手な竹細工職人）」、『鎮江民間故事』（一九八二年）。

（注）一九三七年に日中戦争が始まってまもなく、中国共産党と中国国民党が抗日救国のため合作を進めることになり、共産党の指導する紅軍が国民革命軍第八路軍に改編され、華中・華南に留まっ

ていた紅軍も新四軍に改編された。また「清郷」は、遊撃戦をおこなう新四軍を日本の占領地区と遮断するため、公路や河川ぞいに竹矢来で封鎖線を作り、出入りには「良民証」を必要とした。一九四一年から江蘇省の南部と中部、浙江省の東部などで推進された。

尿壺の灯でまどわし、県城を奪い返す

高郵の県城は三方が湖水に面していて、北がわにだけ出入り口があった。われわれの部隊は西がわの大鋼鎮に駐屯し、この高郵県城をなんとか日本軍から奪い返そうと策をねっていた。ある日、指揮官は何百個もの尿壺《しびん》を集めてくるように命令し、その中に油を入れて灯芯を出し、口をふさがせた。そして火をともすと、風向きを見はからって闇夜の湖水に浮かべ、県城の方へ流れていくようにした。「鬼子」は新四軍の襲撃とばかり、これに猛攻撃を加えたが、翌朝になってその正体を知った。あくる日の夜、こんどは指揮官は百隻あまりの小船に五、六人ずつ乗せて銃弾を持たせ、前日とおなじような灯《あかり》をともさせた。前日でこりた「鬼子」はまたかと見向きもせず眠りこんでしまった。奇襲は成功し、敵は城の北口から逃げていった。

――江蘇省高郵県。張寿海（六合県）口述。朱興勝・華士明採集整理、「智取高郵」、『民間文学』一九五九年八号。

商人を生捕りして「掃蕩」に反撃する

山本を生捕りにした話は東江（広東省東部）のあたりではよく知られている。山本は早くから中国へ商人として来て、広東語もでき、中国名を劉清古と言った。広東に興亜商行を開き、莞城、博羅、常平などに支店もあった。一九四四年の冬、「鬼子」は東江遊撃縦隊に対する「掃蕩」作戦を始めた。山本は薬材買入の商人に扮して羅浮山（根拠地がある）に入って来た。われわれは山本をつかまえて「掃蕩」計画の大要を知り、先手を打って常平を攻撃して大勝した。山本は後方へ護送中に脱走した。「鬼子」

が第二次の「掃蕩」作戦を立て常平に集結したので、われわれは再び山本をつかまえる策をねった。偵察班長の芦阿華が米を売りにいく農民に扮して城内に入り、協力者と共に夜中に山本の家へ忍びこんだ。護衛の特務を殺してから、ニセの合図をして部屋に入りこみ、初めにつかまえた時の供述書の写真を見せて日本軍の司令部に知らせるとおどかし、羅浮山へ連れこんだ。そして、こんどの「掃蕩」計画を聞き出し、逆襲することができた。

――広東省博羅県。博羅県文化館提供。蘇方桂整理、「山本を生捕る」、『民間文学』一九六五年五号（前出『神槍鎮悪魔』にも収める）。

赤い号外で「鬼子」の鼻を折った娘

東江縦隊の政治部に『前進報』というガリ版刷りの新聞があり、その新聞は羅浮山にある古い廟で作られていた。博羅県（広東省）の県城にいる「日本鬼子」が、ある日、羅浮山へ「掃蕩」に向かったが、瀾石で待ち伏せ攻撃にあい何十人という死者を出し、残りは逃げ帰った。ところが、「鬼子」はそれをひた隠しにして、翌日、盛大な戦勝祝賀会を開くことになった。恵州からは「皇軍」の大佐も来るということであった。しかし、当日の早朝には城内のいたる所に『前進報』の赤い号外が貼り出され、東江縦隊の勝利を伝えていた。博羅城に駐屯の「鬼子官」は少佐であったが、特務隊長に命じてすぐさま号外をはがさせた。正午になって、恵州から来た「鬼子」の大佐が街の中央にさしかかった時、突然、空中で凧が爆発し、無数の赤い紙が舞い落ちて来た。それは『前進報』の号外であった。少佐は面目まるつぶれ、大佐も恵州へとんで帰った。街中に号外を貼ったのも、凧を爆発させたのも、お下げを編んで赤い服を着た娘であった、と人々は語り伝えた。

――広東省博羅県。曽慶輝口述、蘇方桂整理「《前進報》大いに博羅城を鬧《さわ》がす」、『民間文学』一九六五年五号。

節振国、豆腐屋に扮して砲台を爆破

古冶《こや》（現、河北省唐山市）の北がわに榛子鎮《しんしちん》（現、滦県）という交通の要衝があった。「日本鬼子《リーベンクイツ》」は唐山を占領すると、ここに大きな砲台を作った。その指揮官は五十何歳かで満州国から派遣されてきたが、中国の豆腐が大好きで、近在の村々に「慰労」（原文のまま）のためと称して豆腐を持ってこさせた。中国人はそこを「豆腐砲台」と呼んだ。これに目をつけた鉱工（鉱山労働者）遊撃隊の節振国《チエチエンクオ》は、豆腐屋の身内といつわって何度か砲台にかよい、内部を偵察した。そしてある日、豆腐の下にかくして手榴弾を持ちこみ、二十何人かの「鬼子兵」と共に砲台を爆破し、自分は馬で脱出した。

——河北省滦県。楊書坤採集整理、「豆腐炮楼子（豆腐砲台）」、『神槍鎮悪魔』（一九八一年）。

爆竹とニセ銃で三八式銃を奪い取る

抗戦の初期、この平谷県（北京市東北部）のあたりではまだ武工隊（武装工作隊）が組織されていなかった。「小日本鬼子」はやりたい放題に人夫や食糧を徴発してまわった。ある年の暮れ、西高村で略奪した食糧を三、四台の車に乗せて、「小日本鬼子」が陽気溝を通ることがわかった。二十を過ぎたばかりの馬宗《マーツオン》という若者が、その食糧をなんとか奪い返そうと考えた。そして「二踢脚《アルテイエチャオ》」（地上で爆音を出したあと、空高くあがってもう一度爆音をたてる爆竹）を百個使い、木でニセの銃を作らせた。日が暮れてから山道を来た「鬼子」を、それを使って急襲し、七、八人の「鬼子」を生け捕り、何挺かの三八式銃を手に入れた。武工隊が正式に成立したのはそれからである。

——北京市平谷県。平谷県城関公社の老農趙如深口述、徐邵記採集、「二百顆炮仗（百個の爆竹）」、『民間文学』一九六五年六号。

歩哨に西瓜を食わせて銃を奪う

その年の夏、「小鬼子《シアオクイツ》」がこの村にも入って来た。村人はかり出されて、砲台を作るのを手伝わされ、深い「治安溝」を掘らされた。こうして八路軍が入れないようにしておき、数日おきに「掃蕩」に来ては、食糧や人夫や家畜を略奪し、家に火をつけて焼いた。うちの村は八路軍の盤山根拠地の西北哨にあたっていた。そこで「日本鬼」は東山口に堡塁《ほうるい》を築き、歩哨《ほしょう》を立てた。しかし、村の民兵も負けてはいなかった。夏のさかりのある日のこと、一人が西瓜をかつぎ、一人が包丁とまな板を持って、歩哨の詰所に向かった。「鬼子兵」は「你的《ニーデ》、大大的好《ダーダーデハオ》」と喜んで、二つ切りにした大きな西瓜に顔をつっこんで食べた。そこを天びん棒で脳天に一発くらわせて殺した。砲台から「鬼子」が駆けつけた時はあとの祭り。民兵たちは銃と弾丸をうばって逃げたあとであった。

――北京市順義県。龍湾屯公社焦庄戸大隊大隊長馬福口述、鄭冉記録整理、「西瓜計」、『民間文学』一九六六年二号。

憲兵隊長の背なかに八路軍のビラを貼る

八路軍の武工隊が活動しはじめると、定県（河北省中部）の「日本鬼子」も安閑としていられなくなった。どんなに「治安」を「強化」しても、憲兵隊の門に八路軍のビラが貼りつけられる始末であった。憲兵隊長の松田は「狗腿子《コウトイツ》」（日本側に協力した中国人への蔑称）の「漢奸特務」を集めて、共産党をつかまえて来いと命令した。武工隊の連絡係をしている十五歳の小鉄柱《シアオテイエチュ》は、いつも街なかで瓜を売りながら活動をつづけていた。憲兵隊の門にビラを貼ったのも彼であった。小鉄柱は二人づれで街を行く憲兵隊の特務の背なかに、それぞれ、「漢奸売国賊を打倒せよ」と「中国人は亡国の奴隷となるな」と大書したビラを貼りつけた。特務同士はたがいに背なかのビラに気づいていたが、相手をおとし入れるために黙っていた。街なかで出会った松田隊長は、そのビラを見て、「八路をつかまえに行って八路の手助けをする奴があるか、バカヤロ」とどなりつけた。ところが、その松田の背なかにも、「日本帝国主義を打倒せよ」と大書したビラが貼りつけられていたのであった。

――河北省定県。董森採集整理、「標語牌子（ビラ）」、前出『神槍鎮悪魔』（一九八一年）。

香山の臥仏に残る「鬼子兵」の刀の傷

「日本鬼子」が投降する少し前のころであった。香山（北京の西郊にある）の臥仏寺に一隊の「日本鬼子」がどかどかと入りこんできた。その日の夜明け前、香山の静宜園にいる「鬼子」の中隊長のもとへ、ニセ保長（日本側に協力している保長）から八路軍の負傷者が臥仏寺にかつぎこまれたという通報があった。「鬼子兵」は臥仏寺のなかをさがしまわったが、それらしい者は見つからなかった。しかし中隊長は、五メートルあまりもある大きな銅の臥仏に眼をとめて、これを持っていけば弾丸がどのくらい作れるか考えている気配であった。それと察した和尚は、ロバを連れて水をくみにいく徒弟たちにたのんで、北山の方へと向かわせた。それを見て八路軍の負傷兵かと思った「鬼子兵」は、山へと追っていった。こうして和尚の機転で、臥仏は無事であったけれども、その時「鬼子」の切りつけた何本かの刀の傷は今でも残っている。

――北京市香山、臥仏寺。斉振海口述、葉勤採集整理、「老僧の機転で日本兵を追い返す」、『香山伝説』（一九八五年）。

葦を刈る者はみな鎌を持っている

雁翎《がんれい》隊が「日本鬼子」をやっつけた話は、白洋淀へ行った者ならだれでも聞いたことがあるだろう。これは雁翎隊隊員の孫長水《スンチャンシュイ》が新安県へ魚を売りにいった時の話である。しばらく魚売りが来なかったので、みんながわれ先にと魚を欲しがっていた。「偽軍」（日本に協力する政権の軍隊）と便衣を着た特務は、彼らが魚のかごに手を入れた時に三回の爆発でふっとばし、カーキ色の軍服を着た「鬼子」は魚を手渡すふりをして銃殺し、自分はすばやく姿をくらました。敵は三十何人かの葦を刈っている人を集め、遊撃隊をかくまうと銃殺するとおどかし、鎌を持っていない者をさがしたが見あたらなかった。孫長水はあらかじめ鎌を托しておいて助かったのである。

——河北省安新県、白洋淀。安新県李庄子大隊で採集、劉芸亭採集整理、「葦を刈る者はみな鎌を持っている」、『民間文学』一九六五年五号。

決死の老人と娘が大勝利をみちびく

白洋淀に楊万東《ヤンワントン》という土豪がいて、漁民の血をしぼっていた。日本人が安新県を占領すると、楊万東はその手先となって、雁翎隊の摘発に協力していた。ある時、楊万東は漁民たちを集めて協力を命じ、何も言わないと叫んだ女性を見せしめに射殺した。そしてあと三分のうちに言わなければ、全員を射殺するとどなった。すると一人の年老いた漁民が前へ出て、十六歳になる娘の菱花《リンホア》と自分が北淀湾の雁翎隊のところへ案内すると申し出た。湖水に出てから、船尾にいた娘は水にとび込んで姿を消した。老人は雁翎隊のいる葦の茂みに「鬼子兵」と漢奸隊を連れていくと、自分も水にとび込んだ。数十隻の小舟に乗った雁翎隊は、七、八隻の敵船にいっせいに攻撃をしかけて、煙草を二服吸うほどの時間で勝利をおさめた。ずっと離れた大淀口まで楊万東を追いかけていき、死闘をくりひろげていた老人も、雁翎隊の救援で楊万東を生け捕りにした。この日の戦果は歩兵銃八十挺、機関銃五挺、迫撃砲三門で、百人あまりいた敵軍のうち六、七十人が死傷し、残りが捕虜となった。

——河北省安新県、白洋淀。李永鴻口述、里林整理、「芦塘大戦」、『民間文学』一九六六年二号(前出『神槍鎮悪魔』では董森採集整理となっている)。

「鬼子」もろとも井戸にとび込んだ老人

一九三七年の秋の取り入れ時に、「日本鬼子」は蔣《しょう》・閻《えん》の跑浄隊(保警隊)の手引きで運城県(山西省)に入ってきた。南花村からあまり遠くない南廟鎮に据点をおいた「鬼子」の松本小隊長は、あたりの村を荒らしまわった。南花村に王炳南《ワンピンナン》という老人がいて、義和団にも加わったことがあり、武芸が達者であった。ある日のこと、松本は何人かの「獣兵」とやって来て、五、六人の女性を部屋に押しこめて暴行しようとした。王炳南が棍棒を手にしてかけつけようとすると、遊撃隊に加わっている息子が引きとめて耳うちした。王炳南は怒りを胸におさめ、松本と何人かの「鬼子」を家に招き、酒食でもてなした。満腹になった「鬼子」が早く「姑娘《クーニャン》」を出せとわめきだしたころ、息子ら三人が現われた。三人の「鬼子」が殺されると、松本は刀をふりかざして外へ逃げた。棍棒や包丁を手にしてかけつけた村人がそれを追いつめ、王炳南が押し切りでまっぷたつに切りさいた。そして四人の「鬼子」の屍体は、村の南にある大きな井戸の中に投げ入れ、土で埋めてしまった。

この知らせを聞いて、県城から清水大隊長が駆けつけ、村人を集めて白状しなければ機関銃で皆殺しにするとおどした。その時、王炳南が出て行き、南花村の井戸に案内した。清水が兵隊に井戸を掘らせたが、日が暮れかかったのに、なかなか松本の死体が出て来なかった。王炳南はいらだつ清水を抱きよせていっしょに井戸にとび込んだ。まもなく遊撃隊が到着して、一大隊の「鬼子」を包囲して全滅させた。みんなは「鬼子」の死体は谷あいに捨てて狼に食わせ、王炳南をその井戸のわきに葬って、「抗日の井戸」と呼ぶことにした。

――山西省運城県。衛志夫採集整理、「抗日井(抗日の井戸)」、『民間文学』一九六六年二号(前出『神槍鎮悪魔』にも収める)。

奇蹟をあらわす「雌豚の坂」

太行山のなかに東弋《とうよく》村という小さな村がある。村の南がわに黒い岩でおおわれた坂道があって、豚が横たわった形をしているので「雌豚《めすぶた》の坂」と呼ばれていた。この坂にはふしぎな話が伝わっている。清朝のころ、八国連合軍が北京に押し入り、西太后が西安に避難したことがある。ある日のこと、一匹の豚が大通りを歩いているので帝国主義の官兵たちがつかまえようとした。しかし、この豚には縄もかからず、刀も刺さらず、鉄砲もあたらなかった。そこで火攻めにすると、うなり声をあげて南の方へと走り出し、九日九晩走りつづけてこの村まで来て止まり、この「雌豚の坂」に変身したというのである。人々は豚でさえも外国の侵略軍にこれだけ抵抗していると知って、反清滅洋の運動に立ちあがった。

抗日戦争の時にも、この「雌豚の坂」は奇蹟をあらわした。「日本鬼子」が村に入って来た時、近くの人たちはみなこの坂にのぼり、オンドリの毛を手にして「高くなれ」と唱えると坂が高くなって、「日本鬼子」は銃で打つこともできなかった。そこで飛行機で攻撃を加えようとしたので、こんどはオンドリの毛を手にして「平たくなれ」と唱えると、岩が開いてそのなかに隠れることができた。飛行機が引き返すと、「低くなれ」と唱えて、人々は家へもどることができた。

——山西省、太行山。牛安民採集、「母猪坂（雌豚の坂）」、『山西民間故事選』（一九七九年）。

二挺拳銃をあやつった「飛虎」将軍

左権県（山西省）一帯では、全身黒づくめの「鉄甲軍」が夜ごとに活躍していた。これは抗日戦争の時に左権将軍にひきいられた八路軍の一隊であった。この「鉄甲軍」のなかに「飛毛腿《フエイマオトイ》」、またの名を「飛虎」と呼ばれる人物がいた。両足のうらにそれぞれ三本の赤い毛が生えていて、歩く時はそれが立って飛ぶように進んだという。同時に二挺の拳銃をあやつり、あっという間に何人もの「鬼子」を殺して立ち去ることで恐れられていた。ある時、「日本鬼子」が「飛虎」と見られる大男をつかまえ、鎖で馬小屋につないでおいたが、夜が明けると二人の見張りの「鬼子」を殺して消えていた。県南の桐峪鎮に朱望という大地主がいて、「日本鬼子」と結託し、手下を使ってむりやり年貢を取り立てていた。朱望東の朱塗りの門に「殺してやる」とビラが貼られてまもなく、その朱望東も「飛虎」に殺された。この「飛虎」こそ人々の信望をあつめていた左権将軍そのものなのだ、と語り伝えられている。

——山西省左権県。谷千鎮採集、「左権将軍の伝説」、『山西民間故事選』（一九七九年）。

おわりに

はじめにもふれたように、ここに紹介したのは、一九四九〜八七年の中国で、「現代民話」として発表されているものの片鱗である。編者が手にした資料の、とくに日中戦争をあつかったもののなかには、戦記風や実録風の話もかなり多かった。しかし、そのたぐいの話は、ここにはあまり取り上げなかった。当時の中国では、「抗日戦争」を題材にした長編や短編の小説もたくさん出ていて、それらは回想録などとあわせて、別に取り上げた方がいいと考えたからである。そのほか「伝奇故事」などと呼ばれるミステリーのなかにも、「抗日戦争」を背景にしたものが多い。わが国のNHKの朝の連続ドラマがいつも戦中、戦後をくぐりぬける苦労にその大きな部分をさくように、いやそれよりはるかに重い記憶につながるものとして、「抗日戦争」は中国人のなかに存在しつづけているのであろう。さらに、いわゆる「抗日故事」のなかでは、「日本鬼子」を主題とするのではなく、それに協力した「漢奸」、「偽軍」、「狗腿子」などの同胞に対する問題をあつかったものが半数近くを占め、内容も切実であった。しかし、ごく一部を紹介したほかは、ここでは取り上げなかった。

(付記)本稿の執筆以後、三十余年が経過したが、当時考えていた改訂増補の機会は、残念ながらついに持てなかった。中国では、対日勝利七十周年記念の二〇一五年に開かれた「歌謡と抗戦研討会」で、飯倉とは旧知の劉守華・華中師範大学教授が「日本学者の抗戦文学研究」と題する報告で、わたしのこの文章を取り上げてくださっているのを、ネットで知った。もとは『中国芸術報』に載ったものらしい。

台湾の民話・民謡集に見える「日本」

はじめに

台湾の国立清華大学中国語文学系（新竹市光復路二段一〇一号）から筆者に送られてくる民話・民謡集については、『中国民話の会通信』でも書名だけは紹介してきた。質の高い資料集だと思うので、いつか機会をみてとりあげたいと考えていた。

今回、「中国の現代民話に見る日本」の材料をさがすつもりで、いま手元にある分に目をとおしてみた。そこで見つけた材料のいくつかを、ここで紹介することにしたい。この資料集の本当の価値を紹介するためには、もっと適当な方法があるだろうが、それはまた別の機会をまつことにしよう。

一九九二年六月から一九九五年一月までに刊行されて送られてきたのは、以下の二十一冊である（東京学芸大学の報告書への再録の機会に、一九九六年七月までに送られてきた十一冊の書目を追加した。すなわち、台中県の第十八集以下七冊と、彰化県の第五集以下四冊である。ただし、追加分の内容は、この文章ではとりあげていない）。

○「台中県民間文学集」第一集～第二十三集、他一冊の内訳（いずれも台中県立文化中心＝豊原市圓環東路七八二号、から発行）

『石岡郷客語歌謡』巻号なし（第一集）㈡（第九集）
『石岡郷閩南語歌謡』巻号なし（第二集）㈡（第四集）
『石岡郷閩南語故事集』巻号なし（第三集）㈡（第五集）
『沙鹿鎮閩南語歌謡』巻号なし（第六集）㈡（第七集）㈢（第十四集）
『沙鹿鎮閩南語故事集』巻号なし（第十二集）㈡（第十三集）
『沙鹿鎮諺語・謎語故事集』巻号なし（第八集）
『東勢鎮客語歌謡』巻号なし（第十集）
『東勢鎮客語故事集』巻号なし（第十一集）㈡（第十五集）㈢（第二十集）
『大甲鎮閩南語歌謡』㈠（第十六集）㈡（第十七集）
『大甲鎮閩南語故事集』㈠（第十八集）
『新社郷閩南語故事集』㈠（第二十一集）
『清水郷閩南語故事集』㈠（第二十二集）
『梧棲鎮閩南語故事集』㈠（第二十三集）
『和平郷泰雅族故事・歌謡集』リフチン（李福清）他採録（第十九集）
『台湾鄒族民間歌謡』鄒族・浦忠勇編（第何集の表記なし）

○「彰化県民間文学集」第一集～第八集の内訳（いずれも彰化県立文化中心＝彰化市中山路二段五〇〇号、から発行）

『歌謡篇』㈠（第一集）㈡（第三集）㈢（第六集）

『故事篇』㈠（第二集）㈡（第四集）㈢（第五集）㈣（第七集）

『諺語・謎語篇』㈠（第八集）

各冊には台中と彰化の県長、文化中心の主任、各郷鎮の長、清華大学中国語文学系の胡万川氏による序文がある。それらによると、本シリーズの刊行にいたるいきさつは以下のとおりである。

胡万川氏は、一九九〇年前後から台湾で政治的な抑圧が吹き払われ、文化界や学術界に開かれた雰囲気がみなぎってきたことをあげている。その結果、各地の県や市の文化センターが中心になって、地方に伝わる民芸や文物を評価する活動がさかんになったという。

直接のきっかけとなったのは、一九九一年九月に、台中市教育会の開催した「台湾琉球郷土文学研討会」に沖縄国際大学の遠藤庄治氏が出席したことであった。沖縄で多数の民話を採集した遠藤氏の経験は、参会した人々に深い感銘を与えた。

おなじ一九九一年十二月には、台中県での民間文学の採集と研究を企画する会議が開かれ、その責任者として胡万川氏が招かれ、講演をおこなった。閩南系と客家系の人たちがいっしょに住む石岡郷は、県内でもっとも小さい郷鎮で、受け入れ側も積極的であったため、最初のフィールドとして選ばれ、翌一九九二年一月から採集がはじめられた。

一九九二年四月には、ロシアから来訪中のボリス・リフチン（李福清）氏が講演をおこない、大陸の河北省耿村での故事採集の状況を報告した。リフチン氏は、その後もしばらく台湾に滞在し、さきに挙げた追加分の『和平郷泰雅族故事・歌謡集』では、みずから採集に協力し、解説も執筆している（清華大学から飯倉あてに本が送られてくるのは、以前から往来のあったリフチン氏の紹介によるものと思われる）。

以上のような日本や大陸での経験に学んで始められただけあって、これらの採集資料は周到に整理されている。まず閩南語や客家語による記録と注記があり、すべて国語（北京語）による対訳が添えられている。さらに各話ごとに語り手、記録者、採集日時・場所、定稿者がしるされ、巻末には各人の年齢、学歴、職業なども明記されている。

なお、胡万川氏は、のちに『台湾民間故事類型（含母題索引、CD付）』（二〇〇八年、里仁書局）のような労作を刊行している。

一　校門を移した日本人――ある断脈説話

『石岡郷閩南語故事集』(二)に「石岡国民小学校の校門」と題する、つぎのような話がある。

「(石岡国民）小学校の校門は、むかしは今のような向きではなかった。日本時代には、日本に留学すると、おまえはどこの出身かとよく聞かれた。すると（たいていは）石岡という答えがかえってきた。そうなると日本人は、地理のよしあしにくわしかったから、人をよこして調べさせてみた。この地方出身の学生が、どうしてみんな日本に留学できるのか、ふしぎだったからだ。あの黄大法官（九尾村出身の黄演渥）のような人物が出たのも、そのころであった。やがて、日本人が調べてみて分かったことがある。この地理を改めなければ、いまは日本人が台湾人を治めていても、やがては台湾人によって日本人が治められることになりかねない、というのだ。日本人には野心があったから、（当時の石岡公学校の）校門を作りかえて、向きをかえてしまった。

「もともと校門は、鉄道のむこうの鉄橋のある山の上に向かっていた。それを、のちに日本人がいまの向きに変えてしまった。いまは北向きだが、以前は西北に向かっていた。日本人は口実をつくって、校門の向きがよくない、交通の便がわるい、この（大通りの）方に向けるべきだ、それの方が都合がいいなどと言って、変えてしまった。変えたのがいつごろであったか。むかしのことなので、学校へいって聞いてみなければ分からない。」

「（これにひきかえ）土牛国民小学校の方は、最近ではだいぶよくなっている。陳庚金（もと台中県県長、現人事行政局長、と注記がある）のような人物も出たし、若い人たちもつぎつぎに頭角をあらわしている。おかしな言い方になるが、このどちらも日本人の野心が作りだした成果といえるのではないか。」（飯倉訳）

学校の門の向きのよしあしで、そこから卒業した人材の優劣が決まるというのは、まさに風水的な考え方の所産であろう。しかも、日本の統治者が意図的に手を加えて、その風水を破壊したのが「台湾人の気勢を殺ぐため」と解釈されているとすれば、これは『中国民話の会通信』三四号で渡邊欣雄氏がふれていた「断脈説話」の一例といえよう（「大陸中国の風水塔と断脈説話」）。渡邊氏は、その文章で、このような説話が戦後の反日風潮のなかで生み出された可能性についても言及している。

語り手の張逢如氏は、一九九二年に五十三歳で、小学校しか出ていなくて運転手をしているというから、日本統治の記憶は小学校に入る前後あたりまでしかない。この話は年上の世代から伝聞したものであろうか。

二　ことばの行き違い――笑話とことば遊びの歌

いちばん多く「日本」が見られたのは、ことばの行き違いを題材にした笑話のなかであった（六例）。

単純なものでは、日本人の先生がタバコを買ってきてくれと頼んだのに、学生がタマゴを買ってきてしまった話。これは六十五歳になる客家人の女性が、十歳の時に体験した話として語られている（『東勢鎮客語故事集』(二)）。

おなじ『東勢鎮客語故事集』にある話では、野菜を盗まれたと「日本大人」（警察と注記にある。「大人」は本来年長者に対する敬称）に訴え出た人が、「ウソ」と言われて「宇嫂」が盗んだと思い、「パカ」と言われて「皮を剥いで持っていった」と思い、「カエレ」と言われて「担いでいった」と思うことになっている。

この話は、おなじ材料で『彰化県民間文学集・故事篇』(二)にもあり、日本の警察が台湾人にどんな受け取られ方をしていたかを語っている。

しかし、それは警察という特別の場所だけではなく、日本人一般に対する印象でもあった。日本人の宿舎にタケノコを売りにきた女の人が、「バカ」と言われてタケノコの皮を剥げと言われたと思い、「イラン」と言われると「一籠」も買ってくれるなら値引きすると言うあたりは、おなじ趣向といえよう（『石岡郷閩南語故事集』）。

「バカ」ということばが彼我の差別感をかきたてる不可欠のキーワードであったらしいのは悲しいことだが、この採集整理の責任者である胡万川氏も、つぎのような話を記録している。閩南語の原文と国語（北京語）による翻訳をあげたが、注釈は省略した（『彰化県民間文学集・故事篇』㈠）。

「大人啊！　gio^{2} to^{3}！」

較早一个查某人毋就去踞佇尿桶毋呼。啊人共講啊：「某物人哦！　日本仔來哦！」驚一下趙起來，毋就尿倒落毋呼，伊講：「大人啊！　尿倒！」啊！　尿倒（lio^{7} to^{2}）日本話講就是「眞好（gio^{2} to^{3}）」，伊講：

［bak^{4} ka^{4} lo^{3} ! ki^{1} ta^{1} nai^{2} , gio^{2} to^{3} ka^{1} ?］

「大人啊！　眞棒！」

從前有一個婦人蹲尿桶，有人就告訴她：「某某人啊！　日本人來了哦！」嚇得她馬上站起來，於是就把尿桶弄倒了，她就說：「大人啊！　尿倒了！」啊 lio^{7} to^{2} 日本話就說 gio^{2} to^{3}（眞棒的意思），日本人就說：

［bak^{4} ka^{4} lo^{3} ! ki^{1} ta^{1} nai^{2} , gio^{2} to^{3} ka^{1} ?（混帳！　髒鬼還眞棒啊？！）］

語り手は五十六歳の胡林翠香という女性で、胡万川氏の家中で採集した、とある。女性がオマルを使っているところへ、日本人が来たと聞いて、あわてて立ち上がりオマルをひっくり返した。「おしっこがひっくり返った」（lio^{7} to^{2}）の発音と「ジョウトウ（上等）」（gio^{2} to^{3}）という日本人のいわば褒め言葉が重ねあわされているのは、やや無理にこじつけた感じだが、わたしには痛烈な揶揄と受け取れる。

『東勢鎮客語故事集』(二)には、「董事長(理事長)が自殺して戻ってきた」という物騒な題の話がある。これもいかにも実話らしく、嘉義県にいた林報喜という、苦労して客運公司の理事長になった人物のこととなっている。日本の自動車工場を見学してきた理事長が、工員を前にして日本語まじりの帰国報告をした。しかし、あまり日本語の上手でない理事長は、「タダイマ、ジサツセ(テ)カエリマシタ」と語ったという。「視察」が「自殺」になっていたというわけだが、これはかなり日本語のわかる古い世代の人たちが、その場にいたと考えなければ、笑話として成立しない話ではなかろうか。

以下にあげる二つの歌もまた、日本語が強制されていた時代の名残りといえよう。

はじめは「扞擔鈎仔索」(竹竿でもっこを担ぐ)と題する歌である(上は閩南語、カッコ内は国語訳。『石岡郷閩南語歌謡』による)。

扞擔鈎仔索　(長竹杆挑鈎索)
擔石頭砌石坩　(挑石頭築堤防)
砌無好　(沒築好)
人罵你　(別人罵你)
ばかやろ　(ばかやろ)

この歌は、注記によると、堤防の工事をするさいに、一丈もある長い竹竿に網状のもっこのようなものをぶらさげ、それに石などを入れてかつぐ場景のようだ。五十四歳という歌い手であるから、聞いておぼえたものであろう。ところが、採集者の注釈によると、もとは、日本語の五十音を教える数え歌のような「順口溜」として歌われた「童謡」で、最初と最後に「あいうえお」などの日本語の句があったのを、歌い手が忘れてしまったらしいという。

つぎは「漢文國語三人欠」という歌で、歌い手は七十六歳の男性。おそらくみずから日本語を学んだころに覚えたのであろう。注記は省略したが、「三人欠」という句は歌い手にも意味不明とあるが、あるいは日本語の「さあ練習」か（上は閩南語、カッコ内は国語訳。『沙鹿鎮閩南語歌謡』㈡）。

漢文國語三人欠　（漢文國語三人欠）
字若毋捌您再添　（字不認得您再添）
下句卜續落去唸　（下句要接下去唸）
日本 ha^{2} li^{3} 講是針　（日本 ha^{2} li^{3} 說是針）
酒矸號做 a^{1} khi^{2} bin^{2}　（酒瓶號做 a^{1} khi^{2} bin^{2}）
na^{1} khin^{2} ma^{2} me^{3} 土豆仁　（na^{1} khin^{2} ma^{2} me^{3} 花生仁）
i^{1} so^{2} i^{2} khu^{3} 是做陣　（i^{1} so^{2} i^{2} khu^{3} 是一起）
ua^{1} ta^{2} khu^{3} si^{3} 我本身　（ua^{1} ta^{2} khu^{3} si^{3} 我本身）
sa^{1} o^{2} tha^{2} khe^{3} 是竹篙　（sa^{1} o^{2} tha^{2} khe^{3} 是竹竿）
a^{1} li^{2} ma^{2} sen^{3} 講是無　（a^{1} li^{2} ma^{2} sen^{3} 說是無）
a^{1} ne^{2} io^{2} me^{3} 叫兄嫂　（a^{1} ne^{2} io^{2} me^{3} 是大嫂）

oo¹ ki² ho² io³ 大菜刀　（oo¹ ki² ho² io³ 大菜刀）
no¹ tsir² mo² tsir³ 講無閒　（no¹ tsir² mo² tsir³ 説沒空）
nin¹ to² 台灣講電燈　（nin¹ to² 台灣叫電燈）
tsir¹ ma² lai² 講叫做無路用　（tsir¹ ma² lai² 叫做沒有用）
i¹ so² nga² si² 真無閒　（i¹ so² nga² si² 真忙碌）

日本語の部分は、針、空き瓶、南京豆（ピーナッツ）、いっしょに行く、わたくし、竿竹、ありません、兄嫁、大きい包丁、ノツモツ（不明、ひまなし?）、電燈、つまらん、いそがしい、となる。

三　流行歌を改作した「軍夫を送る歌」

前章では、笑話あるいはことば遊びの形をした歌に出てくる「日本」をたどってみた。それはさりげない記憶に残る表現でありながら、支配者に強制されたことばが被支配者にとっていかに暴力的な存在であったかを、うかがわせるものであった。

ところで日本は、一九三七年に始まる日中戦争のさい、運搬や通訳の要員に台湾人を「軍夫」として徴用した。やがて一九四二年からは「志願兵」制度が、一九四四年からは徴兵制が施行された。あわせて「高砂族」をふくむ二十万余の台湾人が戦場に送られ、三万以上の者が戦死したと伝えられる。もともと労役に従事する者をさした「軍夫」という呼称は、以下に紹介する歌謡からみると、軍属や軍人までもふくむ広い使われ方をしていたらしい。

その「送軍伕歌」（軍夫を送る歌）が、わたしの目を通した歌謡集から四つも拾いだすことができた。なかでも大甲鎮と石岡郷で採集された閩南語の歌謡は、かなり語句が似かよっている。

つぎにあげるのは前者だが、この歌い手は一九三三年生まれの女性で、「日本統治期に軍人が出征するさいに歌ったもので、小さいころ他人が歌うのを聞いておぼえた」という（上は閩南語、カッコ内は国語訳。『大甲鎮閩南語歌謡』㈡）。もう一つの歌の歌い手は一九二四年生まれの女性で、「十七歳の時、石を運ぶ工事を手伝いに行き、人夫たちが歌うのを聞いておぼえた」と語っている（『石岡郷閩南語歌謡』㈡）。

送阮夫君卜起行　（送我夫君要出發）
逐个萬歲喝三聲　（大夥萬歲喊三聲）
正手舉旗倒手牽子　（右手舉旗左手牽子）
我君啊做你去拍拚　（郎君儘管去努力）
家內放心免探聽　（家裏放心甭探聽）

為國盡忠無惜命　（為國盡忠不惜命）
招君出門好名聲　（招君出門好名聲）
正手舉旗倒手牽子　（右手舉旗左手牽子）
我君啊神魂有靈聖　（郎君靈魂得靈驗）

保庇功勞頭一名　　（保佑功勞第一名）
火車慢慢卜起行　（火車慢慢要出發）
目屎流落繪出聲　（眼涙流下沒聲音）
正手舉旗倒手牽子　（右手舉旗左手牽子）
我君啊卜轉隨便聽　（郎君要回隨便聽）
凱旋回轉滿街迎　（凱旋回來滿街迎）

たまたま本屋で入手した荘永明の『台湾歌謡追想曲』という本は、一九九四年秋に台北で出たもので、日本統治期の流行歌をめぐる話題をあつかっている（前衛出版社刊）。それによると、この二つの「軍夫を送る歌」は、つぎにあげる作詞李臨秋・作曲鄧雨賢の「送君譜（君を送る歌）」ときわめて似かよった歌詞であることが分かる。

送阮夫君要起行
目屎流落昧出聲
正手夯旗左手牽子
我君仔做你去打拚
家內放心免探聽

為國盡忠無惜命
從軍出門好名聲
正手夯旗左手牽子
我君仔神明有靈聖
保庇功勞頭一名

火車慢慢欲起行
一時心酸昧出聲
正手夯旗左手牽子
我君仔身體著勇健
家內放心免探聴

鄧雨賢は一九〇六年生まれ、台北師範学校で音楽を学び、のち日本に留学した。一九三二年にコロムビアの専属作曲家となり、伝統的な民謡や演劇をもとにした曲を多く作ったが、一九四四年に若くして結核のため病死。

「創作民謡」とされた彼の代表作三曲は、当時いずれも日本語の歌詞をつけられて、「時局歌曲」に変身をよぎなくされた。叙情的な流行歌がねじまげられて、日本の「皇民化運動」推進の宣伝歌となったのである。すなわち代表作三曲のうち、「望春風」は越路詩郎作詞の「大地は招く」となり、霧島昇に歌われた。また「雨夜花」は栗原白也作詞で「誉れの軍夫」となり、「月夜愁」はおなじ栗原の作詞で「軍夫の妻」となった。

「雨夜花」は、最初は廖漢臣の書いた子ども向けの「春天」に鄧雨賢が曲をつけたものであった。ところが、一九三四年に周添旺が哀切な歌詞をつけてから、流行歌として広まった。一九四〇年代には北京語の歌詞もできて「夜雨花」となったという。西条八十によって日本語に訳されたという、そのはじめとおわりの句を引く。

雨の降る夜に　咲いてる花は、
濡れて揺られて　ほろほろ落ちる。（中略）
雨に咲く花　しんからいとし、
君を待つ夜を　ほろほろ落ちる。

このような歌に「軍夫」礼賛を盛りこむ乱暴な手口にはあきれるほかはないが、それが植民地支配の実態なのであろう。改作された「誉れの軍夫」から、はじめとおわりの句を引く。

赤い襷（たすき）に　誉れの軍夫、
うれし僕らは　日本の男。（中略）
花と散るなら　桜の花よ、

父は召されて　誉れの軍夫。

もう一つの「軍夫の妻」の歌詞も、同工異曲である。

御国の為に　召されて遠く、
東支那海　はるばると、
おお　濤越えて。（中略）
軍夫の妻よ　日本の女、
花と散るなら　泣きはせぬ、
おお　泣きはせぬ。

この改作された二つの歌には、同じ内容の中国語の歌詞も用意されていたことが、さきの荘永明の本で分かる。また人気作曲家であった鄧雨賢は、「唐崎夜雨」という日本名で、「郷土部隊の勇士から」とか「月は鼓浪嶼に昇る」などの日本語の歌も作ったという。

日本の敗戦を待たずに病死した鄧雨賢の胸中は知るべくもない。しかし、その「送君譜（君を送る歌）」は、日本から押しつけられた「誉れの軍夫」や「軍夫の妻」とはちがって、人々の口の端に生き残っていたのである。「送君譜」の異伝ともいうべき「軍夫を送る歌」は、本来ならばこのような歌謡集に収めるべき性質のものではないかもしれない。しかし、それが歌いつがれてさまざまな異伝をうみだす過程は、まさに伝承歌謡そのものといえよう。

李臨秋作詞の「送君譜」を、いま訳すことはしない。だが、駅頭に夫を見送って、子の手を引きながら旗をふり、家のことは心配しないで体に気をつけ、国のために手柄をたててくれと、涙を流しながら声も出さずに祈る心情は、出征兵士の妻たちが共有したものであった。「軍夫を送る歌」のなかには、さらに万歳三唱の光景や帰還する日への期待を歌いそえたものもあった。

もっとも「軍夫を送る歌」という題名そのものは、もとの歌に固有のものではなくて、あとからつけた場合も多いらしい。たとえば沙鹿鎮の閩南語歌謡のように、出征する息子の立場から、「何よりも気がかりなのは家や父母のこと」と歌う例もある。これは一九一五年生まれの女性が歌い、日本の「軍夫を送る歌」を改めたものと語ったという（上は閩南語、カッコ内は国語訳。『沙鹿鎮閩南語歌謡』㈢）。

為著國家的義務　（為了國家的義務）
出啊外毋比在咱厝　（出外不比在自家）
才著保重的身軀　（需要保重的身體）
趙去車頂想著厝　（爬上車頂想到家）
想著咱厝的啊父母　（想到家裏的父母）
想啊著父母可憐代　（想到父母真可憐）
目屎流落無人知　（眼淚流下無人知）

もう一つの「軍夫を送る歌」は大甲鎮の閩南語歌謡で、これは整理者がかりに題名をつけたと明記されている。こちらは一九二三年生まれの女性が歌ったという（『大甲鎮閩南語歌謡』㈡）。歌詞が二十五句もあって長いので、引用は省略するが、さきに紹介した作詞李臨秋の「送君譜」や、その類歌とちがって、志願して従軍した兵士の立場から歌われている。

この歌の最初には、「then^{7} i7 ka^{1} ua^{1} li^{3} te^{7} hu^{1} li^{1} io^{1} sin^{2}」というローマ字の部分があって、注釈には、日本語だが歌い手は意味不明と語ったとある。だが、これは日本の軍歌「日本陸軍」の歌い出しにある「天に代りて不義を打つ」であろう。あとの歌詞が、そのフシで歌われたかどうかは分からない。内容にはほかにも意味不明の部分が多い。

四　憲兵と警察を歌ったもの

拾い出しておいた歌はまだあるけれど、あと二つの歌の原文と日本語の大意を紹介して終わりとしよう（日本語訳は飯倉）。

「那出日」　（「邊出太陽」）

那出日　那落雨　（邊出太陽　邊下雨）

刣豬反豬肚　（殺豬翻豬肚）

尪仔穿紅褲　（木偶穿紅褲）

乞食走無路　（乞丐無路走）
走到埤仔口　（走到埤仔口）
褪褲掠虼蚤　（脱褲抓跳蚤）

日のさす所もあれば、雨のふる所もある。
豚を殺して臓物を引っぱり出し、
アヤツリ人形が赤いズボンをはく。
乞食になっても行く場所がなく、
貯水池のそばまで歩いていき、
ズボンを脱いでノミをつかまえる。

『沙鹿鎮閩南語歌謡』にあるもので、一九一一年生まれの男性と三一年生まれの女性の二人が歌ったとされる。子どもの遊ぶ人形印のカルタにある赤い帽子と赤いズボンの人形を、日本の憲兵にたとえた「童謡」であるという。豚を殺してうんぬんは残虐行為の比喩かもしれないが、よくは分からない。後半は日本統治下で生活苦にあえぐ人々の姿だ、と注釈にある。

日本警察戴白帽　（日本警察戴白帽）
去到庄中得彳亍　（走到村裡去遊玩）

誰人歹心共伊報　（是誰壞心打報告）
掠阮一个貼心哥　（抓走我的貼心哥）

日本の警察は白い帽子をかぶり、
村のなかをぶらつきまわる。
悪だくみで告げ口をしたのは誰、
わたしの好きな人を連れていかせたのは。

胡万川氏の家中の一九三八年生まれの女性が歌ったとされる（『彰化県民間文学集・歌謡篇』㈠）。子どもの時に聞き覚えたのであろうか。さきにもふれたように、「警察大人」はもっとも身近な日本の権力者であった。それだけに人々の視線も厳しかった。

中国「東北」をめぐる民間伝承

一　中国人（漢族）の移住

中国の東北三省（遼寧省、吉林省、黒竜江省）をふくむ地域は、古くからさまざまな民族の居住地であった。ここに漢族が大規模に移住しはじめるのは清朝（一六一六～一九一一年）になってからで、しかも、この地域で漢族が支配的な影響力をもつようになったのは最近百年ほどのことである。本稿では、この地域とかかわりのあった漢族、朝鮮人、日本人をめぐる伝承をとりあげるが、このほかに漢族を除いて、もっとも早く進出し、さらに一九四五年以後から現在に至るまでも、大きな影響力をもっているのがロシア人であることを忘れてはならない。

清朝は、もともと満州（満洲）族の発祥地である東北への漢族の流入を禁止し、特産物の人参《にんじん》、貂皮《ちょうひ》（クロテンの毛皮）、鹿茸《ろくじょう》（雄鹿の袋角）などの採取を、きびしく取り締まっていた。一方、辺境防衛のため軍人を駐留させ、また罪人の流刑地とし、さらに土地の開墾も進めていた。東北を開発したのは漢族の「流人」であったという認識には、その屈折した歴史が投影している。(1)

一八六〇年から一九〇四年にかけて封禁政策を廃止する地域が拡大し、人口密度の高い山東、河北、山西などの諸省からは、「苦力《クーリー》」と呼ばれる労働出稼ぎや、商人、農民のほか、人参や砂金の採取に従事して一攫千金を夢みる者など、漢族の流入が急激に進んだ。清朝末期にはすでに二〇〇〇万を超えていたとされるが、[2]それ以後は驚異的に加速し、一九三〇年代には三〇〇〇万に達していた。

日本統治下の満州国では、一九三七年の総人口三六六七万人のうち、漢人二九七三万人（八一パーセント）、満州人四三五万人（一二パーセント）、モンゴル人九十八万人（三パーセント弱）、朝鮮人九十三万人（三パーセント弱）、日本人四十二万人（一パーセント強）であった。[3] 一九四〇年の「国勢調査」では、総人口が四三二〇万人に増加しており、満州人のうちの漢人が三六八七万人、日本人のうちの朝鮮人が一四五万人、内地人（すなわち日本人）が八十二万人、ほかに満州旗人二六八万人、回教人十九万人、モンゴル人一〇七万人となっている。敗戦後の日本への引揚げ人口は一二七万余人であったとされている（満州国の版図には、東北三省だけでなく、現在の内蒙古自治区の一部をもふくんでいた）。

ちなみに、近年の東北三省の総人口は、当時より二倍に増加し、すでに一億人を超えており、[4] 多数をしめる漢族のほか、少数民族である満州族、朝鮮族、モンゴル族、回族、それにダフール族、エヴェンキ族、オロチョン族、ホジェン族などが、人口は少ないながらも、独自の文化伝統を認められている。

（1）「闖関東伝説」（出稼ぎ者の話）

現代中国の基本的な辞書である『現代漢語詞典』には、「闖関東 chuǎng Guāndōng」という語があり、「旧時、山東、河北一帯の人が山海関以東の地方に行って生活の糧を得ること」と説明されている。ほかに「跑関東」「下関東」という言い方もあり、類似の用語には「闖江湖」（世間を渡り歩く意）がある。

近年に採集された民話を収める『中国民間故事集成』黒竜江巻には、「闖関東伝説」の項に八編が集められている。「伝説」という用語が使われていて、いずれも実話風に語られているが、東北に出稼ぎにいった人々が悲喜こもごもの出来事に遭遇し、最後は故郷に帰るものが四話と、現地で材木屋や農業で成功するものが二話あって、ハッピーエンドの形をとるものが多い。

山東の某県、男は女房と五歳の子どもを置いて、東北へ出稼ぎにいった。それから十八年、父親をさがしに東北に向かった息子は、金がなくなって、山中の大きな作業現場で働く。そのまま帰らぬ二人をさがしに、こんどは母親が東北に向かう。運良く母親は、夫の働いている現場にたどり着き、本名を名のりあって、おたがいが夫婦であったことを確かめる。そこへ仕事を終えた息子が現われ、親子三人が再会する。三人そろって郷里へ帰る途中、山中で野宿して虎に襲われそうになるが、拳法に習熟していた息子が二匹の虎を退治する。さらに、その近くで二本の大きなニンジンを見つけて喜んでいるところへ、三人を襲って金を奪おうとした数人の仕事仲間が追いつく。これも息子が拳法を使って撃退し、三人は無事に郷里へ帰る。（一九八六年、海林林業局で採集。注5掲出書、六〇一頁「闖関東」）

東北の各地には、自分たちの何代か前が、このようにして東北に来たことを語る者が多い。その故郷に帰りたいという隠された願望が、この無敵の拳法を使う息子の話にも体現されているのだろう（例話には「拳匪」（Boxers Rising）などとも呼ばれた「義和団蜂起」の物語が、影を落としているにちがいない）。「闖関東伝説」の記録は、拾い出せばほかにもたくさんあると思うが、なかでも「人参故事」とのかかわりが深い。

（2）「人参故事」（ニンジン掘りの話）

ニンジン（いわゆる朝鮮人参、高麗人参）のすぐれた薬効と、それが上党（山西）と遼東（高麗）で採れることは、中国では五世紀の『名医別録』に見える（明代の『本草綱目』に引く）。ニンジンは中国と朝鮮の国境周辺から沿海州(6)にかけての森林に自生し、とくに吉林省から遼寧省の東部にまたがる長白山（韓国や北朝鮮では白頭山と呼ぶ。満州国でも同じ）一帯が、もっとも有名な産地であった。ニンジンの採取は高句麗時代からさかんで、渤海国から日本にもたらされた献上品にもニンジンは入っていたが、それ以後も権力者による管理が長くつづいた。盗掘をのぞけば、一般の採掘者の入山は、清朝のある時期以降のことであった。

ニンジン掘りの民話の多くは、食いつめて「闖関東」した農民のことから語りおこされる。そのような「山東の農民の頭のなかでは、東北は砂金におおわれた宝の土地」とさえ思われていたと、吉林省琿春《こんしゅん》県育ちの作家駱賓基《らくひんき》（一九一七～九四）は、短篇小説「同郷人――康天剛」に書く。

康天剛は、山東で作男をしていて地主の娘と好きあう仲になり、三年のうちに土地持ちの百姓になれば結婚を許してやるといわれ、二十七歳の時、年老いた母親を残し、一攫千金を夢みて東北に渡る。三枚帆の帆船で、朝鮮半島をぐるりとまわって、三ヵ月かかってウラジオストックに着く。地味な開墾の仕事に打ちこんでいる同郷人の誘いをことわって山に入るが、三年かかって一本のニンジンも見つけられない。それから、さらに十七年、縁起の悪い男と山仲間に忌みきらわれながら、「海南」にある故郷へ帰るすべも失い、リューマチで不自由になった体をみずから崖下に葬り去ろうとした瞬間、はじめて「四品葉」のニンジンを発見するが、それを仲間に教えて、自分は息絶える。

（駱賓基「同郷人——康天剛」『北望園的春天』一九四二年初版）(7)

これは駱賓基が日本統治下の満州国から脱出して中国南部にいた時期に書いた小説だが、一九五八年ごろから数多く発表されはじめる「人参故事」には、親方の娘と好きあう仲になった若者が、高く売れるニンジンを発見すると、この小説とはちがった展開で、二人で親方のもとから脱走して、それを金にかえ、故郷の山東に帰ってしあわせに暮らすという話もある(8)。

ニンジンの根茎部が人間の形をしているので、土中で子どもの泣き声を出すという話は、すでに五世紀の説話集『異苑』（巻二）にも見えるから、そのような漢族の伝承が伝わったものか(9)、ニンジンの精は、紅い腹がけをした子どもとか、紅い上着で緑のズボンをはいた娘になって現われ、それに出会った者に幸運をさずける。もちろん新しい民話集にも例話はあるが、つぎにあげるのは満州国時代の刊行物に記録された二つの話の要約である。

吉林省永吉県（現、吉林市）の天崗山（俗に老虎砬子《ラオフーラーツ》と称す）には、数百年前からこんな話が伝わっている。村の廟の祭りにいつも二人の美女が村婦の格好をして現われた。その神仙のような様子に惹かれて、跡をつけた者がいたが、天崗山で見失った。村人たちは、二人は山中のニンジンの化身で、めったにない宝物なので、これを食えば長生不老となるが、その福分をもつ人でなければ手に入れることはできないということであった。

（吉林省公署民生〔政〕庁編『吉林郷土志』「郷土伝説之神話」）(10)

ある山の中腹にある寺に和尚と小僧が住んでいた。小僧は和尚の留守にいつも遊びにくる紅い腹掛けをした子どもと遊んでいた。和尚に言われて、小僧が紅い糸をつけておくと、その先の山中に大きなニンジンがあった。和尚がとろ火にかけておいたニンジンを盗み食いした小僧は、仙人となって天に昇っていったが、残った汁を飲んだ和尚は、中空に宙づりとなった。あるいは、その寺も宙づりになったので、「旋空寺」あるいは「懸空寺」と呼んだという。

（高山信司『満洲の故事と昔話』）(11)

ニンジンは多年生草本で、四年目ではじめて紫白色の小さな花をつけるが、その実は熟して赤くなって「紅狼〔郎〕頭」と呼ばれ、採掘者の重要な目印となる。ニンジンの精である女の子が、紅い腹がけや上着を着けているのは、その紅い実の象徴であろう。実を着けはじめる時期のニンジンの葉は三本に枝分かれしているが、これが年ごとに増えてゆき、「五品〔批〕葉」「六品〔批〕葉」のニンジンは貴重な高級品とされる。

このニンジンの紅い実をこのんで食うとされる「棒槌鳥《パンチュイニアオ》（棒槌は洗濯棒の意で、ニンジンを指す隠語）」については、「王干哥《ワンカンコー》」の話が知られている。

清朝初期のころ、ニンジン掘りに山へ入った人が、相棒を見失って大声で相手を探しまわり、ついに山の中で死んだ。そして鳥になって、毎晩、夜半になるまで「王干哥」（ワンカンコー）と叫びつづけているという。この伝説を記した詩が残されている。「王干哥、山之阿、王干哥、江之陀。叫爾三更口流血、

草長樹密風雨多。生同来、死同帰、爾何依我不忍先飛？　但愿世間朋友都似我、同生同死無不可。」
（張伯英等『黒竜江史稿』巻六二「芸文」、一九三三年刊）(12)

「王干哥」の話でも、新しい民話では、山東から来た王干という若者が、やっとの思いで高価なニンジンをさがし当てるが、それを親方に奪い取られた末に死んで鳥となる。好きあっていた娘もあとを追って鳥となり、「王干哥哥」と恋人の名を呼びつづけるとなっている話もある。いずれにしても、この「棒槌鳥（ニンジン鳥）」は、深山で夜半まで鳴きつづけるカッコウ科の鳥をさして名づけた可能性が高い。(13)

同じく、採掘に同伴した相手を見失って死んだ話で、伝説化して知られている例がある。

山東の萊陽《らいよう》県から来た孫良と張禄というニンジン掘りがいた。孫良は、山中で相手の張禄とはぐれてしまい、何日もさがしまわって食べ物がなくなってしまった。最後の三日間は谷川のザリガニを食ってしのぎ、息を引き取る前に、かたわらの臥牛石に詩を書きつけた。孫良は死後、山の神となり、「老把頭」と呼ばれて、ニンジン掘りたちの守り神となった。その詩は、今は通化市の「老把頭墳」に刻まれている（『中国民間故事集成』吉林巻の口絵参照）。

実際には、このような危険をさけるために、「把頭」と呼ばれる親方の指図で、数人一組で進めることが多かった。そのための独特な慣習があったことも、民話には見られる。(14)

二　朝鮮人（朝鮮族）の移住

日本の天台宗の僧侶である慈覚大師円仁が、八三八年に唐代の中国に渡った時、当時山東半島の港町赤山浦を根拠地としていた新羅の商人たちが、五台山から長安へという旅を実現させてくれ、さらに九年後の帰国のさいも、船の手配をふくめて全面的に協力した。その日録である『入唐求法巡礼行記』には、長安に至る行程の行く先々に新羅の人たちがいて、そのネットワークに助けられて旅行している状況がつぶさに記されている。(15) 当時、中国には新羅からの留学僧や留学生も多数いて、新羅の商人たちは各地の大きな都市に居住していた。

唐以後は、北方で勢力を得た遼や金、元などとの緊張がつづき、両国の交流関係は後退したが、明代になると、「倭寇」に対抗するため、両者の連携が強まった。元代には、戦争での捕虜に加えて、戦乱や賦役を逃れて移住した高麗人が、遼東半島に数万人もいたという指摘もある（注16掲出書、二六五～二六六頁）。似たような移住者は、明代にもあったことだろう。

清代になると、ニンジンを盗掘するために越境した朝鮮人が、地理測量中の役人やニンジン掘りの中国人を殺傷したりする事件が相次いだ。そこで国境の確認作業が進められ、一七一二年には、両者の立合いで白頭山頂の分水嶺に石碑を立てたという（注16掲出書、三三八頁）。それ以後も、厳しい封禁政策にもかかわらず、朝鮮側から越境して移住する者は、増加する一方であった。やがて一八六〇年代以降には、次第に解禁地域が拡大した。

朝鮮人の移住人口は、一八九四年に六五〇〇人だったのが、日韓併合の一九一〇年には十万人を超え、満州国建国の一九三二年には六十七万人となり、その後は一九三九年に一〇六万人、一九四五年には二一六万人に達していた。(17)現在の中国で「朝鮮族」と呼ばれる人々の人口は一九二万人（二〇〇〇年）とされている。(18)

（1）朝鮮族の語り手たち

延辺朝鮮族自治州の成立三十周年を記念して、一九八二年に出された『朝鮮族民間故事選』（延辺民間文学研究会編、漢語版、上海文芸出版社）のあとがきによると、文化大革命前には一五〇〇余編の資料をまとめた『民間文学資料集』二巻があったが、すべて失われたので、あらためて散逸したものを集めて編集したという。巻頭に「百日紅（ペギロン＝サルスベリ）」と「金達萊（チンダルレ＝ツツジ）」の二編があり、あとの方には「鳳仙花（ボンソンホア＝ホウセンカ）」と題する話もあって、韓国人になじみの深い花の由来譚が三つ入っている。(19)

「百日紅」は、三つの頭をもつ怪蛇（韓国でイムギと呼ばれる）を退治に海に行った若者と結婚する約束をしていた娘が、鏡に凶兆を見て、帰らぬことに絶望して浜辺で倒れ、息絶えた。その娘の墓に生えたのがサルスベリの花であったとある。また「金達萊」は、祭天の儀式に捧げる犠牲に撰ばれた娘を救うために反抗した末に、国王に殺された兄（または恋人）の血が山々に散ってツツジの花になったとある。さらに「鳳仙花」は、おなじ日に生まれたホウセンカという名の娘と蛇身で生まれた「書仙」という若者が結婚し、引き離された末にふしぎな再会をはたす話である。

故郷を離れた人たちの集団生活のなかで、かえって昔の伝承が保存されているというのは、よく聞くことであるが（ここでは言及することができなかったが、東北にいる漢族の「狐仙」信仰なども、そのたぐいであろう）、この三つの花をめぐる物語にも、それが見られる。

文化大革命後の中国で登場してきた二人の朝鮮族の語り手の記録も、その傾向を裏づけている。日本語訳も出されている『金徳順故事集』（一九八三年）は、中国ではじめて出された語り手の個人昔話集で、しかも韓国でよく知られた伝説や昔話が中心となっている。亡くなる五年前に金徳順さんに会った加藤千代さんの文章によると、中国語（漢語）はあまり分からなかったようだと書いているので、中国に移住して数十年生活しながらも、同じ民族同士のつきあいが多かったことをうかがわせる。そのなかで唯一の例外は、中国の万里長城にかかわる「孟姜女」民話をほとんどそっくり取り入れた「東海にはなぜ小さいハゼがいるのか」である。[20]

おなじく朝鮮族の語り手の個人昔話集で、内容にかなりちがいのあるのが『朝鮮族民間故事講述家 黄亀淵故事集』（一九九〇年、中国民間文芸出版社）である。黄亀淵は、一九〇九年、朝鮮の京畿道揚州郡に生まれ、一九三七年に中国へ移住した。「賤民」出身とされる女性の金徳順とはちがい、「書香」（読書人）の家出身の男性で、七歳から塾で中国古典を学んだ。塾の教師は、夜になると、さまざまな「故事」を話してくれた。それが「故事家」となる基礎になったという。京城では農業専科学校を出て郡の農業技術員になったが、中国へ来てからは農業に従事していた。他人の話を聞くのが好きで、新しい話を取り入れるのに熱心であったが、一九八七年に七十九歳で亡くなった。

黄亀淵の語った話にも、韓国に伝わる伝説や昔話もないわけではないが、目につくのが中国の歴史や人物を題材にしたものである。たとえば「朱元璋と李成桂」という話では、まだ皇帝になる前の二人が中原で狩猟をする姿で出会い、たがいに詩句をかわして信頼を深め、明朝と李朝の国王となってからは、画像を描かせて中国に取り寄せ、友好の証としたという。

この二人の語りの記録には、自分たちが中国へ渡ってきて苦労したことをうかがわせる内容は見当たらない。どちらも、本人が朝鮮語で語ったものを、年若い朝鮮族の研究者たちが記録し、漢語に翻訳している。しかし、その一人である金徳順は、加藤千代さんの問いかけに応じて、朝鮮にいた数十年前に体験した日本軍の残虐な行為を、すぐさま三つ語っている。問いかけられず、あるいは記録されずに、消えていったものの大きさを思わずにはいられない。(21)

三　日本人の出現

中国の沿海地区では、各地に明代の「倭寇」の記憶が残されており、(22)それが日中戦争の記憶と重ねて語られることもある。渤海湾に突き出した遼東半島の西側にある金州（現在は大連市金州区）も、しばしば「倭寇」に襲撃された。永楽十七年（一四一九）六月十四日には、三十一艘の船に分乗して上陸してきた「倭寇」と戦い、七四二名を殺し、八五七名を生け捕りにして、最初の大きな勝利をあげた。金州の望海堝に近い金頂山には、その指導者である劉江の功績を刻した石碑を建てたという。(23)

(1)「甲午中日戦争（日清戦争）」の記憶

庄河県（もとは荘河県と表記。現、大連市）の海辺に花園口がある。（秋になると）「海蓬蓬花」が海岸ぞいに桃色の花を一面に咲かせるので、この名がある。光緒二十年（一八九四）九月、十数隻の日本の軍艦が現われると、駐屯していた清兵の騎馬隊までも引き払ってしまい、住民も避難をはじめた。しかし、日本軍はすぐには上陸しなかった。海岸に長城のように花の赤い塀が連なっているのが不気味だったからである。ようやく大丈夫らしいとわかって上陸すると、その花を憎んで、刈りはらい油をかけて焼き払おうとした。ところが、その火が大きな火の玉になって、海の上へころがってゆき、日本の軍艦をみな沈めてしまった。「海蓬蓬花」は今でもたくさん咲いているが、日本の軍艦は花園口の海底に沈んだままだということである。

（「海蓬蓬花」『大連風物伝説』(24)）

花園口は、日清戦争（一八九四〜九五年）で、平壌の戦闘と黄海の海戦で勝利したあと、大連と旅順を背後から攻撃するため、大山巌大将のひきいる第二軍が十月二十四日（旧暦九月二十六日）に上陸した地点である。この民話の展開は、まったく史実とはちがうが、海辺を埋める「海蓬蓬花」の赤い花が火の玉となって日本の軍艦を焼き尽くすという願望にこめられたものを読むべきだろう。この「海蓬蓬花」は、北海道の厚岸で発見され、現在は網走市の能取湖畔などで見られるアッケシソウ（サンゴ草）とおなじものと思われる。(25)

実際には、第二軍は十一月六日に金州城を攻略し、八日には大連湾を占拠し、さらに旅順を目ざして進んでいた。その道筋にあたる南関嶺の私塾教師閻士開（四十一歳）の事跡は、こう語られる。

金州城の西南がわに小さな谷あいがある。春にはよそより早く雪解けし、秋にはいつまでも菊の花が咲きほこっている。それは民族英雄である閻世（士）開老先生の血が育てているのだと、人々は語り伝えている。中日甲午戦争の年の十一月、日本軍は金州から旅順にむかう途中で、現地の中国人をつかまえてきて先陣とさせようとした。その時、私塾の教師をしていた読書人の閻老人は、踏みこんできた「侵略軍総頭目」の山地元治に向かって、日本軍の行為を非難する墨書を突きつけ、応酬のあと相手の全身に硯の墨を浴びせた。すぐさま閻老人は殺されて、村はずれの谷あいの樹上にさらし者にされた。その谷あいは、それ以来「忠義溝」と呼ばれるようになり、草木がとりわけ勢いよく茂るようになった。

（「忠義溝」『金州風物伝説』）[26]

ここで名指しで語られている山地元治は、大山巌軍司令官に従う第一師団の師団長であった。十一月二十一日、旅順に進撃した日本軍は、それに先立つ土城子の戦闘で清軍に捕われた日本兵が首を切られてさらし者にされているのを見て激昂し、三日三晩にわたって非戦闘員をふくむ二万余人の中国人を虐殺したとされる。この事件については井上晴樹の詳細な調査がある。[27]

旅順の黄金山のふもとに住んでいた鍛冶屋の苑は、五十をすぎており、連れあいを亡くし、八十になる母親と二人の息子がいた。長男の大勇には一歳になる男の子もいた。甲午の年の八月〔九月？〕、「日本鬼子」が攻めてくると、徐邦道旅団長が二五〇〇人をひきいて旅順口に来て、さらに五〇〇人の兵を募集した。長男の大勇はそれに応募し、金州城の戦闘で犠牲となった。そこで二男の二勇も、これに加わり、徐の部隊は土城子の戦闘で五〇〇人の「日本鬼子」をやっつけた。八月〔十一月？〕二十四日の朝、苑は母親と大勇の嫁と孫を四十里離れた田舎へあずけに行った。苑がもどってみると、徐の軍隊は全滅してしまい〔旅順から退避したとされる〕、家の入口に二勇も血まみれになって倒れていた。苑は鉄を打つ大きな鉄の槌を持って戸の内側にかくれ、入ってくる「日寇」を七人まで叩きつぶし、背後から射撃さ

れながらも、その「日本鬼子」を叩きつぶしてから自分が倒れた。（「苑鉄匠」『民間文学』一九六六年二期）

私塾教師閻士開や鍛冶屋の苑の話は、『旅大史話』にも記されている。鍛冶屋の苑は、南山崗の火神廟の西にいて、五人の日本兵を叩きつぶしたとある。このほかにも、芝居の上演を強制された劇団員が武戯のさなかに灯を消して「日寇」に切りつけたとか、乞食に扮した学童が日本軍の兵営に入りこみ、飲料水に毒薬を入れたとか、さまざまな話が同書には紹介されている。

(2) 満州国支配に抵抗した人たちの話

日本の満州国支配に抵抗する、いわゆる「匪賊」あるいは「共産匪」の活動は、東北抗日義勇軍など（一九三三年初めまで）や東北人民革命軍（一九三四年～）から、東北抗日連軍（抗連と略す、一九三六年～）へと、日本軍の執拗な「討伐」のなかで曲折をへながらも、ねばりづよく持続された。初期の活動では、とくに朝鮮人の活躍が注目された。その指導者たちのなかには、のちに朝鮮民主主義人民共和国の主席となる金日成もいた[28]。また、抗連の第一軍総司令で、一九四〇年、「討伐隊」に銃殺されて三十五歳の生涯を閉じた楊靖宇は、その象徴的存在として今も語りつがれている[29]。

「日本鬼子」が東北を占領していた時、蛟河県（吉林省）の新站に一〇〇頭以上もシェパードを飼育している場所があった。鉄条網をめぐらして監視台を立てた上に、幅八尺深さ六尺もある堀でかこんで、厳重な警備をしていた。「鬼子」は自分たちの気にいらない人間や「労工」（強制労働に狩り出された人たち）

で病気になった者を、そのなかに放りこんで犬に食わせていたので、誰も近づきたがらなかった。ところが、子どもたちばかりは犬をこわがることもなく、毎日のようにやってきて鬼ごっこをしたり、蛙やキリギリスをつかまえたりしていた。しまいには、歩哨の「鬼子」に酒を買ってきてやるほど親しくなった。子どもたちのなかには、楊司令（楊靖宇）のもとで偵察員をしている小五子がまぎれこんでいた。小五子は、なじみになった子どもたちに手伝ってもらい、ある日の夜、鉄条網をはさみで切り、堀に人の渡る橋をかけた。そこへ銃や手榴弾や爆薬を持った人たちが現われ、あっという間に、十数人の「鬼子」と一〇〇頭あまりの人を食うシェパードを皆殺しにした。

（小英雄、たくみに狼狗圏を破る」、『民間文学』一九六五年五期。革命伝説故事集『神槍鎮悪魔』一九八一年、新華出版社、にも収める）

抗日戦争のころ、貧しい家に育った劉冬花という娘がいた。ある冬の日、彼女は柳で編んだ籠をかかえ、山のなかにいる人たちのところへ緊急の連絡をつけに行った。深い雪をかきわけ、たいへん難儀はしたが、ともかく任務は果たした。ところが、その帰り道で敵につかまってしまった。敵は冬花を村の粉挽き小屋にとじこめ、五十日ものあいだ、激しい拷問を加えた。皮の鞭で打たれ、焼火箸をあてられ、椅子にしばりつけてトウガラシ水を飲まされ、竹べらで手の指を突きさされて、ずいぶんひどい目にあったが、彼女は山にいる人たちの場所を教えようとはしなかった。最後に、敵は彼女を川へ投げこむことにした。まだ小雪のちらつく早春の朝であった。冬花は大きな眼を見はって、自分の住んでいた村を、林を、そしてあの山をじっと眺めた。それから、かがみこんで足もとにあった一輪の冰凌花《ピンリンホア》を摘んだ。岸に向って歩いていったその足跡には、赤い血のしるしと共に、金色の花びらが落ちこぼれていた。あくる年の春がくると、冬花の歩いていたその岸辺には、冰凌花が水ぎわまでずっとつながって咲いていたという。

（林青『冰凌花』一九六三年、少年児童出版社）

後者は、黒竜江省の「北大荒」で開墾に従事する人が、若い人にあてて書いた本のなかに、「民間伝説であるか、それとも真実の物語であるかは、よくわからない」として紹介している話である。「氷を割って咲く花」という意味の「冰凌花」は日本の福寿草にあたるものである。福寿草は、東北やシベリアの原野で、春に先がけて咲くという。[30]「山にいる人」とは、抗日連軍のような人たちであり、「敵」は日本軍やその手先となった中国人など「偽軍」の「漢奸」たちであった。

注

（1）謝国楨『清初流人開発東北史』（一九六九年、台北・台湾開明書店）や、李興盛『東北流人史』（一九九〇年、哈爾浜・黒竜江人民出版社）などの本がある。

（2）右の『東北流人史』によると、西漢以後、東北に流徙した漢族の流人は、金代に二十余万、明代に二十～三十万、清代に百五十余万、その他時代の不明な者が数万以上で、総数で二百万を下ることはないという（二八七頁）。ほかに、路遇『清代和民国山東移民東北史略』（一九八七年、上海社会科学院出版社）には、移民を送り出した山東の村の状況と、東北から帰ってきた人の聞書が収められていて興味深い。

（3）小林英夫『〈満洲〉の歴史』（二〇〇八年、講談社現代新書）による。なお次の「国勢調査」は、『満州国史・各論』（一九七一年、満蒙同胞援護会）による。

（4）一九四〇年代のおわりから一九五〇年代にかけて、中国では国共内戦終結後と朝鮮戦争終結後に、多数の復員兵士が辺境の開墾事業に投入された。西北の新疆地区と東北の「北大荒」地区が、その二大拠点であった。「北大荒」は、黒竜江省の東部でロシア領に突き出した部分に相当する。文化大革命のさいは、多くの知識人や学生が、これらの地区にも「下放」された（飯倉「長征する若者たち」『中国は大きい』一九七二年、朝日新聞社、所収）。そこには旧日本軍の陣地が散在し、日本の開拓団の跡地もあった。

（5）『中国民間故事集成』黒竜江巻（二〇〇五年、北京・中国ＩＳＢＮ中心出版、「闖関東伝説」の項に八編、「人参故事」の項に一九編収録）。

（6）二〇世紀はじめに沿海州を調査したロシア人アルセーニエフの探検記『デルスウ・ウザーラ』（長谷川四郎訳、平凡社・東洋文庫、一九六五年）では、デルスウが中国人からニンジンを探す方法を教わったと語っており（二二九頁）、また深い山中でクロテンにわなをかける朝鮮人にも出会っている（一四三頁）。なお、ほぼ同時期に、この地区を探査していたロシア人バイコフの『バイコフの森　北満洲の密林物語』（中田甫訳、一九九五年、集英社）などにも、ニンジン関係の記事が見られる（花井操「バイコフと長白山民話」『中国民話の会会報』三巻二一号、一九七九年一〇月）。

（7）駱賓基「同郷人――康天剛」（『北望園的春天』一九四二年初版）。
　この作品は訳されていないが、それを収めた短編小説集『北望園の春』の数編は、日本語訳が岩波新書で一九五五年に出ている。駱賓基の父親自身、山東の萊州府から来た商人であったが、その作者の少年時代の思い出を書いたらしい「農家の子」には、小作をしている朝鮮人の少女との淡い交情を軸に、中国人の不在地主と小作人、朝鮮式の家と日本風の部屋、ルーブルやロシア語までも入りまじった、この土地の複雑な性格が描かれている。

（8）飯倉照平訳「ニンジン掘り」（雑誌『中国』一九六八年二月号、徳間書店。原話は「小海南得竜参」）。

（9）汪玢玲「長白山人参伝説源流及其学術価値」（『民間文学』一九四八年九月号）四八〜五〇頁。

（10）吉林省公署民生〔政〕庁編『吉林郷土志』（原本は「偽満」時代に編纂されたが、執筆はそれ以前という）、長白叢書（『吉林地志』『鶏林旧聞録』と合刻）、一九八六年、吉林文史出版社。

（11）高山信司『満洲の故事と昔話』（一九四三年、拓文堂）二七四〜二七九頁。高山は、その最後に「人参の話は吉林、通化、安東、奉天、錦州に亘る地方によく語られている」と書き、二話を紹介している。ここに紹介した話のニンジンを食べた者が昇天するモチーフは、ほかの漢族民話にも見られる（池上貞子「渤海海峡を越えて――「人参故事」の世界」『中国民話の会会報』三巻八号、一九七八年二月）。また、これとほとんど同じ内容の話が、大連西崗区文化部・文化館編『西崗民間伝説』（一九八八年序、阿部敏夫氏より受贈）所収「小和尚成仙」（遼東半島に流伝、とある）や、『呼瑪民間故事集成』第二集（一九八七年）所収「懸空寺」に見える。

(12) 叢佩運『東北三宝経済簡史』（一九八九年、農業出版社）一六五頁の引用により、さらに原書とも照合した。

(13) 民話に出てくる鳥を実在の種として確定する必要はかならずしもないが、この「棒槌鳥」は、黒龍江省の四大珍味の一とされる飛龍（榛鶏、エゾライチョウ）とする説と、「王干哥（王剛哥とも書く）」という鳴き声からカッコウ科のコノハズクとする説があり、池本和夫は後者の可能性が高いとしている（「長白山民話のニンジン鳥について」『中国民話の会通信』四二号、一九九六年十月）。なお、この池本の改訂稿や、斧原孝守「朝鮮・中国東北地方における朝鮮人参の採集習俗」が、池上貞子、花井操などの文章とともに『比較民俗学会報』通巻九四号（一九九八年十一月）に掲載されている。

(14) いま手もとにあるおもな「人参故事」の本は以下のとおり。
『長白山人参故事』撫松県文連編（一九六三年初版、一九八四年三版、瀋陽・春風出版社、四〇編収録）
『人参的故事』吉林省民間文芸研究会編（一九八〇年、北京・人民文学出版社、三七編収録）
『人参姑娘』中国民間文学研究会吉林分会編（吉林民間文学叢書、一九八二年、吉林人民出版社、五六編収録）
『人参故事』中国民間文学研究会吉林分会編、民間文庫（一九八四年、北京・中国民間文学出版社、六四編収録）
『長白山奇観　参郷撫松故事集粋』林仁和・王徳富編（一九八八年、長春・北方婦女児童出版社、五七編収録）
『中国民間故事集成』吉林巻（一九九二年、北京・中国文連出版公司、「人参故事」の項に二五編収録）

(15) 漢文体で書かれた『入唐求法巡礼行記』の現代語訳には、深谷憲一訳（一九九〇年、中公文庫）がある。当時の両国の交流については、党銀平『唐与新羅文化関係研究』（二〇〇七年、中華書局）がある。

（16）蔣非非・王小甫等『中韓関係史（古代巻）』（北京大学韓国学研究中心韓国学叢書、一九九八年、社会科学文献出版社）。
（17）楊昭全『中朝関係史論文集』（一九八八年、世界知識出版社、三〇六〜三〇七頁）。
（18）戸田郁子『中国朝鮮族を生きる　旧満洲の記憶』（二〇一一年、岩波書店）。
（19）飯倉照平『中国の花物語』（二〇〇二年、集英社新書。ツツジ、サルスベリ、鳳仙花の項目がある）。朝鮮民主主義人民共和国と国境を接する遼寧省丹東市（旧称、安東）では、日本の統治以前から錦江山（旧称、鎮江山）公園でツツジの盆栽作りがさかんであった名残りで、現在でもツツジの産地として知られ、「杜鵑花」が市の花となっている。この「杜鵑花」は、シャクナゲではなくツツジをさす。また延辺朝鮮族自治州で出されている文芸雑誌の表題も「金達萊」である。
（20）『金徳順昔話集――中国朝鮮族民間故事集』依田千百子・中西正樹訳（一九九四年六月、三弥井書店刊）。
この訳書については、以前に紹介を書いたことがあるので、つぎに全文を引く（飯倉照平、『口承文芸研究』一八号、一九九五年三月、掲載）。

「中国に移住して暮らしていた金徳順という朝鮮の女性が、八十一歳の時に語った昔話を集めた『金徳順故事集』の全訳である。一九八三年に刊行された原本（『朝鮮族民間故事講述家　金徳順故事集』上海文芸出版社）には、彼女の語る一五〇余編の昔話のうち、七十三話の記録と三十三話の梗概が中国語訳で収められている。この本は、文化大革命以後の中国で、日本など外国での昔話の採集と整理の方法にまなんで出されたはじめての個人昔話集である。遼寧大学の烏丙安氏は、原本の序と日本語版への序で、同書の価値を高く評価している。

語り手の金徳順ハルモニは、一九〇〇年に朝鮮の慶尚北道に生まれ、十三歳で結婚している。一九三〇年に一家で中国の吉林省に渡り、農業に従事した。のち黒竜江省、遼寧省へと移り、一九九〇年に亡くなった。五つ年上の夫は一九四四年に世を去っている。

亡くなる五年前に金徳順に会った加藤千代氏は、幼いころに体験した朝鮮での日本軍の暴行のなまなましい記憶を、彼女が語ったのを書きとめている（「中国の語り手　金徳順おばあさんを訪ねて」『民話の手帖』三一号、一九八七年四月）。加藤氏によると、金徳順は中国語（厳密には漢民族の話す漢語）

を口にせず、聞いてもあまり理解できない様子であったという。中国へ来てからの六十年近い歳月からすると、信じがたい気もするが、それは彼女の語る伝承がほとんど同じ民族のなかではぐくまれたことを意味する。その朝鮮語で語る昔話を聞き取り、整理し、さらに中国語に翻訳したのは、人民解放軍の文芸工作に従事していた朝鮮族出身の若い裴永鎮であった。

裴永鎮の解説によると、金徳順はこれらの昔話の大半を、小さいころオモニ(母親)や祖母、外祖母、伯母などから聞いたという。また夫が生前に、田植えの時に招かれて野良で歌ったりするアマチュアの歌手であったことも、大きな影響があったらしい。さらに金徳順は五十歳ごろ(すなわち中華人民共和国成立以後)から生活に余裕ができて、ハングルで書かれたパンソリ(歌物語)の台本や小説をたくさん読んだという。本書におさめられた話に、中国語でいう幻想故事、すなわちメルヘン的な話が圧倒的に多いのは、金徳順をとりかこんでいたハルモニ(おばあさん)たちの伝承世界の投影であろう。そして心理や情景の描写が生き生きと変化にとんでいるのは、金徳順が語り物のゆたかな表現を身につけたためであろう。全体としては朝鮮の伝統的なタイプに属する話がほとんどだが、「東海にはなぜ小さなハゼがいるのか」のように、中国の孟姜女の話を取りこんで語りかえた例もある。

わたしの個人的な関心からすると、これだけの大冊で翻訳を出すからには、崔仁鶴氏が以前に出した二冊の訳書にあったような、簡単な比較の表がほしい。話の末尾に付けられた訳注では、少し物足りない気がする。たまたま気づいた例でいえば、「長鼻の兄さん」の訳注に、「《瘤取り爺》の類語だが鼻とあるのはめずらしい」とある。しかし崔仁鶴氏のインデックス四六〇の「金の砧銀の砧」にも、変化の一例としてあげられているし、中国では山東省の「長い鼻」と関連しており、また唐代の『酉陽雑俎』に見える「新羅」の話にも、その系統の古い伝承が記録されている。」

(21) 二〇一〇年に延辺人民出版社から「中国朝鮮族史料全集」(朝鮮文)の一部として『朝鮮族遷入和定居』と題する朝鮮語の文献が二冊刊行されているという。
(22) 本書所収「中国の現代民話に見る日本」参照。
(23) 董志正編著『旅大史話』(一九八四年、遼寧人民出版社)四五~四七頁。
(24) 中国民間文芸研究会遼寧分会編『大連風物伝説』(民間文学叢書、一九八三年、瀋陽・春風出版社)。

(25)「海蓬蓬花」は、「注22」の文章では、アッケシソウではなく、イソマツ科の塩生植物で、中国で「二色補血草」と呼んでいるものとしていた。この草は大連の海岸やモンゴル草原にあり、蒙古桜、ノモンハン桜の異名もあって、東郷大将が愛していたために「東郷草」と呼ばれていたという(金丸精哉『満洲歳時記』一九四三年)。しかし、植物学者の野田光蔵が書いているところによると、大連の海岸にはトウゴウソウもあるが、アッケシソウも見られるとあり(『満州植物誌の思い出』一九九二年)、『全国中草薬名鑑』(一九九六年、人民衛生出版社)に山東の方言で「海蓬子」(『中国植物志』では「塩角草」)とあるので、「アッケシソウ」が妥当と判断した。以前に、故丸尾常喜氏からも、「道北のサンゴ草」ではないかという指摘をいただいていた。

(26)『金州風物伝説』(金州民間文学叢書、一九九一年、大連出版社)。

(27)井上晴樹『旅順虐殺事件』(一九九五年、筑摩書房)。

なお、加藤周一は『朝日新聞』一九八八年八月二三日付夕刊「夕陽妄語」で、この「旅順虐殺」をとりあげ、当時の日本政府が国民に真相を知らせなかったために、「〈南京〉の加害者は〈旅順〉を覚えていなかった。〈南京〉の犠牲者は〈旅順〉を覚えていたし、今でも覚えている(たとえば董志正編著『旅大史話』)」と書いている。

(28)和田春樹『金日成と満州抗日戦争』(一九九二年、平凡社)には、その活動の軌跡が詳細にたどられている。中国では、『東北抗日連軍闘争史』(一九九一年、人民出版社)のような本が多数出版されている。

(29)澤地久枝『もうひとつの満洲』(一九八二年、文藝春秋)には、満州育ちの著者の感慨をこめて、楊靖宇の生涯が描かれている。楊靖宇については、卓昕(孫践)『抗日民族英雄楊靖宇伝奇』(二〇〇二年、解放軍出版社)のような本も出ている。

(30)飯倉『中国の花物語』(集英社新書、二〇〇二年)の「福寿草」参照。

V 研究回想

李福清さんのこと

李福清（リフチン）さんが日本へ来られると聞いて、手もとにある資料を整理していたら、いろんなことを思い出した。話の内容が回顧調になるのは、年齢のせいと大目に見ていただきたい。

リフチンさんの中国名は、もとは李福親という表記であった。その李福親さんから、一九六一年一月にモスクワで出された『万里長城的伝説与中国民間文学体裁問題』（中国語訳の書名）というロシア語の本が送られてきたのは、一九六一年の初夏であった。当時、わたしが助手をしていた都立大あてであったと思う。扉に五月十七日付の李福親さんの献辞がある。七月になってソ連科学院のゴリキー世界文学研究所あてにわたしの出した礼状に対して、李さんの初めてくれた手紙は八月二十八日付になっている。

その手紙によると、李さんがこの本の原稿を出版社に渡したあと、一人の友人が日本の京都大学で出している『中国文学報』の文献目録に、わたしの「孟姜女について」があることを教えてくれた。いくつかの図書館をさがしまわり、論文の掲載された『文学』を読むことができたという。

李さんの本はもう出来あがりかけていたので、その一部に手を加えることしかできなかった（わたしの論文に言及したのは一ページ半ほどである）。困ったのは名前の読み方で、日本の人名辞典を参照してイイクラテルヒラと書いた。

一九六〇年にモスクワで国際東方学者会議が開かれた。その席で吉川幸次郎さんにたずねたところ、その人は知らないが、読み方はいいだろうと言われた。のちに、わたしの「孟姜女民話の原型」をのせた都立大の『人文学報』を手に入れて、その英文目次で、やはりまちがっていたと知ったという。いただいた本にはショウヘイと訂正が加えてあった。

出来た本をどこへ送ったらいいか分からないでいる時に、ロシア語のできる橋本萬太郎さんと知り合い、学会の名簿などをさがしてもらったが、そこにはわたしの名はなかった。橋本さんが気づくきっかけになったのが、おそらくさきほどの『人文学報』だったのだろう。それで都立大に送ってきたものと思われる。

余談になるが、橋本萬太郎さんとは、きちんと話をしたことはなかった。一九七四年に都立大教員になってまもないころ、橋本さんから中国民話の会に会報のバックナンバーをひと揃い欲しいという注文があった。これは李さんに頼まれたものではないか、と当時のわたしは推測したが、確認はしなかった。橋本さんは一九八七年に亡くなられた。

岩波書店から出ていた月刊『文学』の一九五八年八月号の「民話」特集にのった「孟姜女について——ある中国民話の変遷」は、その年一月に提出した都立大の卒業論文の要約であった。百九十枚あった卒論を、五分の一ほどにまとめた。

大学でおもしろいと思ったのは、松枝茂夫さんの『詩経』や楽府の授業であった。『詩経』については、ひと夏かけてリポートを書き、松枝さんに提出したこともある。高校のころ、大学へ行ける経済的な見通しがなかったので、受験勉強をせず、詩や短歌ばかり書いていた。そのせいで詩歌にだけは関心があった。

卒論のテーマをえらぶため、研究室の本棚をあさっている時、解放後に出た路工編の『孟姜女万里尋夫集』を手にして、孟姜女のことを知った。この本では、敦煌の石窟から出た写本の歌謡のあとに、近代の各地の民謡が並んでいた。民衆の口にしていた歌が、政治を動かす力になるという見方に、強く魅かれた。

一九二〇年代に顧頡剛氏等が集めた資料集の何冊かは、松枝さんから借りた。それを手がかりに、半年ほどあちこちの図書館に通った。コピーが自由にはできなかった時代で、役に立ちそうな個所をやたらに鉛筆で書き写した。家へ帰ってから辞書を片手に、それを「解読」した。

まだ大塚の中国風の建物にあった時期の東洋文化研究所で、長澤規矩也氏の雙紅堂文庫の整理されていない唱本の束をひっくり返した時は、発掘のような期待があった。東洋文庫で明・清代の地方志をあれこれ借り出し、万里長城を遠く離れた湖南の片田舎に「孟姜」と名づけた山や池が実在するのに驚き、陝西の山あいにその伝説にちなむ「哭泉」の地名が残されているのに感激した。

大学には働きながら通っていたので、卒業さえできればいいと思っていた。卒論を書きあげて、それで中国文学との別れの記念にしたいという気持ちであった。就職試験に何回も落ちたあげくに、小さな出版社に勤めた。

ところが、授業には数えるほどしか出たことのなかった竹内好さんが、わたしの論文を「エスプリがある」とほめてくれた。(後年、その全集刊行にかかわりを持ち、竹内さんの当時の日記に、「飯倉の孟姜女は稀有の力作」という過褒の記載があるのも知った)。そして竹内さんの推薦で『文学』に書くことになった。このいきさつがなければ、のちに教師という職業にたずさわることもなかったろう。

李福親さんは、孟姜女に興味を持っている者が日本にもいたことでびっくりしたにちがいない。最初の手紙をもらった時、わたしは二十八歳、一九三二年生れの李さんは、二つ年上の三十歳であった。

一九五〇年にレニングラード大学の東方系中国語文科に入学した李さんは、一学年がおわった翌年の夏休みに、ソヴィエト連邦の構成員であった中央アジアのキルギス共和国を一人で訪れた。

そこには太平天国のあとに反乱を起こして清朝軍に制圧され、ロシア領に逃れてきたトンガン(東干)人たちがいた。四千人で移住してきた人たちが、キルギスとカザフの両共和国に、四万人ほどにふえて暮していた。イスラム教徒である彼らは、中国で「回回」(共和国成立以後は回族)と呼ばれた民族の一部であった。

トンガン人たちは、漢族の文化的影響を強く受けていた。トンガン語は甘粛と陝西の漢語方言がもとになっていた。彼らの村に住みついて孟姜女の民謡を聞いたのが、李さんがその名を耳にした最初であった。彼らは孟姜女の民謡が好きで、誰でも知っていたという。清朝末期の中国各地で、もっとも広く歌われていた民謡が孟姜女の物語をとりあげたものであった。専制皇帝に反逆したヒロインを歌うにしては、あまりにも物悲しいメロディーであったが、流亡の過去をもつトンガン人たちにはなじみやすい歌であったのかもしれない。

李さんは、その後も毎年、キルギス共和国を訪れて、彼らの民間文学の採集をつづけた。一九五五年に卒業した時の論文には「中国諺語論」を書いた。

東洋文学研究所に配属されてから、李さんは中国の民間文学の研究に継続的に取り組むことになった。はじめは「孟姜女」と「梁山伯と祝英台」、それに「白蛇伝」の、いわば三大伝統故事を同時にあつかおうと考えた。しかし、指導してくれた教授のすすめで、孟姜女ひとつにしぼり、三年かけてまとめた。

本の原稿を出版社に渡したあと、一九五九年に中国をたずねた。顧頡剛氏に会いたかったが、この時は北京に不在で、翌年の訪問で、ようやく会えた。わたしの論文のことも話しておいたから、顧氏に送ってほしい、と手紙にあった。

李さんの孟姜女研究は、さすがに体系的で、資料の収集も網羅的であった。ロシア語の分からないわたしにも、本をめくっていれば、漢字で書かれた文献から、その程度のことは推察できた。なによりも中国を訪れて、自分で資料を収集していることがうらやましかった。近年のような自由な往来のできる時代が来ることは、当時まったく予想しなかった。

わたしも、ロシア語の入門書と辞書を買いこみ、機会があれば勉強したいと思ったことがある。頼まれて日本語の本を買って送った見返りに、ロシア語の各民族の民話集を何冊も送ってもらった。

そのころ中央アジアに住む各民族の民話集の中国語訳が、小冊子ながら何点も日本に入ってきていて、それなりに有用であったから、いずれは比較研究の資料になる、と考えたのである。のちに、それらの民話集はロシアの専門家の荻原眞子さんに引き取ってもらい、数冊の敦煌関係の本は都立大の中文に寄贈した。

実際には、ロシア語どころか、中国語の手紙を書くのも困難であったわたしは、もっぱら日本語で手紙を書いた。大学で少しは日本語も勉強したという李さんは、判読する程度には理解できたらしい。李さんがよこしたのは中国語の手紙であったから、まったく奇妙な手紙の往復が、以後もとぎれがちにつづいたことになる。

最初の手紙をもらった時、わたしは出版社から呼びもどされて、期限つきの助手をしていた。その後の三十余年のあいだには、また出版社の仕事につき、さらに大学で短期間教えたあと、編集者生活をつづけ、ふたたび大学の教師になるという、職業上の転変があった。

自分の職業の変化について説明しても、理解してもらえないかもしれないという感じがあって、手紙を書かなかった時期もある。中国とソ連の関係の悪化も、気を重くさせることであった。

文化大革命のはじまるころ、北京大学に留学していたという李さんも（一九六五〜六六年、北京大学留学）、一人のロシア人として、おそらくさまざまな状況を体験し、見聞したことと思われるが、それについては何も聞いていない。

文革がおわってしばらくすると、一字を改めた李福清さんの名前や写真を、中国の刊行物のなかで時々見かけるようになった。

一九八〇年ごろから鍾敬文さんの発議で計画され、今は亡き張紫晨さんたちの世話で、八四年（奥付は八三年）に『孟姜女故事論文集』が刊行された。同書には、一九八〇年に亡くなった顧頡剛氏の論文のほか、文革時期の孟姜女故事へのいわれなき非難にふれた文章もある。さらに、わたしが助手時代に書いた「孟姜女民話の原型」の王汝瀾さんによる中国語訳と、李福清さんの例の著書のくわしい内容紹介が収められている。

わたしと李さんは、これまで実際に顔を会わせることはなかったが、その本では隣りあわせに並んでいて、それぞれにふさわしい位置を与えられているような気がしてうれしかった。

李さんはりっぱな学者となり、ソ連の変貌後も台湾という新しいフィールドを見つけて、生き生きと研究をつづけている。日本の若くて熱心な研究者たちとの交流も、いろいろ進んでいるらしい。わたしはまともな研究者らしい仕事もできずに、一人の編集者として終りそうだ。

しかし、機会があれば、中国の消滅して失われた孟姜女の遺跡をめぐり歩いて、四十余年前に図書館で古書の紙背に見た幻影を再現してみたい。その日は来るかどうか、おぼつかないが。

（リフチンさんが来日することに決まり、その予告として書いたもの。つぎにかかげるのは、来日して一九九八年二月十一日に東大の東洋文化研究所会議室を借りて開かれた中国民話の会例会での同氏の講演要旨である。）

―・―・―・―・―・―・―

中国の民間文学研究とわたし

ボリス・リフチン

トンガン人との出会い

わたしが中国の民間文学を研究するようになってから四十数年になる。一九五〇年にレニングラード大学の東方系中国語文科に入った時、大学には中国人の先生は一人もいなかった。

だから、中国語の会話の授業もなく、中国語を話す機会もなかった。一年生の時の中国語の教科書は、孫文の『三民主義』であった。その本には、飯を食うとか箸を使うということばもなかった。

ある日のこと、大学に中国人らしい人が来たので、先生にたずねたところ「トンガン（東干）人だ」ということだった。もともと中国に住んでいたイスラム教徒（回教徒）で、十九世紀の六〇年代か七〇年代に清朝に対して反乱をおこし、失敗してロシア領の中央アジアに逃げてきた人たちであった。

さっそく一年生の終りの夏休みに、父親から金を出してもらい、キルギス共和国にある彼らの村をたずねた。彼らは中国の甘粛地方にいたころの中国語の方言をそのまま使っていて、ロシア語は通じなかった。いっしょに仕事をしなければことばは覚えないと思い、馬小屋を作る建築現場に行った。

昼休みが二時間くらいあって、そういう時に歌（「曲子」と呼んでいた）をうたっていた。そこで「孟姜女」の歌を聞いた。民間に伝わる物語も話していた。「姜太公（太公望）がソバを売る」物語や「（唐の）薛仁貴」や「（秦の）韓信」の物語も、ここではじめて聞いた。わたしの中国の民間文学に対する興味は、ここからはじまった。

また、「梁山伯と祝英台」の物語も、ふつうの本に出ているあらすじとは、ちがうところがあった。男装して留学している英台を疑う者がいて、みんなで屋根にあがって立ち小便の競争をすることになった。かしこい英台は、葦の茎をさして小便をして、ほかの人よりも遠くへおしっこを飛ばしたので、ばれないですんだという話になっている。

わたしは、そのあと、大学の五年生を終わるまで毎年彼らのところにかよった。中国語も上達して、いろいろな民間故事を採集した。彼らは百年も前に中国を離れて、それからは漢族の影響をまったく受けなかった点に特徴がある。

そこで両者を比べてみると、おもしろいことに、中国に残っている回族の民間故事の方が、イスラム教の影響が強かった。ところが、わたしの記録した二百ほどの話のなかでアホン（僧侶）の登場するものは二つしかなかった。おそらく中央アジアに暮すトンガン人は、周辺の民族もすべてイスラム教なので、そのことを強調しなくてもよかったのだろう。

このトンガン人の民間故事伝説集は、一九七七年に出版することができた。その時、日本の橋本萬太郎から評判がいいという手紙をもらった。わたしの本は、本文よりもコメントの方が長い場合もあって、中国や朝鮮や日本との比較について、多くの考察を加えている。ドイツ語でも翻訳されたが、時期が悪くて出版されなかった。イスラエルでは、近く出版される予定であると聞いている。できれば日本でも翻訳してほしいと思う。

孟姜女から『三国演義』まで

大学を出て、ソ連科学院の世界文学研究所に入り、民間文学研究室で仕事をはじめた。「孟姜女」「梁山伯と祝英台」「白蛇伝」の三大故事について研究することを考えていたが、主任の意見で「孟姜女」にしぼることにした。

ソ連に留学していた中国の友人のすすめで、中国各地の文聯に手紙を出すことにした。これでさまざまな未発表の資料が集まった。とくに陝西省では、わざわざ調査をして写真までとってくれた。

ちょうど一九五七年に、中国文化部の副部長をしていた鄭振鐸がソ連に来ていたので、集めた資料を見せると、わたしが頼んでもこんなには集まらない、あなたが外国人だからだろうと言った。

「孟姜女」についての研究書を一九六一年に出したあとで、わたしは『三国演義』に取り組むようになった。これも『水滸伝』や『岳飛伝』とあわせて研究したかったが、一つにしぼることにした。

民間文学が作家文学に与える影響については、各国で研究があると思うが、作家によって書かれた小説が、逆に口頭伝承をもとにした講釈師の語りに影響を与えることも考えなければいけないと思う。このことは、チェコの中国文学研究者のあいだでさかんに議論されたことがある。

このあたりの問題は、一九九七年に出した『三国演義と民間文学伝統』に書いているので、くわしくはふれない。

モンゴルからベトナムへ

一九七〇年代になって、偶然の機会に未知のモンゴル人の学者から電話をもらった。ウランバートルには中国語の写本（「本子」）がたくさんあるが、中国文学の研究者がいないので、見に来てくれないかということであった。ここで目にした写本については、今だに内容のよく分からないものもある。

また、中国語で語られた語り物の録音テープも聞かされた。それを語った人はもう亡くなっているといわれた。ところが、一年後には、中国の内モンゴル自治区から文化大革命のころに逃げてきたという二人の語り手が現われた。

わたしはゴビのまんなかにある小さな町で、その人たちに会った。一人は老人で年齢は分からなかった。もう一人はわたしと同じくらいの人であった。老人の方は漢語も話せるし、チベット語もモンゴル語も読めた。若い方はモンゴル語は読めなくて、漢語ができた。

二人とも胡弓（胡琴）を使って語りものをやるという。モンゴル人がふつうに使うのは馬頭琴だが、中国ものを語る時は胡弓を使うとされている。老人の方は内モンゴルで大工をしていたというが、「ナタ（哪吒）出世」を語ってもらうと、たいへんレベルの高い語り手であることが分かった。

ところが、彼らに聞いてみると、「ナタ出世」のような『封神演義』ものや、「鍾国母（斉の宣王の妻）」を語る時にかぎっては、まず線香を立ててお経を読み、最初から最後まで一気に語らなければならない。途中でやめたりすると、よくないことが起こるとされている。『水滸伝』や『三国演義』の場合は、そんなことはないという。

この「鍾国母（鍾離春）」の物語は、それまでに中国で聞いたことはなかった。顔が醜く心が優しい女性が主人公の物語である。しかし、ウランバートルやレニングラードの図書館には写本があって、清朝初期に漢語から満州語に訳したものを、さらにモンゴル語に訳したものと分かった。

似たようなことは、ほかの物語にもある。有名な「（唐の）薛仁貴」の物語で、その孫の薛海が活躍する話がある。この人物のことはいろいろなものを調べたが、分からなかった。ところが、ロシアのカザン大学地理学部の小さな図書館に年画があり、その年画にこの人物が描かれていた。

こうしてモンゴルには五回にわたって行き、そのたびにさまざまな語り物の写本について記録した。その後、ドイツで開かれた中央アジアの叙事詩のシンポジウムで、この報告をしたことがある。

一九八〇年代になって、わたしはベトナムへ行く機会があった。ここでおもしろかったのは、中国神話の女媧について新しい資料を見つけたことである。

くわしくはわたしの『中国神話故事論集』に掲載した文章を見ていただきたいが、中国の『淮南子』に出てくるよりも、はるかに原始的なものである。

ベトナムの一部の人たちは、女媧を崇拝していて、その陰戸はかなり大きいと考えている。その人たちは、旧暦の三月八日（新暦の三月八日だと国際婦人デーだが）になると、泥で女媧の陰戸を作って、太鼓を叩いて村中を練り歩き、女媧廟までかついでいき、そこでこなごなにして自分たちの田圃に蒔いて、豊作を祈るのである。これを「遊蜆会」と呼んだ。これは、貝の一種を示す「蜆」と女媧の「媧」にはつながりがあると思われる。

台湾のフィールドで

一九九〇年代に入ると、こんどは一九九二年に台湾の清華大学から招待されて、『三国演義』についての講義と、台湾の原住民の民間文学について研究することを依頼された。

わたしは台湾で、もっとも古い形の民間文学に出会ったと思った。いろいろある原住民のなかでも、ブノン（布農）族がもっとも古い伝承をもっているように思えた。彼らの「ブノン」は、ちょうど「アイヌ」の人たちの呼称とおなじく「人」という意味である。

わたしが彼らの土地を訪ねると、一人の老人がいきなり自分たちの結婚の風習について語った。そのうち一人の老婆が「ムカシバナシ」と日本語で言いだしたので、わたしはそれを聞きたいのだと言った。いままで調査に行ったのが、日本のエスノロジーの人たちが多かったせいらしい。わたしは百以上の昔話を聞き、それを原音のまま記録したので、今年中には出版するつもりだ。

いままで出ている資料は、言語学かエスノロジーの関心から調査したものがほとんどであった。そして、これまで採集された話は、男性が語り、男性が聞くものが多かった。原始社会では、神話は男性が管理しているものだったからだ。女性は聞いてはいけないものだった。

わたしは一人の女性から話を聞くことができたが、その人は母親から聞いたということで、その母親は巫（祈禱師）だった。また男性の場合でも、神話の内容が重要なので、あまり小さくては分からないとされて、十一、二歳の成人式の前後になって聞いたという例が多かった。

　これまでの記録では神話、伝説、説話を区別していないものが多いが、彼ら自身のあいだでははっきりと分類されている。その特徴は文化英雄がなく、また動物と人間の中間的な「精」という観念がないことだ（これらについても、具体的な例をあげて話されたが、それについては『神話から鬼話へ』という一九九八年一月に出された著書を参照してほしい）。

（通訳・何彬、要約・飯倉）

（追記。右の講演でも分かるように、リフチン氏の研究分野は広く、ロシア語や中国語の著書、編著も多い。その詳細は、ロシア語のウィキペディアか中国語の「百度百科」を参照いただくことにして、ここでは日本語に訳されたリフチン氏の文章の一部を紹介しておきたい。

・中国民話の民族的諸特質（ロシア語から渡瀬一渡訳、『民話』四号、一九五九年一月、未来社）
・中国における神話的素材の継承――袁珂『中国古代神話』にふれて（ロシア語から後藤洋一訳、飯倉編注、『文学』一九七二年三月号、岩波書店）
・未知のくにドゥンガネジア（東干）とその説話――『ドゥンガンの民話と伝説』イスラエル版序文（ロシア語から荻原眞子訳、『中国民話の会通信』七二号・七四号、二〇〇四年十月・二〇〇五年六月）
・『ドゥンガンの民話と伝説』（一九七七年）序文（ロシア語から荻原眞子訳、『中国民話の会通信』八六号、二〇〇八年十月）（以下、同通信九九号までに同書の第一話から第四〇話までを翻訳し、停刊のため中断した。）

李福清氏のフルネームは**Борис Львович Рифтин.** 一九三二年九月七日、ソ連のレニングラードで生まれ、二〇一二年十月三日、ロシアのモスクワで八十歳で亡くなられた。）

鍾敬文さんのこと

——「草の実」を愛した人

鍾敬文さんの名を最初に知ったのは、一九五七年秋、卒論のために孟姜女伝説のことを調べていた時です。

陸安師範を出たあと、まだ郷里（広東省陸豊県）にいた二十代前半の鍾青年は、友人たちと詩集を出したり歌謡の採集をしたりする一方、北京の『歌謡週刊』や『国学門週刊』に熱心に投稿していました。そのなかには孟姜女に関連するものも何編かありました。「福佬民族」の伝説という耳なれないテーマもあって、印象に残っています。

はじめて鍾さんにお目にかかったのは、一九八〇年十二月に日本口承文芸学会の代表団に加わって、わたし自身にとっては初めての訪中をした時でした。いま考えてみますと、この時の鍾さんを中心とする中国民間文芸研究会の決断は、たいへん大きな意味をもっていたと思います。

この時にさしあげた、わたしの旧作「孟姜女民話の原型」（一九六一年）を、王汝瀾さんの中国語訳で『孟姜女故事論文集』（実際は一九八四年、中国民間文芸出版社）に、リフチンさんの著書の要約と並べてのせてくださったのも、鍾さんの推薦によったものでしょう。

一九八三年春、北京師範大学へ長期滞在をするさいに、わたしは日本の古書店で入手した鍾さんの旧著や、恩師竹内好さんが日本留学中の鍾さんから贈られて保存していた抜刷数点を、記念のプレゼントとしました。

そのさい、むかし『北京大学国学門週刊』に連載した「陸安伝説」をまとめるつもりはありませんか、とお聞きしました。

この質問が鍾さんにはうれしかったらしく、のちにその時期に採集したものを集めた『鍾敬文采録口承故事集』（孫振犁編纂、一九八九年、黄河文芸出版社）の序文で、「わたしが二十歳前後に集録して発表した、これらの故郷の口承故事は、いまはもう骨董に近くなってしまった。たまたま外国の同業者（たとえば日本の東京都立大学飯倉照平教授）が話のなかでふれたことがある以外には、国内一般の中青年の学者で、それに注意し、あるいはそれを知っている者は、ほとんどいなくなった」と、わざわざ名前をあげて書いてくださいました。

これに気をよくしたわけではありませんが、岩波文庫の『中国民話集』（一九九三年）を出すさいに、「陸安伝説」連載の最初にあった「単身娘子」を「草の実になった女」と訳して掲載しました。若き詩人であった鍾さんは、きっとこんな話が好きだったのだろうと思ったからでした。

この『中国民話集』の注釈では、エーバーハルトと同内容の場合は、わざわざ鍾さんの話型をあげることにしたのも、鍾さんの初期の仕事を顕彰したいがためでした。

一九九四年春、もと学生たちとの華甲記念の江南旅行の帰りに北京に立ち寄り、その『中国民話集』を届けがてら鍾さんとお会いしたのが、最後となりました。

わたしの中国語がだめだったせいもあって、そんなに深くお話をかわしたことはありませんでしたし、期待されるような仕事もやらず、怠惰なままに過ぎた歳月でした。しかし一方では、鍾さんのある側面とは通じあっているのだという思いが、いつもありました。

抗日戦争のさいに書いた日本軍非難の文章の何編かを晩年の散文集にまでちゃんと残していた鍾さん、文革末期に陳秋帆夫人の協力をえて古い知人である増田渉さんの『魯迅の印象』を訳していた鍾さん、それらについてもふれたかったのですが、またの機会にします。

鍾さん、あの世で（若い日のスナップのように）陳秋帆夫人と頬を寄せあって、ひさびさの再会を楽しんでくださるように、お祈りしています。

大林太良さんのこと

大林さん、「阿佐谷夜話」十六回の連載をありがとうございました。荻原眞子さんの話では、二十回までは書きたいと言われていたということで、たいへん残念です。こんなことになるとは思わず、お見舞いにも行かなかったのが悔やまれます。

「阿佐谷夜話」の連載をお願いしたのは、一九九六年に朝日賞のお祝いの会が開かれた時です。わたしの方は、ちょうど『中国民話の会通信』の編集を谷野典之さんから引きついだばかりでした。「うちの通信ならば少々エッチな話でもかまいません。先生、そういう話すきでしょう」と酔った勢いで口をすべらせたら、原稿料ゼロにもかかわらず、二つ返事で承諾をしてくれました（と記憶しています）。

その後、いつだったか、大林さんが、友人の江守五夫さんから「あれでは『夜話』になっていない」と言われたよ、と話してくれました。そういえば最初の方には何度かそれらしい話があるのに、いつのまにか少なくなったような気がしていました。しかし、それはそれで、それぞれに大林さんらしいセンスの感じられる材料や問いかけが提示され、わたしは自分たちの側に答えるだけの用意のないのが恥ずかしい気持でした。

思いかえすと、本郷の手ぜまな感じの研究室で、はじめて大林さんにお会いしたのは、一九六五年の春でした。わたしが岩波書店で『文学』の編集を担当することになって最初のころ、神話の特集を計画しました。大林さんのデビュー作というべき角川新書版の『日本神話の起源』（一九六一年）に感激していたわたしは、村松一弥さんを手伝って出した『少数民族文学集』（一九六三年）のことなどを、気負いこんで話したようにおぼえています。

中生勝美さんの本通信に寄せてくださった追悼文を読んでから、念のため取り出してみると、使うあてもないのに『東南アジア大陸諸民族の親族組織』の初版本を巌南堂書店で見つけて大枚七百円で買ったのも、そのころのようです。

結局、その時はわたしの力不足で特集を組むほどの原稿は集められず、『文学』一九六五年六月号では、巻頭に大林さんの「出雲神話における『土地の主』」を置き、つづいて村松一弥さんの「中国創世神話の性格」と松前健さんの「戦後における神話研究の動向」を掲載したのでした。

わたしもまだ三十そこそこで、自分がのちに大学の教師になろうとは、夢にも思っていないころでした。大林さんもまだ専任講師で、三十代なかばであったはずですが、なぜか思い出のなかでは、晩年とほとんど風貌が変わっていません。そのころから、大林さんは自分より十歳くらい多いと思いこんでいました。

その後、わたしは教師になったり編集者にもどったりをくりかえしました。その間、とぎれた時期もありますが、おもだった著書は、ほとんど送っていただきました。研究者のはしくれとしてのわたしは、それに応える仕事もせず、いつも申しわけない思いをしていました。

亡くなる知らせの数日前に送っていただいた『山の民水辺の神々』は、わたしのいちばん魅かれている六朝小説を題材にしています。この本を読みながら、少しは六朝小説をひっくり返してみることで、大林さんの追悼にしたいと考えています。

伊藤清司先生の仕事

わたしたちの中国民話の会は、今は無くなってしまった都立大の中国文学研究室で、村松一弥先生の教え子たちが四十年ほど前に作った研究会です。文化大革命がおわって中国の少数民族地区への訪問が可能となった一九八〇年代には、新しい会員もふえ、中国との交流もさかんになりました。そのころ会の運営にあたっていた加藤千代さんが、伊藤先生に中国民話の会の会長になっていただくことをお願いしました。

先生のなされたお仕事が中国の民話に関心をもつわたしたちにとって大きな目標であったと同時に、

その研究の成果が中国の研究者たちにも広く知られるようになり、先生ご自身も積極的に足しげく中国に渡っておられたためです。

　のちにわたしが事務局を担当するようになってしばらくしてから、先生からのお申し出があって会長とお呼びすることはなくなりましたが、月ごとの例会にもよく出席されて、いつも顧問のような立場で会の活動に助言をしてくださいました。

　とくに最近の数年間は、『中国民話の会通信』という、わたしたちの会で出しております季刊のパンフレットに、炭焼き長者についての論考を九回にわたって連載しておりました。そのつづきにあたる原稿は、先生が亡くなられたあと、お宅に十六枚だけ残されていましたが、最後は未完成のままでした。

　長年かかって集められた文献資料を独自の構成で展開した、この炭焼き長者シリーズは、ほかの刊行物にも前後して掲載されており、小島瓔禮さんたちの『比較民俗学会報』に五回、神奈川大学の佐野賢治さんたちの『比較民俗研究』に一回掲載されたものをあわせて、発表された分を概算してみますと、すでに一千枚ほどに達しております。

　残念なことに、亡くなられる間近かまで先生からのお元気な電話の声を何度か聞いていたために、ご病状についてくわしくうかがうこともなく、お見舞いにもあがらず、未完成におわってしまった炭焼き長者シリーズの、このあとの計画や構想についてうかがっておく機会を失したことが悔まれます。

　晩年の柳田国男氏にお目にかかったさいに、中国にも「絵姿女房」の話があるそうだがと言われたのが、先生の説話の比較研究のきっかけになったということです。そして最後の最後まで、先生はその初志をつらぬいてお仕事をつづけられました。

　今、わたしたちはただ失われたものの大きさを嘆くばかりです。どうか安らかにおやすみください。

（二〇〇七年七月二八日の偲ぶ会での「お別れのことば」）

＊

二〇〇七年六月十六日、伊藤清司先生が亡くなられた。享年八十三歳、骨髄異形成症候群という病名であった。七月二十八日に開かれた偲ぶ会で配られたCD―ROM「伊藤清司先生・偲び草」(古代中国研究会制作)には業績目録、中国の団体・知人からの追悼文、テレビ出演(一九八一年)のさいの映像などが収められている。

わたしたちの編集している『中国民話の会通信』八二号には、その業績目録と追悼文を活字化して再録し、さらに当日配布の略歴、中国民話の会会員の追悼文、遺稿「炭焼き長者の話・金銀の所在(続)」などを掲載した(ただし慶應義塾大学を定年退職されたさいの記念論文集『中国の歴史と民俗』一九九一年、には、それまでの著書・論文目録があるので、以後の部分のみを掲載した)。

多分野にわたる業績の詳細は右の目録にゆずるとして、はじめに一冊の本を紹介したい。一九九七年に雲南大学出版社から中国語で刊行されたためにあまり知られていないが、「伊藤清司学術論文自選集」という副題が示すとおり著者自身が編集したもので、その仕事の全体像が見渡せる内容となっている。かつて『口承文芸研究』二二号の新刊紹介欄で、わたしはこの本の日本語版刊行を期待したいと記したこともある。

『中国古代文化と日本』という書名は、慶應大の史学科東洋史学専攻に身を置き、松本信広氏という先達をもった著者の研究分野を、的確にまとめた表現といえる。しかも、つぎにあげる章名(カッコ内は収録論文数)に見られるように、その内容はかなり多岐にわたっている。また同書には、今は亡き鍾敬文氏(当時九十三歳)の懇切な序文もある。

第一編　中国の古代文化と神話(七編)
第二編　中日民間故事比較(七編)
第三編　中国西南地区の神話と習俗(五編)
第四編　神判比較(四編)
第五編　『山海経』研究(七編)
第六編　中日文化交流の橋梁――江南(四編)

ここでは、このうち神話・説話の比較研究にかぎってふれることにしたい。晩年の柳田国男に会ったおりに中国にも絵姿女房譚があると話したことが、比較研究のきっかけになったことは、みずから語っている。(1) その論文を巻頭におく『〈花咲爺〉の源流』(一九七八年)につづき、『日本神話と中国神話』(一九七九年)が出て、堅実な文献資料にもとづく未踏の分野についての論文がまとめられた。

この研究をさらに展開させる機縁となったのが、一九八〇年に中国民間文芸研究会の招待で日本口承文芸学会代表団が中国を訪問したことであった(『口承文芸研究』三〇号、伊藤「口承文芸の国際比較」参照。ちなみにこの文章は先の目録に掲載されていない)。この時の協議にもとづいて、伊藤先生は一九八二年秋から一年間、北京の中央民族学院に在籍し、少数民族地区などへの調査旅行をおこなった。そのさいの見聞をもとにした『中国民話の旅から――雲貴高原の稲作伝承』(一九八五年)には、はじめて現地を踏んだ感動が紙背にみなぎっている。

これ以後、十数年にわたり毎年のように中国をたずね、各地を跋渉された伊藤先生の成果は、さらに『昔話伝説の系譜――東アジアの比較説話学』(一九九一年)にまとめられ、また「日中比較民俗誌」の副題をもつ『サネモリ起源考』(二〇〇一年)のような、いかにも伊藤先生ならではの論考に結実した。

一九九三年、旧都立大の南大沢校舎で開かれた日本口承文芸学会大会で、わたしは「昔話伝説の比較研究はどこまで可能か――炭焼長者譚を例として」というシンポジウムを企画した。それは伊藤先生たちの先駆的な仕事を認めながらも、比較に適合する資料を恣意的に取り出すのではなく、それらの説話を朝鮮や中国の伝承世界のなかに置いて捉えなおす必要があるのではないかと、さかしらにも考えたからであった。

この問いかけに対する伊藤先生なりの回答とみなすべきものが、二〇〇三年から発表されはじめた「炭焼き長者の話」という、現在入手可能な日本、中国、韓国の資料を網羅的に追跡した考証であった。『中国民話の会通信』に遺稿をふくめて十回、『比較民俗学会会報』に五回、『比較民俗研究』に長篇を一回、相次いでの連載であった。これに前後して発表された「ベトナムの炭焼きの話」、「旧仙台領内のカマド神」、「炭焼き長者の話——柳田国男と松本信広」などを合わせて、概算一千枚の論考が、結論部分に達することなく中絶したまま残された。

「書きかけている原稿があるから、まだ死ぬわけにはいかない、副作用は我慢するから治療していただきたい」と伊藤先生が主治医に語っていたことを、奥さまの伊藤貞子さんは記している。その旅立ちには、あの世でも論文を書きついでもらうために、筆記具や原稿用紙とともに『中国民話の会通信』が持たされたという。

注

(1)「柳田先生を訪ねた時のこと」『柳田國男全集』第十八巻月報、一九九九年、筑摩書房。

『中国民話集』の前後

一九九四年に九年ぶりで中国の土を踏んだ。一九八五年八月に沈従文の故郷である湘西をたずねて以来のことである。若い友人の山口守さんが、わたしの六十の祝いを口実に江南へ遊びに行こうと言いだした。すでに三年前に六十になっている松井博光さんも加えて、都立大の卒業生を中心に一行十四人であった。久しぶりにあう人も加えて、大半はむかしの飲み仲間ばかりの気楽な旅行であった。

一九八三年に北京師範大学に長期滞在した時、七月に新疆へ行き、ウルムチ、トルファンをまわり(当時まだカシュガルには行けなかった)、敦煌にも寄った。八月に東北へ行き、大連(こっそり旅順の戦跡もたずねた)、瀋陽(撫順・平頂山に日帰りで行った)、丹東、長春、牡丹江、チャムス、伊春(五営に泊り原生林を見た)、ハルビンをまわった。そのあと、翌年の春節に紹興など江南へいく計画を立てていた。ところが、秋になって日本にいる母親が脳梗塞で倒れて入院し、当時はまだ連れあいが勤めていたため帰国を早め、その時の江南行きは実現しなかった。

一九八三年の中国行きには、つらい思い出がある。わたし自身ことばの不自由さからくる不安もあった。そして出発の直前に、東京で映画の専門学校に入ろうとして、大学生の兄と暮らしていた次男が、突然ぐあいが悪くなった。医者の判断は一過性の症状で、大したことはなかろうということであった。しかし、それからの一年あまり、東京で病院がよいをしながら不安定な暮らしをしていた次男は、ますます統合失調症の病状を悪化させてしまった。発病の契機を単純に考えないほうがいいと医学書は説いているけれど、兄との折り合いがうまくいっていなかった次男にとって、わたしの一年間の不在は大きな衝撃だったらしい。

さらに母親が倒れたのさえも、連れあいが勤めに出たあと、毎日一人で留守番をしていたことが母親の脳内血管の硬化を早めたのではないかとわたしには思えて、自分を責める気持になったこともあった（長い入院生活のあと母親が亡くなったのは、一九八六年の秋であった。そのころには連れあいも、母親と次男の世話をするために勤めをやめざるをえなくなり、家にいるようになっていた）。

二年後の一九八五年に湘西へ行ったあと、それっきり何年も中国へ行かなくなったのは、旅人として通り過ぎておもしろがるぐらいのことはともかく、自分にとって中国は現地調査の場所とはなりえないことを、いやというほど感じさせられたからであった。眼の前にある書物を引っくり返してできることをやるだけでも、残された歳月をついやすには十分ではないか。それが、あとでふれる『中国民話集』などの作業を進める自分への言いわけでもあった。

そして一方では、次男には一人で長時間留守番をしているのがむずかしいため、わたしがいない日は連れあいの外出も自由にならないという状況があった。わたしが十何日も国外へ出ることは、よほどの理由がないと言い出せなかった。さいわい次男も二十代を通過して、いくらか病状が落ち着いてきたし、わたしの六十の祝いという名目もあって、一九九四年の江南行きは実現したのであった。

この一行のなかに檜山久雄さんがいて、一九八〇年春に紹興を訪れている。その時は松枝茂夫さんも奥さんといっしょに加わっていたし、ほんとはわたしも同行を予定しており、そのために「紹興雑聞」という下調べの文章までも大学の紀要に書いていた。しかし、なぜか直前になって取り消した。竹内好さんの全集を出す仕事が始まっていて、それで忙しいというのが断る理由であったと思う。実際には中国へ行くこと自体に、なにか後ろめたいようなもやもやした感情があって、そうなったと記憶している。

こんな得体の知れないこだわりは、いまの人たちにはもう理解してもらえないだろう。大学を卒業するころからの二十余年間、ずっと中国に関心をいだきつづけながら、一度もその土地に足跡を印すことがなかった。世の中には、女性にあこがれをいだきつづけながら、一生近づくことを欲しない人もいるそうだが、どこかそれに似ていないこともない。それがふっきれたのは、一九八〇年の暮れに日本口承文芸学会の代表団に加わってはじめて北京と上海を訪問してからである。

だから、こんどの江南行きは、わたしには三度目の正直といった趣きがあった。蘇州の街なかは工事中でひどかったし、紹興に向かう道路は寧波へ直結する新しいバイパスの一部とかで、これらの古い街も、すでに確実に沿海地区の工業開発の一環に組みこまれていることを、否応なく実感させられた。

それでも、蘇州から日帰りでいった用直《ろくちょく》の街には、まだ若い葉紹鈞が教師をしていたころのたたずまいが残っており、こんな土地に『小学教師』の訳者である竹内好さんと来てみたかったと思った。また杭州から往復した郁達夫の故郷である富陽では、日中戦争のさい、日本軍の占領に抗議して郁達夫の母親が自死したという事実も知った。紹興では、水路に面した柯橋や安橋頭の家並みに、滅びゆくものの姿を見てとることができた。ぼんやりと歩く旅人になるのも、まんざら悪くはないという気がした。

しかし、印象に残ったといえば、北京の街で何度も乗った黄色いタクシーの若い運転手たちの表情であった。ともかく金をかせぐために懸命になっている明るさが、そこにはあった。それは、これまでの中国ではあまり見かけたことのないもののように、わたしには思えた。隣りの席に乗りこんで、禅問答のような、たどたどしい中国語の会話をかわしながら、いつのまにか日本語の説明をしてやっている自分に、思わず苦笑したこともあった。

北京では、十年ぶりに鍾敬文さんにお会いした。さすがに一人で話をかわす勇気はなくて、林相泰さんに同行していただいた。その三月で満九十一歳にならられたのだが、とても元気そうに見えた。わたしに対しても、十年前より元気じゃないかと言われた。そして、わたしの訳した『中国民話集』に、鍾さんが二十歳前後に採集した昔話を五編入れたことを、とても喜んでくださった。

一九八九年に『鍾敬文採録口承故事集』という、鍾さんがむかし採集した昔話を集めた小冊子が出た時、鍾さんはその序文で「国内では一般の中・青年の学者たちでも、それに注意し、あるいは知っている者は少なくなった」けれども、偶然の機会に外国の研究者がそれを口にしたことがあるとして、わたしの名前をあげてくれていた。

わたしは以前に孟姜女故事を調べたさい、一九二〇年代に北京大学から出ていた雑誌に、鍾さんの採集した昔話の一部がのり、静聞という署名による「陸安伝説」が何回か連載されていたのを記憶していた。あれは本としては出なかったのかと、鍾さんにたずねたことがあった。そのことを、さきの序文に書きとめてくれたのである。

もう一つ、『中国民話集』の「比較のための注」で、わたしは鍾さんが一九三一年に発表した中国昔話の話型分類を、エーバーハルトの索引と同内容の場合は積極的に採用した。すでに加藤千代さんが「中国昔話の話型索引――エーバーハルトの書評と丁乃通の反論」(『口承文芸研究』一〇号)に紹介しているように、一九三七年に発表されたエーバーハルトの索引には鍾さんをはじめとする中国人の研究成果がかなり借用されている。このような索引の性格からして、そのこと自体は別に非難すべきことではないが、わたしは、そのような場合はあえて鍾さんによる話型の要約を引くことにし、あわせてエーバーハルトの話型番号を並記することにした。このことも、それとは言及されなかったが、鍾さんは気づいてくださったことと思う。

この機会に、いささか自画自賛めいて気がひけるけれども、『中国民話集』に寄せられた批評を紹介させていただく。公表された形での言及としては、わたしの目にしたものでは、『週刊読書人』一九九三年十月四日号の「ぶんこから」の簡単な紹介、内山書店刊行の『中国図書』一九九四年二月号での飯塚容さんによる読書アンケート、大修館書店刊行の『しにか』一九九四年五月号での三浦佑之さんによる中国文化を読む一冊としての紹介がある。

長文の書評としては、本会の会員でもある西脇隆夫さんが『比較民俗学会報』八三号で、四ページにわたる「『中国民話集』を読んで」を書いている。わたしの本の書評であると同時に、中国民話の紹介のしかたについても広く論じていて、問題点が整理されている。その全体を紹介することはできないが、以下のような個所が興味をひいた。

少数民族の民話に比べると、私自身は、漢民族の民話を読んでもそれほどおもしろいと思わなかったが、本書の民話はどれもおもしろく読めた。これまで、漢民族の民話についてあまり注意していなかったので、今回本書を読む機会を得て、あらためて漢民族の民話を見直さなければならないと感じたのである。

これはそのまま、この本の仕事を始めるまでのわたしの感想でもあった。本の企画を岩波に出して決めてもらったのは一九八九年秋であった。そのころ、董永の説話についての論文を書いていて、広東や広西あたりの少数民族の民話と漢民族の伝承との関係の深いことに驚いていた。まず漢民族の伝承について知らなければ、その周辺に住む少数民族のそれを扱うこともできないと考えたのが、その動機であった。また西脇さんは、こうも言っている。

同時に、ここに収められていない話にも、もっと「中国的」な民話、言い替えれば日本や西欧の昔話などに見られない話、中国にしか語られていない話があるのではないかとも感じた。

たしかに漢民族のおもな話型を百程度とすると、それを網羅するのには文庫本で四〜五冊が必要になる。しかし、内容の密度の高いものをえらぶとすれば、二冊程度にまとめるのが適当と考え、企画は二冊で通してもらった。

ところが、その直後に、大修館書店から『世界ことわざ大事典』の中国の部をやってほしいと頼まれた。まったく見当のつかない分野であったが、やってみると仕事そのものはおもしろかった。あげくに資料もないのに、少数民族の部までもやらされてしまった。この仕事で半年くらいは使ったと思う。

この民話集の仕事で、いちばん面倒であったのは訳す話を選ぶことと、注釈を書くための調査であった。一つの話の翻訳と注釈をやるためには、一つの論文を書くような手順が必要であった。翻訳そのものの数倍もの時間がかかるために、進行ははかばかしくなかった。そこで後半には、ともかく翻訳をやってみて、あとは配列や構成を考えた上で取捨することにした。

そのうちに『文芸読本・南方熊楠』のための小伝を書く仕事が割りこんで入ったりして、それ以上締切りを伸ばすわけにはいかなくなり、とりあえず一冊で出すことにした。

となると、「漢族昔話集」とでもするのが内容にふさわしいと思って編集者に相談してみたが、岩波文庫のほかの民話集との兼ねあいもあって、もとのままにした。わたしとしては、さらに「漢族昔話集・続編」として、賢い嫁や愚かな婿などの話もふくむ「漢族笑話集」、それに孟姜女や梁山伯・祝英台などの話もふくむ「漢族伝説集」を編んで、せめて全三冊ぐらいにはしたいというのが夢の構想であったのだが。

このほか、私信として寄せていただいた感想も多かったけれど、ここではその一つを紹介させていただく。つぎの飯豊道男さんからの来信は、わたしにはいちばんうれしいものであつた（飯豊さんは、ドイツ民話の研究者で、フィールドの体験もされており、多数の訳著がある）。

（前略）ここまで仕上げるのには随分時間がかかっているのだろうと思います。各話の注と解説を見ても、ぼくのような門外漢でも想像がつきます。御本が気持ちいいのは、資料出所、解説に私心がなく、ほかの方たちのお仕事を積極的に評価して取り上げていらっしゃることです。話のあとの注でも、わからないことはわからないと書いていらつしゃいますが、これは中々できないことだと思います。

話型の分類、比較は行き届いていて、みなさん大変重宝するのではないかと思います。話そのものを選ぶのには、あれこれ考えて御苦労なさったのだろうと想像しますが、ヨーロッパの話よりも人間味があって（例えば「5羽根の衣を着た男」で、皇帝のところにつれて行かれた女房がふくれっつらをしているところなど）面白く思いました。

個人的には「II海と川のほとりで」「IV人と人のあいだで」「V男と女のかかわりで」の話が好きです。でも.最初の「1トントン、カッタン、サラサラ」は、巻頭を飾るにふさわしい話という気がしました。

「5絵姿女房」に糞が出てきましたが、糞は「37生れつきの運」にも出てきました。こういう糞が出てくるところも好きです。短い話もあれば長い話もあるというのもいいと思います。話を全体としてIからVまでに分類しているのも興味ありました。
しかし何より快いのは文体ではないかと思います。これは天性のものだろうと思いますが、楽にできていて、読んでいても疲れません。しなやかな、しっかりと筋が通った文体という感じで、多分これは飯倉さんの生き方、考え方がこういう呼吸で表れているのではないかと思います。
楽にできていてというのは、気楽にやっていてという意味では、むろんありません。「12天の川の岸辺」で、草原に「くさはら」とルビが振ってあるところなど、ゆったりとしているようでいて、張りつめたお仕事だろうと思います。漢字とひらがなの混ざり具合も親しみ易くしているのかもしれません。（後略）
さらに近年の話になるが、岩波書店の『図書』二〇一四年九月号で「ビジネスリーダーが薦める岩波文庫」のアンケートを求めたさいに、吉本興業社長の大﨑洋氏が三冊目に『中国民話集』をあげ、「中華思想が日本や朝鮮に与えた影響は計り知れないだろう。今の反日の中国や韓国をどうとらえるか。まずはここから、岩波文庫から。軽やかに。イン・マイ・ポケット」と書いてくださったのも、うれしかったので、書きとめておきたい。

「中国民話の会」の歴史

中国民話の会は、東京都立大学人文学部の中国文学研究室にいた村松一弥先生のもとで、中国の民間文学すなわち口承文芸の勉強をしていた者たちが、一九六七年に結成した「民間文学研究会」が母体となっている（以下、敬称を略す）。

前史──『少数民族文学集』のころ

村松一弥は、一九五七年、都立大に修士論文として「董永故事の研究──中国民間芸能の生態」（未刊）を提出し、その四年後の一九六一年、都立大の

教員となった（一九九〇年に定年退職。一九二六年生、二〇一五年没。『人文学報』二一三号所収「村松一弥先生略歴・著作目録」参照）。

村松は、都立大へ来てまもなく、つぎの『少数民族文学集』の企画が決まったこともあり、精力的に中国の少数民族関係の資料整理に着手した。『人文学報』に発表した論文のほか、その蓄積はのちにまとめられた『中国の少数民族』（毎日新聞社、一九七三年）にも活かされている。

「中国現代文学選集」第二〇巻『少数民族文学集』（平凡社、一九六三年）（のち「中国の革命と文学」第一三巻として、一九七二年に再刊）村松一弥・編集および訳註。共訳・飯倉照平、岩佐氏健、君島久子、千田九一。

当時の村松は、著書の『中国の音楽』（勁草書房、一九六五年）や、都立大にも出講していた孫伯醇と共著の形で出した『清俗紀聞』（全二冊、平凡社・東洋文庫、一九六六年）の訳・注釈などで、広い分野の仕事を展開していた。

「民間文学研究会」の結成

一九六七年、都立大の大学院生であった加藤千代、鈴木健之、西脇隆夫らによって、研究会が始められた。当時、都立大中文の学生が出していたガリ版刷りの同人誌『犀の会隔月報』には、加藤の「農民起義と民間文学ノート」や鈴木の「槃瓠説話をめぐって」の連載のほか、西脇隆夫の「訪中見聞雑録」なども掲載されている。

一九六八年には、中国の民間文学についての目録と資料集めにかかり、篠原（志村）三喜子も加わっている。この加藤、鈴木、西脇、篠原らが、最初のメンバーということになる。

研究会の推進役であった加藤は、一九六九〜七〇年にネパールを訪れてタカリー族の民話を採集し、その後、一九七一年、一九七七年、一九八二年にも再訪している。また鈴木は、やがて機関誌に延々と併載することになる「中国民俗学・民族学研究史年表」の作成を、一九七〇年ごろから進めていた。

会誌の刊行と共同翻訳

一九七一～七三年にかけて、ガリ版刷りの『中国民間文学月報』（最後の三号は「中国民間文学報」と改名）が刊行される。一九七二年に出されたつぎの『中国の民話』は、会員の共同作業がもっとも熱心におこなわれた時期の記念すべき仕事であり、漢族と少数民族を織りませた全体の構成や、訳文と村松の解説も簡潔で読みやすい（絶版のままは惜しい）。

『中国の民話』村松一弥編、上（北方――牧畜・ムギ耕作民の世界、二八編）、下（南方――水稲耕作民の世界、一八編）（毎日新聞社、一九七二年）共訳、大石智良、加藤千代、木川洋子、黄成武、繁原央、志村三喜子、鈴木健之、瀬田充子、中島貞子、西脇隆夫、牧田英一、宮治利子。

なお、この『中国の民話』と前出の『少数民族文学集』が入手困難となった状況も考えて、両者での村松の解説部分だけを再整理して、「中国民話の見取図――村松一弥解説集成」として、『中国民話の会通信』五七～六二号までの六回に分けて連載したことがある。

この『中国の民話』につづいて、会員でもあり平凡社社員でもあった久米旺生の督励のもとで、平凡社の東洋文庫から「中国の口承文芸」シリーズが刊行されはじめ、一九七三年から七六年にかけて以下の四冊が刊行された。

『義和団民話集』（平凡社・東洋文庫二四四、中国の口承文芸一、一九七三年）牧田英二、加藤千代編訳。張士杰らの採集整理した民話集から二六話を訳出。

『苗（ミャオ）族民話集』（平凡社・東洋文庫二六〇、中国の口承文芸二、一九七四年）『苗族民間故事選』（一九六二年、北京）の全訳、五三話。共訳、加藤千代、木川洋子、酒井富美子、繁原央、鈴木健之、瀬田充子、中島貞子、西脇隆夫、畠山利子、馬場英子、牧田英二、村松一弥。

『山東民話集』（平凡社・東洋文庫二七四、中国の口承文芸三、一九七五年）飯倉照平、鈴木健之編訳。董均倫、江源の採集整理した民話集から三八話を訳出。

『北京の伝説』（平凡社・東洋文庫二八二、中国の口承文芸四、一九七六年）金受申整理『北京的伝説』（一九五七年、北京）および同第二集（一九五九年）の全訳。村松一弥訳。一部の翻訳協力、加藤千代、池上貞子、木川洋子、志村三喜子、畠山利子、花井操、酒井富美子、鈴木健之。

この四冊が、後出の『中国昔話集』が刊行された二〇〇七年に少部数だけ増刷されたが、その時点で『義和団民話集』一八刷、『苗族民話集』九刷、『山東民話集』五刷、『北京の伝説』八刷で、この増刷回数のちがいは読者の関心の動向を示すものであった。

また少し遅れて刊行されたが、つぎの本は、この続刊として企画されたものであった。

『北京のわらべ唄』I・II（全二冊、研文出版、一九八六年）瀬田充子、馬場英子編訳。イタリア人ヴィターレの採集したわらべ唄一七〇首を収める。

また、早い時期に加藤、志村、西脇がカードをとっていたものを、のちに池田正子を中心とする五人の「目録作成班」が、点検・分類し、協力して清書したものを、いわば「影印版」で出したのが、つぎの目録である。

『『民間文学』分類目録総第一期～総第一〇七期一九五五年～一九六六年』（中国民話の会編、製作・販売＝汲古書店、一九八一年）

「中国民話の会」と日中交流のはじまり

以上のような翻訳シリーズの刊行がつづいていた時期である一九七四年に、会名が「中国民話の会」と改称された。当初のように大学院生だけではなく、仕事をもつ会員もふえたので、かならずしも「専門家」の方向をめざさず、「息の長い共同学習を考えて、活動内容も多様化する」というのが、再出発にあたっての考え方であった。

会報は、二つの会報を引き継ぐため、「Ⅲ―一（三巻一号）」からはじめ、『中国民話の会会報』と改めた。

ところが、すでに留学や日本語教師などの形で中国に滞在した会員もいたわけだが、大きな変化が、中国の文化大革命終結後にはじまった。一九八〇年以降の会報には、中国と日本の交流のはじまった経過が、時間を追って記録されている。

一九八〇年六月、予想もしなかった中国民間文芸研究会からの招請状がとどいたが、当時の中国民話の会では対応しきれず、最終的には一九八〇年十二月十日～十二月十六日にわたる日本口承文芸学会代表団の訪中として結実することになった。

そのメンバーは、団長・臼田甚五郎、副団長・直江広治、秘書長・加藤千代、団員・内田るり子、伊藤清司、大林太良、飯倉照平、野村純一、通訳・乾尋の九人で、加藤、乾が実質的な世話役で、中国民話の会は、その窓口として重要な役割を果たした（『口承文芸研究』四号の報告参照）。

この代表団の訪中は、北京と上海での学術報告会や座談会を通じて、その後に展開される交流の端緒となった。この訪中団の招請を決断し、推進したのは、中国民間文芸研究会副主席で北京師範大学教授の鍾敬文教授であった。

この返礼として、日本口承文芸学会が招待した一九八二年三月の中国民間文芸研究会代表団（賈芝、馬学良、王汝瀾）の来日のさいも、中国民話の会が、その世話役を引き受けた。

なお、かつて日本に留学していた鍾敬文の日本訪問は、一九八七年に実現しかけたことがあり、『中国民話の会通信』六号は、その歓迎特集号まで出したが、この時も健康上の理由で中止となった。

四次の中国訪問旅行

中国民話の会として中国民間文芸研究会に依頼し

て実現した第一次の中国訪問旅行は、一九八一年三月十八日〜四月一日にかけての「雲南参観団」で、雲南省の昆明と大理の白族地区が中心であった。参加者は飯倉照平（団長）、鈴木健之（副団長）、曽士才（秘書長）、花井操、牧田英二、岩佐氏健、木川洋子、池上貞子、酒井富美子、谷野典之（現地参加）、桐本東太の一一名であった（『中国民話の会会報』二六号の報告参照）。

第二次の旅行は、一九八二年八月十二日〜十八日にかけての「雲南・貴州参観団」で、貴州省凱里の苗族の爬坡節と雲南省大理の火把節に立ち会った。参加者は、飯倉照平（団長）、鈴木健之（副団長）、曽士才（秘書長）、牧田英二、繁原央、酒井富美子、横山広子、池田宏、清水純の九名であった（『中国民話の会会報』二七号の報告参照）。

第三次の旅行は、一九八四年八月六日〜二十六日にかけての「貴州参観団」で、参加者は、内田るり子（団長）、牧田英二（副団長）、鈴木健之（秘書長）、繁原央、小島美子、西田豊明、高橋六二、足立雅敏、郡司すみ、田端さやか、萩原秀三郎、星野紘の一二名であった（『中国民話の会通信』一号の日程表参照）。

以上の旅行の関係でお世話になった返礼として、中国民話の会では、一九八二年十一月二十五日〜十二月十四日にかけて、中国民間文芸研究会代表団（王松、劉魁立の二氏）を招待した。さらに一九八四年十月十八日から三十一日にかけては、中国民間文芸研究会貴州分会の方々（田兵、燕宝、楊国仁、李朝の四氏）を招待した。

これにつづく第四次の旅行は、一九八五年八月六日〜二十二日にかけての「湘西参観団」で、作家沈従文の故郷と作品の舞台となった土地、それに土家族の住む湘西の自治州を一巡した。参加者は、飯倉照平（団長）、井口晃（副団長）、牧田英二（秘書長）、足立雅敏、市川宏、高橋六二、中原律子の七名であった（『中国民話の会通信』一号の日程表参照）。

また、二度の雲南旅行の成果をまとめて、つぎの論文集を刊行した。編集作業の過程で割愛せざるをえなかった論文も二、三あったが、その内容は以下のとおりである。

『雲南の民族文化』飯倉照平編

（研文出版、研文選書一八、一九八三年）

雲南少数民族の創世神話　谷野典之（七）

イ族の伝承文芸　志村三喜子（五七）

タイ族の文学とザンハ制度　王松、曽士才訳（一一〇）

雲南少数民族の作家と作品　牧田英二（一二六）

雲南と日本人　飯倉照平（一七九）

あとがき（二四七）

少部数の刊行であったにもかかわらず、売れ行きがわるく、残部は在庫処分の悲運に遭った。本がなくなってから注文が来るようになった、とは出版社主人のくりごとであった。

会員の拡大と事務局の交替

都立大関係の研究者あるいは翻訳者の集団として出発した会であったが、中国との交流がはじまったあたりから、中国の未開放地区へ旅行できる窓口ともなったため、少数民族の民俗や伝承に関心をもつ人たちなどが、外部からも多く参加するようになった。ただし、個人や少数の有志での中国旅行や、ほかの団体による調査旅行も、しだいに可能となったため、会としての訪問旅行の企画は第四次までで止めることになった。

毎月の例会では、会員の研究発表や調査報告だけでなく、中国に長期滞在していた人たちや、さまざまな土地を訪れた人の報告、さらに訪日した中国の研究者などの話を聞くことも多くなった。

そのような状況のなかで、これまで会の活動の中心となっていた加藤千代が、一九七六年からの十年に及んだ都立大の助手をやめ、一九八七年春に愛媛大学へ着任することになった。

会としては、村松先生の健康状態がすぐれなかったため、一九八七年から伊藤清司先生（慶応義塾大学）に会長をお願いしていた（一九九五年まで）。

会の運営は数人の運営委員の相談で進めていたが、一九七四年から都立大の教員となっていた飯倉が、加藤にかわって一九八七年から事務局を引き継ぐことになった。組織者としての能力に欠けていると自認する飯倉が、大黒柱なきあとの会をなんとかつぶさないにしようと考えてはじめたのが、『中国民話の会通信』であった。

まだ身近にワープロやパソコンを使う人が少なく、最初はコピーや切り貼りという、まことに拙い体裁で、内容も物足りないものであった。いまになってバックナンバーをそろえると言われて、いささか当惑している。

こんな状況を見かねて手をさしのべてくれたのが、谷野典之（立教大学）であった。通信の一五号（一九九〇年一月）から四〇号（一九九六年五月）まで（ただし谷野の中国滞在中の二八号〜三二号をのぞく）は、谷野の編集によるもので、そのパートナーによる装画と相俟って、通信の重要な一時期を形成している。この間、二〇号（一九九一年五月）から、事務局が都立大の移転によって目黒から南大沢にかわっている。

出版物とのかかわり

このころから、会のメンバーが外部の雑誌の企画に加わることが多くなった。会員がその号の編集にも加わった二つの例を紹介しておく。

『民話と文学』一八号「特集・アジアの民話」

（民話と文学の会、大島広志他編集、一九八七年）

座談会「アジアの民話」（伊藤清司、関敬吾、岡田恵美子、長弘毅、司会・飯倉、加藤）

「アジア民話論」（蓮見治雄、飯倉照平、百田弥栄子、加藤千代、谷口勇）

「アジアの語り手」（依田千百子、張紫晨・衛藤和子訳、窪田新一、宮廻和男）

「アジアの民話」（十一編）ほか。

『民話の手帖』三五号「特集・中国民話は、いま」

（日本民話の会、吉沢和夫・樋口淳他編、一九八八年）

口絵写真、「夢追い里」（あだちがびん）
中国の今に生きる神話（鈴木健之）
上海・西安・撫順——新しい語りをたずねて（加藤千代）
納西族の伝承の世界——中国雲南省の少数民族（志村三喜子）
中国の現代民話に見る日本（飯倉照平）
中国の語り手・劉徳培さん（劉守華、渡辺宏明訳）
子育てにみる祈りのかたち　ミヤオ族民族誌（あだちがびん）
ブックガイド、中国の民話・民謡（中田明日香、衛藤和子）

また、会員の細川剛生のお世話で、集英社関係の一ッ橋総合財団から寄付を何回かいただき、その資金をもとに、会員であるお二人による労作を、つぎのように刊行することができた。この製作と販売は汲古書院にお願いした。

『日本語訳中国昔話解題総目録（1968～1990）』千野明日香・衛藤和子編（中国民話の会発行、製作販売・汲古書院、一九九二年）

さらに、近年、中国でのフィールド作業をふくめて、もっとも活動をつづけてきた三人の女性会員によって出されたつぎの本は、会が関与したわけではないが、記念すべき仕事としてここに挙げておきたい。これに先行して、馬場（橋谷）英子を中心に進められた民国以後の民間文学資料の体系的な収集も、その重要な基礎となっている。

『中国昔話集』一・二（全二冊）（平凡社・東洋文庫七六一・七六二、二〇〇七年）馬場英子、瀬田充子、千野明日香編訳（エーバーハルトの昔話索引の各タイプについて、例話の一つずつを全訳し、注釈を付したもの）

おわりに

飯倉が都立大をやめた一九九七年三月以後、一九九七年から二〇〇八年三月まで法政大学の千野明日香のもとに事務局を置き、例会の会場の世話などもお願いした。そのあと、二〇〇八年から二〇〇九年までは首都大学東京の木之内誠のもとに、さらに二〇〇九年末以降は鈴木健之方に事務局を移した。例会会場は二〇〇八年以降、明治大学和泉校舎で川野明正の世話になることが多くなった。会計については、近年は継続して木之内誠が担当していたが、最後は鈴木が引き継いだ。

本会の例会の運営や通信の発行経費は、基本的には会員から集めた会費でまかなってきた。ただし、通信費の一部については、長年にわたって、六渡邦昭（東京テレホン放送）からの個人的な援助をいただいた。

会の解散にいたる経過は、通信九七号の「解散の理由と経過について」でもふれたので、ここではくり返さない。これまで、多くの会員の協力によって維持されてきた中国民話の会の仕事は、この分野について今後も関心をもつ後継者たちにとって、ひとつの道標となることと思い、この一覧（総目次）を残すことにした。（二〇一一年十月）

＊

中国民話の会は、二〇一一年十二月十日に解散の小集会を開き、四十五年にわたる歴史に幕を閉じた。『中国民話の会通信』一〇〇号（同年十一月刊）には、すべての月報、会報、通信の総目次を掲載し、その巻頭に会の歴史を飯倉が執筆した。（ここに掲載したのがそれである。）また、その内容を通覧できるPDFを作成し、希望者に頒布した。

初出一覧

Ⅰ　孟姜女民話の生成

○孟姜女について――ある中国民話の変遷（『文学』一九五八年八月号、岩波書店）
○孟姜女民話の原型（『人文学報』二五号、一九六一年三月、東京都立大人文学部）

Ⅱ　中国民話と日本

○竜になった子ども――中国と日本（『語りの世界』一八号、一九九三年十一月、語り手たちの会）
○中国の狐と日本の狐――そのイメージの相似（『アニマ』二一〇号、一九九〇年三月、平凡社）
○中国の「三大童話」と日本（『民話と文学』一八号、一九八七年六月、民話と文学の会）
○董永型説話の伝承と沖縄の昔話（『人文学報』二一三号、一九九〇年三月、東京都立大人文学部）

Ⅲ　中国民話の世界

○ある悲恋心中譚の系譜（『国語通信』二九六号、一九八七年六月、筑摩書房）
○鬼とトケビ（月刊『中国語』一九九三年十二月、内山書店）
○牛の皮一枚の土地（月刊『中国語』一九九四年一月号、内山書店）

○泡んぶくの敵討（月刊『中国語』一九九四年二月号、内山書店）
○赤い眼の予言（月刊『中国語』一九九四年三月号、内山書店）
○中国の夢の話（『民話の手帖』四六号、一九九一年一月、日本民話の会）
○「兎と亀のかけくらべ」は中国産？（『中国語』一九九〇年二月号、大修館書店）
○『北京官話俗諺集解』『支那常用俗諺集』『台湾俚諺集覧』解題（『続ことわざ研究資料集成』、一九九六年九月、大空社）
○片岡巌著『日台俚諺詳解』解説（ことわざ研究会編「ことわざ資料叢書」第十二巻、二〇〇二年六月、クレス出版）
○田島泰平編『歇後語』、廖漢臣「台南の俚諺」ほか、解題（ことわざ研究会編「ことわざ資料叢書」第二輯第一〇巻、二〇〇三年十月、クレス出版）
○周作人と柳田国男（『柳田國男全集』二七巻月報二五号、二〇〇一年一月、筑摩書房）
○柳田国男・周作人・谷万川（『中国民話の会通信』二五号、一九九二年七月）
○外骨と南方・柳田、そして周作人（『宮武外骨著作集』二・月報四、一九八七年一月、河出書房新社）
○周作人とフォークロア（研究回顧）（『周作人と日中文化史』アジア遊学一六四、二〇一三年五月、勉誠出版）

Ⅳ　中国の「現代民話」

○中国の現代民話に見る日本（『民話の手帖』三五号、一九八八年四月、日本民話の会）
○台湾の民話・民謡集に見える「日本」について（『中国民話の会通信』三六号、一九九五年五月）
○台湾の「軍夫を送る歌」などについて（『中国民話の会通信』三七号、一九九五年七月）

（通信三六号と三七号掲載文は、のちに一部改訂して、研究代表者石井正己『平成二〇年度広域科学教科教育学研究経費報告書、台湾昔話の研究と継承——植民地時代からグローバル社会へ』東京学芸大学、二〇〇九年三月、に再録。）

○中国「東北」をめぐる民間伝承（研究代表者石井正己『平成二四年度広域科学教科教育学研究経費報告書、帝国日本の昔話・教育・教科書』東京学芸大学、二〇一三年三月）

V　研究回想

○李福清さんのこと（『中国民話の会通信』四七号、一九九八年二月）

○リフチン「中国の民間文学研究と私」（講演要旨）（『中国民話の会通信』四八号、一九九八年五月）

○「草の実」を愛した人——鍾敬文さんのこと（『中国民話の会通信』六三号・鍾敬文先生追悼特集、二〇〇二年三月）

○大林太良さんと「阿佐谷夜話」（『中国民話の会通信』五九号、二〇〇一年四月）

○お別れのことば——中国民話の会の世話人として（『中国民話の会通信』八二号・伊藤清司先生追悼特集、二〇〇七年九月）

○伊藤清司先生の仕事（『口承文芸研究』三一号、二〇〇八年三月、日本口承文芸学会）

○近況二題——中国行きと『中国民話集』のこと（『中国民話の会通信』三二号、一九九四年五月）

○中国民話の会 1967-2011（『中国民話の会通信』一〇〇号、二〇一一年十一月）

おもな著訳書

『魯迅』（人類の知的遺産六九、一九八〇年十一月、講談社）
［編著］『雲南の民族文化』（一九八三年十一月、研文出版）
『南方熊楠――森羅万象を見つめた少年』（岩波ジュニア新書、一九九六年二月、岩波書店）
『中国の花物語』（集英社新書、二〇〇二年五月）
『南方熊楠――梟のごとく黙坐しおる』（ミネルヴァ日本評伝選、二〇〇六年十一月、ミネルヴァ書房）
『南方熊楠の説話学』（二〇一三年十月、勉誠出版）

＊

［共訳］『少数民族文学集』（千田九一・村松一弥編『中国現代文学選集』二〇、一九六三年五月、平凡社）（蒙古族、カザフ族、ウズベク族、各一編、チベット族十編、チャン族一編、パイ族十六編、チベット族民謡三十編、いずれも中国語からの重訳。）
［鈴木健之と共訳］董均倫他『山東民話集』（東洋文庫二七四、一九七五年七月、平凡社）（漢族の民話二十七編を訳出）
［編訳・注］『中国民話集』（岩波文庫、一九九三年九月、岩波書店）（漢族の民話四十四編を訳出）
［共訳］「中国――漢民族、少数民族、古典」を担当（『世界ことわざ大事典』一九九五年六月、大修館書店）

◉解説◉

飯倉照平さんの中国民話研究

石井正己

中国民話には門外漢の私が飯倉照平さんの著書に解説を書くのは、意外に思われる方が多いかもしれない。しかし、その背景には長年にわたって中国をはじめとするアジアの民話を知りたいという願いがあり、その原点には柳田国男が果たせなかった夢を実現したいという思いが潜在している。そして何よりも、飯倉さんとの日本口承文芸学会におけるご厚誼にはじまり、絶えずご著書を贈ってくださって、学問の広さと深さを教えていただいた恩義がある。

思えば、私を中国民話の世界に案内してくださったのは、伊藤清司さんであった。戦後、日中の関係が正常化したのは一九七二年のことで、まだ半世紀にも満たない。早い研究は直江広治さんが開拓したが、やはり戦後の困難な時期を乗り越えて比較研究を進めたのは伊藤さんだった。本書に収録された「伊藤清司先生の仕事」には、中国民話研究の一歩先を進む姿が見事に述べられている。

飯倉さんと言えば、まず第一に南方熊楠の研究を思い浮かべるにちがいない。平凡社版全集の校訂に携わったことから、その全貌に関わることになる。その成果は中高校生向けの『南方熊楠――森羅万象を見つめた少年』（岩波ジュニア新書、一九九六年）、評伝の『南方熊楠――梟のごとく黙坐しおる』（ミネルヴァ書房、二〇〇六年）といった一般書を経て、論集の『南方熊楠の説話学』（勉誠出版、二〇一三年）にまとめられる。二〇〇四年には南方熊楠特別賞を受賞された。

中国民話の翻訳では、共訳の『少数民族文学集』（平凡社、一九六三年）と『山東民話集』（平凡社、一九七五年）があるが、よく知られるのは『中国民話集』（岩波文庫、一九九三年）である。しかし、中国民話の論考やエッセイなどは雑誌等に掲載されたままで、単行本になることはなかった。本書によって、飯倉さんが積み重ねられてきた中国民話研究の骨格を目にすることができるようになった。書誌事項は「初出一覧」に任せることにして、私が関心を持った内容を述べたい。

巻頭の「I　孟姜女民話の生成」に収録された「孟姜女について――ある中国民話の変遷」と「孟姜女民話の原型」は、中国民話研究の出発点になった論考である。秦の始皇帝が万里の長城を建設した際、徴用された夫の死を知って慟哭した孟姜女の民話を通史的に追っている。権力に抵抗する女性の姿は、論考が書かれた一九六〇年前後の雰囲気に重ねられる。孟姜女を研究対象にしたことによって、大国・中国の悠久の歴史と広大な地理をとらえたことは、その後の中国民話研究の原点になったにちがいない。

「II　中国民話と日本」は、中国と日本の民話の比較研究である。「『竜の子太郎』のふるさと」は、松谷みよ子さんの創作民話『竜の子太郎』の源流を中国に遡源する。「中国の狐と日本の狐」は、中国の狐の話を『詩経』『捜神記』「任氏伝」『聊斎志異』とたどり、日本の『日本霊異記』「玉藻の前」や稲荷信仰に与えた影響を俯瞰する。「中国の「三大童話」と日本」は、中国の代表的な民話「虎のおばあさん」「虎の精」「蛇の婿」を韓国・日本との関係で論じ、東アジアにおける比較研究の布石とする。「董永型天女説話の伝承と沖縄の昔話」は、沖縄に見られる孝子の董永型説話を『法苑珠林』に引く『孝子伝』に遡る一方で、それが語り物や演劇、漢族と少数民族の説話に広がることを指摘する。

「Ⅲ　中国民話の世界」は、さらに多様な中国民話の世界に入ってゆく。「ある悲恋心中譚の系譜」は、悲恋物語の「梁山伯と祝英台」は少数民族の伝承を漢族が作りかえたのではないかと推定する。「中国民話学編」は「鬼とトケビ」「牛の皮一枚の土地」「泡んぶくの敵討」「赤い眼の予言」「中国の夢の話」「兎と亀のかけくらべ」を収録するが、南方熊楠の指摘を踏まえるなどして、中国民話を世界的な視野で論じる。「ことわざの本」は、北京や台湾で刊行された俗諺集・俚諺集を復刻する際に寄せた解題・解説で、ことわざに表れた庶民の猥雑な生活感覚に着目する。

「周作人と柳田国男」は中国民話研究の先人を取り上げたもので、「柳田国男と周作人」「柳田国男・周作人・谷万川」「宮武外骨と南方・柳田、そして周作人」と「周作人とフォークロア（研究回顧）」を収録する。南方熊楠に対する関心は言うまでもないが、むしろ、日本では柳田国男、中国では周作人の系譜に自らの中国民話研究を位置づけているように見える。

「Ⅳ　中国の「現代民話」」は、「Ⅰ　孟姜女民話の生成」と対極をなすような章で、現代社会に生成する中国の民話を対象とする。「中国の現代民話に見る日本」は、民間文学の資料集に見られる日本像を紹介する。「台湾の民話・民謡集に見える「日本」」はその続編と言っていい論考で、台湾における故事集・民謡集に見られる日本像を明らかにする。「中国「東北」をめぐる民間伝承」は、漢族や朝鮮族の移住や日本人の出現に伴う民話を取り上げる。いずれも、中国の周縁において日本との関係から生まれた民話・民謡に着目し、新しい研究領域を開拓している。

巻末の「Ⅴ　研究回想」は、交流のあった研究者の回想で、「李福清さんのこと」「中国の民間文学研究とわたし（ボリス・リフチン）」「鍾敬文さんのこと——「草の実」を愛した人」「大林太良さんのこと」「伊藤清司先生の仕事」が並ぶ。同時代の研究者との交流が飯倉さんの中国民話研究を広げたことが知られるが、ロシアの李福清（ボリス・リフチン）さんと中国の鍾敬文さんとの関係はとりわけ細やかで美しい。

『中国民話集』の前後」では、飯豊道男さんの書簡に、「しなやかな、しっかりと筋が通った文体という感じで、多分これは飯倉さんの生き方、考え方がこういう呼吸で表れているのではないか」とあるのを引く。この指摘に共感するのは私だけではあるまい。平明な文体は編集者と研究者の往還から生まれたにちがいなく、それは翻訳の文体だけでなく、著作の文体に及ぶことは本書が証明する。飯倉さんの中国民話研究は、翻訳が著作を支え、著作が翻訳を支えるという絶妙な関係から生まれている。

そもそも飯倉さんが学んだ東京都立大学には、竹内好さん、松枝茂夫さん、村松一弥さんといった優れた中国文学者がいた。「「中国民話の会」の歴史」は、村松門下の若手研究者が中国の口承文芸を勉強しはじめた民間文学研究会を母体に中国民話の会が発足し、やがて解散するまでの歩みをたどる。飯倉さんの中国民話研究は、加藤千代・鈴木健之・西脇隆夫・馬場英子をはじめとする研究者とともに進められた。会報の編集・発行・発送は苦労の多い作業であるが、それが飯倉さんの研究を大きくしたことは間違いない。

本書を見渡して改めて驚くのは、南方熊楠がほとんど顔を出さないことではないか。それは、飯倉さんの中で南方熊楠の研究と中国民話の研究が切り分けられ、程よい距離感で進められてきたことを意味する。そこには、二つの研究が相互を束縛しないという考えがあったのだろう。これは言うのは簡単だが、二足の草鞋を履くのはとてつもなく大変なことだ。飯倉さんはそのために二倍苦しんだはずだが、同時に二倍楽しんだにちがいない。それは実にうらやましいことで、研究者冥利に尽きる。

（東京学芸大学教授）

人名索引

凡　例

・主要人名のみを採録した。
・漢字名はすべて日本語の音読みとした。
・注記と追記部分は、一部のみを採録し、(注)と記した。
・書名のみで著者名の併記されていない箇所は(書名)と記し、
物語伝承中の人名は(伝承)と記入した。

著者略歴

飯 倉 照 平（いいくら・しょうへい）

1934年千葉県生まれ。東京都立大学人文学部文学科（中国文学専攻）卒。出版社勤務ののち、神戸大学文学部教員、雑誌『中国』編集部、平凡社版『南方熊楠全集』校訂者ののち、1974～97年、都立大教員。南方熊楠邸の資料整理に協力。2004年南方熊楠特別賞受賞。
著書に『南方熊楠　森羅万象を見つめた少年』（岩波ジュニア新書、1996年）、『中国の花物語』（集英社新書、2002年）、『南方熊楠　梟のごとく黙坐し居る』（ミネルヴァ日本評伝選、2006年）、『南方熊楠の説話学』（勉誠出版、2013年）、訳書に『中国民話集』（岩波文庫、1993年）などがある。

中国《ちゅうごく》民話《みんわ》と日本《にほん》
——アジアの物語の原郷を求めて

著者　飯倉照平
発行者　池嶋洋次
発行所　勉誠出版㈱
〒101-0051 東京都千代田区神田神保町三－一〇－二
電話　〇三－五二一五－九〇二一㈹

二〇一九年六月十日　初版発行

印刷製本　中央精版印刷

ISBN978-4-585-29182-4　C3090

南方熊楠の説話学

厖大な説話を集積した漢字世界の書物に晩年まで没頭していた南方熊楠。その説話学の広野に足を踏み入れる探求者に捧げる一冊。

飯倉照平 著・本体四五〇〇円（＋税）

南方熊楠大事典

領域を横断する浩瀚な「知」の世界を築き上げた南方熊楠。近年の網羅的な資料調査により浮かび上がってきた熊楠の実像を総合的に捉えるエンサイクロペディア。

松居竜五・田村義也 編・本体九八〇〇円（＋税）

南方熊楠とアジア

熊楠のアジアに対する視線を再検証し、その学問を思想史の中に位置づけるとともに、近代日本の一知識人のアジア観に関する新たな視角を示す。

田村義也・松居竜五 編・本体二四〇〇円（＋税）

朝鮮民譚集

比較文化研究の金字塔。口承文芸の採訪と諸文献の博捜により朝鮮の昔話と説話を集成し、中国・日本・西欧との比較研究の基礎を築いた先駆的名著を復刊！

孫晋泰 著／増尾伸一郎 解題・本体五二〇〇円（＋税）

菅江真澄と内田武志
歩けぬ採訪者の探究

不治の病を抱えながらも、恐るべき執念で菅江真澄研究に没頭した内田武志。菅江真澄が行った方言研究の方法を捉え直すとともに、偉業をなした内田の軌跡を追う。

石井正己 著・本体三〇〇〇円（+税）

博物館という装置
帝国・植民地・アイデンティティ

時代毎の思想と寄り添ってきた歴史とアイデンティティを創出する紐帯としてのあり方。双方向からのアプローチにより「博物館」という存在の意義と歴史的位置を捉え返す。

石井正己 編・本体四二〇〇円（+税）

折口信夫
民俗学の場所

愛弟子・池田彌三郎から薫陶を受けた著者が、折口の学問の全領域を整理し直し、新たな展望を開く。アジアを見渡す視野から折口学の場所を見つめる。

伊藤好英 著・本体六五〇〇円（+税）

日本文学のなかの〈中国〉

宗教儀礼や絵画など多面的なメディアや和漢の言語認識の研究から、漢字漢文文化が日本ひいては東アジア全域の文化形成に果たした役割を明らかにする。

李銘敬・小峯和明 編・本体二八〇〇円（+税）

日本人と中国故事
変奏する知の世界

漢故事は日本においてどのように学ばれ、拡大していったのか。時代やジャンルを超えた様々な視点から見つめ、融通無碍に変奏する〈知〉の世界とその利用を切り拓く。

森田貴之・小山順子・蔦清行 編・本体二八〇〇円（+税）

本邦における三国志演義受容の諸相

テクストの受容のみならず、絵画資料や日本人の思想・歴史観にも言及し、様々な展開を見せた東アジア随一の通俗小説の受容過程と様相を描き出すことを試みた労作。

長尾直茂 著・本体一二〇〇〇円（+税）

武将で読む
三国志演義読本

『三国志演義』を、武将毎の視点から読む。名場面、人物の詳細な紹介や、「武将図絵」や「戦場図」、「武将相関図」など資料も充実。

後藤裕也・小林瑞恵・高橋康浩・中川諭 著／中塚翠涛 題字・本体二七〇〇円（+税）

全訳 封神演義 全4巻

中国古典神怪小説の集大成、全一〇〇回を全訳。神仙研究者、中国文学者、中国白話小説（封神演義）研究者、中国民間信仰研究者、各エキスパートが訳出。

二階堂善弘 監訳／山下一夫・中塚亮・二ノ宮聡 訳
各巻本体三二〇〇円（+税）